江西詩派詩集

百花洲文藝出版社

一五、李彭

李彭（一〇七九—一一三九），字商老。家有日涉園，號日涉園夫、日涉居士、海昏逸人，晚號日涉翁，南康軍建昌縣（今江西永修）人。黄庭堅表侄。隱居修水、靖安、廬山、永修等地，終生未仕，博聞强記。生平與蘇軾、黄庭堅、張耒、韓駒、徐俯、饒節、惠洪、謝逸等唱和，尤與釋宗杲、釋善悟、釋克勤等高僧爲莫逆。詩文富贍，工詩，擅書畫，通佛典，其詩有「佛門詩史」之譽。著有《日涉園集》十卷。《四庫全書總目》卷一五五録《日涉園集》，略謂趙彦衛《雲麓漫鈔》載吕居仁《江西詩派圖録》，彭名在第十五，居韓駒之亞，「其詩具有軌度，無南宋人粗獷之態。吕居仁稱其詩文富贍宏博，非後生容易可到。劉克莊《後村詩話》亦稱其博覽强記，而獨惜其詩體拘狹少變化。今觀所作，克莊所論爲近之。然邊幅未宏，而錘鍊精研，時多警策，頗見磨淬之功，在江西派中與謝逸、洪朋諸人足相頡頏，終非江湖末派所能及也」。又謂李彭南康軍建昌人。陳振孫《直齋書録解題》以爲公擇之從孫，王明清《揮麈録》謂李定仲求孫，「二説未知孰是，《宋史》不爲立傳，其行履亦不可考」。楊武泉《四庫全書總目辨誤》（上海古籍出版社，二〇〇一年）據王安石《臨川集》卷八二《太平州新學記》、正德《南康府志·李常傳》、陸心源《宋史翼》卷二六《李彭傳》，考證李定爲建安人，李彭非其孫；李彭實李常孫，而非從孫。李裕民《四庫提要訂誤》（中華書局，二〇〇五年）辨證：「《揮麈録》並未提及李定，記李定事者乃魏泰，見其所作《東軒筆録》及《臨漢隱居詩話》，魏泰稱李定爲洪州人，並未説其字仲求及彭爲其從孫。考字仲求者乃虚舟之子，建安人，見《宋史》卷三〇〇《李虚舟傳》。又李常（一〇二七—一〇九〇）字公擇，建昌人。與彭籍貫同。……《書録解題》稱彭爲常之從孫當必有據，常有兄莘、布，彭當爲莘或布之孫。」黄曉丹、萬美芬《黄庭堅外侄李彭的身世境遇及其詩學主張》（載《九江學院學報》，二〇〇九年第一期）據李彭《泛舟》詩注、《紫微詩話》考定李彭爲黄庭堅舅父李布之孫，李秉彝（字德叟）之子，即李常之從孫、黄庭堅表侄。《直齋書録解題》卷二〇又稱李彭爲廬山人，殆以李彭嘗居廬山而致誤。《全宋詩》小傳未及李彭生卒年，今從高宗華編著《永修歷代詩詞選》（百花洲文藝出版社，二〇一七年）。

《直齋書録解題》卷二〇録其《日涉園集》十卷，乃《江西詩派》本，已佚。《四庫全書》館館臣據《永樂大典》輯得七百二十餘首詩，諸體咸備，仍爲《日涉園集》十卷，今傳本由此出，有清鈔本、《四庫全書》本、《豫章叢書》本。别有詩集《玉澗小集》一卷，載爲《兩宋名賢小集》卷一一五。《全宋詩》册二四卷一三八一頁一五八四三至卷一三九〇頁一五九七〇以《四庫全書》本爲底本，校以《豫章叢書》本、《玉澗小集》，輯補佚詩七首、佚句二十六附於卷末。今據中國國家圖書館藏清翰林院紅格鈔本影印。

日涉園集十卷

清翰林院紅格鈔本
原版框高二十二點一釐米，寬十四點八釐米
中國國家圖書館藏

日涉園集卷一

宋 李彭 撰

五言古詩

次正平上座韻贈子充

吾宗大宛種未入十二閑脣門沫流赭氣已無燕山何時黃金羈鞍轡長楸閒皎皎自空谷待君當御還

戲贈無簡李翹叟

荆州有醉客踏雪至我廬缺月寒皎皎掛在東南隅索我五字句慚悲競病徒賣菜欲求益故態發狂奴寄聲李夫子聊為一笑娛

贈子充

阿充克家才昭代真孝秀白髮在板輿色養侍昏晝來嘗甘脆具底事成宿留到骨似我窮黃鐘滿君脰落帆哉生魄步屧月成彀幽園語更僕莫遣雙眉皺覓句洗愁兵河傾轉箕斗

贈無著

蕭蕭玉澗翁韻調實瓌朗懷人修文去音塵生逸想豈唯招重客我廬亦時枉微軫發妙言幽園復清曠飄忽下巖隈歲月駛兩槳寒蟬久停號新禽哢佳響去者念履綦方來驚蕙帳伊予厭囂塵絕壑期自放從君割半峰披雲同矯掌

送人遊吳

翔風號木末迫此歲時晏驅車不停軌客子老婚宦平生蔣詡徑求羊每娛玩持觴送落日抵掌河宿爛胡為

向吳會雅意訪親串親串者誰歟昂昂金閨彥噓枯由涵煦要津藉推挽念子赴修塗發軔在昧旦娟娟所嬌兒嶷嶷越門限閨人密縫裳遐征苦多綻結束志千里二事忘一盼莫遣扊扅歌愆期發長嘆

宿歸宗贈軾老

平生丘壑心祇園多幽趣杖藜過懸崖投足澄百慮涓涓一滴泉湛湛三危露淵源自曹溪甘腴勝牛乳諸峰羅孫曾一一尊鼻祖法筵碧眼人家世本鄠杜紫樞與

黄閣去天纔尺五不為世網嬰彔可叶心素繩床作禪定大音響韶頀應夢先補陀祝髮得玉斧我來心眼明意氣諧律吕金地雨曼殊天香遠巾屨明當整歸鞍天末蜚鴻度

奉贈正平上座

若人韻凝遠天姿復敦厖蕭然出塵表幽寺聽逢逢劍峰極天静懸瀑聲舂撞心猿久調御業白瑩明釭殘河横曉鉢霏霧起寒窗禪餘覓佳句冉爯筆能扛我來孟

冬月望履塵心降世紛劇羊負是身如帝江願借三峽水一滋隴頭瀧永辦參門服猶堪追老龐

和連雨獨飲

力田勝巧宦燕息自超然懶觀竹素書俯仰丘壑間時時過祇園亦復舞胎仙偶然得歡趣舉觴望青天六鑿自無競欲見象帝先羲皇隔晨炊坐見淳風還磨螘不少留冉冉逐百年但得會心侶相對兩忘言

次秦處度贈歸宗老示中上座韻

夕霏催節往槁葉徑辭風力疾招秦叔望山扶老節泄雲為卿靄牽余來鷲峰中有龐眉老常持半聖弓一席跨牛地誅茅期此同虛懷抱朗月意表得詩翁遠志是小草慎在出處中公莫厭苦相歲晏長相從

嗣首座以老夫詩西嶺障斜日為韻作五章見寄次韻答之

尋春含南北呼酒玉東西絶勝劉校尉太乙持青藜天邊藝蘭人風光今幾畦胡為寂滅海妙語 虹霓

清霜熟柿栗會面一俄頃蕨拳漸紫苞鳥語度諸嶺仰頭占昏中弧星光炳炳何當聽談玄令我發深省

我家二季子風標荀令上優孟何足求慎勿作楚相毛顏獨推頹兒能縛籬障摩挲蒴栗姿我老那復壯

爭端起儒墨春蚓兼秋蛇筆研真淺事專門自名家但有香積飯不妨薰骴耶溫風媚高柳招客整還斜

歐峰壓半天堦除轉晴日落磴多雪芽香草皆碧苾嗣公釋門老眈眈虎而翼我欲往叩之藤蘿迷石室

再和嗣首座五詩寄舒老微老

在昔董仲舒屈身相膠西窮經著繁露窺園廢扶藜而
我異於是清晨來灌畦雨餘聊自適微吟看斷蜺
黄生牛醫兒襟量包萬頃稱譏等夢事緩帶耳不領公
議如丹青千載煥且炳古人何必遠薄躬吾屢省
堂堂一舒翁道價融壑上烟霞斷塵緣那復知苦相會
将趍諸緣奪我事理障莫言霜滿顚矍鑠一何壯
嗣公丹鳳羽高笑破羣蛙汲引後來秀義俠如朱家岀
語掩顔謝遊戲達摩耶卧讀春風句飛鴻潛墨斛
牧菴擔板翁鋭氣如平日明壁不可瑕崇蘭有餘苾何
嘗疲津梁苦鐵垂天翼索價無乃高孤峰問少室

送杲上人復往荆南

荆州老居士曾著進賢冠似欲專一壑其誰知孔鸞蒼
苔門巷秋不許造席客世無王粲流倒屣端不惜上人
宣城彥俊氣横九州學道貧徹骨與世初無求馬駒大
道場屬者失宗匠欲銘窣堵波見此真漢相行乞千里

餘翔風枯葉顛曉踏澗下雪暝宿天邊烟赤手泛滄溟
笑此太草草不為丞相嗔乃得照乘寶歸來寂無聞翠
琰閲險艱精衛既填海愚公果移山力負辦行李復此
南郡去遊子多苦顔開士談無慮霜風木颼颼便當賦
式微日涉望烟靄扶笻遅來歸

奉贈歸宗才首座

五着匡山屐三息紫霄陰龔聞耶舍塔勢呑天姥岑俯
窺鵰鶚背上聆鐘梵音未航蕭梁帯峻風先少林靈骨
化大璐鉅名偕南金松門欲牽葉苦雨每見臨才公三
衢秀古貌又古心老胡即渠是宴坐藏幽深何用登紫
霄自足披煩襟我過避秦客茗椀來相尋真成虎溪笑
稍寬梁甫吟衲子嘆雌伏道師非陸沉世多石窟病須
下鼓山針

送寧上人歸淨慈

之子遠行邁眷言欵松門雲物起離色況乃聞清猿頗
云吴會去飽㕘南山禪南山燕頷郎氣敵千人軍要當

理斷履過我藝蘭蓀

寄珍首座

詩寧淺而静不貴深而蕪觀公秋懐作峻潔仍紆餘譬之列華饌陸海盈中厨食蝌貴抱黄食魚先腹腴多入出或少我昔聞先儒年來病蹇拙意廣材復踈之子禪定起焚香滿晴虚坐看氤氲處緜緜詩思俱應作牛腰束能寄草堂無

題胡九齡畫夏景牛

陰岑不造天𢙣此老觳觫轂耕壟上來投閑慰心曲養牲奉犧牷盖用繭栗犢莫起陸沈悲焉知果非福

送敦詩遊臨川

吕郎客秦淮詩思翻秋濤徐郎𢙣灊峰句壓天柱高相此兩公子信是千人豪叔也往從之似欲訴不遭探囊得長句如取綏山桃療飢非蒸砂禦寒必綈袍一簪未著身所得不補勞復為飢所驅未許學卧陶窮軍敵孤客如在臯蘭鏖幾成劉文叔須髮變二毛揞䇮躡草鞋

進退似桔槔引領長江西沙頭唤魚舠金溪有謝侯朐多略與韜天資類文靖貌實中郎曾叔也往從之攻愁解韀橐毋輕歌驪駒不復吟半牢待公捆載歸為我擕蒲萄來賞傲霜菊一尊澆老饕

和季敵戲書

短草被南陌晴絲颺幽軒心静境云寂默居宣妙言林深烏烏樂花繁蜂蝶喧是中即真意何須祇樹園

元夕高卧

伊昔宅闕輔門閭萃冠盖停杯邀明月意氣殊藹藹春風墮江城蒐獮頹鬢改糞除二畝地羊裘力薪採矯首望舒圓何由賞心在煙村雜簫鼓叢祠響竽籟誰能伴兒嬉頗復償睡債初驚釜鳴雷遽作濤擣海非闕骨相屯長閑荷真宰吾生計已決無勞問蓍蔡

宿西林寺有先特進及先學士詩

渡江送行人我行亦清興草木春路晞斜斜復整整獨造此寶坊深穩庭宇静複閣襯煙霞踈林泄鐘磬殘僧

溢對人短童工汲井杖屨若能神迥知茲遊勝檻閒盤
硬語悭底光炯炯追還曾高風熱復發深省來歸十陽
秋足不踐斯境猿鶴情未忘拾松來煮茗

何生用韻見寄復答之兼示小何

繞屋陰扶疎空堦蘚文皺懷人殊未來安得傾蓋舊好
鳥政相呼吟蛩俄應候夜夢嵇阮輩醉卿須少留莫踏
肥馬塵我自貧馬瘦
水部有耳孫湖海胸中浩小陸復何人相逢歲亦早並

游蘇黃門我曾不容掃梧桐生朝陽要須聞鳴鳥雲中
遺馮唐據鞍未渠老

次韻答禹功兼簡周國振時禹功一夕泛舟歸
郡不及話離

攀蘿委松宿漱石看雲行松疎暝色漫雲度夕陰生若
人有高躅領略遺世情聊為公府步冉冉復盈盈
蒼苔映槿墉商飈薄庭樹方期著屐來遽作張帆去擇
文如擇金披沙欲相過意明畏無雙儁節慚最怒

公抱青田姿俛啄家鷄羣蔽之狂類外遐矚西山雲莫
我藻鑒士泗外老仙宜州柱史拱木蔽孤墳詎意王子敬晚乃知
羊欣
相望兩牛鳴頓覺千里别未别如懷氷别來三伏熱賴
有清暉吟當窻時玩閲音塵在我前悠然情話悅
飄飄傾曲郎恬愉仍静深相逢何必早但貴相知心臨
博斯識道聞韶真賞音端須理三徑歲華多浸淫

王生以詩見貽次韻答之生視春中環中實仲

父

渠渠太史門諸郎蓋當世大匠無棄材知人亦未易阿
戎兩雲孫駸駸遣人畏難兄江南秀美比嘗託意欲為
修文郎不作活國士令弟老數奇禪寂甘窮賴時于翰
墨場往往見高致揚州故時語奕奕好風氣獨識史君
顏周禮秉早歲背城幾借一問學晚尤粹相逢且班荆
十事欲九異何須張女彈端為建康醉請抛高門竿莫
反魯麟袂花藥聘君湖暄風攬春思人生行樂耳餘事

栩栩寐崇蘭有國香寧以不服廢雖無雙南金可報綠
綺惠此豈小物哉吾言未渠棄

杜欽之次淵明答龎參軍韻見送用韻答之

征南遠韻度詣絕皆妙言銀臺陳諫疏恥作賦兎園手
板聊拄頰爽氣來新篇臨窓無謝守僧珍自超然我遊
赤壁下為君且延緣周禮盡在魯鶖嗟顡韓宣侯雁響
横河遊予念故山行當理煙艇相期醉餘言

送淵上人歸究陵

我昔遊宣城稚節等雛鳳稍知風物奇未觧入嘲弄欵
爾鬢負霜歲月雜機綜唯有謝公亭頗復到清夢上人
宛陵秀禪餘喜吟諷胸中淡無畦妙覺自能種偶隨歐
峰雲悠然入茅棟談間無俗調不應亭午供誰云佳少
年意氣極莊重别我歸故山索我贈言送鄰邦古法窟
老衲妙擒縱伽黎宴湖海名字走梁宋吾其從之遊射
隼期必中勿學漢陰人終年徒抱甕

蒲塘道中寄懷歸宗過中法闡法仁三僧

窓雞唤晨炊鼓聲轉水轍出遨得會稽辨言未明發翔
氣犯襟裾露華襲毛髮彷像滹沱河幽事期可悅旅雁
起寒塘踈林耿明月挽彼歲寒姿然萁共明滅豈惟魁
奚奴政可烘履襪黎明詣蕭寺餉糜隨盥櫛風廊謔談
僧蒲團尋老衲堂堂大圜照此渠親記莂緬懷湯惠休
妙理頗詣絕超然宴法窟胸次包禹穴闡師遠遊孫卓
卓霜下傑真成一角麟笑我綠盎髗寂子延陵秀暉映
敵氷雪渥洼真龍媒作駒已汗血刮膜藉金篦嘉言霏
玉屑德星每難聚頎兎復易缺紫霄上巑岏石鏡懸瑩
澈幽期不嫌頻難遣芳歲歇

次韻謝毗觀朝雨

凉飊起屋角微雲天際來摵摵荷上雨冉冉自陽臺軒
窓積餘潤竹樹絕纖埃懶放事幽屏柴扉為誰開肥遯
病使然黄門豈負哉可憐南巷翁擕魚柳貫腮餉我共
杯盞春烏久徘徊憑虛耳熱後褰裳望蓬萊

奉同伯固駒甫師川聖功養直及阿虎尋春因

賦問柳尋花到野亭分得野字

曜靈運行春衡若被原野客子具歸驂暄風挽羸馬屬國賢耳孫當代豪長者勝游叅羊何重客或屆賈木末仲宣樓華榱大蘭若徐步幽屢尋銷憂日聊假手無垂露資發興為君寫晚過岱宗吏寥閣存大雅犧樽追三代琴筑覩九夏粲粲懸牙籖照眼不容捨歸酌顧建康我實陪樽下雄豪先競病遅遯瀕喑啞匪惟稱行樂性靈賴陶冶他時儻重來更結離騷社

里儒程君窮居教弟子負喜雨作詩見貽次韻謝之

柴門臨江皐炎蒸頗云極金雖無壯心火老有驕色慈雲辦甘雨雷掃不容隙勞生天邊月躔次飽更歷緬懷程夫子熱客難造席涵濡被童蒙肥瘠各有適瓌材構露寒揮斤由匠石不邀里閭敬人自覩至德鄙夫極荒蕪何能臻壼域弱齡再鼓衰櫜弓避勍敵蕭然專一丘非關與塵隔董生悲不過而我異休戚高林収晚靄歸烏俱歛翼詩成獨微吟長懷矯雲翮

遊同安寺

雨歇漲江急野興聊吾疏漾舟拂林表擊汰驚飛鳧雲端僧坐夏遂造林公廬猊坐演妙理法筵滄海珠舌本落雄辯奔放懸江湖吳公庭宇淨爐煙常晏如畧無客造請杳黒眈毗盧吾家大長者惠光充太虛著論役天女寶笈負於菟開圖拜遺像悲嘆隨卷舒歸來掩關卧念冷無羸餘譬如能櫜鞬境界自于于

和苦雨韻

春歸已獨恭徽綠先道周衡門少燈火征夫竭乾餱雨工挽九河溶作南國憂君詩形苦詞高義薄中州歌聲滿天地宰物能聞不凡今世賢知老及誰不偷唯我與之子炯炯定寡求安得習習風凍枿新萌抽遥山滌餘靄歸雲下巖幽紫鳳會騫翥百鳥勞喧啾蒼生得稅駕王度日清休醉眼眩章句煩君為校讎

遊簡寂觀

仲夏暑方壯遊子巾柴車崖斷眇空曠遂造羣仙居潤
步煙霄外追凉晚風餘泉聲遠逾響猿掛時相呼仙人
翔寥廓曾不念故廬蒼珉禮斗處往往聞笙竽我復念
雲卧悠然謐冥區妄念鼓不作長歗聊虛徐

奉酬蕭子植

太丘廊廟具活國方暢謀虎豹阨九關全軀荷靈修元
方闢美度奮舌同尊周悠悠釋嶠雲亭亭留海陬別時
閨中女娟娟未知愁小襦繡襴漫擷草鬬新柔甲子欻

流電窈窕今好逑擇對得妙士邁往氣橫秋既逾絕塵
到復軼黃中劉屬者過我廬並坐崖谷幽高標極迥映
出語如寘搜想當飽四庫那肯事五樓回首問童稚頗
有此客不分攜月屢數好音俄見投蠻牋落大句豪濶
仍清遒顧兹坦腹郎信矣百不憂側聞奏雲門總章定
諧諏翁當秉安車姓名覆金甌氷清遂賜環德星聚中
州陋巷寡輪鞅寒烟滿林丘滌耳聽老語餘生復何求
哦詩聊送似長懷付溟鷗

奉酬湖陰常深道

淮南廢沐浴望漢三十秋丞相發蒙耳衛青奴虜儔終
藉汲長孺穀然寢陰謀正人國之紀進退繫戚休鷄立
聳朝著深藏耀巖幽湖陰有真隱趣尚協滄洲奇胸飽
風霜大筆森戈矛急賢甚漁獵網羅英雋收終南與少
室朝暮拔其尤胡為卧江津尚阻瞻冕旒碩令蘭栗犢
升禋薦圜丘開軒榜獨樂高躅追前修志士遺草澤餘
波及湯流益使山林尊豪奪不可求但恐赴龍書未能

逃大蒐嗟余牛馬走鬢斑年亦道煙霞入種藝松桂助
颼飀書來挾妙句眷言頗綢繆乃知氣先感臭味還相
侔詩成月生嶺迴溪上明樓

奉酬石元涇

往時萬石君諸郎皆孝秀身自浣廁牏已足垂不朽君
佚驅卉木去病如滌垢以兹壽白髮不落西京後新章
來全楚爽氣起懷袖覓句代寒温慚非報瓊玖

奉酬程子尚

彼美洛陽人貽我柏梁句艷雪敵清妍春雲多態度憶
昔郎官湖秋風落煙樹使君出程門蕭蕭髮垂素平時
仲尼履尚可藏武庫不見揚子雲欣與侯芭遇況兹得
小阮風流肖諸父曠懷滄洲期協我塵外趣尚無金玉
音歸鴻來枉渚

慶上人以再聞誦新作哭過黃初詩為韻作十
詩見寄次韻酬之

鄱陽山水國東南一都會朗玉得斯人駸駸越流輩烏

可不足吞丈許欲追配新詩如絃簧窈眇歌一再
壁公釋門老室有芝蘭薰昔為一逢掖直諒頗多聞枯
禪百無染靜擁裹漢雲不隨兒女曹搴旗樹功勲
蟬噪嗟齊梁鳳鳴推沈宋諸人勤著脚何嘗窺妙用獨
有杜參謀變態無與共絕唱冠古今孤高追惜誦
嘉平送餘運丘園先欲春東風堂堂來不畏北風嗔緬
想萱芽動高標壓常珍川岑互映徹草木俱鮮新
吾友韓子蒼霧豹闞闠鑰一朝出陰崖蓬山真著作絕

倫共推讓痛掃淨瑕膜行矣貳紫微居然賦紅藥
材名參上流徙薪如曲突趣嚮期真源悟悅須法窟楚
謠與漢風要自非凡骨幻藥不可當靈根貴英發
我生如艅艎鑄漏頻補過涉世任風帆唱予聊復和髮
短巾屢欹食艱齒仍墮自嗟叔夜懶又疑武侯卧
田園本地著耕耘不忘初修桑復浴種力作共征輸榮
名愧八俊典學欣三餘安敢望輓汲雲林當晏如
子居招隱巘妙解招隱詩濟勝良有具幽討捷若馳秀

峙王郎子斷句時相依異世得岳湛連璧真妍姿
軋軋寒女機織素工流黃何如風塵外翠袖倚修篁幽
居渺天末肯傍霍衛墻饔人鮮黿處誰能染指嘗

九日奉呈元亮兄

窮秋風落山歲事幾轉軸蕭然四壁空觸眼因羈束我
塵已生甑兄亦未有屋少也不如人自視真陸陸北阮
烏賀蘭絕影追風足誰知薦園丘乃用繭栗犢棄置勿
復陳萬事蕉夢鹿渺渺天界高宮黃著畦菊能來慰艱

勤濁醪巾可漉雖無熊耳杯要自尊中渌屬饜謝珎羞
無禍可當福田觀夸奪兒往往如煩促

用前韻

離索未相逢情親在詩軸歸來兩丹楓詩作牛腰束妙
語挾風霜勁氣穿我屋眼中識慈明尊下慚小陸念昔
少年時洞庭思濯足援琴寫將歸臨河歎鳴犢正爾巢
一枝何勞排五鹿江濶洲渚寒微風泛時菊劇談斗低
昂露草復淋漉誰家酒杯寬滿引甕頭渌何知程衛尉

未暇頌藉福鼓枻牽牛河頓覺滄溟促

農家三首

力田狗所務蓐食赴其勞譬之賈欲贏疇能惡喧囂逢
年未前期敢緩芟與薅春膏無偏頗多稼埋牛尻倉廩
自茲實含飴弄兒曹
自我曾高時以有此土田一朝均租賦吏文沸相煎南
鄰勢炙手北鄰富薰天歛聚烏合衆變詐揮金錢本心
抑無幷瘠土賦委填如聞下温詔膏澤為洗湔但願多

樂歲彭腹常便便
牛羊腯以肥鴨雞大且碩里正少經過誰能事烹擊年
豐大作社婦姑得紡績吾生本完膚箴砭困無疾十年
遭追胥翻倒徒四壁從今得安眠絡緯鳴唧唧

聞官軍已破賊巢

海内政不苛民望罷危苦劇賊藏禍心全吳俄歛聚僭
號着赭黃竊發遽如許喧然大黠兵移檄揮毛羽推轂
遣軍容壯士皆貔虎府縣調急夫騷動煩里旅富室齎

金璧細民攜婦女巖谷遠遁逃股慄畏刀鋸寒儒守松
楸劾死安忍去南風吹捷音破竹聞吉語聖朝乾坤大
鼠輩敢予侮妖氛已盪盡和氣滿南土但願勤民瘼治
安毋危懼昨抱心腹疴砭劑得良愈要於匕筯間毋忘
伏枕慮諸公頗臯夔臨軒跨堯禹鄙夫芻蕘言庶幾資
小補倚松一長吟停雲洒朝雨

呂信道以詩見遺作五字句報之

江州持月旦嚴於亞夫營君為倒屣客濩落四座驚我

從鄂沔來會面郢子城新詩照窓几頗復深而清作人
有佳處喜客家釀傾幽花不遺賞未免遭譏評何當小
拂涼揜飲罄玉缾
有慶上人數以詩見贈慶始學詩於祖可爾來
擺脫故步進而不已未可量也作短句以報之
晝公無恙時句吐春空雲筆端斂萬壑中闃清夜猿門
生雲騰馥派別自淵源深嶺蘿月妙縱觀嵐氣昏時崇
一頒重騰驤空馬犀大師於越秀幽氣如芳蓀玉笈發

金籥濶步登詞門脫略塵外躅摩霄鬱飛翻豈惟足風
露定復多皇墳昨枉招隱句深靚麗且温挽我 松桂
要移北山文諸郎短兵接此事獨策勲慚非鍾嶸評更
休知音論
自武寧捨舟度嶺投宿南山寺
水落晚灘澁雲生寒嶺昏捨舟步崎峰鬱蘿陟松門孤
烟望墟落浮林自一源野杓方屢渡槿籬時扣闇弄孫
何許翁夷面復鳥言問津了不觧路窮斜谷分暝報古

蘭若鐘磬清塵根猶疑武陵客誤宿桃花村
遊真風觀
緣雲得支徑遂造幽人居夕風冐梁棟蒼苔上庭除仙
崖衣襞積玉磬韻虛徐回首塵外躅浩歌將烏如
歸來堂為韓子蒼題
出處無定在閱世關盛衰令德山林尊昭代丘園非達
人鮮其趣頗復擇所歸淵明傲世故葛巾風歌歌偶隨
出岫雲戲作三徑資少日辭吏去松菊親風期韓侯極

簡秀早蒙當宁知未吐五色綫小試聊補遺高詠少司
命乘風載雲旗一坐空無人安能免深排昨來天東壁
少欲乘泰階誤隨曉星去流落天南陲得縣篁竹中簿
領頗沈迷柰何訓詁筆反用催科為度堂痛掃灑勝氣
自爾隨風度窓户急雲生梁棟遲不滅田園居歸去將
安之窈窕青禁闥沈沈黄金闈至尊下温詔羣公歌式
微行矣戒徂兩長吟杕夕霏
曉發章水道中有懷伯固駒甫師川養直效何

水部體以寄恨

幽窓未全曙百鳥忽忽鳴分袂會心侶歸艎章水平寒
温乍回立適茲凋兩萁水南花未放水北柳渾青春物
幾駘蕩浮雲俄變更念昨一笑適愁分兩地情縹瓷舉
柔落醒醉醉還醒

欽定四庫全書

日涉園集卷二

宋　李彭　撰

五言古詩

發故篋獲端石蟾蜍研形模極小蓋予幼小時
几案間物對之肅然如與故人相遇感而賦詩

誰從浴日淵得此賴虬卵雕鐫勞哲匠睢腹目仍睅良
非銅雀瀉頗覺鳳咮短憶昔少年日濡毫輒塗竄蒼苔
時見句賦雪起為亂麟經析几例義易明象彖冉冉柔

榆交忽忽顏鬢換發囊逢故人清夢聊為喚李膺文北
海中郎識元歎當時臨所過與我意俱滿翻思辭學官
暾月復不淺起子剛直胸往往期并案顧同戀棧馬作
我郊園伴新詩直類俳破睡資一粲

宿開先

建業未焚櫬蘇山實靈囿推輪碧眼胡篤老勛井臼草
樹百經霜往事如運帚遠懷一味禪徒酌三昧酒尋源
徹河漢窈窕出幽竇卧看落山腰雙鳥起鷺救稍深藤

蘿昏扶蓡入徑取伽陀古録鈎殷勤牧羊叟礪角頌羸牛外苞蘚紋皺往者不可作念切病軀瘦眼明逢皀可秦度復畏友俯手携阿連寘搜逃折柳竟亦不能奇荒蕪但如舊更須尋紫霄寒廳視牛斗

寄侍其雲叟

建業有高士幽棲閟嵓扃時從出岫雲縹緲來青冥昨者修水頭伴我騎長鯨貌古心更古膚清神愈清朝談織烏隆夜坐玉繩横辯舌不掛壁泊然忘譏評嶧琴孤風嘯鏖碁飛雹鳴黎明投袂去霜風助揚舲自我不見子三占少微星慇勤行沙鴈素書每丁寧悠悠望塵友變態鴻毛輕盟血未曾乾飛語聊相傾少聞高士風汗下顔甚赬吾言盖有激因之見交情

宿雲居十住軒

塵事起濫觴洶洶濤頭聚對鏡眼生花尋幽心脱兎歐峰阻躋攀榆柳春再暮維時春作夏起我勤杖屨捫蘿蔵去蹊陟巘忘故步大壑埋白雲陰崖崩老樹縈紆幽

烏道突兀升洞府麗眉老比丘倒屣蒙碩遇曾未契三闗遽已棲十住暉暉天横參稍稍窗送曙華鯨破短夢山禽喚新句伊予羣念息亦遭画俗馭徒為三日留後在邯鄲路

雪夜戯王侯

望舒離金虎晚雨幻玉沙觸楹勢頗疾打窗風正斜西家有勝士夢画筆生花孺人近行邁章江駐雲車銀屏擁絳桃繡帳戯蘭牙甦停短轅馭清歡春思睽陋巷笑短李柴門蓬雚遮袪褐對孟光氷柱吟劉乂想君獨樂時覓句剩欲誇脉脉無由語踈林集暝鴉

對雪

晏陰城郭昏窮巷寒意泓画飈卷玉塵稍稍凝曙露應頫阿香手終日春薄暮獨烏避寒柯鷺鷥迷故步木氷逵官怕向來聞此語擁絮卧北窗鼻端從栩栩

遣興

彌年倦行役丘園曠幽尋殷勤響晴唉為我貽好音桼

花映皓月猶作故時面歸來雪如花坐看花如霰中朝
懸美祿摧鋒號能軍而我于此時不武亦不文平生厳
子陵故自狂奴態箕踞問君房素癡寧小差上馬須不
落起居善何如吾生行樂爾何用明區區

謝靈運詩云中為天地物今成鄙夫有取以為
韻遺興作十章兼寄雲叟

嚴霜如勁柏大節見固窮懐人居白下抱道立黃中泰
淮浩茫茫楚山耿叢叢胡為悵音素過盡南歸鴻

達士廡可慕勞生良足悲君看嘉賓黙何如方回癡榮
衰等湛露變更如劇棊寘寘萬事定何用機心為
學詩如食蜜甘芳無中邊陳言初務去晚乃換骨仙我
昔實知此老懶挽不前兒曹喜吟諷快意艷陽天
曩時阮步兵埋照每沉醉是身託麯蘖真若有所避誰
知名教中固自多樂地花氣雜和風相我曲肱睡
西京執戟郎老嗜杯中物觀其所著書澁讀由蹇吃劇
秦見平生何心窺髣髴唯有四愁賦至今猶炳蔚

孔融天下士荀彧雙南金既為阿瞞用復為阿瞞禽獨
閬管幼安龍蟠滄海深難用固難殺耿光垂古今
器博無近用胸中要縱橫腐儒昧行藏寒窓守一經營
營市道交務利如蕪并無復典型在况當觀老成
陽城海內豪隱居晉之鄙養此氷霰姿諫官安足起欲
沮延齡相悠悠自風靡何以昭無窮政賴有此爾
灌園如結廬畦蔬如養雛斂耘斯易壯稍惰或攘羭賣
菜厭求益得酒聊歌呼醒來北窓下解衣誦潛夫

幽雲生簷楹落日掛戶牖茂樹發華顛歸鳥鳴高柳春
風可憐人舉兹為我壽行樂當及時浮名竟何有

次韻呂居仁見寄

井鉎澹⿰口束烟幽憂癈寒暑孤雲起幽輿澤物猶能雨殷
殷空裡雷何曾濡厚土燕鴻且長飢誰能投枉渚知心
不識面公子實楚楚五葉活國謀摩挲噤不吐勝日覓
羊何幽期得支許才高賦雌蜺識遠辨鼯鼠蘭蓀無異
縣臭味同此舉開歳欲問津夢逐寒江檣

次九弟韻

觀山如觀畫入眼詩輒進厭則收卷之去留情不吝老境喜平夷落紙風雨迅誰能肝腎愁虛名媒疾疢屬聞殷國師已發吳越軔破竹擒諸偷長纓收犯順官軍將鮮嚴眴懷供朗潤小雁讀我詩出語亦遒峻流霞瞰槁顏如彼潮有信但願吉語聞稱觴兀斑鬢

次韻元亮行沙頭

甘雪餞餘運行春慰清愁曠懷萬物表妙趣寄滄洲視我園中蔬陳根發新条恨無清渭姿入涇不同流老雁喓菰蒲非妄稻粱謀天涯網羅密所以挽不留倚杖一蕭散好鳥鳴林丘誰同北山老不動移文羞仲兄儻能來長嘯狎凫鷗

再次元亮韻

艇子打雨槳石城催莫愁不嫌波浪濶但懼水生洲大堤多女兒草暖復条柔盈盈成雅步皎皎臨清流翠釵掛人冠自作橫陳謀非無一時好高懷詎能留朝歌田

壘翟饋藥逃東丘此豈聊復爾頗似憐包羞長吟望烟際飛來雙白鷗

從弟用前韻作人日詩見寄復和以贈之

涉七日為人春言空復愁既念稱處士骨鶩鶴洲更憐劉太孫擇鄉得溫柔二兒千金軀輕生隨轉流樽中有歡伯一笑為爾謀白髮生如寄時駛不可留我有騰化術長袂挹浮丘若言可持餉定免二子羞煩君一來過春色著汀鷗

次鬧叟見寄之韻

王侯氣藹往青春頗千祿任俠似朱家竄身脫冤獄甘隨丈適遊不作子公牘着鞭投前地嗜山性尤酷遺民卧江漢無心謀半菽數面遂成親開懷注醽醁新聞倒青箱讜論尊黃屋禪參靈運前庭列山陰竹好爭當語離作惡徒滿腹西風掛席歸清談渴心足漢庭今側席公道追黃鵠莫作稻粱謀營營革鷄鶩我自宴山川坐嘯臨長谷

次瑛上人韻兼示駒父

營道　烈心脫葉危欲霜遊子多苦顏世故定未忘鮮
包祇園下映帶瑤林旁窈窕寄雲鴈萬事炊黃粱今君
華亭姿俛咏不得翔相期紬金匱妙趣詣方將

次韻謝吳國器見贈

眇然詩家流誰能補其處雋逸追英還無漫推不去譬
彼玉花虬絕塵須善御越女動鳴機纖纖工織素吳侯
勇于文銳氣發眉宇既度驊騮前邊幅時得覩寧當縛

微官一掾妙三語病夫儔櫟姿髩及邪受斧新詩欲招
隱便自忘勞苦眷言謝心期願公毋矯舉

三益齋

知人實未易定交良獨難勝己謝容悅有來期必端明
公邁往姿勁氣摩諫垣確訒金石貫博極濱渤寬遺經
起几例射策凌孔鸞睥睨漢庭右言激壯士肝恥作子
公書肯彈禹貢冠小試不盡妙銀章楚江干抱牘鴈鶩
行欲作故時看彈治非柱後宿手心膽寒何嘗擾獄事

民自以不寬如卿未慚老此語垂不刊虛懷望三益閱
此賢士闕要須得偉人濶步未登壇拜公丈人行攝衣
許躋攀反裳補我劓況復親芝蘭會心在簡要我言真
覺煩章成謝不敏猥并勞一册

廬山道中望天池諸寺

籃輿造林口暝色歸暮田槁木半搖落犖峰翠回旋翳
翳雲門塔霏霏祇樹煙夕梵落雲際微鐘下遙天平時
笑傲處真成觀輞川巖壑事難必賞心難兼旃還將九

節杖踏月上危巔

遊廬山懷叔粲季敵兼憶小子岷等次謝康樂
寄惠連韻

諸峰露巖屬上與箕斗近西風吹人衣蕭然無畦畛烟
霞入詩句欲吐初未忍但恨數往來幽棲愧真隱真隱
如虛舟渺渺姑東流何須長卿慢暮年稱倦游鐘鳴起
菌閣天上隱瓊樓烏能誘松桂曠懷且少留少留平生
歡看雲復長歎芝蘭念獨未蘭栗惟雍端倚松聊停策

意遠縈層巒風馭烟尚積雨歇雲猶攢攢雲本無心孤
猿響山陰俯瞰白鹿洞仰窺紫霄岑何時携諸少清盟
可重尋仲子日邊去歸鵶聞暮音

次環中韻兼示蔡安叔

徵君遂偃蹇乃復肯見過清秋雨方闋斷蜺猶飲河高
論到正始往往操吾戈相期守雌一功成樂婆娑步出
雲雨上長嘯攜手何

觀諸少移瑞香花詩皆屬意不淺次轉字韻戲

之

託諷本寓辭語亦要流轉欻觀移花作老眼頓忘倦勿
矜風露姿未入麒麟殿行將顧眄稱深衷自兹見

次韻并示劉四壯輿

浣衣起筮仕釣璜辭碧灣朝來玩西峰聊答馬曹閑寂
寥漢庭中二疏勇自退復有一子雲茅簷甘炙背

絕江過大風

江流平兩堤艇子打雙槳西疇閔多稼北風吹巨浪諸

峰忽低昂飛鳥隨下上欲為舒嘯期兹焉廢心賞

喜聞繩武元亮有歸期

行雲無定姿况復出岫心因風着孤嶼悵望故山岑遊
子在天末胡為成滯淫巽坎浩難期關河阻且深向來
一紙書何啻萬黃金未射漢庭策不妨梁甫吟孤花春
欲盡裹許要同斟

赴隣舍招

虛舟縱逸棹冉冉成老矣隨食蟲寄居行年螘旋磨來

歸修水頭視地不敢唾俚言亦屢陪灌畦常往佐每於
休作時弄筆聊頓挫自謂老于斯晏然歌楚些年來尤
屢空非關學高卧時節閭里歡觴豆競繁夥我獨蓬窓
底達曙發清餓賴有竺乾書開顏真自賀近局可憐人
雞黍起頹惰整冠禮甚修坐客仍虛左浩歌為之傾樽
為歌長破

題蘭亭修禊圖

商飆吹漢臯水滿郎官湖狂策上秋興拂塵觀畫圖娟

然春風面觴詠聊歡娛中有超絶人鬑鬑多髭鬚筆端
吐奇胸紫鳳舞天吳草木方變衰安得蘭蕙俱生綃如
無有酣放聞歌呼可憐謝餘杭沾醉欹坐隅詩慳遭重
劾罰酒輸行厨遥遥數千里定交在須臾金谷望塵友
鸞鳥何其愚嗟彼許敬宗握筆倚玉除將圖來此傳懸
知不相如畫中見勝韻真欲誅姦諛臨風增想像候鴈
度晴虚

將遊雲居中途得佛鑑師到日涉簡徑歸

呼船凌曙江江空渺黄霧冥冥蜀魄啼嘖嘖寒雀哺道
人大梁來折簡須語語為廻緣雲策小緩攀天路元因
會心期非闕排俗馭青燈耿夜窓高談雜疎雨

東湖夜歸賦詩二章呈駒甫師川

春歸土膏動草際來和風厲厲氣又嚴晏陰似窮冬崇
蘭未含薰薇芾蕭艾中仲長久埋照幽期得無功湖光
起遥脊淑景復冲融連山倒垂碧落日半規紅不須勞
意匠物色自無窮

弱齡百不堪寄傲及壯節從人笑數奇丘壑藏我拙客
夢漳水頭鄰鷄鳴枯槁荷鉏挾新詩一作桑懷哉清夜月
野桃欲著花幾見堪黍雪當還灌我圃終歲飽葵蕨

讀西京雜記十三首次淵明讀山海經韻

南風吹新竹密密復踈踈脱冠眠北窓興不減精廬緬
思西京事聊開稚川書千古納眼界恍若巾柴車頓忘
在墐墉灌畦蒔佳蔬筆端真有口妙處天壤俱明如冊
青手百幅生綃圖舉似兒子曹矜誇還久如

恢恢樂遊苑遊樂蠲苦顏懷風森苿蕁吐花耀流年秣驥
無萬里鋭氣陵天山妙哉苜蓿盤信矣非虛言
湛湛太液池氣接崑崙丘雕葫紫籜葦茂密誰能儔鳧
雛與鴈子遡波還復流偓佺倚黄鵠往往乘風遊
飛燕傾人國專夜居昭陽當時姊弟貴坐閲歲月長琺
璃作窓扉金翠粲以光無復聞勤儉敦朴追文皇
彼姝掖庭子王墻端可憐咄嗟毛延壽媢嫉移遠山一
朝聘絶域艷麗復何言畫工戮幾盡遺恨抱當年

公孫發蒙耳猥作支廈木仲舒棄膠西白駒在空谷脫粟飯故人安敢望薰沐齊人固多詐何由調玉燭長卿還成都埋玉崑山陰謀醉鸘鷞裘翌然遯丘林賣醪着犢鼻滌器揚巴音誰知子虛賦遽愜武皇心子雲識奇字辨舌非所長有宅纔一區安貧固其常深沉草玄腹如裹萬里糧苦心夢吐鳳流傳今未央惠莊長安儒馳騁盤珠走蘪蘭匵栗犢五鹿不當負拊心困劇談此中固多有口舌何足爭虛名千載後

淮南學神仙逸迹窮山海著書名鴻烈精爽凜然在宇中挾風霜反躬忘寡悔空餘裹蹏金萬世將誰待韓嫣佞幸徒骫曲承密旨長安有成言金丸不餓死平生鵕鸃冠於茲見操履安陵泣前魚炙手何可恃侍中着貂璫非無事君志雜用儒家流仕宦識不止漢代從行幸親近固其理何嘗裨衮職所執玉虎子馬遷下蠶室發憤見良才伯夷觀列傳冥報嗟從來含悲復不遜安能避嫌猜高文垂箕斗斯士今悠哉

讀廬山記懷文若弟

茂樹遶茅棟鳴泉響屋除胸中了無累泛覽匡山書巖谷在眼界風煙來座隅時逢幽人語似與仙者俱昔在宗少文壁間留畫圖澄神可觀道卧遊良不疎嗟子何徒役山腰轉藍輿瞻烏懷靡及登臨將不殊聊凭西去烏殷勤問何如

陪趙傳道都護飲擬峴臺

平生羊荊州雅意垂不朽登臨發浩歎望秋怯蒲柳誰

知如湛者自可槃宇宙鄒郎不領略甘言發訣口奈何千載餘卜築擬峴首我來勝氣生排霄峙山斗何暇知許事谿山攬明秀都護賢王孫為具掃愁箒晴嵐變晚靄霞綺粲高牖如開靡詰畫妙處落杯酒長嘯徙倚餘孤鴻沒南岫

遂初堂為仲仲題

長卿四壁立寥廓無贏餘子雲英妙姿有宅纔一區東山文靖公盛德壓海隅五畝幾不保翁仲泣遺墟張融

貧寄傲非水船安居是皆知名士慷慨振古無隻椽與
寸椙乃爾未易圖頃年黄篾舫赤壁藏菰蒲剧曺得錢
佚孤柁呑平湖自言家吴會曽髙結精廬挾權彼何人
連茵列嵎徒出奇斯無窮怡顔享渠渠埋世無寃民屢
上黄屋書竟爾完趙璧幸免攘公𧦝赤手縛於菟幾發
壯士疸草木初無情和氣句嘘枯尋盟賀燕雀聲樂聞
烏烏獲嵎名其年作亭題遂初如公已克家得雄必充
閭我居日涉園養痾聊自娱卜築頗清曠風煙在衣裾

問舍経始難覺公言不誣詩成增想似疎鐘暝虛徐

晨起

晨起盼庭柯冲襟澹無營猶疑夜來暑幻作秋氣清舊
籬烏雀語各自謀其生安能從物役月落修渚横
澹澹故園月暉暉垂屋星闌夕伴客語已復過我庭誰
為旋其樞未覺領兎靈要知本不動莫作流轉驚

宿康王觀

流水赴大壑孤雲耿松門風幡動林杪步屧煙景昏矯

掌侯幽討高懷定誰論濁醪有佳趣溪魚供晚飡無名
窓外烏催曙武陵原

重過康王觀

憶昔尋遠山停策康王谷煙昏鐘韻微林茂鳥歸速羽
人雖稀少落日見樵牧徘徊臨清溪溪魚白於玉並遊
幾何人槁葉下喬木回首十年夢前塵那可復欲去且
少留殘霞帶孤鶩

醉起

戀花欹晝眠汲泉醒午醉潛蒭雅相攜侵堦那復避微
風過方塘鬱鬱送荷氣丘園犀卉木詮品識根柢譬之
足穀翁龐縮在心計借問有何好是中固多味

豫章通守李侯苦癰瘍卧舟中約予相見

雲斷夜來雨榜舟渡前溪波漲回汀没林端遠岫微故
人方抱瘵有約吾忍違夷猶歸理棹天末放朝暉

劉越石

蒼岑玉崢嶸寒林深窈窕石如馬鬣封其中藏二島匡

山當致門煙扉耿相照瑶堦既舫截侍女亦雲緲兹爲
諧所求蟬蜕出塵表自爾絶問津日月數過烏摩娑坐
久如藤蘿歛猿猷

寄劉壯輿

曩者劉中允懸車未華顛騎牛澗谷底終歲飽風烟至
今草木間餘光發幽研祕書百鍊剛凛凛森戈鋋勁氣
睨汲黯高文儕史遷當時補袞流氣燄摩蒼天一語不
合意歸來枕書眠急流勇自退已度二疏前檢討少壯

時嗜學勘丹鉛微官褁黄綬雄名敵青錢聊爲三徑資
未減五柳賢薦書到禁闥信史多官聯仙署得董狐筆
端直如絃季札嬴博垠歸輿何翩翩掉頭不肯住引帆
黄篾船昨來離山東喚黠羣兒喧一朝掛其冠謗語無
由宣頋我牛馬走定交良有年相期實高蹈飲潔鳴風
蟬雖無元龍豪問舍仍求田同採揚岡薇共酌陰崖泉
來往成二老應使萬世傳

宿慧日

幽窓著曙色匆匆烏烏啼軫念在遠壑發軔離苔谿泉
聲作好語挽客來招提老衲道機熟空洞了無疑霜鐘
耿晴空上有垂露姿嗔隨噌吰聲直與雲漢齊摩娑不
忍去行雲會東歸 鐘上有儋州題名云元豐七年九月二十三日眉山蘇某同參寥禪師登棲觀雨

喜元亮歸

念君赴修畛值此春事晏坐窓居人愁木末遊子遠平
時樂羣心亦起隔津歎南風不解愠執熱要排遣好烏

噪簷際氷玉來照眼歲華幾何時莫遣費牽挽茂椒儻
可人勤來或忘返

日涉園集卷二 校成四十二頁計乙萬貳千乙百一十三字

紙條爲藏本原附。

日涉園集卷三

宋　李彭　撰

五言古詩

修源

修源寒皎鏡湛湛有餘地居然起灘瀨無復保東粹人實不易知出處非細事懸知成小草何苦辭遠志飢求仁者粟不用濫乞米清言豈致患高誼世所韙君看陸平原華亭思鶴唳季野雖不言四時氣亦備一飽會有

時幽園動春意

宿翠巖

開門望西山歲月已云積及茲一登眺風雨送行役緣雲路崎嶔憩淵鐘寂歷幽討良獨難微吟夜寥闃

呼酒告竭不果飲徒飲漿因次淵明述酒韻

貧賤俯中歲沒齒甘無聞藿食屢清餓勢與膏粱分斯濫非我事濁醪餞歸雲索饘從告竭不廢抱皇墳嘯歌夜漫漫嚾靈未能晨豈非杜康絶督郵那復馴壺漿當

醆飲舉白澆余唇飛霜凝暑路調齊何殷勤不堪餉親串一笑貽文君悠悠缺陌界本無猶與薰妄于天地門而生经綸文東丘終反魯仲淹世居汾懷寶何必售千載猶心親伊優與骯髒榮哀本同倫

小軒前菊花玉雪可念今年忽變鵞黄作詩小詰

幽軒種佳菊得秋雜素華頗與塵外客特來當煮茶賞爾貞潔姿珂雪淨莫加今年日在房暉暉弄新葩誰令色無主稍稍作此花長吟復三嗅亦復長嘆嗟汲泉蒔根本藍田待瓊芽

觀訪戴圖

閒庭秋草積滿砌蒼苔深忽向氷紈上聊窺訪戴心雪月俱皎皎風林立森森縱觀停艫處猶聞擊汰音終身剡溪曲何嘗辶山陰徒言興已盡真妄誰能尋浮生同盡爾慷慨為長吟

别何甫之

吾黨何水曹明窓飽書傳筆頭夢緗桃秀句出黄絹胸
中萬壑冰壁月共皎遠未受沈范知若乏崔魏見効官
三徑資立節九秋幹隨牒修水漬未滅淸懷縣誰知舞
文吏抱牘進皃鴈煩苛困疲民欲作搏沙散談笑罷追
胥老稚無遺恚春風吹城隅花柳俱紛衍胡為動歸艎
徑去不受挽病夫卧幽園念離情莫遣營詩持送君愁
雲横絶巘

遊資聖菴過明光明祖首座

久從拈提遊妙趣崖谷廻自謂頗造微何由昧斯境絳
氣霄秋空白雪一作雲屯夜永華屋蔭修椽皎月浮藻井
壞袖逢阿師苯尊髮垂頂簡默近道要虛夷發幽省念
昨分手初霜飈虎溪冷及玆再會面老色藏秀整屬予
妄緣息值子塵事屏循潤意無窮捫蘿度前嶺

寄雲居微首座

天星粲以繁斗杓横復直其誰移人間羅列遍阡陌綺
紈拂坐笒鶴酌事几席遥憐山阿人聽鐘夜寥闃孤峰

最高寒陰崖四時雪許分一派風濯我朱夏熱江皐春
事歸峰頭猶凜冽報子以迴飈草木亦欣悦

客有以贗銅香爐見貺者感而賦詩

巧匠資妙手斲泥冶金爐雲雷載觰腹金石砦慢膚外
質荷潤色中扃嗟厚誣巘巘金博山水沉與之俱青烟
耿朱火藹窈凝空虛香色暎華觴事見漢上題襟噴薄滿座隅
謬當二器間顏泚意不舒如聞厭浮偽此物無羸餘勿
云識真少為謀良自疎

次徐十題承天壁韻

權門嗟來食諸郎厲操瓢獨有聘君孫詩裁九井腰南
州翁仲泣祖風端未遥漢庭給扶人進退隨晚朝凌烟
在何許淸鏡二毛彫抱瑟懶來齊吹炱常見克與子同
臭味何時共儀韶

雲薌閣為簡寂賦

匡山苦霧裹衝曉度前溪定是柴桑老來尋陸鍊師誰
復餐霞客天籟吹參差泉妥巘崖白雲生梁棟遅若憶

遼東鶴似聽淮南鷄西疇約惠遠同採此中薇

雨過清曉登鄰宮鐘閣

倦夜思重閣曙登興悠哉殿古木亦老江濶眼逾開宿雨風前落幽雲鏡裏來高懷無一夊客底悲徘徊書空復長嘯烏雀莫相猜

泛舟 時從弟俱行兼懷從弟元亮

暄風吹天墟淑景來日涉繁花已舒頹晴哢復緩夾平生萬斛愁賴此短兵接俯携諸少年清江玩舟楫波平

羅牽挽論高闢嚅囁絝懷荀慈明氷霜胸中挾食貧傍人門官學居建業向來疥遂痁性命危脫業勝遊凤昔共大句常岌嶪回頭見小雁頗恨暮山疊何當奮飛去碧雲端可躡

過淵明祠次還舊居韻

往者金華公賜環婁道歸留輿過柴桑彷徨有餘悲荒庭尚如舊物色人事非寒風起虛林木葉無復遺榛叢傲霜菊詎肯相因依二事隨渺茫玆理未易推適堪作

廢廟衆芳俱未衰當有曠達人槖金煩一揮

北齊校書圖

嫣然粉面郎上馬能據鞍身非行祕書亦復磨鉛丹六籍火攻餘渡河惑亥豕毫端雖有神頗能正朋字

自寰通奚橋尋幽

谷鳥喚暝姿孤鐘生晚聽危橋澹忘歸巘壑耿相映潺湲見機泉窈窕入雲磴遐矚野寺門忽盡山陰興

醉中戲贈溥上人

上人湯休徒肯頌亦云屢衣上鳳栖雲辦我林壑雨殊方怨別餘苦乏碧雲句禪間儻能來聊用慰哀暮

到家用環中韻呈玉侯

客子倦行役設席高軒過胡床語清夜皎皎天無河勃窣自理窟何勞觸干戈蘭摧玉久折蕭艾空婆娑強進忘憂物無如作病何

遊仙二首

昔日漢公昉畦氐真人旁試此塵外姿持獻分甘芳神

冊為之壽千里還故鄉刻朞得被具妙處固難忘雲生
五畝宅雖大亦得將應持八瓊文往疇九霞觴
江叟冥寂士邈非粉桼流悠然揚舲去路窮仍曲謳野
笛三弄罷變徵荊卿愁我懷乃昭曠興寄真滄洲只應
清夜鶴時過緱山頭

夜飲

公子敬愛客高會不知疲樽下殷勤歡只以慰數奇樂
憐張女彈舞倦秦王衣持觴不作難需醉倒接䍠客子

歌言歸主稱露未晞

七夕

兒時聞天孫今夕聘河鼓鳴機應輟停飛鵲橋邊渡藁
砧倦服箱捨策息怨語常時別經年雪涕作零雨念各
非妙齡無復啼著曙癡兒去褰拙芳樽肴核具頗憐柳
柳州文字稍誇詡昔在台省時摸畫秘莫覩奈何吐憤
辭投荒猶未悟性與是身俱巧拙有常度何能謂以獲
詎有祈而去悠悠區中緣當今愛體素

得六弟書有歸期

茶甌起松風明窗共昏旭執令著征衣貧病為推轂畏
途阻且長況茲加煩促忽傳尺素書歡喜三過讀蔽芾
惡木蔭前修慎其獨缺月耿孤桐歸雲赴深谷吾擬誦
招隱殘章留子讀

晚登鐘樓即事

幽棲無熱客地僻自鳴蛙危樓一登眺晚凉清興賒踈
林方寂歷惡木半槎牙五峰在北户慰眼落玄花危檣

渡洲渚暮帆狀日斜蠻崗念徐稚去及東吳瓜雪山經
幾許高士正浮槎南州苦牢落秋鱸寒可乂顧懷張校
尉莫作賈長沙何繇致叩叩翠柏正啼鴉

夜聽從弟榮緒琴

凉月耿茂樹微風薄踈林令弟肯過我清夜撫鳴琴妙
生徽軫外虛夷有遠心哀猿山暝嘯凝笳霜霽吟胡馬
驚翔吹楚囚操南音王嬙穹廬泣校尉漢恩深翻令曠
士懷數行下霑襟曲終頗清壯攫醳繇頗淫亞夫軍細

柳令嚴夜沉沉我友擅丘壑頗遭鷄酒侵營詩貌烟靄
辭慳負幽尋畫師雖無如滄浪一啼涔藉爾山水曲軒
谿窮上岑勤來商略此勝處要同斟

掃除尚書公冢下

平原令僕射精銳暢人謀當時棼諫草安知即山丘零
落三十年誰其追遠猷只今忠義風夜夜鳴松楸啼烏
勸行沽催花生道周遺墟泣翁仲荒溪風馬牛非無玉
樹郎抱關在中州悠悠生存子那得不沉憂

讀楊雄法言

子雲老暗事晚乃著一書經營極淺易艱深聊堅塗終
身作雕蟲出語嗟壯夫苦笑風原智頗憐鼂錯愚丹青
果變玉美新孰非諛我麟不可羈投閣將焉如侯芭痛
領略見謂老易徒小兒楊德祖鑒裁自不虛

擬古

彼美如花人如花復如玉嫁作征人妻別長歡日促拂
掠可憐粧翠袖抱獨幽飛狐驛使斷交河無寸牘春著
韋梅繁風吹秦樹綠草生森芊蕁誰能辨蒼茱啼裡花
成子愁悶笋為竹雨滴翡翠帷月上寒蛩禱稍知狹邪
遊能忘窈窕淑新人工參差故人勤杼軸悒埋為病媒
經綸有邊幅苦言餉夫君夫君當熟復告君君不知我

自熱蘭蔔

題洪駒父徐師川詩後

籍甚洪崖孫高寒欲無敵徐郎聘君後挺挺百夫特堂
堂無雙公戶外滿屨迹虎豹雄牙須儕流甘辟易徐詩

到平澹反自窮艱極周旋無款識賞音略岑寂陰何不
文梧少陵頗前席洪語自奇險餘子傷剽賊大似契紹
述文字各識職二子辦飣餖鄙夫與下客粢食薦鋼羹
熊蹯雜象白殿最付公議吾言可以默

醉書

春風吹草木芊蕁換衰朽亦復吹我顏祇覺成老醜連
呼醒酒來袪掃愁帚遣客我欲眠深憐柴桑叟

以形摸婦女笑度量兒童輕為韻十詩

孟夏樹扶疎繞屋欝青青了無俗士駕嘯歌頌忘形淺
雲閟前峰瀉雨自神屏蔬盂有妙理未減五侯鯖
清晨澹無營按行瓜芋區二雛能拜起嬰兒千里駒抗
顏捋髭鬚酤酒提胡盧幸非李元禮何勞為楷模
潛筠穿屋頭幽草圜舍後手携東皋書竟孰俱上口詩
無擬澄江文不誇幼婦娑娑丘壑底藏此牛馬走
丈夫志四海摶風類鵬舉方其未遇時潔身閨中女晝
伏夜動者貪冒如倉鼠炯炯抱名誼所慎在出處

我有百衲琴巴渝不同調三疊太古音那免世驚笑被
哉遇嗾徒睥睨追風驃幼輿雖折齒初不妨吟歗
謝公東山時徹侯等塵霧一朝畏桓溫攝衣忘雅素忽
著進賢冠頃失滄州趣勇退真難忘天末橫雲度
昔者溫簡輿王屋頗清曠建封禮為羅非復無度量落
膽劾權臣龍街速官謗戀棧胡不歸猿鶴儼惆悵
少室拾遺公許身頗與箕韓侯為推轂俯交軒冕兒獻
策盪淮寇犯顏立丹墀未免誘松桂應遭北山移

尋壑逐飛鳥特觴送歸鴻不解世俗書稽古何所蒙久
矣川效珍剡玆山不童應容陶隱居佳眠聽松風
舉世市道交誰能保榮名譬之多財賈惡罝安得贏一
身拱璧重萬事秋毫輕向來冥寂士飄然逐遐征

七月十九夜有大星霣于西北

迢迢天漢星寂寂夜未艾孰居無事中差次若璣貝向
來西北隅熇然獨顛沛彼蒼既悠遠神理滋茫昧豈君
坐逐客無乃勇自退嗟彼亦何為竟久屹相對絡緯啼

井欄和我微吟內

五月二十四日晨起隔壁聞李敵營詩戲作此
嘲之

阿敵覓新詩蹤跡真詭祕如偷發關鍵大懼驚隣里微
吟蟲得秋幽討蟲搜耳排句歸陣鴻細字列行蟻詩成
膽力壯巨軸書側理遠寄賞音人稍欲見名字但求皇
甫序何暇公榮醴吾言可弃案嘲竟聊自洗

巢雲亭

山柳排晴空聳峰助高寒危亭踞上游不在世網間曉
窓飛鳥度暮簷餘雨還與多仲宣樓勢肩天姥山落筆
睨前華血指空汗顏金華牧羊客句回造物慳眼界無
一欠辭源溟渤寬會當踐不朽夜郎今賜環

芰香亭

束髮事明主遇合誠獨難譬彼佩犢翁穲衮功貴完明
府真權奇汗溝沫流丹雅意獨當御未專首蓿盤詔許
上紫殿占對隨孔鸞底事寢不報鼓船下風湍頃茲未

逢年于我頗復安治道貴清淨雅耋家相歡桁楊生木
鷄椿蕪雜西園方塘毋製芰澤畔思紉蘭靈修方布席
下詔應賜環勿墮逐臣淚去躡青雲端

淨芗亭

校雠淇園姿勁特傲霜雹論交不滿眼入社難湊泊賴
有此檀欒嫣然時解籜風枝兼雨葉調度固不惡結實
何離離開花紛莫莫鳳鳥當來過歲華今異昨

夜坐食蛤蜊

紞紞寒鼓鳴稍稍華月上蒲萼蔽幽齋夜鬥驚暗浪但
見魚蛤蜊許事付塵坱獷殼雖外緘甘腴實天相霜臍
貴抱黃雀醢誇挾纊江瑶初脫柱蠔山儕疊嶂盤飧得
此生風期特高亮如跨大宛兒凡馬羞駿駔嗟予鬢成
絲山林真獨往會心不在遠坐有濠濮想

敦好軒

會心誠獨難托契復何有曩哲有遺言定交於杵臼此
風頗淪胥射利一相就口血曾未乾轉盼忽責友夙心

何由敦聊與眷眷偶是中白頭新嘉德真耐久恍如對
華觴心醉不在酒誓言山若礪此好那容朽商飈振庭
梧明河掛箕斗

題范贊府覓先春亭

范叔老不衰周禮素獨秉素標垂青衫不厭官踪冷抱
犢鴈凫行色笑辨俄頃園涉寒未餞和氣君先領霜花
吐幽香烟柳發新穎大鈞無私酧播物厚茲境仁人所
遊居寒威甘遠屏要當均此施草木清晝永

錢仲仲乞靜照軒詩取逸少所謂靜照在忘求云

往者多逸想山陰時見之肯持圭組面自壓丘壑姿奇偉不少貸確訒無纖遺保全勝東山出語曾未思巢許逢稷契何由致于斯乃比石衛尉此老端不為覩其誓墓作豈復隨家雞忘求在靜照定體發光輝誰料百代下領此無言師元非折腰具聊復尉河西開軒延勝氣不許塍客隨凜然康蘭風坐用談笑追懸知杜武庫時

與河陽期持觴望天末雲樹相參差真恐永和日未能相盛衰徑煩畫幽處公莫惜鵝溪

阻風濤溢浦捨舟由山北以歸

自發郎官湖掛席如江練繫舟潯陽郭風濤中夜變攜琴坐菰蒲驚歎雜鳧鴈明當度山椒聊寬故園眼

諸人絕江遊同安大風濤作予適病眩不能渡

平生湖海心舟檝雅所便揚舲欲尋山風濤怒掀掀中途得眩疾跨馬如乘船誰能于此時絕江歌叩舷寧費賞心晤歸作甕牖眠壯哉二三子嘯點懦不前頑懶謝公嘯幸免季野譏延目望斜照歸路山蒼然

用陳觀韻寄廣心敦詩兼示陳

卧疴春帶賒抱獨眉宇皺歎懷北阮貧既親亦有舊歸歟渺前期騎氣勞侍後暄風攪客衣勝處當宿留遺我次公嘲知君杜陵瘦

陳侯探禹穴辭源何浩浩佳處似陰鏗丘里得名早吾家習主簿筆頭妙揮掃花繁漢署香春事隨花鳥快哉

兩牛腰何代無賀老

四月十八日過師賢留飲歸用前韻寄師賢

避俗非避世擇交欣擇鄉共泛忘憂物聽雨對胡床江湖繫舴艋夜窓燈火涼論詩中鳴鏑辭源注方塘常杜骨已朽誰焚更生香我纔肩培塿君自梁氏房玉人能曉此藻繪已埋葬破涕欲為笑橫膺復快快行矣勿復道尊孤政為祥

離雲居道中偶成寄徽先馳恭首座

久樂巖中趣未覺身世拙冬暖愁雲開歲晏塵事歇山
靈招我遊草木亦欣悅黄松少穉蒼崖對宿雪山川
誰斷取孽在仇池穴恭公雨花手徵公傲霜節喚一作睡
起隨粥魚談餘餞山月雨禪過虎溪一笑頗清絕歸來
武陵春欲向幽人説

日涉園集卷四

宋 李彭 撰

五言古詩

寄徽先馳

雲横暮鐘微窓含遠山曙衾祴正佳眠佚鴈送寒暑覩
君弄泉手豈是縫裳具獨鳥不西南長懐天際樹

寄徐聖功

暄風緑隙末窈窕過我廬新花已集目弱柳復藏烏故
人慳音素定知中客跡客從西縣來問訊聊可娛幽窓
含暝色亮月麗高隅意逐前雲去微鐘尚虚徐

以酒渴愛江清為韻寄秦廿四

春風草際歸旅客向杯酒觀化發珍藏俱為鄙夫有雖
無雅頌姿槖之維楊柳賞春良獨難深憐魯中叟
倦游文園令病肺仍消渴句斡造化機雲霞互轇轕慢
世誰與儔嗤議從今奪誠哉死諸葛能走生仲達
通籍金閨人物望侔咼禹醉卧古藤陰一往無復再卒

業有劉歆學富仍多愛定恃柯亭竹遡日吹丹塞
玄暉擅江左遠岫列雲窓佳句神其吐律身未敢麗胡
為犯奇禍雙流帶二江將知嗟耋及懷寶聽迷邪
隋河苦黃濁不亂長淮清秦郎久埋照餘子祇平平詞
林得此士隱若楚方城風流不損盡驚人聞一鳴

用韻寄潘仲達

淵明解真意欲辯斯忘言我亦厭苦相頗復參雞園潘
侯隱于酒早悟逍遥篇兩髯俱似戟空洞復昭然不作
逐貧賦共結貧中緣臨江弔公瑾登樓懷仲宣何須畫
麟閣從渠定天山君看持漢節白首自丁年

寄甘露滅

疵賤楚江濆真遺女嬃詈自無支吕心從猜追信詐頗
耽麯米春寒柯一壺掛戲逃蘇晉禪時赴拾遺社念我
眼中人十燭九已灺向來支道林得禍不能嫁解羈蚤
霧中萬事損高謝奇胸挾風濤吐句端可怕何時織錦
機綈經聊一借懷哉付短章參旗耿寒夜

次韻寄錢仲仲

簡秀歎真長韶潤思阮裕眼中人物衰政爾用金注吳
產尚父孫思脫塵中屨嗜學頗驚奇於我實肺腑高材
堪遺補代氷非所慕時于鼓吹閒自得鳴鵲句妙語隨
霜飈識我丘園路賞音吾敢辭當傳太冲賦

次陶淵明贈羊長史韻寄李翹叟

遺民百念冷中歲多囍虞不希咸陽賈頓有旁行書李
侯妙德望閑雅亦甚都南郡此名流聞聲十年逾披雲
落星灣情留厭歸輿只今丘園夢君與川岑俱胸中書
零亂清言不躊躇曩時樊道因風神頗相如此翁蟬蛻
去詞林遂榛蕪乃于羣憂中孤笑成歡娛冷官類逃禪
未減漢庭疎何時照隱巖追凉遲望舒

還日涉寄吳世良

白珩藍田生赤驥渥洼種異產非其源定自難入用吳
侯掌武孫九咢家世重筮仕如挽強妙手一一中抱牘
凫鴈行嚴憚安得縱捐金購奇書嗜學有餘勇鄴侯空

揷架而子頗成誦昨日章水頭春風吹客夢開筵置清
醴落月流晝棟念子不負丞義士色為動梯山貢楛矢
効珍出銀甕胡為百僚底歲月數賓送天邊賞音意推
轂亦云衆他年解組歸三徑看求仲

次九弟遊雲居韻兼簡鄭禹功博士

幽棲捐衆累塵事猶抗行浮湛太古相却掃何癡生祇
園有勝跡蒼崖無俗情筍輿度絕壑雷雨下滿盈
嬌首出巘幽斜日耿煙樹玄蟬斷續鳴鶩磨縱橫去未

窮山海迹茲焉賞心遇絕勝馳康莊車鮮馬仍怒
博士麟一角曠世獨秀羣胸中藏箕穎筆端生風雲平
視楚倚相陋矣知三墳佛界飽遊衍草木俱欣欣
阿彤荷衣時乃與此山別頗言奉巾屨不復苦炎熱歸
來出新詩老眼聊一閲雖非天姥句淺淨亦可悅
病夫世味薄野處隨年深似彼有限景寫我無窮心緬
懷太沖語山水有清音時尋松桂約勿遣嘲書淫

次韻謝朓直中書省詩寄馮彥為

泰階就平夷風軌肅恢敞內樞方暢謀吳岫俄嬌掌富
貴跡危機紛華嬰世網諸生經濟心緩帶赤霄上黃金
買蛾眉歌臺爭暖響未聞舜九官責友變俯仰重瞳垂
衣裳閶闔映蕩蕩均勞當賜環看公被嘉賞

次韻謝朓京路夜發寄六弟書因以督其歸

問津實知津阮屐穿幾兩束裝徑巑岏呼船凌泱漭老
餘風埃顏枯槁日日上屏居二十載寡求每自廣眷言
季行役清音當見賞聲華慎文綬物色易搖蕩得雋早

歸來毋為勤掉鞅

寄郭循正

粲粲有道孫丰姿復亂真養氣如晴虹照映塞外春好
大有餘韻雨墊烏角巾典學萬人敵談笑五臺賓篆筆
壓秦相翻笑蔡有鄰長袖果善舞巨價藏百珍豈繫寂
寞中見此妙入神平生樂聞善況我骨肉親孟堅替炎
漢揚雄賦逐貧

次謝宣城出新林浦向板橋韻寄汪彥章

名郎摩霄翼徑逐先賢騖奇胸如洞庭中藏萬畑樹憶昨易前期寒暑亦云屢雖聯臺省班未減江湖趣老境專一丘病著隨所遇何時過我來嘗柑噀香霧

寄陳無感

憶昔悵有違平湖拍天漲公秉美滿風乘興破巨浪我歸茅屋底念切情惝怳中間忽抱瘵此病最无妄伏枕辭鳴蟬秋風吹倚杖緬懷醉吏門歗咏真恇當頗復持漫刺伐裾謁丞相曩者金石交爲予傾家釀膚清神更清年壯思亦壯蘭臺要給札抒寫不流宕讜言動主意湛恩慰人望歸帆拂五老停艫當登嶂不忘茗果期烟扉聊一訪

余與劉壯輿先大父屯田父祕丞爲契家壯輿又與予厚不數年皆下世今過其故居

劉郎平昔居門巷草芊芊念我眼中人骨驚淚潺湲中允實高蹈倦遊自丁年尚舍得匡廬卜宅如澗瀍懸車著屋山騎牛弄寒泉秘書極精鋭筆下走百川口戈擊

姦佞直聲震宇喧諸郎排侯鴈一一落雲天獨餘漫郎叟高名星斗聯辟書日夜催援毫錄群仙幾負喪明責掛冠遂言旋中河忽墜月半岳遽摧巔孤嫠俱幽憤一仆無復痊傳家惟蔡琰擇壻得鮑宣驅車官殊方衡宇頹荒阡壞壁蝸篆滿小窗蛛網懸翠藹遠山暝蒼苔修竹連往時所憩樹相與聽鳴蟬忽逢持斧翁葆鬢青行纏採薪妝斜日伐竹破疎煙沉痛迫中腸裴回不能前高明鬼得瞰豈弟神所捐微吟復悽斷暮角西風傳

予與謝幼槃董瞿老諸人往在臨川甚昵幼槃已在鬼錄後五年復與瞿老會宿于星渚是夕大風雨因誦蘇州誰知風雨夜復此對牀眠之句歸賦十章以寄

賸客苦填委神交多乖離靜言數存沒驚風遽難追水清石自見山高鳥鳴悲一盃且相屬何庸記吾誰久矣荒山遊幽討無復遺如覩侏儒節觸類或可推山靈厚相戲傲以所不知故故出岫雲變更無定姿

憶昨謝幼輿宜著丘壑中論交麹蘖底愁絶連樽空自
我失此士清夢隨歸鴻封胡與羯末安知無餘風
高臺擬峴首孤峰凌天姥與子各壯年車鮮馬亦恣歲
月忽欺人于邁不可補詎知喚仍回蔾床同夜雨
誰其妙丹青将軍獨曹霸能開生面姿拂綃貌照夜備
哉千載後萬金不當價吾欲評斯文善學如善畫
却老頰青精度歲掘黃獨長秉下澤車何煩挾丹轂嗟
我盛年非常恐不可復永結交舊歡阿謨甘碌碌

吾憐阮嗣宗口不掛臧否是眼何親疎青白生譽毀照
隣殆庶者穎脱當悟此本心如虛空何嘗受塵滓
曩時太傅公日下欲無對富貴恐不免大節在顯晦一
朝出東山勲業到鼎鼐眷言固窮士難進思易退
脂車離郊園潛筠人許長歸來十畝陰縹節已儲霜畦
眄日将蕪況復病在床亭亭望五老煙雲晚蒼茫
渚蒲方舊絢汀草亦芊綿扶藜數過鳥蕩槳看歸船董
子有來約要在秋風前已辦河朔飲更哦陶令篇

喜遇洪仲本于山南以蟬噪林逾静鳥鳴山更
幽為韻作十詩寄之兼呈駒父
萬壑無定姿勝處如風烟愛山亦尤物常怵他人先凌
厲矯雲翮酬酢含風蟬終日松路永冲襟頗蕭然
故人隔秋水夢往寧可到山南會心處不負乾鵲噪朐
中如陰雨百穀仰一膏嘉德內來深此事神所勞
明月出東壁歷井復捫参如我飲歡伯了無经世心土
膏富畦壠濁醪有常斟鳥語復見廣浩蕩栖雲林

遊目霄壤間稟生不可逾企躍有定在嗜好真殊途超
詣方獨往安然鐘鼎娱嗟彼強聒士營營竟何如
老圃志沉鬱久哉官悰冷道廣雖難周恬愉境元静著
書雪明窓垂老真雋永諸郎汗血姿一一皆絶影
窓上飛野馬酒中鳴山鳥俯仰幾何時秋林風嫋嫋高
懷凡情盡虛齋塵事少卧讀若耶詩意寄在雲表
綠髮嗜翰墨頗徂成章程耽思且旁訊僅有能詩聲老
語如凍芋時時強抽萌公等極英妙每聞鸞鳳鳴

禹金貢九牧鑄鼎知神姦博學如地負能發鍵與闢奇
貨只希價妙語期藏山要當繼三代何勞追二班
豺祭秋事歸蓐收遂為政與氣挾曙來風露頗輝映祛
我中夜懶起予維摩病回首問炎蒸暴謔子難更
倚杖覽清曠江臯事事幽戰勝名義府策勳逾徹侯世
故每情得塵緣成語偷長吟撫孤松濯足清江流

蔡州顔魯公祠

孤雲亦羣遊勁柏受遠托烈士懷貞心肯勞常情度堂
堂顔太師立朝獨莊諤太宗柱石臣中夜懸六博朝廷
宄劒人孤君資元惡公當蔡州鋒活國亦然諾頭顱危
一葉舌本未渠弱恥為蘇屬國華顛圖麟閣想當凶焰
時直氣森噴薄廟貌存典刑社鼓追冥漠我生當昭代
何憾涕橫落浩歌招遊魂白眼瞪寥廓

聽了公孫彈琴

商飈吹菰蒲船官雙停槳中有陳太丘堂堂道彌廣容
我拜林下凜然增妙想碧洞名家兒侍立姿閑爽取琴
為我彈襟懷自愜朗蘭芽弄薇紅巖谷發佳響乃翁琮
璧姿風氣日豪上一言犯台鼎放逐金波漲郎君翠眉
低沉憂雜悲壯滄海連三山攫醒共消長生雖有如此
十年遠色養推手且罷休夕嵐横莽蒼

倦夜

倦夜苦夜短追涼卧前楹清飈颯然至滓穢開天經月
在房心間木末相將明頻年困秔稌何足糇藜羹一飽
吾可必呼兒斟酥醽酣歌幾達曙露下濕流螢

雨坐遣心

孟夏始三氣暑還自何鄉稍稍切肌骨病著徑卧床雲
從甄峰來將雨送微涼容與過朝市殷勤洒林塘幽寔
多僧氣頗帶山茶香縹思隨歸雲冉冉引禪房此物方
料理陰崖容伏藏火老恐愈濁熏煮猶未央會當成山
霆時來呵不祥

讀左氏

麟經書王法聖筆行天誅丘明發其蘊磊磊照九隅恭

何蟨栗犢命曰相斫書世不足董狐殺青議其覆無煩
家置喙粲若夜占斗舌本未暇澆但自飲醇酎

送嗣行叟住雲巖

昔在馮光禄精兵伐莎車大宛獻象龍權奇天馬駒朝
趨不動塵歷塊暮過都銀鞍香羅帕希冀行坦途一朝
伏轅下局趣時長吁霜蹄繞羊腸翻思在垌娛復聞郭
橐駝種藝絕代無擢秀土膏動安恬肆紆餘儕流失妙
理靜躁由來殊木性不受觸剝膚驗榮枯柳侯為作傳

臨民真楷模嗣公武夷秀淡然雲水徒風期壓支遁淵
源從老盧膏肓在巖壑浩浩不可汙屢辭公侯聘煙霞
閟團蒲忽著垢墨衣俯身蛙黽區我本佛國淨示見穢
土居譬之噴玉姿驤首徑崎嶇雖懷萬里氣詎可軽鞎
虞亦如時卉木涵養須敷腴根節藏蠹蝎安忍不剔除
名駒即商鑒種術毋令疎蛛蝨或螽蠆三言成于菟顧公
置坐右愛之良不誣夜窓為長吟霜飈響高梧

次九弟阻雪不得遊雲居

憶女垂九齡尋幽非舊常兩鬢忽如棘歌聲類蒙莊山
色故無恙老者鬚眉蒼載之著後車誰言山路長每逢
勝絕處賦詩要難忘大雪渺空曠清境詎可望燭龍何
時來銜曜發暉光長懷亦云極煙渚聞鶖鶬

雨後望雲居

愛山勇成癖巖壑羅心胸政使詣幽絕何如天際逢春
雨雲斷續蔽虧歐岌峰如我金石文渺然曠音容眼邊
出突兀煙霞更葱巃方營五字賞鳥下醉吟中

聞蘇大養直同李子充遊雲居作此詩招之

人心各如面石交定難逢吾觀蘇夫子真有古人風自
聞蔣生徑日望求羊蹤乃攜李長吉上我歐岌峰羌山
落君手稍欲吞附庸練練峰上雲蕭蕭巖際松想當岸
綸巾嘯傲鷺歸鴻我有浣花竹隔林聞曙鐘幽禽發佳
響亦足披心胸何當小休轡一尊聊此同

再次阿敵韻寄舒大士兼簡微首座

風窓生晚聽雨砌櫂宵行斜柯橫吹度緣堦細草生片

月懸屋角嬋娟有餘情世味了無取虛懷浩難盈
言念山阿人臨岸九秋樹袖手謝門來屬袂推不去兀
爾自忘緣湛然隨所遇稱機洶濤波澈瀨恬喜怒
我亦樂清曠頗甘去人群田觀蔭華軒澹如秋空雲二
挑殺三士纍纍蕩陰墳吾廬蔽床席有託衆鳥欣
室邇會面稀軔發分首別緬思耐久交不為翕翕熱祇
夜在貝多有懷時閒閱嚬伸三昧起燕坐真適悅
吳産微開士膏肓巖穴深向來避小草于今有遠心懸

知軒轅律定非桑濮音寒藤且高閣川塗多毒淫

端午

鄭袖椒房寵音容莫勝愁多情上官郎朝夕侍冕旒從
來秋水好見謂繞指柔何堪女嬃罵竟與馮夷游至今
荊楚兒奮舟競長流重華改前度歸翮起南州莫作古
時恨靜聽敦謌謳

北窗睡起有懷吳世南

曩時謝仁祖蕭散北牖下桿撥響鵾絃天際頗閒暇淵
明曲肱臥餘事眼不掛便欲傲羲皇凉颸助矜詫縱觀
兩郎傳明如丹青畫獨于避俗翁英姿猶可借此翁多
新詩天成妙風雅不從人間來句法殆神化伊予綠髮
時奮舌談王霸中歲懶問津銳意學耕稼一往二十年
了不畏嘲罵性初嗜清醥病見杯勺怕徑作雲窗眠端
回俗流駕緬懷吳朝歌南州滿聲價虎脊天廄姿未覆
香羅帕頃我乃神交素書每盈把何時逐飛蓋西園樂
清夜微吟望天末虛懷聊空寫

病中有懷

江城春事還溫風攬清晝花藥粲以繁好鳥俱應候客
中維摩病何心折楊柳黃鸝勸窺園于我意頗厚緬懷
趙明府傾蓋真若舊翩翩佳公子奕奕名世胄筆可扛
龍文識足辨虀臼何當與若人長歗向宇宙

有懷張掾師言

戶牖烟霞積池塘蒲稗深幽鳥如交友招喚出疎林懷
人隔溢浦終朝梁甫吟別鵠太古澹徽絃寫瑤琴誰能

領斯妙士貴相知心僧彌非謝守其誰能賞音深衷若
為寄長歗看遥岑
有懷鄭禹功
吏隱專一壑才名横九州袖手煙雨外坐看江漢流斯
人美無度孤標可鎮浮窮居白日静蒼苔門巷周永懷
不可見臺笠向西疇
夜坐懷師川戲効南朝沈炯體
鼠壓觸蠻兵客夢寒窓短牛斗挂闌干起視夜參半虎

頭丹青手欲畫澁田腕兎尖渇陶泓得句亦不漫龍沙
懷石友羽觴舊無算蛇飛梵王壁絡繹壯神觀醉踏吴
沙歸轉盼歳月換羊腸自詰曲馳道方晏晏旋携古菱
花怡罷如氷泮鷄園談妙口當我一笑粲狗監浪延譽
凌雲非吾願猪蹄祝汙邪舉世良可歎
雪晚望懷子充宗弟
歸雲度山椒木末留夕照聯翩銜尾鴉不復明楚調安
知牛尻沒便出豐年笑南阮有偉人領略造意表端憂

穾不煙岑寂有餘妙簡遠到安豐邁往同逸少頗教弟
子負鈆槧發清興誰可相推轂僅自免鐫誚閲月不傳
音柴門跡如掃藜床還睡債瘦杯敦夙好為君短長吟
扶節送飛鳥
懷子充復次間字韻
彌年曠不接耿耿心未闌緑何税君鞅飽看江西山追
凉故園樹待月房心間君歸有後約悵望何時還
元亮詩次王局翁過二李故居韻賞僕作草堂

于故園同賦一章
家兒咸陽公餘澤被巖麓怪底多珪璋藍田自生玉我
獨出泉緒嗜酒仍愛竹晝眠啟晴雷看雲腰不束作堂
延野色風吹草心緑情閑飛鳥親相呼瞑投宿往往遼
東鶴來栖手栽木心期得幽子浩歌去邊幅抱甕同灌
畦韋蘿來補屋修文不無人付渠調玉燭
董真人煉丹井
董子侯官秀養真匡山陰瑷田執金穀絳雪飛瑶林種

杳令虎守償稻見本心淮南雞犬仙舐甹昇瑶琴寒泉
洌舊井遺風猶至今我來澡鬚眉憑虛欲駸駸稅駕不
忍去遂歌梁父吟

日涉園集卷五

宋 李彭 撰

七言古詩

聽侍其雲叟琴

君家建鄴城東頭揜簾卧對長淮流除書謗書不到耳
空洞腹中無片愁白浪從高瓦官閣清夜無人響猿鶴
琴聲時復一挑之北斗橫天月將落御風過我故山岑
一寫太古之清音當春風動爲凄緊波底時聞龍一吟

坐觀人琴成二妙覺來形穢顔枯槁伯牙袖手意有意
餘請公臨流一舒嘯

聽程道士琴

鵾絃鐵撥世多有玉箏銀甲嗟凡陋平生綠綺醒心泉
淨洗耳根端不朽鍊師霜髭已滿頤履霜坐彈霜葉飛
腐儒凍餒非所惜物物顧荷皇天慈

演上人以權詩示余歸其卷演師系以長句

花縣潘郎未白頭下從玉局仙翁遊平生四海饒次守

脫冠壞衲藏深幽死生俱在天一角句法不復陰梁州
眼明得此道人演更遣權詩遮世眼喚起蘄春十年夢
恍如神明還舊觀黑柏蒼鷹飽欲飛天馬銜芻方來漢
演翁自是塵外客筆端秀句應無敵禪餘軋軋弄鳴機
紫鳳天吳亂紅碧會當載月漾舟來盡出公家金粟尺

觀呂居仁詩

西風鏖暑工夫深老火由來欺稚金鑾花缺月午夢短
代騷正爾開遥岑忽看僧珍五字句妙想實與神明聚

清如明月東澗泉壯如玄豹南山霧抑揚頓挫百態隨
鷙鳥欲舉風廹之莫言持此黄初詩直恐竟亦不能奇
老懷凜凜受霜氣想見此郎冰雪姿鄙夫好詩如好色
嫣然一笑可傾國擊節歌之侑歡伯杯中安得著此客
此客不肯紲塵羈況復世網如蛛絲秋空横河鵰鶚上
不許蜂蝶同所歸漢家太尉死宗社大鳥泣墳天所借
謝傳未吐活國謀賫恨懷奇赴泉下僧珍向來期此人
頹波砥柱妙入神要當疊此湘水濱喚起猶足張吾軍

晚發琳山晚會于湖光亭

琳山寺前雨翻盆辟邪渡頭爭渡喧湖光主人敬愛客
解裝咄嗟開酒樽江城花盡柳亦老薄暮歡娛憐草草
殷勤為喚雨紅顏始知人好鳥還好斑斑鬢間少黑絲
客中不復憂心擣阻酒中聖少年時江湖放浪真忘歸
老來頹喪丈夫勇心逐暝鳥投林飛

謝人見過

門無穠纖軒車過草廬寂寂南陽卧夫君掀髯來叩關

不減昔日陳驚座肉食者鄙無遠謀喜君義氣横霜秋
已看獻策尊王室白筆應須上黑頭

遭風濤神林浦

伐鼓放船落星渚爭曙鳧鴻集儔侶乾旋坤轉風掀掀
陽侯就戮波臣怒廬山孤巘政排空複閣重樓欲無路
水蟲瑣細何足云竊發馮陵敢予侮長年呑聲三老悲
老妻驚呼稚子啼病軀不能自料理袖手懸知虀粉期
謝公吟𠷎吾豈敢興公悲號差勝之寒菹百甕未渠盡

猶得餘生見昏覲歸帆行將拂五老要及霜風快鴈隼
徑須作牋寄魴鱮行路艱難公莫遽

南至日離同安舟中寄阿弓

去年臘冬亦戒塗北風吹雪郛城隅八字山頭駕高浪
曙角更聽吹單于今年南至又行役蕭寺佛香僧飲俱
身在瀟湘黃茂舫眼看惠崇歸鴈圖緬懷吾家之季子
細酌明窗愁欲無詩腸定遭酒媒蘗語作曉霜催槁梧
漫將長句代作草河凍難求雙鯉魚歸期不落蜡賓後

行李困來頻寄書

夜宿寶巖寄兎李二鍊師無懷王環中

北風驅雲度危嶠日下蒼茫烟靄橫山靈喚客起杖屨
定自不凡為此行山南寘搜未得妙山陰問津向猿鳥
逕岑疊疊羅峻屏溪流濺濺鳴楚調眼明全椒道士家
丹砂入頰瞰朝霞談間勃窣妙理窟挽不聽去猶欲遮
縹思右轄千丈松眉宇中藏稽阮風放船雲夢兒作祟
硯磊仆卧洪濤中此翁身太不及胆引帆復逐天邊鴻

溯宗堂中桂史裔黃鵠作雛欺鶴唳衣裾不著京洛塵
潛心浩翁哦五字相逢俄頃復解攜韻勝遣人增想似
僧窗夢短夜復長句挾寒霜聊可寄

寄崇書記

窮山歲晚滿煙雨欣逢支公會心侶斲詩已度宵劉前
談玄復恃殺函固寒廳夜寂斗正橫哀懷徑協滄州趣
新章頓挫兵出奇遙隨歸鴈下烟渚胸中書傳要扶疎
筆端聯綿將脫兎淵淵撾就漁陽摻遽作回帆聽鳴鼓

明窗試翫老髯語黃鵠看君嚮長阜山陰傲吏有僧珍
水鏡湛然當見許

寄甘露滅

道人欲居甘露滅年來寄食溫柔鄉鬧單展鉢底事遠
舉案齊眉風味長我衰日涉甘岑寂頗遭霜刺顛長出
願隨魚鼓供伊蒲一墮塵網誰能力要知在欲是行禪
久聚荷花顏色鮮秋濤風怒何掀掀莫倒危檣沉去船

寄何生

爛羊都尉本不惡鬬雞開府無處着天禄諸君盡貴游
據鞍上馬能不落何郎未免儒生酸於此政復不作難
但公剩著潜夫論何須頭上鵕鸃冠

懷秦處度復用山谷韻

秦髯昨首長沙路捨舟來甘餘霜兎翻憶淮山雞黍秋
二十年來穿幾屨衣如懸鶉氣栩栩足垢頭脂藏妙處
欲買桑柘閒里歟却秉舴艋江湖去似尋劍客蜺塵埃
北走南遊未安堵去年籬菊今又黄安得同嘗嗅香霧

遊雲居歌

岷峨秀氣凌太白諸峰殫歷流輩百右軍昔為懐祖困
此心勇往曾未識羊家叔子端可人峴山何為若傷神
多情頼有鄒從事與山不磨有遺味平生尋幽幾屐穿
始知歐峰峰外天捫參歷井出鳥道耳邊河漢聲潺湲
千古追懐同一律神明還觀悲節物兩郎凛凛安能來
定于何處埋爾骨往時弘覺大道場心淨無塵閒妙香
幽禪寂寂師梁可髙韻卓卓凌羲黄九原蕪沒那能作
勝日良游自不惡靈雲野桃初着花鼻祖柏子僧前落
玉函貝葉渡流沙法筵復雨曼殊花充虚解戰天皇餅
破魔驚睡趙州茶世網嬰人太煩促桑下安眠戒三宿
柴扉草閣空歸來大梁推枕黄粱熟

玉花驄

杜陵絶唱驄馬行想見躡雲噴玉聲龍眠貌出姿態横
香羅霞背紅汗透如行沙苑秋風瘦我羨芋魁乃飯豆
不愛金羈如此驄深雲一塢住山翁朝霞入頰常啾紅

胡少汲名直孺龍舒佳士清修可喜往歲見之
金陵聞除侍御史因作此詩以見意

聞君往年客淮西及見我公無恙時潜山皖水德星聚
天下中庸人表儀川行節往萬事盡我獨流寓東南涯
協洽之歲秋九月買船適詣秦淮湄建康城頭雞欲曙
白下門前烏未飛有客剥啄復剥啄戛然野鶴下孤嶼
意定吾子初無疑高談確訒不跛踦養此鬱鬱淵底姿
發蒙振落笑餘子招之不來不可麾判司卑官果難屈

脱身遂與箠楚辭行行且止避驄馬膽落於地非公誰
御爐烟動天顏喜柱下雲開春日遲側席愛民如愛子
願達民病蘇瘡痍要使英風觸白獸更遣直氣生青規
鄙夫養病江漢間有如不信吾誰欺

范家所藏孫知微畫彭祖女禮北斗圖

晴空無塵月在房松間博山沈水香翠眉女子約略粧
兩足亭亭如雪霜步虛之聲風度長紫微北斗忽低昂
金釵何勞十二行不羡盧家丹桂梁凌雲已復飛羅裳

生綃寫照公家藏應憐彩鸞騎鳳凰未能割愛俱翱翔

戲答椶筍

髯翁落落緣坡竹肥如瓠壺書滿腹好客勤炊燭代薪
中厨羡金仍膾玉春風渺渺生微瀾欲向吴江把釣竿
引帆伐鼓閲三歲侯鴈不來衣帶寬阿蠻虎子能哮吼
千金掃除似無帚却甘杞菊侵我畦固窮不障談天口
剩誇椶筍饞生津章就旁搜不厭頻錦綳嬌兒直欲避
紫駝危峰何足陳出為小草居遠志藜藿盤中長此味

容來不廢董嬌娆安用凋胡見真意年來我亦食無魚
莫遣此老專懷羭時時酒烧茶茉蕁亂我玄業俱扶踈

送所借書還王生

鄴侯家藏三萬軸牙籤新若手未觸此翁眼如九秋鷹
一過成誦不再讀愧非玄晏獨峥嶸復愧王郎著論衡
案頭螢乾太苦相久假不歸何癡生開州公子好奇古
胸中寳笈森四庫安門鄴侯挿架書向來借我紙上語
頻年多病百不如準擬傳書學截蒲還君一鴟細故爾

莫厭時時開瑣魚

題閻立本醉客圖

酒有何好工作病頗怪斯人喜中聖藏身麴蘖勝巖幽
寄愁天上呼不醒春風吹開玉東西月墜參横斟酌之
吐茵脱帽有妙理眩朱成碧渾忘歸右相丹青果馳譽
幻藥調成疑笑語便覺微綃古意生似聞醉眠卿可去
半生憂患復蕭條甕中肥遁何須邀一樽桑落對公等
盡解平時藜莧嘲

包虎行

畫師老包氣如虹解衣醉倒塵泥中急呼生綃卧展轉筆追造化分奇功須臾奮袂於菟出絶壑陰崖嘯風月懸著高堂煙霧深觀者膽寒俱辟易誰為彪子與彪孫宛陵後葉諸仍昆顧視雄姿亦遒緊小犢繭栗何勞吞通玄論成馱貝葉大空小空隨老衲何暇與汝同係生玄豹豐狐要彈壓

望吕道士菴居不果往

鍊師精悍極了了穹谷營巢若飛鳥流泉滌盡化緇塵明窓默存填血腦停策微聞秋夜琴叩關阻食安期棗我方尋源上河漢目送落日諸峰小杪秋蠟屐要重來與子相過拾遥草

食鰒魚戲呈夏侯

君不見吳良齋郡吏飲板居高隨掾史諸郎元日壽府君觴酒訣言敗人意口角擊節五馬賢鰒魚百華為百賜又不見江左之褚淵此魚一尾售數千丈夫須髮果如戟但知堪炙寧論錢平生剛直卧江漢非吳非褚何由羡療飢漸臺亦可悲味此瘡痂良可賤謂言此物不擬嘗餉我因君累十觴漢陰槎頭推不御徐州禿尾甘走藏藜莧腸中初未識已覺盤飧慘無色恁君遣使更函封莫令子羽吟頭責

重遊草堂

德人昔遊居寢處一草一木可敬之浩翁初釋縶道縛枉道過我臨水湄梵宮三託吉祥卧悠悠東泛長淮涯

牽絲姑孰席未暖兒瞰髙明俄鮮黿鼉鴻洲前弄清泚祠宮寄食長江西黄綃碑中發奇禍播遷瘴海如湘纍天生斯人意有在世或不用將何疑巫陽下招化黄鵠不遺咏腐隨家雞前年歲晏到蕭寺開眼適見鄒松滋浩翁故時得此客今已改色嗟流離大招淚濕緣坡竹神觀凛凛疑來歸今年森木挂秋暑鷓鴣鈎輈向我啼重來野僧零落盡壞帳鼠齧非當時過眉拄杖為小立將瞑西山含夕霏

黄岡尉錢神種蓮池上開軒榜曰起霊盖取鮑

叅軍荷花賦起四照之霊本云

平呉利在獲二陸我得斯人一夔足明光射策奏波瀾
灞橋新詩挾氷玉只因心賞鮑叅軍種花欲招千載魂
筆端有口不倚辯（一作待辯）盡付此花生氣存一代風流綫
頊盡漢官威儀聊復正覓句何勞夢恵連鮮順未用呼
匡鹗秋風蘋末助颸颸花藥應須讓一頭何必嘉陵種
嘉橘始擬人間千户侯

東菴舒老出徐兔圖障求詩章末無戲行吏

宛陵包虎天下無徐生之兔畫作殊眼明忽見此桀者
在筍不獨藏於菟平岡雄兔脚撲朔草樹深煙紛漠漠
懸知丹青相拂斫不怕蒼鷹頭帶角坡坨雌兔眼迷離
拊憐大兒携小兒銜粟分甘具療飢學毋由來無不為
東安道人念俱寂遺予不復嘲熱客生綃新圖聊一出
便覺野風來四壁緬懷中有衣褐徒不牙不角真趺居
莫令舉網扳豪族湯沐管城還自娱黒頭歸來能自了

巖壑猶堪伴猿鳥

題伯時所畫邵平種瓜圖

邵平湯沐故千户觧組投林如脫兔勤銘鹗鹗屬伊人
我方荷鋤斸煙雨瓜田鉤帶盖阡陌大者輪囷細旁午
敺函設險吾何補日日青門自成趣槿籬半破復牽蘿
夕霏晼晚留踈樹娟然翠氣出眉嫵喜得斯人慰遲暮
劇談欲寫塊磊胸尚恐軒昂作莊語畫師紛紛安足數
對此令人重豪素陽凌公子傲雪林灑落由來足風露

自言購取傾家貲柴桑要伴歸來賦雨郎後先千載餘
粉墨相追叶風度懸之素壁足丘壑噭噭猿啼起寒霧

題盧鴻草堂圖

丈室幽雲織翠微盧生草堂雲作扉陰崖絶壑鳥跡稀
扶藜縱觀拂雲霓心知丹轂赤吾族要須愛身如愛玉
三十六峰幽意足何必鑑湖分一曲老仙曾上登封壇
一夜重生雙足閒不知此圖筆筆妙巖巒映带水霜顏
集賢學生從省歸僧床卧觀畫掩扉繡鞍邪補塵化緇

不如盧郎駕鴻飛老色蒼顏今採薇故山風煙常滿衣
眼明見此社中客盡謝東阡與西陌

題包虎枕屏

兩虎肉醉欲醒時飢腸得飽恣遊嬉一虎當巘自哮吼
朝欲食子暮食妃最後一虎絶長者坐歊眼有百步威
豺狼當道正須汝莫尋兎徑問狐狸

列遵道以古銅爵見歸

何年銅爵姿狀古如對高人閑美度重雲結疊虺虺雷

遶腹循環危欲雨廉問御風之子孫世南秘書藏胏腑
縱錢欲炙直垂涎舉以壽卿吾所許非無玉舟金巨羅
簡素晚之如糞土奈何趙璧復來歸知我懷茲會心侶
拂塵識面如故人口不能言實莊語細酌明窻舊素郎
伴我微吟度寒暑

吳熙老家風雲圖

秦人屈㽞真畫師胸蟠風雲人得知獨無佳句自潤色
未忍援毫時吐之酒澆塊磊遂倒槖素練忽復翻淋漓

宛如盛怒土囊口颷至霆擊何由追墨雲靄靄霽推半岳
飛動殆莫窮端倪征人解裝馬伏櫪居人墐戶雞亦栖
虛堂高掛髮為立三伏凜凜無炎曦吳侯憐我慘不樂
卷去隨手俱清夷乃知非獨畫工妙妄念起滅分毫釐
想當在笥常洶洶不與閼河相蔽虧會當一雨被八表
何用秘藏深寂為

李伯時畫蓮社圖

遠公得名喧宇宙如意舉墮渠不知何為歊聚野狐羣

依經解義真成癡柴桑老翁挽不留籃輿醉衝烟霧歸
由來却具一隻眼社中不著謝客兒白業許時露消息
鼻觀參取初自誰飲光微笑總為此至今留與後人疑

題吳成伯家文與可所畫晚靄横春圖

湖州手參造化鑪墨君老稚俱扶疎含毫用作晚靄戲
滉軒丹青渾欲無雨聲忽破烏行急木末尚掛窮猿呼
梟翁將雛來蕩槳挽引斜暉到漁網嵐昏那計目力長
崖傾欲陟天梯往湖州雖仆妙相存此畫他年人更珍

日涉園集卷六

宋 李彭 撰

七言古詩

晨起

晨起按行瓜芋區園豎畦丁爭㲉最蹲鴟壠底未輪囷
蒲鴿藤閒懸鈎帶錦里先生態度同青門故侯風味在
肥家敢望李衡奴擊强安用任棠薤累人僅解口腹嘲
貰酒可免尋常債含毫初不為矜奇遺興聊須風雨快

韓熙載宴客圖

紫微華屋桂為梁中有侍兒宫様粧閉門投轄醉短舞
牛馬因風雨相忘翠翹掛冠真細事必能作賊無頗忌
堂上燭滅何足云亦期羽林射鵰子當年誰遣轉鴻鈞
終與衰榮厚恩禮西風猶吹建業水直恐姦䰟汚清泚

次山谷荅范信中韻

范君膽勇如季路三穴笑談空狡兎鋭頭初無儒生酸
果呼下邳換雙屨往年風義公獨許藥裹追攀險艱處
公隨瘴葉落瘴鄉買舟反骨勞君去少陵未築耒陽墳
尚喜宗文有環堵人生萬事何所無極目澄江鎖寒霧

賦張邈所畫山水圖

異時頗愛宋元君踏門畫史如雲屯舐筆和墨太早計
解衣槃薄全天真夢澤張侯飽閒暇直疑胸中有成畫
酒酣耳熱呼不醒潑墨淋漓疾揮灑誰為右轄賦招魂
遠過酸寒鄭廣文怪底高堂見丘壑欲攀松蘿尋石門
咫尺終南與王屋翩翩不下如黃鵠水南水北索價高

欲浪猶歌紫芝曲張侯愛畫入骨髓膃肭遮眼良有以
筆端刻意寫遺民要似留侯赤松子如聞可汲用王明
會須添作貢公喜

賦米芾所畫金山圖

憶昔扁舟帆正落楊子江頭風浪惡江心樓臺渾欲沉
不獨能高瓦官閣晚山接天波面平白鷗去邊鐘磬鳴
雲昏上頭不可到往來余懷今未寧楚狂潑墨掃綃素
澄神卧遊知處所欲披霧牖尋野僧反向煙汀辨江樹

新詩蔥蒨工於畫川岑想像高堂掛騄騮絶塵走千里
何勞遠處幽并夜漸到潯陽不復前安得仙山來眼邊
斷非毗耶掌中取真疑壺公謫處天新詩妙畫真有益
張衡南都能畢力不知此詩氣崢嶸却使丹青句中識

小憩琵琶亭呈環中養正

香山居士骨已冷文采風流今未遥捍撥何勞作胡語
寒江碧月想前朝濤波竟夕相喧豗吳檣楚柁爭傾欹
老天何暇知許事但飲松醪魚蛤蜊

客有以戲魚竹枕見餉作此謝之

蘄州竹笛含風漪縹瓷斷月聊相依白頭苦風癡女問
歲晚乃知非所宜公從何處得此枕勁節儲霜餘凛凛
遊戲真同赴壑魚小窓夕陽助酣寢餌甘鈎深安可圖
長網横江嗟已踈我寧低昂弄清泚絶勝縷切大官厨
莫作枯魚過河泣寄聲魴鱮慎出入長伴幽人簑笠眠
夢破寒沙風雨急

同子蒼放船南山石壁下

南山修源何所似顧癡鋪張側釐紙酒酣潄墨風雨來
咫尺煙昏一作雪生萬里韓侯静者妙英姿乃呼扁舟共
遨戲我曽正墮善幻中叩舷歌呼但露醉寺下回潭凝
不流中有卧石如潛虬孤峰已銜半規日連山倒垂波
底浮韓侯風雅才甚優胸中何止吞萬牛未向承明草
蓮燭小留南國馴沙鷗會須喚仗入天陛尚憶谿邊横
小舟但願故人俱厚禄平子不妨吟四愁

何生復用塗字韻喜予從東坡遊作三篇見寄

次韻答之後篇柬劉壯輿

嶠南將成金匱書喜又賜環香拂塗萬釘圍腰乃為祟
慣作臞仙多槁枯元符相國泣前魚長流百粤復羌胡
周漢二宣果明哲金玉王度復闕渠
東坡十年作謗書多情杖屨作歸塗雪堂公去頗削迹
來禽青李皆已枯秋風醉索武昌魚脚敲雨舷聲亟胡
只今諸生典刑在他日期公游石渠
氷玉堂前十國書君能讀之行坦塗一洗談天千古舌

呂梁大壑何時枯顧君不用校魯魚亦須調笑酒家胡
玉局仙翁無浪語大禹以來未有渠

喜二何從山谷遊復用塗字韻詩

水部諸郎蔑尾書浩翁杖屨傲當塗斑斑東笋門下士
梔貌蠟言頻笑枯翰墨瀾翻縱壑魚風采灑落鳳棲梧
寄語南州雙白璧從今價重百車渠

張僧繇畫胡僧看經

蒼崖倚天暝色起風徽𣗳葉藏猱子老僧龐眉雪覆顴

梵音清遠發皓齒向來萬法出此經行行春蚓紆黃紙
覿面相呈事儼然歸雲欲渡前溪水

題夏氏萬賞亭

公家文莊佐縣官萬國朝宗天不言桂梁蘭室治私第
鵷鶵建章爭絕倫昭華穠李態度新綠尊翠杓羅繽紛
人歸夜臺金狄泣一種風流今尚存小君家聲自陰后
五侯四貴印如斗渠渠夏屋幾百椽誰能近前畏左右
去天尺五付此郎詩豪酒聖復專場錦韉花驄折楊柳
灞陵惡少艾如張危亭複閣來南州佳客爭門陪俊游
朱轓皂蓋駐五馬巨羅醉擲高陽侯青蛾皓齒動星眸
尊前舞罷錦纏頭參橫月落了不問四并在手吾何憂
腐儒蕭然愧環堵藜莧朐中庚㢠句頹然被酒燭如虹
戲效吳歌歌白紵

戲答賦蚊

江湖白鳥傳自古　孫曾亦如許聚雷豈解殷晴空
媒孽耳根良自苦野人睡美不聞鐘草木莽蕁森蟠胸

唼膚攻啄漫不省躍躍自喜安足雄若人才高樂譏評
滑稽能發古人興勾引西風鏖細蟲小醜何勞霆去病

遊東園戲作長句

久客殊方無咏味排遣春愁逐傲戲晚濟吳榜訪東園
欣欣草木多佳氣縹瓷竹葉沃春心黑面酪奴驅晝睡
親黨諸郎意氣豪挽強對奕真能事鄙夫魯鈍獨長吟
一聲望帝動歸思

贈吳雲史

究城居士如氷雪大藥親逢悟禪悅丹霞正印君得提
洞下靈源渠未絶淨名杜口渉言詮口如布穀意莫傳
心猿睡起六窻淨為君作戲彈無弦

贈張聖達

人言汝頴多奇士秀潤如君飽風味兩韉馳射不作難
三峽倒流聊復爾平生未識嵩少雲三十六峰巉壑春
因君便覺來眼界翻作新詩持餉君

張子和子文以長句送朋壺次韻答之

下自成蹊藝桃李此語聊持餉吾子南風吹句落窻几
蕭然出塵天下士詩壇挑戰生一秦窮瞎水部好仍昆
氣無萬里照夜白伏櫪騏驎狀驚䰟荊公但獲一人半
二僞風流眼中見機雲空誇千里蓴如公筆端那復倦
我誦懷沙自療飢時時閒出危苦詞鳴蛙兩部頗娛聽
鉅竹千竿端相持督郵雖賤不勤置儼然真辦絶交事
知君風味似建康連壁頓來隨俗吏漫浣平時過秦胸
經醉咄咄成書空兒曹為具明璽紙欲賦雕蜺吞晴虹

懸知在德不在酒耳熱清狂須酒後客來舉觴不得言
舌本因之忘可否擊柝相聞非路長濤波隔津成兩鄉
待我營巢浣花了過君更僕對繩床

用擬古韻答英上人

劇飲經須尊有癭捜攬新詩轉遒緊誰知雲窻除饉男
燕坐微吟無𥻘忍吾裒霾霧滿胸中玩味甘腴真雋永
含毫覓句剩欲酬時有寒泉汲舊井

先成都訪故園得顏家斷壠碑

我生性僻喜客卿有練先書無復羸墨池筆冢聊爾耳
春蛇秋蚓勞譏評正書不數黃庭經况復焦巉瘞鶴銘
永和題尾東高閣醫瓻往往多蘭亭怒猊渴驥日遠屏
嚴家餓隷當吞聲千金敝帚不自見憎雖愛鶩何癡生
我家成都萬人傑向來古心冶金鐵顏公斷石出糞壤
一落眼界清思發政如令嚴亞夫軍中天夜夜懸明月
速須乞靈向若人運斤成風萬鈞力筆端寫我剛直胸
復與顏公振遺烈

宴清心閣

馬尾垂楊已墮綿春風暴謔惱中年驅車作意訪花縣地主風流仍更賢倦遊不比長卿慢自迎傑閣開清宴高談雄辯俯飛鳥急管哀絃徹河漢君侯筆端妙入神百斛炳煥扛龍文承明合受鸎花繞何事斂板趍埃塵清朝好士如好色况兹卓絶流輩百追峰看即朝日邊莫道垂綸在幽㞓

阻風雨封家市

往時李成寫驟雨萬里古色豪端聚行人深藏鳥不度便覺非復鵝溪素龍眠老腕作陽關北風低草雲埋山行人客子兩愁絶未信蒲萄能解顏兩郎了了解人意似是畫我封家市戲作新詩排畫壁忽有野鴈鳴天際

贈中上座

粲可仍孫本吳產萬渦蓮花亦遮眼時時幻作文於菟寂寥恨得斯人晚我如叔夜七不堪倦書蓋學蠹書蟫已約東湖徐孺子招公山北復山南

贈宗紱上座

蒲萄不飲熊耳杯薰爐甘作橐駝坐胸中皎鏡湛靈源結習已空花自墮眼明見此除饉男妙語時時零玉唾稻畦摩衲丈夫事吾獨知之胡不果鈎章棘句竟何裨徒遣詩人嘲飯顆

觀法華牛鬬戲呈戒上座

雞棲于塒晚山碧兩牛偃蹇萬鈞力黃鐘滿脰鳴相歡欻起緣何作勍敵水牯敗績秋風前穿林觳觫蹊人田

幾無將軍破燕虜適堪衛尉駕車轅碧眼三僧可人意大牛小牛與穿鼻更須晏坐三十年直待無鞭更無轡

雪夜書懷

夜烹伏雌歌偪側泰山其頹吾道阨天奎邊壁賈蘇公諸君往往瀕蠻貊帝遣仙儒玉局翁涕下悲吟夜蕭索氷姿玉立似平生化作人間截肪白黃屋久悟金縢書豫行溫詔歸遷客嶠南華髮老先生解羈來卜愚溪宅枉遭越犬吠蒼皇莫吟氷柱要呵責重瞳雖復達四聰

尚恐乘軒多令色短檠花重寒不眠南望猶嗟萬山隔

蝴蝶詩并序

楊旲明之世家蘇州少孤力學娶同郡江氏婦翁官江州征市明之盡室與俱來予于江君既親且舊以故過江君始與明之相識後一年明之挾册遊上國抵許州客食親館一夕暴卒卒之明日有蝴蝶大如掌許裴回翔舞於江氏旁竟日乃去始聞訃聚族相與哭蝴

蝶復來逹江氏起居飲食不置也夫明之不得其死未能割愛于少妻稚子故化蝶以歸爾世之罕聞異事人之英偉不凡死有遺恨精爽不沒沒能化物出遊人間以自表見亦可為流涕者矣予與明之善故作此詩以悼之云

碧梧翠竹名家兒今作栩栩蝴蝶飛山州阻深網羅密
君從何處能來歸疑君枕肱作莊夢誤隨秋風訪天涯
大兒稍黠兒中虎小兒初學繡帳語青娥皓齒越中女
夜挑錦字停機杼可歎不可思可思不可見君來翻作
昧平生看朱成碧非君面耿蘭作報斷人腸況復佳聲
哦洞房不知真是玉人否大鈞刻彫不可量君不聞蜀
天子化為杜鵑似老烏悲啼清血百花盡有恨不吐歸
黃壚又不見湘纍平生女嬃罵空遺離騷萬鈞價楚些
許時招不來亦復穿花繞寒夜願君莫飛入兎園青春
綵綵花葉繁雄蜂雌蝶鬧如雨於君一脚不可安

贈詵首座

上人鬚髮森如戟年少曾為萬人敵父兄膏血染敵戈
晚作梵王門下客西州白氎爛生光來逐鳳棲山寺涼
萬遍蓮花君自足曹溪一滴定須嘗

中秋遇雨夜將半素月流月可愛感予賦詩

雲將長空斮絮晴膚寸而合雨建瓴阿香推車不知倦
雅意望舒無復明地行賊臣未辦訴斜漢左界俄無聲
雖非西園清夜樂起予縹瓷來酌醽舉觴嬋娟聽我語

樽下藉汝攻愁城長令屏翳當令節莫遣楚氛蔽明月

謝佛鑑大師寄韞玉鑪

道人力參具正眼古廟香爐心已灰平生厚我習氣在索書常遂征鴻來深藏山谷實高蹈下視萬象遺塵埃遣奴餉我此長物不比珍篚餘嫌猜摩娑溫潤侔玉德荊山抱璞真良材妙香起處侑茶時媒孽萬壑生風雷忽言與君隔千里對此了了聞談諧

謝王成可惠時爐

王郎筆若追風驃歷塊過都愈奇峭胸中好古類古人鑄時為爐亦臻妙禹金九牧知神姦周定郟鄏垂不刊據耳向來為上客折足遥憐空汗顏頗率游談聊貫患納部藏孫貽直諫淪亡泗水羞厚誣得自汾陰亂真贗孰如此時形瓌奇皤腹雲雷羞次之上有蒼虯肉倔強隱映幺麽微發斯明窓靜几香氤氳藹如黃雲覆晏溫拜嘉詎意獲此寶子孫父已傳仍昆

次九弟中秋韻

楚江微波鳴盎酒脱葉蕭然坐來久仰頭看月落烏紗無復纖雲漢津口頳兎之靈態度深搌藥長生傳至今風前急管聞三弄泓下蒼龍時一吟逸興俄生縹粉壺携幼近局無勞呼坐中白髪飲輒醉鼻雷發聲聊據梧異舍犀雞皆誤唱舍下鳴蛩亦清壯低昂北斗掛柴扉不眠尚倚過眉杖

歸舟

旌陽峰頭千仞石溪光却照楚天碧歸客操舟暝色時

怒雷濺雪多灘磧夜榜時驚烏鵲喧星光破碎月映門訪戴人歸剡谿曲問津客出桃花村香醪獨酌吾静寄萬事不理端復細俗交從來薄於紙小黠大癡聊一戲

正月二十六日冠順之飲僕以醽渌酒徑醉聞横笛音李仲先順之有蒼頭能作龍吟三弄偶不果戲成此詩

髯奴不及綠坡竹柱車守閤各有局苟不上券吾不欲僮約卒音幾慟哭劣于郄公常奴爾性不茹葷少陵喜

吐茵丙曺第忍之封侯骨相多少史蒼頭乃復在琳房柯亭横吹節飽霜炊飯作糜緑底事心寫泉聲風韻長兕謙酌我次翁狂如魚聽曲首低昂恨不臨風作三弄不臧當時桓野王

舟中戲作雜言

昨日觀畫筴李成山水真難忘寒林遠近煙暗澹絕壑稠疊雲微茫忽看清溪下野艇驚殘鷗鳥不成行我嘗指此語座客安得仙骨來中央此事數日爾忽落圖上

鳴魚榔山重水複灘瀨急鴉飛不過吳天長嗟予老矣兩鬢蒼放浪自得宜深藏煩於畫筴試檢校恐我割取附益歐峰旁

次暉書記韻

平生邁往四萬牛晚著壞衲秉虛舟僧中那得賈長頭對語疊疊連不休作夏深藏白蓮裡心如此花映秋水夢隨歸雲欲訪之鄰垣華鯨喧枕底

次韻陳無已擬古

詭桓佐宣項垂瘦銳頭將軍風骨緊病夫面帶丘壑姿白蕤緑葵窮可忍忠風輝映義骨香若事何須味方永夜歌商頌出金石猿歠寒柯掛參井

病目宴坐

腦脂遮目乏風味宴坐禪床真得計赤眼歸宗近似之面壁少林聊復爾東坡妙語久猶新治目常存如治民但學曹參相齊法清夷王度不無人

連日大雪

春風吹雪塞寒門飢烏暮啼寒雀啼此中要是難測地材堪令僕無複褌引帆上檣中繫舵燒車與船復延客平生四十二年非頓悟前塵頭半白願隨谿叟水雲鄉簑衣負雪時鳴榔不知許事付歡伯醉著寒灘清夢長

欽定四庫全書

日涉園集卷七

宋 李彭 撰

五言律詩

喜得師質消息

南國柳花合淮壖麥秀初數聲傳喜鵲一紙故人書君出理煙艇儂還荷雨鋤天高風浪惡歸興不應疎

漫興

鴈帶秋聲滿鷗將暝色歸打窓紅葉亂裁句碧雲飛好飲酒儲盡少眠茶夢稀眷言方外侶時送北山薇

宿同安寺

山暝客初到雨餘雲尚屯長廊響僧唄凉月耿松門殘境知心遠背塵惟佛尊道人暗不語真覺我言煩

遊藏山寺

招提雖負郭菌閣暗藏幽春漲桃花水風回沙際鷗含煙朝日麗擇路晚雲愁淡墨呻吟內非萱可療憂

久不得潘髯書

八字山頭鴈武昌江上魚略無千里遠不寄一行書度鳥愈清曠晴雲時卷舒河陽應好在有底苦相疎

書龍壽寺煮泉亭壁

病馬繫喬木携筇到上方江花迷枉渚野竹亂鳴榔石竈懷桑苧窪尊憶漫郎吾生真寄傲佛地欲深藏

客裏多岑寂尋春興獨賒孥來妙喜葉盡屬法王家不見青鞋士來見黑面茶幽懷在天末落日更鳴鴉

曇珠曇規二禪者歸湖外乞詩二首

淑氣紛花藥喧風樂鳥烏山僧來訪别稚子竟傳呼噴玉渥洼種行沙滄海珠湘天多過雁能寄尺書無

獨秀峰前見林間憶語離游觀如昨夢換謝若晨炊柳絮飛千尺殘陽隱半規打包湖外去探道就鉗槌

西塔

秋山何秀整風磴頗崢嶸寺古殘僧病門深舊犬迎崖蜂將割蜜澗鳥自呼名衰衲典刑在蕭然物外情

病起過鄰寺

慣作招提客應非拖玉身一年強半病十畝未全貧孝

秀鄉閭盛朝頌符瑞頻不妨幽仄裏高卧姓龐人

封氏野老留飲看白兎是晚微雪

封老朱顏在髯鬚已白鬚酌醪招倦客喚婦煮肥鱸玉

兎君家有銀毚客舍無醉餘看舞雪未覺客情孤

登無相絶頂舊有東坡題字今復不見

深雲蒙無相斜日照崔嵬慘澹天梯往蒼茫地勢開巾

裙拂河漢談話雜風雷惆悵銀鈎處歸來首重回

次九弟韻無懷師川二首

抱瘵便秋晚加餐喜歲豐幽懷烏鳥樂世故馬牛風坯

户寒蟲急安巢野老同年來百念注頓悟衆緣空

鷄甽落雁渚菊帶傲霜華稍過郊墟雨猶鳴官地蛙層

空聽隼擊俯杖看蜂衙妙趣誰能解懷人天一涯

次文虎韻戲暉書記

孤舟泛湛水心法已圓融詩律期三昧庵居役二空住

山須拙斧閲世任寒蓬慢著尋幽屐雪泥殊未通

次九弟韻後篇戲奉廿十一弟二首

少年憐季子拔俗似安豐逸氣期公幹鈎深似國風未

須輕小伎着意要參同聊語詩家病塵窓研滴空

莫學中郎將休懷陰麗華三餘遊竹素兩部有鳴蛙乃

肯親龐老多情過押衙吾衰那復此羨爾樂無涯

戲贈

王謝風流在星星映角巾屬文無少盡結社有迂輪頗

作餐霞侶願充觀國賓徑須呼伯雅且入醉鄉春

贈鄒中美

盛漢數鄒陽雲孫復擅場荀興逢鹿苑蠟屐繞羊腸囊

有壺公藥爐多荀令香麻姑在鄉國期子共徜徉

贈暉書記暉有伯時所畫馬甚奇

脱盡膏粱氣抵餘雲壑姿囊中支遁馬筆下惠休詩木

末鳥還語花邊蝶浪窺平章賴公等吾病不能奇

聞官軍已臨賊境

聞道官軍至戈鋋壓賊壕喁魚猶未腐穴兎竟何逃鋭

氣連全楚皇恩貸爾曾洗兵無復用歡喜薦春醪

次韻九弟遊雲居

禁足同僧夏秋風倚杖前捫蘿懷鳥道著屐到壺天霜月懸崖腹參旗落枕邊營詩嗟錦盡老語不須傳

夜坐聞櫓

日斜喧急雨雨夜候蟲秋宴坐遊三昧因人吟四愁踈林月色好別渚櫓聲幽却憶秦淮上寒更渡小舟

自雲居歸欲到瑶田作

稍上參雲漢中藏祇樹園煙横迷遠嶼鳥度失孤村一嶺分晴雨半山繞晏温回頭聽梵唄真是欲忘言

絶章水

春水靜遊浪晚吹怒生濤歸興催舟楫驚魂寄枯槔留兒忽忘故訪戴敢辭勞推挽柁師力令人愧爾曹

哭李少微三首

應劉玉山隕之子尚璵璠未握論交臂俄招去幹䰟茂陵有遺藁健婦解持門何日生芻奠人琴恐或存

評闕汝南旦窮嗟校尉途故交非浪哭吾道恐成孤往在談文處還能步屧無秋風聊倚杖草樹日踈蕪

我客齊安歲君官汾上春安知瀕鬼錄不作定交人場竈中郎滿鬪鷄開府頻如何令王濟清血染衣巾

次韻東坡五更山吐月

東坡先生喜誦杜少陵四更山吐月殘夜水明樓之句其在嶠南刋置五章僕蓋誦之不離口欲效其髣髴而不可得秋高景寂往來匡山披衣視夜氣象幽勝乃次其韻作五首然終不近也

一更山吐月修木瑩澄瀾全勝西園夜金羈帶笑看團欒照坐好猗徙氷人寒縹瓷傾竹葉何必辨狼殘

二更山吐月寂寂山家夜哀翁藻鬢濕衞移復露下冷冷泉可漱冉冉雲可藉相携塵外人共說無生話

三更山吐月無睡客還起風微一鐸鳴歷歷正談此此身如傳舍幽懷湛秋水茲遊共昔遊定非聊爾爾

四更山吐月月是故園明三峽笙簧起紫霄星斗橫林
猿霜後嘯山鬼夜深行託宿耆闍寺真遊王舍城
五更山吐月夢回人更幽風來虎溪寺江動庾公樓雞
喚楚江曙河殘淮上秋倚梧成短句僅欲不勝謳（案此詩五章其一四五律體而二三則古詩但其體以五更聯綴成章勢難割裂故並附此）

不宿開先道中口占

稱菊含佳色苔痕上老節了山已埋玉廬老自鳴鐘但
飲東溪水休看雙劒峰斜陽空翠合猶聽隔溪舂

雪

瑞木辭天漢因風響觸楹光催曉雞誤素失白鷴驚氷
柱隨門見瑤林逐徑成南州多癘鬼藉汝勝鏖兵

王子張數以詩見過

午夢蠻花濕晚涼衣帶秋愁來倚柱嘯詩到擊盤謳律
熟無誰敵詞慳不擬酧蘇州語猶在五字為君休

同雲叟遊歐峰

遠壑春辭木空山晚着花幽懷生蠟屐稍上問星槎屢
共普熏飯仍烹圓夢茶期君未衰白爛漫飽烟霞

書懷

未作終焉計懷哉輿不踈逢人問息耗閱歲歎乘除老
境來顏面歸家識此渠攀緣俱斷絕何暇羨嚴徐

遊石鏡溪

石鏡溪邊樹金輪峰上雲貪看魚弄影不覺鳥迷曛山
態迤迤好泉聲細細分銀鈎懷柱史誰復振斯人

懷秦處度

淮海紫髯叟長吟獨倚風稍將芸辟蠹應罷手書空拄
策舊寒澗含毫餘老松觀雲無悵望苦念小安豐

留題壁間

遠意在丘壑籃輿同此尋千雲絕壁秀落澗幽泉音參
祇盡開士聽法多珍禽煙橫半峰暝信是忘歸心

過蘄州故居

繫馬金沙樹銜芋攬暝途沾襟問鄰老携手憶於菟意
逐前雲遠情隨歸路迂霜風吹曉角夢聽小單于

寄文若

仲氏客淮上蓬窓憶聚星雲從望中容雨逐去邊零赤壁念存沒怡亭幾醉醒歸歟勤著脚莫負讀書螢

用韋蘇州神静師院韻寄徵公

雲卧衣裳冷巗幽鐘磬微秋蟲留霧牖夕鳥下烟扉無人淪茗椀坐我語斜暉分携復經歲長嗟志念違

將到九江先寄王環仲

廬門真大隐不減遠人村净供維摩室鄰君祇樹園春

淮揮別淚楚岸倒芳樽牢落還相見定能顏色温

新篘濁醪味嚴勁飲數盞大醉醉中作此詩

我生憐麴蘖剛置自中年破屋鳴春溜陰崖響夜泉興來猶味著飲罷剩狂顛但病無風韻聊堪栩栩眠

佚老堂為柳仲輝題

小隐寄巗谷堂成笑傲中雖無黄閣相不羨黑頭翁倚杖鷗邊雨營詩雁背風好閒多病處清興略相同

自寶峰還過長坑㵎谷勝絶處

泚泚水循㵎悠悠山放雲闞河元未遠境界有誰分幽樹花無賴輕鷗聲念羣箇中須著句傳與世間聞

蓺玉軒

短李江南秀虬鬚讓帝孫開懐仍好客愛畫復堪論蓺玉風烟外藍溪氣象存他年多結緑會看有秉軒

豫章董瞿老求詩

珍重膠西相風流後葉孫退藏差射策曠遠頗寬園韻絶五峰秀句奇三峽喧羌山多勝践周禮魯俱存

漫書

歐峯秋色外一上一回高践華誰云險捫參未覺勞雲扉留野客霧牖卧方袍拄頰非吾事何須似馬曹

錢旴眙赴上因乞詩

君自金張侶從子嵇阮遊祇園分客袂星渚繫歸舟楚國煙霞晚隋河榆柳秋中州多汲引行矣亦封侯

次英上人韻

臯祖真消息風流出當家觀門親杜順戲指悟玄沙碩

我晚聞道參同今未涯懸知飲光笑初不為拈花

題吳少馮聽雨堂

碧澗寒侵屋幽雲夜度墻貪看山入坐慣聽雨鳴廊苦乏陰㙠句聊登孺子床君非無汲引寄傲學潛郎

喜得京師書信

簷間噪烏鵲窓下集邕渠喜有大梁使能携小陸書南烹飽薇蕨北餽到庭除得僑傳消息更看雙鯉魚

追涼對酒

袢暑晚來歇追涼聊解顏星移團扇底月動縹瓷閒蟬噪斷仍續烏喧棲復還幽人嗜清曠只合卧湖山

五言長律

上黃太史魯直詩

扈聖當元祐雄名獨擅塲羣公調玉燭延閣近扶桑揮灑驚雷雨觀瞻列堵墻衮雲來北苑珍菓出明光柱下惟青史銀臺無露章胡為隨逐客不作瑞齋房岑寂金華省蕭條玉筍行長庚萬里去大雅百夫望老覺丹心壯閑知清晝長珍蔬時入饌荔子喜傳芳世故跏趺遠生涯嘯傲旁甘為劍外客誰念大官羊宣室二天詔遺弓萬國傷老臣還詔畢陛下過成康澤芻皆忠讜彈冠多俊良力辭佳吏部直作老春郎憶在金華日曾扶八座床未能窺絳帳頗復戲羅囊侯雁隨陽去奔駒度隙忙千秋銅狄泣萬古玉人藏諸阮釁猶在蘄春痛未央羣雛極鵷鴻衆口歎蚩蚩恨乏一廛地歸來屢擇鄉親交標鬼録卜築近僧坊宿鳥頻窺牖行蝸每畫梁着渠

上麟閣恥學賦高唐勤我十年夢持公一瓣香聊堪比游夏何敢似班揚尚愧管中見應須肘後方它時解顏笑何止獲升堂

日涉園集卷八

宋 李彭 撰

七言律詩

觀畫山水

不愛邊鸞愛李成胸中成畫自崢嶸數行島嶼隨人去一段風烟向腕生猿啼巫峽殷勤哺雁到衡陽嘹唳鳴我與羣山成保社直疑俱是舊經行

遠明閣飲

百尺遊絲入座來浮嵐空翠暎樽罍談諧自得江山助觴詠不勞絲管催滕閣風流今未遠南樓氣味與仍囬城鴉欲暝衆客醉木末闌干懸斗魁

城上

城上棲烏尾畢逋寒塘烏影過相呼一天欲放山陰雪六幅如觀栗里圖問老自應師桀忍扶衰初喜得封胡香醪已熟糟床注喚客無勞滿眼酤

宿萬松蕪示慶首座

步屧欣逢釋梵宮餘霞尚帶日歸紅峯前晚靄晚來積岫外秋天秋滿空獨鳥深藏欹牖樹幽花香逐下山風青燈耿耿照無睡賴有能詩老贊公

鄒天錫見過

議郎梁獄坐口語置散投閑今放囬令節由來廹吹帽幽園尋勝獨登臺共歌昭代得銀甕何暇著書名玉杯此口惟堪飲醇酎人間萬事要寒灰

次駒父遊孺子亭韻

平居懶與慢相親寄傲行歌似隱淪水退荷花餞殘暑秋來山色挽幽人從雎鸂鶒窺黄帽旁母鳧雛映白蘋興罷歸來去髙卧詩成聊復寄雷陳

余久不飲酒偶飲殊適因和九弟韻

年侵畏病酒尊空剏復聽歌盛小叢煙際鳥呼雲際雨花邊蝶舞柳邊風向來懷抱愁眉外今日懽娛醉眼中何用花奴鳴羯鼓新詩解穢思無窮

遊雲居三首

山林投老更踈慵尚有蹤攀興不窮絶壑久忘蛇起陸
寒窓聊食鴈來紅人方毬阮似無愧詩比陰何或未工
永夜不眠茶作祟一燈明暗鳥呼風雲居稱有雁來紅
故歳新芽約略黄重來敗葉帶飛霜尋幽少脫塵勞夢
訪舊頻薰知見香深谷鳴鐘雲暗淡半峰斜照樹微茫
去天尺五今應是望月珠星掛上方
羣峰羅立紫崔嵬無復市聲蚊聚雷遠嶠雲屯飛鳥没
寒江烟斂健帆開暖眠犢子陽闗草香逐蜂鬚陰谷梅

散策捫蘿覔歸路摩挲蒼石更裵回

次韻答董彦遠

踈山翠氣連眉嫵雲外飛鴻點點愁只在吳頭楚尾非
闗張夜至幽州著書繁露想成癖待詔公車安足求何
日芒鞵尋舊約蘭旌蓀楫共優游

過鴦湖懐師川

寳峰嶔崎青未了枕下灘聲走白沙谷口不應無小隐
桃源真恐有人家寒猨飲水避帆影槁葉隨波上槳牙
苦憶南州徐孺子歸舟天際暮雲遮

春夜奉懐蘇仲豫次陳無已韻贈仲豫

雲外頭陀是去年已看汀草漲晴川夢中未覺闗河遠
枕底忽聞鐘鼓傳但可馬曹聊拄頰看渠鳳閣競加鞭
蓬窓想得司春夔一夜糟牀酒注泉

春日懐秦髯

山雨蕭蕭作快晴郊園物物近清明花如觧語迎人笑
草不知名隨意生晚節漸於春事懶病軀却怕酒壺傾

睡餘若憶舊交友應在日邊聽曉鶯

季畝檢校南村田

風吹羅秠半傳黄準擬中厨雲子香潮水忽生添野水
山光便可接湖光難求塵外餐霞侶未識囊中僻穀方
徑遣阿連聊檢校飢雷已復殷枯腸

自豫章歸書齋題壁

烏烏聲樂客還家僮僕懽迎日未斜小徑潛筠新長筍
幽齋大樹晚多花深慚麴蘖留春住尚覺年顏老去賒

出處由來非細事弄泉莫忘飽烟霞

半宮曝書恭覽御書故事行鄉飲酒禮諸老率諸生皆在楊先生病足獨不至賦詩見寄次韻答之

雲漢昭回泮水邊諸生拜舞鱣堂前老翁七十荷衣緑弟子三千桂魄圓樂正足傷何必慮伏生口授尚能傳墨池載酒容他日門外侯芭也可憐

寒食日

幽人衣帶病餘寛終日蕭然懶正冠柳絮野鶯春向晚榆羮杏粥食猶寒倦于杯杓生新興頻有鄰儀救老殘試把一尊招近友放歌聊復罄交歡

李成徳求廼翁挽詩

養疴丘壑玩寒藤領略雞園最上乘射虎已驚生李廣登龍行復見元膺九原烟雨悲埋玉一代功名定伐冰安得董狐南史筆發揚潛徳到雲仍

戲次居仁見寄韻 居仁見督參雪竇下禪

長蘆老人半聖號眉毛不惜為談空靜委眈禪如縛律懸知遻佛勝封公影沈寒水雁無意春入幽園花自紅欲向池陽參百問却慚勺賦亂一作破家風

寄如壁上人

平生剛直隐長虹狀卷波瀾説一作入苦空翰墨場中無李廣莎蘅園裏有支公未應雪浪侵頭白想見丹砂入頬紅驄馬他年焚諫草看君妙手試宗風

次韻寄居仁二弟 隆禮敦智

老覺餘生如過鳥何曾留跡寄長空一丘一壑應還我三沐三薰盡付公病懶自知玄尚白醉餘貪看碧成紅荀家兄弟俱奇絶時聽淮南好國風

次韻寄山伯蕭老二弟 山伯惠瘞鶴銘善本

平原翁仲草萊茸種竹當年語竟空羣從嗟予真漫吏象賢期汝繼汧公別來江草喚愁碧書到山陰稱意紅瘞鶴銀鈎光照坐行書正欲乞楊風 兄雅嗜楊少師恐弟輩有之故見于末句

卜居

有宅一區聊解嘲清風歴歴自鳴飄買山作隠吾無取
為黍殺雞何用招魚托幺荷障斜日籜隨新竹上層霄
箇中已了一生事倒屣安能求度遼

寄劉壯輿將赴唐州儀曹

五柳先生同舊科壺觴終日盼庭柯一行作吏事皆廢
三徑就荒君若何問字有誰堪載酒談經許我或操戈
平生獨是賞音者聽此殷勤勞者歌

奉贈瑛明發

上人霜鶻氣横秋法界重重幻筆頭已泛毗盧真覺海
戲裁佳句比湯休雲開鶴嶺露蘭若波起洞庭霜橘洲
華髪蕭騷瀕老境多情猿鳥替人愁

駒父次予舊韻見貽復次韻

玉人皮裏有陽秋句入丹青頷虎頭壓倒何勞譏陸陸
老衰得懶欲休休支床夢破嚴城角决背風回落鴈洲
遣興竟須桑落酒談閑莫着畔牢愁

前韻戲呈仲誠

蒲萄政復得凉州底事微官章水頭早歳已能交北海
高懐乃肯頷鵜休手妙他時掃銀夏朐蟠佳處協滄洲
誰言京兆畫眉嫵後院懸知多莫愁

寄何斯舉

傳詩句句爛生光妙手殷紅入象床本自奉常叅定脉
定從僊耳悟神方玉花自合歸天廐黄鵠應須下建章
見説年来真欲隠轉身一路直須强

寄張聖源

豪氣向来回萬牛筆端衮衮楚江流拾遺已見傳三賦
平子不應吟四愁柱後許時淹淵步石渠看即副旁求
老夫病著蒼崖底細和充民擊壤謳

還家寄呉世良兼簡潘子真

江頭楊柳麹塵姿弄日晴空百尺絲騎省風流還有賦
呉鈎英妙更能詩殺雞為黍相期處問雁呼卿政此時
下榻深慚徐孺子非關勞者作歌辭

贈九峯長老

已透韶陽向上關蔬盂茗椀毎開顔頭顱無意掃殘雪毳衲徒來看壊山瘦即直疑青障立道心常與白鷗閑歸來天末一回首應在孤峯烟靄閒

次韻答寶峯仁書記

袖手脫鞋悲太白搴旗縛敵笑光顔自知日面與月面莫問南山共北山獨秀峯前雲不隔蓮花洲下水長閑還鄉一曲真奇絶與子終朝談笑閒

寄撫州謝幼槃

別去鷓鴣思日寒書來鶺鴒語林端我懷求仲徑方掃君向山陰興已闌細讀清詩如艷雪何時痛飲劇奔湍懸知作草非儥菜要自心期禮數寛

賦高明大使神功妙濟真君祠

楊柳江頭星宿躔呼船梢子散林烏煙横雲卷樹出没天澹波平山有無稚子揔參三洞籙病軀長佩五靈符步虛聲裡聽風馬頗覺神清到蘂珠

代虛中作

曉悟無生貝葉經起宗真喜得人英風流定自壓全楚文物由來繼兩京謝傳平生處華屋滕公俄忽掩佳城哀榮贈典他年在翁仲何知淚滿纓

聽王散人琴

花邊猶舞舊時蝶屋角還鳴他日禽但訝鏡中顔色改詎知門外歲華侵一盃相屬步兵酒三疊共聽中散琴有慨余懷聊復寫雨餘汀草自青深

南至

鄰雞戒曉暮鐘催老境俱從裏許來但喜書雲占嗣歲詎知緹室暗飛灰和氣欲上千門柳協氣先傳五嶺梅弟勸兄酧真樂事燈前細酌莫停杯

葺茅屋戲成

翔風卷我屋閒茅烏鵲啣將去作巢執扑鳩工課奴客廵簷長嘯望江郊謝公五畝似能保揚子一區聊解嘲欲學參謀懷廣廈苦無鳳觜續弦膠

鷄冠

景純機上為栽翦茂碧深藏稱意紅要與飛鴻同保社
肯隨凡鳥在樊籠鳴堦鼓翼何勞爾介羽登塲略未工
赤幘漫多安足數尸鄉反笑祝雞翁

七夕用東坡韻

老火微微迹已陳稚金稍稍欲親人蛛絲曲緻當時態
麹蘖頻澆見在身女隸不堪嚴侍立天孫誰識靚粧新
柳州太巧何須乞憐汝題詩正角巾

早發聞先入城至中道覩舊約予復還薄晚復

自歸宗入郡中

細聽潺潺水流澗静看悠悠山放雲澗底遊魚隨葉下
巖閒獨樹藉雲分殘星已發招隠寺落日看低耶舍墳
却背孤村入城市沙邊深愧白鷗羣

過廣濟

不到梅川已十年市橋官柳尚依然追尋耆舊知誰在
觸撥清愁不欲眠蘭若霜鐘猶唤睡平陽宰木上參天
倦遊客子心無際眼盡崗原起暮煙

種仙茅

聞説仙茅勝鍾乳移根遠自西山阿豈獨客來塵意少
更覺夜眠幽氣多避謗何須求薏苡去家不減食薜蘿
侯門稚子成羣後矍鑠仍看馬伏波

王子張以詩見報次其韻

卧看雲生舍北籬起來臨鏡慰衰遲欲投未落鶴盤嶼
將去還留鵲遶枝天上漢庭勞夢寐嶠南殷鑒恐覊縻

藍田丘壑仍孫在勝日勤來賦好詩

七夕懷徐十用去年所賦東坡清凉韻

幽人喜雨静無塵雨罷幽蟲料理人頎我維摩方卧病
憶君徐稚是前身鐘鳴祇樹年華隔潮上吳江月色新
共看牽牛渡河漢月殘露脚濕綸巾

戲次人韻

人言鼓吹來詩思鳴鶴遂聞長阜音細讀一犂新句好
始知三語用功深自甘散木傲霜節懶作幽雲出岫心

茗盌爐芬清晝永流鶯捎蝶過墻陰

送果上人坐兜率夏

落絮霏霏攪客心鳴鳩歷歷喚春陰未於蓮社添宗炳
已向蘭亭減道林遠嶠烟横鐘磬晚禪天目斷薜蘿深
詩緣酒廢苦無思為予送將聊一吟

舟中次珍書記韻

沙頭作别數峰暝意逐屯雲愁晏陰雨打船篷藏枉渚
鐘殘客夢憶禪林山重水複歸棹遠魚躍鷺飛寒葦深

何日支郎訪玄度倚松亭策伴微吟

用師川題駒甫詩卷後韻

夢中逐客幻中歸荆楚甌閩好賦詩誰謂涪翁呼不起
細看宅相力能追太冲文價經皇甫籍也辭源怯退之
丘壑同盟從已定莫令鬼祟作愁眉

即事

槐火煎茶氣味新東園肯讓兎園春鳥摧穠李霑衣袂
蝶遠夭桃傍鬢唇迴策如縈峻儀範好詩轉彈絶風塵

頗勝袁粲飲無偶步屧白楊要惡鬢

貽王充道隱士

憶昨涪翁虎溪别雁來一字不曾收勞君為傳三月信
遺我少寬千斛愁煙艇方遊建業水玉人猶在仲宣樓
何時掛席西湖去杖藜青鞋鸚鵡洲

潮州木龜有堂舊在天慶觀北極殿之左近為
道流竊取而去今莫知所在矣

長生要自食山蘇妙語曾聞葛稚川忽見靈龜藏六用

定巢蓮葉閲千年刳腸已笑清江使曳尾聊同修水邊
懸想偷兒難卜夜守閽黄耳得安眠

宿侍其雲叟書齋

高齋解榻留我宿破夢驚濤翻疾雷水鳥時呼山鳥語
朝帆纔去暮帆來百年榮落真墮甑一世稱譏同死灰
珍重秦淮隱君子只今風月且銜杯

竹枕

湘江翠竹斬雲根偃月初無刻削痕尚想繁柯俱苯蓴

曾經彩鳳屢飛翻佳眠時有池塘夢避暑不勞河朔樽
殷殷晴雷喧白晝兒童走報雨翻盆

過林子幽居

卧聽山城罷擊柝策蹇過君霜滿鬢窓閒山好天欲曙
庭下菜肥人愈臞我非當世可領袖君合於今稱楷模
謝公小草恐未免懷寶要令真不沽

同安即事

摇落霜林秋興新拾舟尋壑白冥塵雲光山色解迎客

松氣竹氛俱著人漢上營詩多累句孟生題壁欲傷神
頻伽依舊丁寧語應笑華顛映角巾

怡顏堂

心遠由來地自偏有琴何必問無絃新醪清濁動秋興老
樹扶踈可畫眠失學已從兒輩懶哦詩常苦後生傳此
腰偃強應難折尚愧顏公二萬錢

周明府國鎮寄詩有招隱之意次韻以報之

絕壑平生深遯逃相期推轂敵英豪綠葵白薤堪扶老
黃帽青鞋非養高薰浴懸知慚管葛經綸何敢望崔毛
新詩如對故人面清夜不眠雞屢號

予以王褒僮約授嗣行吏吏有書抵予并求跋
奚移文且云要與僮約作伉儷以此詩戲之

髯奴上券歸公許跋奚移文猶見催臧獲要令成伉儷
文章相與扶風雷目成眉語似真爾足躡心邀安在哉
大士好奇聊一戲不應禪寂便寒灰

戲何人表

示疾維摩難共語誰堪問疾坐繩床也知世乏長桑手
盡用枕中鴻寶方馬價不須勞廣漢牛衣何用泣王章
清涼心地俱安穩特訪名園頌辟疆

仲孫買侍兒作小詩戲之

霜鶻橫空河漢秋聊隨鵜鷘稻粱謀却將屬國舊長劍
換得石城新莫愁要遣短轅無復馭定看遥集解忘憂
臣山醉客時相訪莫下踈簾作障羞

溪上

門前渾是浣花溪坊裡深疑號碧鷄短艇波横隨幕靄
遥岑雨歇看朝躋鬚奴便了能沽酒稚子添丁解灌畦
欲賦郊居追沈約只愁誤讀作雌霓

扇上畫雪景戲書

醉餘潑墨寫生綃咫尺真成萬里遥短棹船歸剡溪曲
披簑人渡浣花橋暑中松雪俄輝映月裹山河俱動揺
凛凛寒生立毛髮從今絺綌不須嘲

二月二日大雪

天公長作狡獪戲舍北舍南無限春容容蔌蔌桃著糝
娉娉裊裊柳含塵老人已老難復少故衣雖故昔經新
岸齊未花湯餅滑何勞象白鬬猩唇

得了翁書

都司曾拂御爐香嚴譴歸來鬢未霜麟閣他年看赫奕
猷樽今日久凄凉楚氛鬬說行將弭漢道真成喜再昌
莫作湘纍吟澤畔鋒車促召據南床

廬山道中見梅花

江頭細草已揺春幽谷蔌梅尚看人未許揚州動詩興
却嫌戚里姤新粧范郎鄙棄不同傳溪省含香可買隣
蝶翅蜂鬚莫浪喜元無一物浣香塵

苦雨

陵陂麥熟晚雲黄婦姑當餉相扶將谿山作雨水漂屢
芝菌對床蝸篆梁宴坐翻疑谷簾下夢田恐在漏天旁
何時晴嵐來入户撩我浩歌傾一觴

江梅

江梅蔌雨弄晴曛割取江東一信春剩得耐寒鶯蛺蝶
竟來占醉倒綸巾未容作賦重招屈豈敢含毫論過秦
何日大梅梅子熟從渠高浪白如銀

睡起

烏烏聲樂報新晴睡罷南窓午醉醒惡客從譏玄尚白
斯人相向眼終青渚蒲汀草垂垂發幕燕林鶯續續聽
日糴太倉真細事安尋佳句遣沉冥

次妙明觀韻

春岸波平汀草深野航蕩槳恣幽尋星壇香轉來真侶
菌閣鐘鳴生道心憶昨霓旌歸紫府尚餘鴻寶作黄金
肩吾戲吐烟霞語縹緲欲仙難陸沉

次韻答仲兄元亮

楊柳江頭人迹稀心隨鐘度遠山遲忽傳憶弟看雲句
想見流觴曲水時人比封胡終有恨韻低徐庾敢言詩
青春欲謝子規叫莫惜歸帆赴後期

用元亮韻寄駒甫

才名緑髪斗牛垂天禄讎書何太遲却掃未嘗嗟半菽
養痾不是傲當時鋪張大對明光手收卷栽成鄴下詩
見底氷壺最清徹何時照眼會心期

用元亮韻答師川篇末見寄

早歲聞君萬人敵定交已悔十年遲中間會面無虚日
底事分携用此時不隔南雲無過雁猶因北阮著新詩
征車欲作日邊去儻赴幽園茗菓期

復用遲字韻呈元亮

去年闕河雪打圍縫裳寂寂恐歸遲忽看高筍成筠處
始見殘樽下馬時暮雨蕭蕭聊洗恨東園物物總宜詩
莫言心賞隨年薄勤赴幽人林下期

東墅

門巷依依稱意苔杖藜野色逐人開馬駒阜錫今應在
康樂翻經那復來雲物蒼茫山遠近波聲宛轉水縈迴
風流賴有潘懷縣一洗從前猿鶴哀

次韻徐師川喜洪駒父歸自臨之作

赤壁烟波翻渺瀰長沙卑濕重行行一觴一詠勞清夢
三沐三薰慰别情不作畔牢愁執戟共吟哀郢哭初平
生來競病幾年落漫興安能學背城

度章水道中戲用城字韻呈駒甫師川

楚波不動晚山青頗兎西來照我行野鳥鈎輈如有意
漁歌欸乃亦多情湖邊倒載思山簡機上廻紋念始平
欲覓澄江如練句乞靈須向謝宣城

次韻答季智伯弟

廢詩不復叵蘇州蠹簡于人風馬牛喜有丘明能撰次極知水部愈風流句分競病應難敵家有封胡可解憂共歎宣城游伭早剩招去斡不能収

贈蘇仲豫

平生照眼玉壺氷鮮向朝陽續鳳鳴黃鵠楼前重會面白蓮社裏定交情踈才我亦憐文舉大雅君應笑正平貰酒臨卭聊復爾莫令狗監汙高明

贈王環中

拄策前年訪草堂掛帆煙際在西江詩隨鴻雁來春渚夢逐蟾蜍入夜窓辭聘知君追孺子屢空嗟我似窮厖莬裘欲買為隣並歳晚相期倒百缸

贈張仲義

春衫試吏楚江濆真以文昌思不羣未暇等陶辭小秩何妨慕謝始精文壁間妙句流黃素松下英姿大壑雲但恐承明頼公等不容蠻府作參軍

春贈介然

彈壓諸方化城老聊同懶瓚恣佳眠雲隨雷下雨歸壑竹引窓間風動煙晝靜寘披徒覔句道安高論愧彌天叢林良藥今無有絶影湏公為着鞭

宿同安用舊韻呈雲叟

蒲柳望秋今復衰遥岑雨罷抹修眉寒林要使入方尺妙筆懸知愧畫師不見揚雄草玄手細看束皙補亡詩何時共飲建業水更把北山煙雨犂

遊同安寺

郭内那知草色新道人庭宇别藏春高榆風度青含莢艷杏雨餘紅退唇茗盌薰爐清有致禅天金地夏無塵裁詩得句如拱璧不費咸陽設九賓

遊昭德觀

晚隨歸雁影聯翩來訪仇池小有天萬籟虛徐雜鐘磬一源淳樸異山川雲霾大壑真遊遠風掃石楠佳句傳司命峰前徐孺子幾時風雪對床眠

夏牛卿用韻見貽次韻答之夏先君子與先平

陽厚善

君合雍容供奉班彤墀紫伏近天顔悞隨手板落趍走

却望家山思燕閒使君銅狄悲遊岱令尹玉棺今賜環

樽前回首二十載更話幽禪未易攀

客有和予顔字韻詩者答之

蠻花初捲簟文斑若被秋風吹老顔慰眼既覩還有舊

起予多病復思閒暮年倚杖心三徑看子着鞭腰九環

小屈尉曹吳會去莫因横搠廢躋攀

送規老住虔之慈雲

禪翁竟補棲禪處兎角龜毛杖佛僧久厭宗雷同保社

却凴章貢濯埃塵定攜天上蒼鷹爪去接江西白業賓

大庾嶺頭梅正好同風千里一枝春

郊外書事

郊原野老帶經鋤童稚何知競挽鬚我亦彌年躬井臼

兒能終日課樵蘇頗思鷗閣仍虯户邪似松醪伴酪奴

志大才疎苦多累真湏鹿鹿効周謨

和何斯舉韻寄元亮無簡性之

避冷幽窓歌虔彦鵶啼疎柳把南枝長鬚勿送平安報

滿眼仍看競病詩稚子每嗟簷隙短波臣常梗客行遲

應貪左轄藍田會落雪官梅動興時

和許秀才見贈許病目良苦

木末鵶啼負郭村無人白晝掩柴門詩來或作破客夢

語妙直堪排帝閽抱瘵端如叔夜懶幽懷思對阮生論

何時還子讀書眼鮮脱無根湏返元

和馮仲宣韻

秋風寂寞仲宣樓金狄傷嗟卧一丘喜有斯人出淮海

追還舊觀極風流莫將起草明光手去伴諸郎肉食謀

我欲清江理煙艇尋君楚尾及吳頭

奉酬謝幼槃

窓閒遠岫謝玄暉人物煌煌三秀芝黄耳來時得佳句

碧雲合處起幽思深閨復見鮮園手勝日應多贈婦辭

念我麗婆最癡絶只能舉案鮮支順

次韻奉酬幼槃

結廬不入遺民社好客初無仲蔚蒿度鳥冥冥與心遠孤峰峭峭伴名高樽前着我醉千日鏡裡緑君減二毛安得買鄰揮百萬柏浮左手更持螯

再次韻呈之忱彥先彥達兼呈幼槃

割據溪山天下豪長松獨許倚青蒿小巫政自雄河朔淺器從來鄙奉髙爛醉何勞憤田竇溥風相與繼崔毛不知底事真奇語且向窓前嚼二螯

次駒甫涵虛閣韻

夢中占夢偶相逢山上有山隨轉蓬我自持觴酹玄酒君應臨水洗鑾風行參鵷鷺峨冠客豈是江湖把釣翁暇日頻來裁錦句要看玉手亂殷紅

七言長律

紫霄道中

山行積石路逶迤村徑成門逐處移一點炊煙生虎穴四來暝色到牛衣畏人沙鳥飛南隴傍母山猿戀北枝

鴈塔崔嵬臨畫嶠墨雲靉靆起方池髯秦昔别留奇畫病可雖亡餘好詩（秦畫松石于歸宗壁間可爲賦詩）羊祜不如銅雀妓蔡邕尚有虎賁兒（世未甚知可而美上人者學詩于可）慶開顏欲效東籬醉（栗里在歸宗寺旁）真隱慚無谷口姿安得膏腴盈二頃雍雍喚取共扶犂

日涉園集卷九

宋 李彭 撰

五言絶句

喚渡亭

草風蕪沙雨依約渭河邊昔人曾喚渡絶唱傾清綿

戲書山水枕屏四段

遥岑天南端野彴垂楊下蕭散筞寒藤緑雲復觀化
澄江真皎鏡短艇戲鳴榔無復機心動不驚鷗鳥行

孤峰上排霄羣木盡生意持竿坐石磯高懐在雲際

複閣耿蒼煙斜暉掛木末卷帆何處船危檣待明發

大雪投宿圓通以野雪盖精廬為韻賦五詩幷書塗中所見

寒雪盡垂空玉色粲萬瓦㸃㸃行五牙鬱靄望黄野
昔我游山陰雜花紛似雪重來雪作團遠樹皓已結
山翁雪垂素相逢乃傾盖同看艷雪舞盡此威遲態
借問佩蒼玉何如煮黄精古來澗谷槩價自重連城
馬疲如客飢稅鞅文公廬人好雪亦好何曾射洪烏

迎陽閣

扶桑有玉書鬱儀善相保朝暾到額詹危坐塡血腦

予夏中卧病起已見落葉因取淵明詩門庭多落葉慨然知已秋賦十章遣興

西嶺障斜日澄江來遠門歸鴉千萬點暝色入遠村
燕坐修白業焚香觀黄庭清霄降真侶弭節或見聆
境静輪鞅寡堦空絡緯多蕭然正遐矚脫葉下庭柯
我初卧病時桑麻翳負郭扶杖延秋風山川俱黄落

寒温機中素榮歇洞庭葉發興鷗鳥行風煙理舟楫
平生老驥心伏櫪端有在華月生夜凉南窓歌慷慨
園中有奇貨雨滿瓜芋田一飽吾已足望山思悠然
結交何用早士貴心相知苟合殊真味咄咄成乖離
林廬亦云樂欲語輒復已取琴撫徽絃妙不在宮徵
沅湘歌九辯梁父吟四愁虚齋無一事坐對楚江秋

六言絶句

太平小寺

行盡斜峰急澗忽看化寺神居雲瑣沉沉複閣旁看貝
葉遺書

昌書記畫梅

花柳春風紛行禪窓晚故横枝號國生憎粉黛晚粧淡
掃蛾眉

夜坐無戲環上人

蠹簡聊寬岑寂榴花頗慰椿蕪莫問草玄尚白須令看

碧成朱
毛髮早驚蒲柳衣裾又變風烟我是一丘一壑君應三
要三玄
落木霜猿到耳風高侯鴈横空覔句深憑料理觧圍依
聽晨鐘

昌書記畫馴猿

巫峽猿啼向曙云何却在樊籠想見珍羞豢養翻思槲
葉微風

七言絶句

庭梅

春風日日下丘園緑到萱芽蕨破拳莫恠庭梅晚來好
尚堪桃李與争妍

寄贈擇言兩絶句

憶昨同傾三昧酒論文時撥百家衣他年準擬蘭亭會
好畫高人支遁師
逍遥儒墨兩專場萬遍蓮花嫁馬郎心舌死灰詩欲盡
乞儂西國更生香 擇言與参寥相厚善故戲作吳語戲之

舍弟彤檢校南庄刈稻中秋日作三絶句見寄
醉後偶次其韻答之

天南雲破玉繩横上有蟾蜍雲外明共把一樽懐少雁
新詩深悉未歸情
呼憐貰酒酒如氷以酒攻愁愁有城醉舞不須看短舞
神清便覺映膚清
珍重江南庚子山詩名晚歲滿江關應須剩讀書千卷

始在班楊伯仲間

答徐十贈詩三絶句

東湖高士有雲孫句夢池塘論過秦海内故人流落盡
病夫杯渡不嫌頻

窓中山色撲衣襟户外江聲醒客心我在山陰君在剡
思君行坐短長吟

爐薰細細繞禪房竹日暉暉映短墻安得買鄰同歲晚
鉢盂分飯共繩床

答謝邁秀才三絶句

飽聞玉樹堦庭長今見凴虛意欲仙遺我池塘夢春草
阿連風味劇堪憐

短李門前無寧馨書淫詩癖類天成多情喜有謝康樂
步屧同尋鷗鳥盟

平生抱瑟齊門立不比吴宫誇靚粧周鼎商盤甚淳古
君來獨慰九回腸

答黄直夫二首

紅顔緑髪花映肉別去年顔存語音秉燭相看真夢寐
細聽存没欲薰心

筆底瀾翻走百川胸中書傳作豊年自憐瘦馬老伏櫪
絶影如公更着鞭

次韻答九弟首夏郊園即事

跳泉方鑿薜蘿深月落參横要共斟徑醉逃禪真槩可冥
搜得雋近韓岑

阿連句裡欲回春早慎論文思不羣莫顧才堪任遺補
來參折臂大馮君

營巢燕子語猶新接葉鶯雛已晚春催曉烏烏聲更樂
直疑料理廢詩人

何須痛詆程不識未用親摩史謂居昔時萬事愁眉外
頓覺幽懷常晏如

再次韻

嬾覔新詩勸春住只愁塵爵每空斟餘酣晚漱沙汀外
未羡明登天姥岑

陳恬老作中州客小室曉猿聲念犀通籍金閨成底事
看取九原冥漢君
古木千章夏陰合甕頭别作醉鄉春草玄不是楊雄事
定自免為投閣人
種葵藝瓠成畦壠奇貨由來果可居漢代封君渾未稱
故侯風韻擬相如
元亮次韻四絶相撩和答
枕中鴻寶裹蹄金火侯曾經手自斟瓠子河傾那可塞

忍令清餓首陽岑
少陵獨見阮生論我樂窮鄉獨樂羣兩阮八龍渾可擬
操戈披靡獨輸君
久如甕底堪肥遯近覺樽中每着春狗竇相呼竟何補
獻酬故屬畫眉人
仲子酒狂言語疎文章敢比茂陵居未見遠山湛病渴
直愁滌器枉相如
清明
汀草汀鷗解喚愁舍南舍北度鳴鳩深浥竹葉留春住
未信桃花逐水流
高柳半天渾欲眠二毛苦上接籬邊興深杯杓懷山簡
句夢池塘憶惠連
晚將麴蘖寄吾真不道公當恕醉人欲學少年花壓帽
却疑花笑及花嗔
登耶舍塔
五峰羅列斗南垂百代堂堂歌紫芝一老去為西伯用

四翁應笑北山移
春意三絶
屋角烏呼春意閙江花江柳自相催廢詩詩思澁如棘
句引無勞酒作媒
裁雲為柳雪為花惱亂中年春意賒庭宇風微教馴鶴
池塘日暖浴嬌鵝
日日映堦春草香春風到處着胡床梅梢何許蜂釀蜜
來採幽園宮様黄

題温泉

能使時平四十春開元聖主得賢臣當時姚宋並燕許
盡是驪山從駕人

暉上人畫梅乞詩

微風正爾送荷氣忽見筆梅氷霰姿元是道人三昧力
明窓潑墨發南枝

西塔

峰前日出霧初散谿上雨來禽亂啼欲記曾遊三峽處

詩成賴有董膠西

睡起

林間稺竹猶含籜柳下孫枝屢放綿午夢不知清晝永
嬌鶯啼破晚窓前

奕奕柔桑霜後繁繅絲無復重盆翻願同園客重如蘗
忍使疲民無複褌

烏雀雄猜作伴飛機心還復墮危機何如絢練堂前燕
拂面銜泥點客衣

穪麥翻畦雉雨斑郊園貰酒有餘歡奈何苦雨傾滄海
坐遣南翁衣帶寬

石闕林端晝夜啼羅生芳草綠成蹊扶筇携幼出門巷
雨過舟横水滿谿

戲贈行容上人

東風未鮮北風温臘雪半消春雪深欲向僧房覓清晝
細聽山暝孤猿吟

次李儀中韻送杲上人歸龍安

不作郊原雉應媒心隨山色翠成堆翩然一鉢自歸去
有意杖藜還復來

訪僧

茗盌薰爐久不來曉猿夜鶴総相猜故將野老扶衰杖
踏破僧家稱意苔

戲贈嗣譽二首坐

談禪高出溈仰右著論恥居生肇傍更有新詩堪抵罪
與君約法定三章

僧中君是玉花驄氣逸渾將入古風欲向松窗𦐂妙語
愧無筆力到房融

病中即事

懶慢經時不出門秋風藜杖稍相親念羣屬玉鳴碕崖
作伴蜻蜓上角巾
病厭鵝兒酒色黃蔬盂終日似僧房馴猿時復攘新菓
夕鳥飛來啄蠹床
初無勾漏為丹砂何必青門始種瓜口腹累人吾豈敢

深勞溪友餉魚蝦
啼鳥引子來衣桁野鷺銜魚墮屋除百念已忘餘習在
手持杈夜養生書
利口毀譽本無媸空洞腹中須屬厭何用灞陵嗔尉醉
未勞漢署數郎潛
畦間魁芋敵蹲鴟木末深懸大谷梨小摘已堪充米價
煨嘗聊用補朝飢
絡緯井幹空復啼蕭然脫葉望秋衰最憐庭下婆娑檜
鬱鬱已含棟梁姿

失題

草閣柴扉舊逐涼蘋風一曲洒迴塘尚餘新月張敞畫
無復幺荷韓壽香
籬邊日出撫孤松户外雲生遮數峰避冷隨陽聞過鴈
催昏喚曙聽疎鐘
寒鴉銜枝欲定巢近同客食上林梢能逃歲徳安門户
出處懸應不浪交

紛紛眼界禿居士却著雲山壞衲衣箴孔綫蹊無量義
誰能于此頓知歸
泰郎本是金閨彥撰次曾為仙董狐西狩獲麟雖絶筆
道山今日要真儒
韓侯數奇亦云極奈此風流英妙何傳聞東觀已著作
即看西掖與鑾坡

盧山道中

無復春風綠髮前索花共笑過年年只今老境花無賴

媒藥幽人作醉眠
崇桃灼灼炫清晝細柳依依迷遠村似聽淵明賦歸去
柴桑幽鳥語黄昏
三年不飲虎溪水一笑來嘗鷹爪芽岑寂仲堪談易地
祇餘蒼蘚藉殘花
董仙種杏令虎守只今但見蓮花峰鍊師欲作小隱計
餘力猶堪追祖風
憶昨山陰峰上頭山腰雲雨半含愁蒼崖壁立題名處

光怪時時射斗牛
蕭机齋中天馬駒追風未試且幽居劇談挽我留三日
不費一鴟傳異書
不識西湖林處士飽聞陰木吽鈎輈茂陵遺藁今應在
索價雖高未肯酬
英姿秀骨徐尚書忠義丹青那可圖褒鄂眞成毛髮動
猶将生氣壓會蜍
北齋兩絶句

芭蕉葉大雨聲催葉底繁花菌蠢開欲據胡床呼作炙
膳夫何用探心來
煙莎茂密小池塘注水枯荷馥晚凉何許蜻蜓立荷葢
鷺飛作伴過東墻
對雪有懷廬山道中
傍窓幽鳥語忽忽雲陣羣山雪輥風信有農談四隣久
隔籬煙火醉眠中
自和六絶句

麗日暄風下大荒百花氣暖漢宫香携幼來尋竹閒寺
游絲寂寂繞迴廊
金屑琵琶刺繡裙絃絃軟語怨昭君仍年病著屏樝盎
酒興多于出岫雲
水荇蘆芽相綿經倦飛翠碧蹔來停含毫未下無新句
安得毫端飛迅霆
蛙鳴嚛沼弄妍姿破夢起看星斗垂度曲安能高鼓吹
麗灰那復計官私

邊腹從來不貯愁歸鴻目送頗悠悠三吳何用憂狼顧
一戰行看擒狗偷
二季蒼顏催我老年過四十眼猶明細字未能妨老讀
每逢佳處勝專城
再和
清朝畫省得名郎嚼麝高談百和香水鏡欣傳佳吏部
更須端委侍巖廊
仇池仙伯煙霄外妙出湖州寫墨君畫永虛齋風動壁

枝枝葉葉欲生雲
劉侯白髮續羣經原夜憐渠不少停齋恨沈王今已矣
那知為電復為霆
珪璋挺特晁夫子家法文章萬代垂却袖當年醫國手
磨鉛起例只營私
且復持觴歌莫愁點衣柳絮晚悠悠要知境靜自心遠
不是年衰成語偷
平生愛花被花惱況復雜花川上明劒外叅謀詩滿眼
乞靈何必錦官城
同季敵弟過南岸野寺
楊花糝徑雪繽紛短艇橫江煙草昏小鴈俱來覔春事
情知春過水南村
數日陰雨懷李生
衣裾蘭茝有餘清風骨水霜照眼明欲共阿戎談絕倒
亦憎暮雨滴堦聲
文楸玉子知無敵愧我元非王積薪頗賦煙茶不堪剪

風流人物不無人
燕頷應須遊玉闕歸來綠髮看峨冠他時爛醉紅鸚鵡
更跨追風烏賀蘭
戲刻真牧堂竹間
風微雨細花梢動日落鐘鳴雀語多未有池塘春草句
戲成户外竹枝歌
小憩琵琶亭呈環中養正
南樓岑絶冠湖外舉扇每避元規塵庾公樓下落帆處

掀簸定為公所嗔

超超邁俗郭有道育孤事發如古人莫言壁立貧至骨

雞黍自是延嘉賓

山南漫落蘇季子飲作江湖雪陣來想到詩腸應作祟

挽回妙語如瓊瑰

戲呈子蒼

一杯相屬步兵酒三疊共聽中散琴有慨余心成獨寫

雨餘汀草晚來深

山郭遇鄭禹功行縣

廣文官冷飯不足行縣符移祇屢催邂逅班荊作吳語

風姿峭峭絕纖埃

清曉登無相浮屠上有東坡書

窈窈龍蛇穴窟寛淮山楚水繞欄干儋州宰木應摇落

八法猶參星斗寒

舟中戲作俳體

皓齒青娥倚柁樓楚波微動晚風秋不辭自去迎桃葉

兩槳還須送莫愁

目成可意亦不淺思是羅敷舊姓秦莫道使君自有婦

頗為鮮佩漢皐人

茯苓

憶昨舍邊松雪明於今偃盖入青冥何時容我擕長鑱

斸動龍蛇取茯苓

日涉園集卷十　　宋　李彭　撰

七言絶句

老坡自海外歸爲書簡寂觀雲卿閣榜今爲煞
風景者毁之

筆底颷葉吹海波牓懸鬱鬱照巖阿十年呵禁煩神物
奈爾焚琴煮鶴何

戲書

虐雪饕風春事晚輕紅未放入夭桃即看倚杖花經眼
便許堆盤黍雪毛

晴簷已復聽提壺濁酒聊堪釋荷鋤短短長長愛園柳
三三兩兩數谿魚

渫井寒泉徹底清不容私地有蛙鳴修除何獨充庖易
要看犧龍將雨行

止酒廢詩春晝長頗知易戒復難忘戲於窓下還詩債
便欲花前喚索郎

次韻文潛立春三絶

臘前漏泄有官梅春色懸知裹許回日涉園中聊步屧
黄菘早韭復爭開

后皇司春生意還無知草木亦斑斑顧憐綠髮添白髮
羞插耐寒花上幡

舉酒徵賢且合姻盤飧野菜鬬嘗新陽春有脚今誰是
始覺前朝貴老身

延福寺

尋盡雲山發興多稍知蘭若在巖阿不以姬姜棄憔悴
杖藜聊復一來過

齊安江頭别何氏兄弟舟中得四絶句

疎星牢落散江東悵望夷猶醉眼中長年三老相欺得
故將短棹指西風

八字山頭閲世故周郎赤壁斷人腸玉魚金枕皆冥寞
鐵騎樓船墮渺茫

樂羣野鶩巧相依旁母鳧雛肯浪飛恠底相連若耆舊

無人花鳥自忘機
巘巘五老古鬚眉似對幽人歌采薇漢事頗公即調護
蒲輪飛詔盍來歸

留别小慶

風催萬壑雨歸去雲閉連峰不放晴門外從教春水濶
杖藜準擬聽江聲

二絶

過盡柳花無復綿幾畦麥浪漲晴川幽禽喚起醉鄉夢

疑在故園茅屋邊
生綃他日寫荒寒咫尺渾如萬里寬我據笱輿煙霧裏
有人應作畫圖看

對酒二首

頗欲持觴為上頓直疑買酸成大偷盎中麴蘖可肥遯
不比終南猿鳥愁
雄猜刻薄王處仲不飲思欲誅娥眉何如一醉睨萬物
小黠向來成大癡

夢秦處度持生綃畫山水圖來語予此畫劉隨州詩也君為我作詩書其上夢中賦此詩

隨州句法自無敵寫作無聲絶妙詞誰料長城千載下
秦郎復出用偏師

歲晚四首

天長候鴈作行遠沙晚浴鳧相對眠松醪朝醉復暮醉
江月下弦仍上弦
汪侯胸次濶瀟湘秀潤清時符寶郎謝宇窓閒仍發興

敬亭山下屢成章
苦憶中州向子期微官鐫盡賦新詩清班未許聯天仗
直指聊看着繡衣
眼看楊柳漲春風忽復山明雪映松但把一尊扶醉病
何須三揖送文窮

茅堂清坐有懷元亮

不到青園三月餘行間茂密見新蔬最憐鼠迹生塵案
復有潛鈎穿我廬

有懷雪堂舊游

雪堂楊柳三五株堂裏先生萬世無伐樹何人成糞土
如聞築屋復棲烏
柱史秦郎無檢幅筆端真有大夫辭追懷昔舊誰能繼
况復賞音黄絹碑
張侯瞻蔚氣如虹字字追還西漢風歘向俱為泉下士
辭林正派絶流通
陳子真成病秉黄園丘一仆殆堪傷苦吟幽語多奇澁

未免人譏急就章
柯陂潘子骨已令文采風流付陸雲不見十年應好在
酒澆邊腹貯皇墳
珍重何家大小山高文麗賦敵楊班書來慰藉江頭别
想見園林人外閑

離曲池憩巾口

小泊曲池桑柘陰遠墻岑寂伴高吟孤雲兩角真在夢
一抹寒林古木深

野僧亦復稻畦衣兩兩三三巾口歸拂拭涪翁刑部句
晚風吹泪對斜暉
物色真成行畫圖十年對面不供書才慳更著李商隱
無復重譏獺祭魚

林占處士和靖先生之孫也與子厚善今死矣
作兩絶句弔之

愛君渾似金華客謂我猶堪供奉班蕭寺愚溪兩冥寞
一尊聊復對西山

危脆芭蕉何足道姓名今不滅西湖茂陵遺槀他年在
留有書言封禪無

久不得六弟消息二絶

去日幺荷拳未舒水花高盖已扶疎大醫法窟應尋徧
有底能忘一紙書
平生大敵劉文叔每發一兵鬢為蒼不得淮南近消息
蕭然添我鬢毛霜

遊雲居寺三絶

茗椀薰爐久不來晚猿夜鶴總相猜故將野老扶衰杖
踏破山家稱意苔
去年重失洪崖約今日又寒徐穉盟勝日幽期無惡客
尋僧銀色界中行
燕坐身遊水晶城夢回心淨玉壺冰更聽夜雨簷花落
却是細泉幽竇傾
代二螯解嘲
臞儒他日倦龜殼蛤蜊自可破愁顏不是二螯風韻好

那堪把酒對西山
解嘲
平生癡絕百無憂黨友相嘲頑虎頭癡黠胸中各相半
要之與我不同流
丘林久矣自耘耡罕識心勞瓜芋區不復論文傳幼婦
安能索筆著潛夫
西隱觀
書籤無復梁蕭統像設空餘譚紫霄馴鹿將麑眠藥圃

歸雲帶雨度山椒
離豫章進賢道中
春在江村桑柘中多情十日雨兼風杜鵑北向勸歸去
我為故人聊欲東
招隱亭
裊裊秋風生桂枝小山巖壑石逶迤王孫歸去歲將晏
莫笑臞儒炊扊扅
鄰雞
鄰雞午唱靜中譁挾雨蒼苔傲落花已覺星星鬢邊出

真成一倍惜年華
醉中戲次師言韻兼簡少逸
不覺龐公隱鹿門逢場作戲任吾真風烟久着雙蓬鬢
脫帽公應恕醉人
筆下疾雷驚四鄰勒兵小試須新聲司空城旦餘波爾
六籍紛綸井大春
往日風流京兆眉却穿習簿敗荷衣新詩渾作鶯花語

只欠天街便面歸
愧乏金椎控頤手偷兒何苦向人來囊空四壁亦云静
祇有丹鉛勘玉杯

次韻九弟過炭婦無懷微公之句

阿連衡曉絶江濆驚起江汀鷗鷺羣不為營巢祇覓句
真成拄齒玩幽雲
頭陀雲外見遥岑爭似歐峰雲物深想見伊蒲欲為供
波生茗盌憩墻陰

次韻九弟幽園即事

萬事向來元不理非關軒傲故相違幽園把菊初無恙
未歎將蕪胡不歸
孰知卜築野人居飽聽鄰鐘與粥魚便覺悠悠雲入座
只無瀧瀧水鳴除

次韻正平見贈道子游山北勝處

山南山北似壺天雨宿風食近日邊嗷嗷猿啼石門路
此身渾是謝臨川
佳句全勝頏虎頭千巖萬壑斬新秋歸來把玩無窮意
始信遥天寄客愁

次韻九弟五絶句

遠韻會須真邁往高懷那用太分明病夫閲世蓋多矣
説病由來非妄情
草際寒蛩蟋蟀鳴愁來無路敵方城却憐郢客悲秋賦
強使微雲滓太清
谷水為簾映暮山珂珠貝玉妥天關傳聞小陸同支遁

游戲蒼崖鉅壑間
沙鷗日日滿蘋汀白髮忘機不復驚何處暮帆來浦口
背人飛帶喚雛聲
橘花漠漠玉花深屢起微霜落爪心喜有青黄着離落
千頭未羡滿寒林

哭尚書墓

過家上冢非無子宿草孤墳獨可悲賴有立朝莊語在
不勞訣墓作銘詩

種竹當年語尚新藏山萬卷総成塵牙籤知落誰家去
往事淒涼欲損神

遊雲居四絶

雞林磨衲度憤溝海外風煙在上頭蔵孔線蹊誰善幻
千巘萬壑斬新秋
懸崖怒瀑落龍湫恰似王師破蔡州續蔓沈竿空莫測
石魚酒舫未應求
壞衲槃跚玉澗翁負霜禿鬢頰皦紅時時口占東坡語

頓覺盲劉力未工
冉冉山雲低度墻涓涓流水響長廊不緣抱病闕高冷
早賦式微緑底忙

寄鄭禹功魏虞卿

杖藜徐步倚柴扉園柳青青馬尾垂日暖遊絲縈落絮
黄鸝銜得上高枝
衆草風來俱掩冉鷺紅駭緑鬬年芳崇蘭旁發北窓下
燕坐時聞自在香

苦憶苕溪鄭廣文足驚毫翰獨超羣山南飽看慵行縣
笑殺無心出岫雲
虞卿再見封萬户三語掾盲駒伏轅北海會須加慰薦
横空一鶚看騰騫

蕭子植寄建茗石銚石脂潘衡墨且求近日詩
作四絶句

寶犀新胯面巘冷碾出壑源春雪花何用纖纖捧渠椀
絶勝片片酌流霞

良工刻削類方城煮茗細看秋浪驚未許兒盲輕度量
豈容奴輩笑彭亨
蒼崖絶壁長瓔腴靈府煩蒸藉掃除老楮犀雞甘下筯
乖龍左耳避珍蔬
遠竄積烟烟更多絶人妙手不同科蕭郎餉我客卿輩
遠愧山陰書換鵞

寄臨川諸舊兼悲二謝

晏如雅贍志沉鬱詩語松風萬壑哀皮裹陽秋能剌舉

眼邊青白免嫵猜

董侯本是古沉冥風味澹然雲水僧見說修門和氣滿
何用涉江歌採菱

何侯嗜學黄鵠舉謝客㖿詩丹鳳鳴急雪異時登擬峴
放歌何日酌宣城

半岳摧峰憐二謝孤墳宿草巳蒙茸自歎蔡邕今老矣
銘言獨不愧林宗

寄何氏兄弟

病語無心復惜春護持白業五臺賓往時赤壁好風月
俱助兩郎詩句新

青州從事懶行縣白水真人不造門時作藥山遮眼計
尋僧煮茗過祇園

次韻山谷寄賀鑄

平生賀監毛髪古風流歊詠付御盃頼爾雲生亦不惡
山陰氣味換仍回

淮海維揚萬人傑松吟牢上不能杯雖無賈傳過秦論
猶有清歌慰九回

客廬山道中寄中上座

谿山軒豁逐時新草樹欣欣雨後春弄水看山添野興
可憐魚鳥自相親

著行官柳拂人低勾引風光挽客衣正是斜川春事起
翻思帶月荷鋤歸

紫霄獨立冠遥岑静愛雲無出岫心見説危梁耿大壑
欲招惠遠與同尋

顔魯公祠

心正能令筆不欹銀鉤猶冠古今奇凛然一代英靈氣
猶似當年罵賊時

鄴寺遣興三絶句

蠻花篁冷春氣分午醉醒尋野寺門黄落遠林供倚杖
却疑殘照是朝暾

映堦駮蘚漫層層古柏連蜷上老藤梵鼓粥魚今落莫
半歸官焙半殘僧

修源一帶碧灣環上有江西淡圩山便覺心塵雙寂寞
不愁騎省鬢毛斑

遣興兼寄豫章二弟

國士無雙有山谷斗南獨步憶秦郎鸚鵡洲前多勝日
古藤陰下夜何長
獨持杯杓酹先酒遺我此物忘百憂乞靈飽謝共傾倒
況復隔窓懸玉鉤
龍沙季子在原樂不肯附書黃耳來滕王閣上覓佳句

鐵柱觀頭行幾廻

即事

勸聽戍鼓擊銅龍臥待當軒葉底風暝鳥忽穿明月去
直疑便面寫歸鴻
左界明河夜未央輕風灑面作微凉藏舟枉楮者誰子
欵乃歌聲短復長
紛紛著作能上馬袞袞紫微俱斲窓韓侯遽綰銅章去
豈坐雙流帶一江

我覯之子秉周禮要使諸儒識漢儀側席求賢天子聖
未容澤畔弔湘纍
眼看花霧共衣霏已有羣鶯窓上飛心事但隨春事盡
鐘聲更伴鳥聲微

醉書

酴醾奪目表春餘閒雅雍容亦甚都睥睨園林衆芳歇
持觴耐久作歡娱
穉子滿林春笋生殘花老境尚多情瀟灑封侯真有自

奇姿未讓惑陽城
湛湛胸中萬頃陂翻疑淺器是牛醫從來未許愁知處
頓肯因愁移面皮

送淳軾二上座

客掩柴門斷還往道人屐迹破蒼苔青燈相對語離夜
況復打窓風雨來
上人定自有佳處眉宇翠氣連湖山烟邊候雁着行急
力挽不留相與還

漫興

真牧堂前花草新舍南移就一番春非關瘠魯欲肥杞直恐強齊將弱秦

梅花冷蘂發疎枝雲斷天南放日暉亂折寒柯有雙鵲啣將綴作百家衣

翻經臺

五千餘卷在高臺內史翻時蠟屐來夢斷池塘人不見年年春草綠成堆

幽園風雨

妙手春工如畫史鵝溪百幅掛城隅卻將李成驟雨筆掩映邊鸞花鳥圖

竹閒雨絕句

鳥聲催得青青老花氣渾忘白髮新誰復能尋三徑友信知真是五臺賓

何許晚鐘烟雨餘花閒蛺蝶舞蘧蘧莫將絕壑漱流齒戲誦文園封禪書

自西林投宿歸宗

江都著足寫餘酣頗怪朝暉變夕嵐我與諸峰俱是畫鮮隨歸鳥過山南

補遺

覡鍊師四松畫軸 按此下七首據玉淵小集補入

四松在澗壑歲晚乃更奇蕭然如黃綺傲岸不可追誰將談天口掉舌聊見移由來拂東綃寫此霜雪姿便有松上雨催我窓閒詩翻思斸青冥採藥堪扶衰當年丹青手開闢造化隨既有圯下約予行何後期

徐叔明校書篆筆奇古復善丹青為予作漢江暮靄扇材極妙力求鄙句作此以贈

曩時徐騎省篆古逼秦相後來得仍孫毫端溟渤壯能回頓挫姿丹青生意匠餘酣寫便面萬里煙莽蒼何許捕魚郎落日蕩雙槳無勞剪吳淞安用買疊嶂真欲老是閒塵境孰非安憐君俱入妙簡遠復清曠定為造物嗔覓句聊分謗

夢訪友生

少年結客長安城妄喜縱酒同章程支離老去一茅屋枕書卧聞長短更友生相望止百里寒夜寥闃無微聲夢中乘興颿見戴剡溪聊爾扁舟行覺來蘧蘧一榻上不用僮僕爭讙迎吹燈弄筆欲書寄窓前白月方亭亭

唐明皇夜遊圖

開元御極垂衣裳登三咸五凌羲皇白環重譯銀甕出卜夜遨遊離未央香車鬪風泰與虢羅帕覆鞍真乘黄

赭袍錯落綴北斗步輦優游金縷鶴寧王玉笛上霄漢御路花光爭月光汝陽羯鼓綃帽穩打徹參旌低建章太真霑醉玉欹側力士傳呼聲渺茫翠鈿掛冠紅粉粧金貂貰酒白面郎君臣玩狎樂莫比清禁喜聞宮漏長若令姚宋坐廟堂袖中諫疏神揚揚萬里橋邊行幸處後世龜鑑懷苞桑

題駒父家江干秋老圖

江風颸颸江水寒蘆洲雁下生微瀾漁翁夫婦不能語津吏醉倒船着灘其旁病夫坐箕踞持竿萬事那復頋懸知寧斷嬌兒乳不及冥鴻及飛鷺

都城元夜

斜陽盡處蕩輕烟輦路東西入管絃五夜好春隨步暖一年明月打頭圓香塵掠粉翻羅帶家炬籠綃鬭玉鈿人影漸稀花露冷踏歌吹度曉雲邊

望西山懐駒父

去歲湖湘賦凛秋聞君江國大刀頭百年會面知幾遇

十事欲言還九休照眼遥岑落懐袖過眉拄杖立汀洲莫言青山淡吾慮誰料却能生許愁

附一：輯補《全宋詩》失收李彭詩作

圓通止老疊石爲山號方壺作此以贈

吾聞巨鰲背負三神山，飛動滄海冲融間。褰裳濡足不可到，冉冉群仙玉煉顔。那知雲訥三昧手如陶家輪，能斲取置之金地旃檀林。來聽雨花獅子吼，激水崩崖度曲聲，草樹蒼然俱出塵。藏山於澤真戲事，遍界莫藏公識真。我亦餐霞蟬蜕客，嶔岌鸞崗在衣裓。願同以璧假許田，餉我巉岩半峰碧。出《永樂大典》卷二二五六。

往過南湖

往過南湖寺，杖藜真率瓢。鼎茶煎短尾，僧飯飽長腰。壁際銀鈎動，天涯玉樹遥。喜聯城北袂，將泛浙江潮。寒草風猶勁，巖松寒不凋。著鞾非事實，洗耳似逃堯。不見貪丘壑，何繇聽徵招。出《永樂大典》卷二二六五。編者按：檢《永樂大典》，此詩引自《李商老集》。

送僧

負疴有遠心，鳴泉到幽耳。尋壑入窈窕，緣源弄清泚。清泚弄泉時，坐歗真忘歸。烟岑半明滅，雲樹兩參差。幽芳紛岸齊，暝色方四起。隱加汀曲舟，帆落半峰裏。杳杳排帝閽，嗷嗷啼青猿。回首鐘梵處，却尋祇樹園。出《永樂大典》卷六七〇〇。

黄精

引年緣晚途，服食輔根源。覽觀神農書，妙藥資討論。煉石多中乾，菽芝恐俱焚。百卉復易敗，疇能駐精魂。彼美太陽草，勿嫌蒸曝煩。豈唯顔色好，會及兒女奔。可憐張茂先，博物號超群。乃以鈎吻配，陋矣非其倫。苓龜吸朝日，枸杞吠暮雲。二物俱仙媒，兹事空前聞。寧如澗谷傍，扶路柯葉繁。居然有餘味，咀嚼當盤飧。方壺孰云遠，冉冉裳可搴。儻能賞我趣，安知非羨門。出《永樂大典》卷八五二六。以上四首，《全宋詩輯補》輯補。

社日

村北村南花柳新，一風一雨社公春。人誇宰肉刀在手，我喜治聾酒入唇。

清明

身閑旋改清明火，齒冷不禁寒食餳。昨夜溪流高六尺，勸人時有杜鵑聲。以上二首出明刻《錦繡萬花谷》别集卷四，署「李商老」作。王嵐《〈錦繡萬花谷·别集〉宋佚詩考》（載《望江集：宋集宋詩宋人研究》，北京聯合出版有限責任公司，二〇二〇年）輯補。

附二：薈集辨證《全宋詩》暨諸家研究

《全宋詩》關於李彭詩作之誤

《全宋詩》重出李彭詩一首

張如安《〈全宋詩〉疏失分類舉證》（載《古籍研究》，一九九九年第三期）考證：《全宋詩》卷一三八九頁一五九五二録李彭《訪僧》詩，實李彭《遊雲居寺三絶》之第一首，見卷一三九〇頁一五九六〇。

《全宋詩》重出李彭詩爲他人詩三首

王開春《林之奇詩辨僞——兼論〈拙齋文集〉的版本源流》（載《合肥師範學院學報》，二〇一〇年第一期）考證一首：《全宋詩》卷一三九〇頁一五九六七録李彭《夢訪友生》，又見册三七卷二〇四四頁二二九七〇據《拙齋文集》卷三録於林之奇名下，實李彭作。

陳小輝《〈全宋詩〉晏殊、謝薖、謝逸、李彭詩重出考辨》（載《山東理工大學學報》社會科學版，二〇一七年第二期）考證二首：①《全宋詩》卷一三九〇頁一五九六七録李彭《都城元夜》，又見册六五卷三四二〇頁四〇六五九據宋周密《武林舊事》卷二輯補李彭老《元夕》詩，僅幾字異，實李彭作。②《全宋詩》卷一四四三頁一六六三七輯補韓駒《絶句》，實李彭《歲晚四首》之一，詳韓駒。

《全宋詩》重出他人詩爲李彭詩一首

陳小輝《〈全宋詩〉晏殊、謝薖、謝逸、李彭詩重出考辨》考證：《全宋詩》卷一三九〇頁一五九六八録李彭《弔賈氏園池》，又見册六五卷三四二〇頁四〇六五九據周密《齊東野語》卷一九輯補李彭老《賈秋壑故居》，僅幾字異，當爲李彭老詩。

《全宋詩》重出李彭詩句爲他人佚句一條

陳小輝《〈全宋詩〉晏殊、謝薖、謝逸、李彭詩重出考辨》考證：《全宋詩》册二三卷一三〇八頁一四八五八輯補李彭《送果上人坐兜率夏》中詩句爲謝逸殘句「未於蓮社添宗衲，已向蘭亭識道林」，詳謝逸。

《全宋詩》重出他人詩句爲李彭佚句三條

陳小輝《〈全宋詩〉晏殊、謝薖、謝逸、李彭詩重出考辨》考證：《全宋詩》卷一三九〇頁一五九七〇據《亞愚江浙紀行集句詩》卷五輯補李彭「微風披拂香來去」、「皎月句添光陸離」佚句，卷六輯補「苦無疏影横斜句」佚句，此三條俱宋人李復《觀梅》中句，見《全宋詩》册一九卷一一〇〇頁一二四七四。

《全宋詩》誤補他人詩句爲李彭佚句二條

陳小輝《〈全宋詩〉晏殊、謝薖、謝逸、李彭詩重出考辨》考證一條：《全宋詩》卷一三九〇頁一五九七〇據宋紹嵩《亞愚江浙紀行集句詩》卷四輯補李彭「高吟大醉三千首」，當是唐鄭谷《讀李白集》中句，見彭定求編《全唐詩》，疑《亞愚江浙紀行集句詩》將此句誤署爲李彭。

編者考證一條：《全宋詩》卷一三九〇頁一五九六九據宋紹嵩《亞愚江浙紀行集句詩》卷一輯補李彭斷句「兹意與誰傳」，陳小輝《〈全宋詩〉晏殊、謝薖、謝逸、李彭詩重出考辨》檢宋紹嵩《亞愚江浙紀行集句詩》卷一，謂實「李嶷」作。編者按：「李嶷」，《全宋詩》未見録，考此「李嶷」爲唐代詩人，「兹意與誰傳」乃李嶷《林園秋夜作》詩之末句，見唐人殷璠所編《河嶽英靈集》卷下，《全唐詩》卷一四五收録。

《全宋詩》録李彭詩字詞錯誤二條

杜愛英《從詩韻角度考察〈全宋詩〉——二十五册中江西籍詩作的韻字之誤》（載《古籍整理研究學刊》，一九九八年第三期）考證一條：《全宋詩》卷一三八三頁一五八八一録李彭《錢仲仲乞静照軒詩取逸少所謂静照在忘求云》中「忘求在静照，定體發光渾」句，查《四庫全書》本《日涉園集》，知「渾」爲「輝」之訛。

陳小輝《〈全宋詩〉晏殊、謝薖、謝逸、李彭詩重出考辨》考證一條：《全宋詩》卷一三九〇頁一五九六九據《亞愚江浙紀行集句詩》卷一輯補李彭「春去花無色」斷句，檢《亞愚江浙紀行集句詩》卷一，實爲「春去花無跡」。

誤補李彭詩句爲《全宋詩》失收詩一條

編者考證：《全宋詩輯補》據《永樂大典》卷六六九八輯補李彭《題寒碧軒》詩「碧澗寒侵室，幽雲低度墻。看來山入坐，怪底雨鳴廊」，實《全宋詩》卷一三八七頁一五九二六《題吴少馮聽雨堂》之前四句，字句稍異。

誤他人詩句爲《全宋詩》失收李彭佚句一條

編者考證：張福清《紹嵩〈江浙紀行集句詩〉對〈全宋詩〉的輯佚價值》（載《韓山師範學院學報》，二〇一三年第一期）據《亞愚江浙紀行集句詩》卷二《寫懷寄湛上人》之二輯補李彭「窮遊我自忙」句。今檢全詩曰：「寂寂相思際（賈島），遥焚一炷香（鄭谷）。雁飛雲杳杳（方干），笛引淚浪浪（韋莊）。明代誰招隱（希晝），窮遊我自忙（鄭谷）。他時解顔笑（李彭），寧免鬢毛蒼（曉瑩）。」依集句次序，「窮遊我自忙」爲鄭谷作，即唐人鄭谷《顔惠詹事即孤姪舅氏謫官黔巫舟中相遇愴然有寄》中句，見四庫本鄭谷《雲臺編》及《御定全唐詩》卷六七四，惟「忙」作「强」。而所用李彭句應爲「他時解顔笑」，《全宋詩》已收，見卷一三八七頁一五九二七《上黄太史魯直詩》末二句。

誤補李彭詞爲《全宋詩》未收詩十首

楊玉鋒《〈全宋詩輯補〉指瑕七十四則》（載《温州大學學報》社會科學版，二〇二一年第四期）考證：《全宋詩輯補》據《雲卧紀談》卷下輯補李彭《漁父歌》十首，此十首實爲詞，《全宋詞》已收，題爲《漁歌十首》。

十六、晁沖之

晁沖之（一〇七三—一一二六），字用道，改字叔用，其先澶州清豐（今屬河南）人，自高祖徙居開封府（治今河南開封），遂爲開封人。家世簪纓，富文學。嘗問詩法於黄庭堅，從陳師道學，與吕本中善。舉進士不第，以蔭授承務郎。宋紹聖初黨禍起，群從多在黨中被謫逐，乃隱居陽翟（今河南禹州）具茨山，自號具茨山人，人稱具茨先生。元符三年（一一〇〇），召起著作郎。宣和七年（一一二五），金兵南下，乃赴國難，留佐東道，次年兵敗卒。生平豪華自放，嘗狎官妓李師師纏頭以千萬，酒船歌板，賓從雜遝，聲艶一時。工詩擅詞，疾革時，取平生所著悉焚之，故所存詩不多。所著有《具茨集》三卷、《晁叔用詞》一卷。劉克莊《江西詩派總序》稱晁沖之之詩「意度沉闊，氣力寬餘，一洗詩人窮餓酸辛之態。……它作皆激烈慷慨，南渡後放翁可以繼之」。

《全宋詩》小傳未記晁沖之生卒年，今從張劍《晁沖之年譜》（載《河南教育學院學報》哲學社會科學版，二〇〇四年第五期）。晁沖之之籍貫，厲鶚《宋詩紀事》卷三三小傳作「濟北人」；道光《鉅野縣志》卷一二《晁公武傳》、清朱彝尊《詞綜》皆作「鉅野人」，《四庫全書總目》卷八五記其子公武《郡齋讀書志提要》稱公武「鉅野人」，《全宋詩》小傳、《宋人别集敘録》亦皆作「鉅野人」；劉克莊《江西詩派總序》作開封人，張劍《晁沖之年譜》同。考《宋史》有沖之高祖晁迥傳，稱晁迥「世爲澶州清豐人，自其父佺，始徙家彭門（今江蘇徐州）」。張耒《晁太史補之墓誌銘》（載《名臣碑傳琬琰之集》中卷三四）稱晁氏「國初爲清豐人。真宗皇帝時，有諱迥者，爲翰林學士承旨，謚文元，始徙居開封，或居鉅野」。周必大《晁子與墓誌銘》（《文忠集》卷七五）謂「宋興，而翰林文元公諱迥、參政文莊公諱宗慤，父子以文章德業被遇真宗、仁宗，繼掌内外制，賜第京師昭德坊。子孫蕃衍，分東西眷，散處汴、鄭、澶、濟間，皆以昭德爲稱」。王珪爲沖之祖父仲衍撰《晁君墓誌銘》（《華陽集》卷五〇）稱「其先澶之清豐人，後徙彭城，今家開封之昭德坊」。而沖之《别昭德第愴然傷懷》則有「吾廬去汝到何期，四十年間此别離」句，是沖之爲開封人無疑。

《直齋書録解題》卷二〇録其詩集《具茨集》十卷，爲《江西詩派》本。然晁公武《郡齋讀書志後志》卷二及《文獻通考》卷二四五俱作三卷，《江西詩派》本當是三卷，佚。今傳本當是從《江西詩派》本出，有明嘉靖三十三年晁氏寶文堂刻本、清鈔本、《宋詩鈔》本、《海山仙館叢書》本、《叢書集成初編》本等；别有詩注本《晁具茨先生詩集》十五卷、清乾隆鮑氏知不足齋刻本、《晁氏叢書》本，以及清鈔《具茨先生晁沖之叔用詩集注鈔》一卷本等。《全宋詩》册二一卷一二一六頁一三八六六至卷一二三〇頁一三九〇四，以《具茨晁先生詩集》十五卷爲底本，校以明永樂鈔本、嘉靖刊晁氏寶文堂本、《叢書集成初編》本，輯補集外詩三首、殘句三條，附卷末。今據中國國家圖書館藏明嘉靖三十三年晁氏寶文堂刻《具茨晁先生詩集》一卷本影印。

具茨晁先生詩集一卷

明嘉靖三十三年（一五五四）晁氏寶文堂刻本
原版框高十九點九釐米，寬十四點八釐米
中國國家圖書館藏

具茨晁先生詩序

予曩遊都城於晁用道為同門生後三十六年識其子公武於涪陵又二年見之於武信愛其辯博英峙辭藻藹如也因與之善初不知其為用道子也一日來謁曰先公平生多所論著自丙午之亂埃滅散亡今所存者特歌詩二百許篇涪陵太守孫仁宅既為鑱諸忠州酆都觀宵然林水之間矣敢匄先生一言以發之予亟聞其語謝曰願聞先君之所以含咏而獨游者公武於是出其家譜諜乃知其先君名冲之字叔用世所謂具茨先生者也予於是聳然曰是必

吾用道也耶第令宇叔用為小異耳已而追懷平昔周旋之舊蓋自京師之别絶不相聞今乃幸與其子游又獲觀其所論著為之慨嘆者久之嗟乎予安得不為吾用道一言哉方紹聖之初天下偉異豪爽絶特之士離讒放逐晁氏群從多在黨中叔用於是飃然遺形逝而去之宅幽阜蔭茂林於具茨之下世之網羅不得而嬰也曁朝廷諸公謀欲起之迺復任心獨往高挹而不顧世之榮利不得而羈也至於疾革乃取平生所著書聚而焚之曰是不足以成吾名世之言語文章不得而汚也由是觀之叔用之所以傳

於後世者果於詩乎顧其胷中必有含章内奥而深於道者矣宋興五十載至咸平景德中儒學文章之盛不歸之平棘宋氏則屬之澶淵晁氏二氏者天下甲門也太子太傅文元公事章聖皇帝飛詞禁苑垂二十年當是時甄明舊儀緒正禮樂一時詔令皆出其手於是朝廷典章法度之事非六籍之英則三代之器也迨其子文莊公繼踐西省是時文元公方請老家居也宋宣獻以謂世掌書命者惟唐新昌楊氏及見其子而晁氏繼之至慶曆中遂參大政議論深博識者韙之然則叔用以文莊為曾大父以文元公

為高祖其家世風流人物之美淵渟浚深蓄厚而發遠自王文獻李文正畢文簡趙文定四三公富有百氏九流之書而晁氏尤瓌富閎溢所藏至二萬卷故其子孫焠掌厲志錯綜而藻績之皆以文學顯名當世予嘗從叔用商近朝人物嘉言善行朝章國典禮文損益靡不貫洽由叔用之學而達諸廊廟之上温厚足以代言淵博足以顧問則以詩鳴者豈叔用之志也哉雖然叔用既以油然棲志於林澗曠遠之中遇事寓物形於興屬味其風規淵雅竦亮未嘗為悽怨危憤激烈愁苦之音予於是有以見叔用於晦明

消長用捨得失之際未嘗不安而樂之者也嗚呼所謂含章内奥而深於道者非耶秦漢以來士有抱奇懷能留落不遇往往燥心汗筆有怨誹悽悽沈抑之思氣候急刻不能閑遠古之詞人皆是也太史公作賈誼傳蓋以屈原配之又裁録其二賦焉至誼論三代之陶世振俗固結天下之具與夫秦之所以暴興棘亡斬艾天下之術則遷有所不録也何哉豈遷之意謂誼一不平於其中遂哀怨壹鬱泣涕以死借使文帝盡用其言則誼亦安能有所建立於天下乎惟深於道者遺於世而不怨發於詞而不怒君子是以知其必能有為於世者也嗟乎吾於叔用豈直以詩人命之哉紹興十一年九月五日陵陽俞汝礪序

具茨晁先生詩序

具茨晁先生詩集目録

客有駑馬不肯借作詩誚之
別飾道二十弟
自然詩并序
勒素有以書局處之者作詩迎之
怡怡軒贈王次翁
二十一兄季此生女有詩次韻
律詩五言
積善堂詩并序
亭成
寄江子我

寄王立之
避暑普淨院
僧舍小山
蔡晉如挽
懷王立之
寄江子之
初來東里
至東里次前韻
和四兄以道閑居感嘆有作
復次韻

再至都城
至日
感梅憶王立之
送僧
秋雨感事
次二十一兄季此九日韻
問訊次九日韻
夏室
夜坐
滎澤驛阻雪

次韻江子我見寄
過陳無已墓
懷蘇門山
行武涉田中
重過鴻儀寺
懷濟北弟姪
十六叔父朝散挽 祖禹
別飾道二十弟 貢之
別息道二十二弟 兌之
和虞道二十三弟 豫之

决道念八弟得小金印以詩贈之 夬之
贈江子我子之
梅
謝冨察見過
晝寢
小魏買馬父不至以詩寄之
行泌水上
絕句七言
戲留次褒三十三弟 頌之
春日二絕句

和子我晚歸
以少炭寄江子之
戲成
和顏伯武文山寺
王彭素許紙不至戲簡促之
送韓溫父
過鴻儀寺
暮春
樂府
朱少章曝麥為雨所漂

和二十二弟
秋夜情
道中
和四兄清泉香餅子
題超化寺壁
王宇黃庭經
送人游江南
過王立之故居
夜行
和新鄉二十一兄華嚴水亭

春晚圃田道中
和王立之臘梅
次韻江子我臘梅
讀陳平傳
謾興
贈江端本子我
過陳無己墓
和處道二十三弟
立春
和集津兄謝王立之紅絲花

暮春書事
又次韻謝王立之惠紅絲花
絶句五言
與秦少章題漢江遠帆
龍興道中
次韻四兄蘆橋柳橋
次韻陳叔易恬蘆橋柳橋
次韻朱少章蘆橋柳橋
謝任伯父無書常子然寄茶謝之因簡任伯

具茨晁先生詩集目錄

具茨晁先生詩集　江西詩派

澶淵晁冲之叔用

長句

古樂府

大星何歷歷小星爛如石披垣崔嵬横紫微十二羽林森比極今夕何夕月欲没虎抱空闕龍厭直崢嶸比斗著地垂手去瓠瓜不盈尺嚴陵醉卧光武傍浮楂正值天孫織王良挾策飛上天傳説空騎箕尾立君不見茂陵棄子欲登僊自將壯士終南邊忽然遣客出璽綬歸來下詔除民田阿瞞急示乘輿物鮮卑

仍棄珊瑚鞭又不見古來垂堂戒華屋蔽國挾輈戎接轂白龍魚服誤網羅孔雀金花被牛觸

洗馬次十二兄之道韻

灞橋春水波鱗鱗橋邊結束何國人解鞍傍水入洗馬飛龍九尺姿淪風鬃霧鬣才一沐玉花照影光滿身月題却貫黄金勒更覺閃豔開精神主人貴想不必問特賜内厩天麒麟即今此物亦安用燕山萬里朔無塵嫖姚功高自不出長鳴但踏城西春君不見少陵時巳無伯樂尚有曹將軍寫真

夷門行贈秦夷仲

若不見夷門客有侯嬴風殺人白晝紅塵中京兆知
名不敢捕倚天長劍著崆峒同時結交三數公聯翩
走馬幾馬驄仰天一笑萬事空入門賓客不復通起
家簪笏筆一作明光宫嗚呼男兒名重太山身如葉手
犯龍鱗心莫懾一生好色馬相如慷慨直辭猶諫獵

送一上人還滁州瑯琊山

上人法一朝過我問我作詩三昧門我聞大士入詞
海不起宴坐澄心源禪波洞澈百淵底法水蕩滌諸
塵根迅流速度超鬼國到岸捨筏登崑崙無邊草木
悉妙藥一切禽鳥皆能言化身入萬四千臂神通轉

物如乾坤山河大地悉自說是身口意初不喧世間
何事無妙理悟處不獨非風幡群鵝轉頸感王子佳
人舞劍驚公孫風飄素練有飛勢雨注破屋空留痕
惜哉數子枉玄解但令筆畫空騰騫君看瑯琊讓泉
上醉翁妙語今猶存向來溪壑不改色青嶂尚屬僧
家園君行到此知此意辨才第二文中尊西江一口
盡可吸雲夢八九何勞吞他年一瓣爐中香此老與
有法乳恩

陸元鈞宰寄日注茶

我昔不知風雅頌草木獨遺茶比風陋哉徐鉉說茶
苦欲與淇園竹同種又疑禹漏税九州橘柚當年錯
包貢腐儒妄測聖人意遠物勞民亦安用含桃熟薦
當在盤荔子生來枉飛鞚羊葅異好亦何有蚶菜殊
珍要非奉君家季疵真褐首毁論徒勞世仍重爭新
鬬試誇擊拂風俗移人可深痛老夫病渴手自煎嗜
好悠悠亦從衆更煩小陸分日注寂封細字蠻奴送
槍旗却憶採擷初雪花似是雲溪動更期遺我但敲
門玉川無復周公夢

贈僧法一墨

黄山之巔百尺松虬枝偃盖連群峰山神守護魑魅

避道人剪伐天為容捫崖躡蹕篝火遠絶壁晻靄凝
煙濃玄霜霏霏玉杵下捕麋煮角當嚴冬陰房風日
不可到律琯吹盡灰無蹤小書細字著名姓黄金照
耀圖雙龍守臣再拜選進日九關有詔開重重老儒
偶得實天幸千金更買無由逢上人澹泊何所好工
書草隷如飛蓬苦來求我惜不得一酬十載相過從
君不見玉堂詞人紫垣客拜賜舞蹈黄羅封長安紙
價猶未貴江南江北山皆童

法一以余所贈墨為不佳

上人好事世莫當羅列四寶如文房廣交往往得奇

物有墨尺度如圭長秋麋折角膠與方春麝八驄煤
生香已將雪覆輕羅帕更令花映紅紗囊草堂老人
不自料亦藏一餅誇精妙自言和璧持贈君反爲燕
石遭譏誚嗚呼萬事孰不然古今工拙那同調君不
見當年諸李數不到廷寬只今賜墨無老潘

復以承晏墨贈之

我聞江南墨官有諸奚老超尚不如廷珪後來承晏
復秀出喧然父子名相齊百年相傳文斷碎彷彿尚
見蛟龍背電光屬天星斗昏雨痕倒海風雲晦却憶
當年清暑殿黃門侍立才人見銀鉤洒落桃花牋牙

牀磨試紅絲研同時書盡三萬軸大徐小篆徐熙竹
御題四絕海內傳祕府毫芒惜如玉君不見建隆天
子開國初曹公受詔行掃除王侯舊物人今得更寫
西天貝葉書

謝沈次律水枕

沈侯筆力鼎可扛左手截取吳松江折流來此一尺
枕旨麾巨鰐回濤瀧平生性不好長物舉以遺我嗟
無雙呼兒快取蘄笛簟掃除塵榻移當窗隨眠置我
丘壑裏始信孫郎真枕水我生不出長安城四十二
年塵涴耳領君此枕何蕭然睡起醒心如一洗

次韻王立之雪中以酒見餉

胡雲慘慘驅朝暄龍沙一雪人相憐寒猿哀嘯尖山
木飢鶴仰唳空彈天當年補天真戲尔不知修月何
時已坐煩耆舊說辛夘至遺兒童憂甲子城中米價
貴如玉舉家倒廩無斗粟千金狐裘豈易得百結鶉
衣不堪鬻我生但識茅與菅何曾過眼逢璵璠厚君
新詩問所似欲辯不敢非忘言開壺酌酒澆我胷酒
酣起舞頹爲紅會見東風掃氷雪江梅塞柳煩春工

東陽山人僻居

我家京洛閒桂玉貧薄産平生丘壑心水竹不滿眼

清晨有客吳中來山川指授收奇才笑談長揖波浪
下懷抱遠承一作宛陳崑丘開東陽山人高華隱豪俠持
身復修謹旁山多闢黍秫田碧溪東流汲春醞溪南
一畝當翠微秋風蓴熟菰葉肥龜魚上帶藻荇動鷗
鷺下拂芙蓉飛亭陰野塘亦新築溪山共作窗中綠
諸郎年少皆知書子夜哦詩動修竹歲時冠蓋如浮
雲擊鐘鼎食江淮聞愛山自比謝康樂好士不減春
申君我欲沿溪揚小楫亭邊共醉藤蘿月叩門夜訪
君家時扁舟重載山陰雪

同魯山韓丞觀女靈廟前險石

君不見曾陽之西兩山麓十里連岡寫平陸青林白晝暗古祠雀啅虛簷蛛網屋屋邊怪石何瑰奇鳳筋虎骨連肌肉纍巖欲下落澗渚澒洞千鈞一毫屬天匠惟知刻畫功鬼力深憂護持哭前峰高蹇下如揖餘峰危慄皆俯伏披尋宿莽得佳趣窪為溪谿呀為谷香爐佛迹不在外仙掌蛾眉此其足秀潤潛涵夏木清空濛映帶春江綠我知此必蘊靈異何止懷藏易城王蹟寂嗟來麋鹿游孤峻幸免牛羊觸自經千載禹刊鑿不逢萬里秦驅逐踟躕三遶回高岡却立下視雲蒼蒼古今誰為好事者後有韓子前奇章君

不見玉川先生洛陽宅脩竹蕭蕭獨為客它年如與鶴乘軒可來相見銅駝陌

題曾山溫泉

平生耳熟聞驪山夢寐不到臨潼關當年太液金井碧溫泉宛在關山間憶昔君來必十月騎玉花驄帶風雪太真獨侍沐浴邊鯨甲龍鱗影清絕五十年鼎平一迷却驅萬騎出關西自為前朝同禍水亂令後代異廉溪君不見汝海之南曾山左亦有此泉名不播征夫問路說湯頭可憐是亦陳驚坐

香山示孔處厚

我來南經幾山過馬行以衡山色破風煙席卷嵓穴開澗花縈廻水流左懸崖彷彿聞松聲下瞰幽深鳥飛墮老夫它年有所歸定結白茅依紫邏日高下馬古寺門魚鼓欣聞朓清餓道人碧眼照川谷雲起盤陀藉高坐殷勤勸我更莫歸唳鶴啼猿亦相和窓前笑喚祁孔賓世間安用招蒐些

簡江子之求茶

政和密雲不作團小夸寸許蒼龍蟠金花絳囊如截玉綠面彷彿松溪寒人間此品那可得三年聞有終未識老夫於此百不忙飽食但苦夏日長北窓無風

睡不解齒頰苦澁思清涼故人新除協律郎交游多在白玉堂揀牙鬬夸皆飫嘗幸為傳聲李太府煩渠折簡買頭綱

古詩

田中行

落葉如流人遷徙不可收嚴霜枯百草凄此山下溝我行將涉之脫屨笑復休憮然顧籃輿崎嶇反經丘天風吹我裳彼亦難久留晚過柳下門鳥聲上啁啾父老四五輩向我如有求邀我酌白酒酒甜語和柔指云此屋南頗有良田疇勸我耕其中庶結同社遊

吾母性慈儉此事誠易諶伯也乂吏隱可以吾無憂
請歸召家室賣衣買肥牛所望上帝喜祈穀常有秋

覽古

谿岑不娛人蒼莽頗愁絶東南有斷梁水寒不可涉
西闉不欲往且莫畏喋嚢歸來坐北堂悠然理書策
之人阿堵中雖死情不隔周公祖東山仲尼陳蔡厄
大儒且不遇小子何足責時命姑置之胡為常促迫

送王勍素樸

先君有六女所託皆高門季也乂擇壻晚得與子婚
子家望海内實惟謫仙孫筆也有家法勢作風雷奔

結交多英豪坐致名譽喧憶昔識子初河流出崑崙
中間一再見騏驥始伏轅去年接同居底裏見所存
磊落忠義人愛國憂黎元使當元祐時容勿與討論
上可參廊廟下可裨諫垣惜哉不遇知白髮早已繁
卑官不可說感激猶主恩爛熳有歸期繫舟古槐根
祖餞無酒食贈遺請以言子家鍾山下隨事有田園
竹徑背古寺草堂面江村高軒納翠微脩簡引潺湲
林影散書帙山色摇酒罇日飲建康水時登謝公墩
沈酣左氏學浩蕩極辭源客至勿多語欲吐且復吞
書來無怨怨慰我别後魂

紀愁

北風吹我裳夏潦漂我屋牛羊踐我稼雀鼠耗我穀
雪寒墮我指雨溼疾我腹朝行桑榆閒秋序傷遠目
莫涉水之涯含沙中兩足攬轡馬病黄伏軾輿脱輹
陟山既見虎還舍乃對鵩一沐三握髪十飯九不肉
先生昔離垢居士今耐辱飽聞戒畏塗那知有沈陸

和十二兄五首

淵明詩百篇無一不説酒四顧宇宙間獨與此物厚
子雲苦家貧日給或亡有艱難識奇字草玄至白首
時時載酒來尚賴好事友吾兄斯人徒性亦嗜醇酎

寧知俗士嫌益覺兒女醜孰云醉無度婉娩一作婉娩春月
柳區區布肉論遲速同一朽但看古聖賢得如飲者不
伯也今代豪嗜詩如嗜酒賦多轉遒勁語老愈深厚
塵言刪不存妙句元自有白華忽補亡關雎不為首
塤篪起兄弟珠玉到朋友吟詠九日菊沈酣八月酎
搜剔發清新聯翩雜奇醜詳味吁謨章用思過楊柳
但使身愈窮未信名可朽不知造物意令作清廟不
崎嶇謫仙人豪放一寓酒平生韓荆州未識意已厚
幙府強辟召此例未見有書幣入吾廬鞍馬望隴首
出處計已熟不復訊交友南山别何時氣尚若酣酎

籌策咼大才談笑誅小醜戍角斷落梅羌笛起折柳
將軍意未快戰士骨已朽請公入參謀可用和戎不
先生翰墨英揮灑每被酒氣陵蒼柱穹勢壓坤軸厚
後拔今固無妙絕古未有驚鳶忽矯翼犇馬時驤首
高步褚薛流下視鐘王友好事隨取之所至具名酎
簡踈秦隸奇譎詭夏篆醜么麼張芝草嫵媚元和柳
載觀碑籍存尚恐金石朽未知太極成有請於公不
我家溱洧間春水色如酒嵩少在吾旁日夕意亦厚
田園雖不廣幽興隨事有藥畦灌陳根芋區採駢首
春郊餉耕徒秋社接酒友飽誦傳家書促釀供客酎

益知簡易眞未媿踈拙醜邇來居東都物色不見柳
造次遇摧折荏苒及衰朽欲歸便可爾未知公果不

次韻集津兄會群從王勤素宿王立之園明
日西征馬上寄示諸人以道嘗監陜府集津倉

秋高訪幽居風急桑未落天寒雞犬靜地僻門巷闊
主人避世賢自說久棲泊呼兒出罇罍梨栗亦不惡
賓客四五人談笑動林薄夜闌慘無懽離憂倏中作
伯也天下士千金輕一諾揮斥楊墨徒正是鄒魯學
如何但銀魚生事了無託惜哉桃李姿見笑葵與藿
雞鳴驅車行令人意參錯

復至新鄉廨寄張穉

驅車出吾廬落月猶在樹我行欲何之所以河源去
去去益已遠烱烱不可論群語車鐸間尚想兒女喧
稍涉原上路漸見柳下村霧草結夙露風林散朝暾
悠悠望蘧廬我僕欣載犇昔出日在畢今出壁中昏
昔如水上鷗今如檻中猿所憂負平生豈但感寒暄
明濟十里黃漪漪見淇園晚投伯氏廨拓落復何言
周覽故時居恤見松菊存故侶未易招且自置肴尊

書懷寄李相如

秋風吹畦蔬農事亦已闌黃黃杞下菊佳色尸家間

我生復何如憔悴嘗照顏清晨戴星出薄莫及日還
骯髒二十載老髮羞儒冠天末有佳人秀擢如芝蘭
憮然念夙昔風流得餘懽緬想蒲柳姿與君同歲寒
一別事尨裂令人氣如山

戲李相如攜婦還金鄉

舍人固多奇奉璧登章臺君王擊缶罷將軍負荊來
長卿東髮時亦復悅名字一從臨邛遊心迹了不似
茂陵未得仕要是才足依高堂援哀琴月出載婦歸
文君入成都乃復愧四壁晚見負弩來良悔抱頸泣

贈張琪君章

春風頗清識評議登草木燕麥與兎葵種種承標目如何桃李姿結根滯空谷我將俎豆之析泄恐不欲君且為此憤吾亦求免俗

効古别昭德群從

十載一相逢相見無浹旬一生能幾别且復無此身昔别尚可惜此别重惜之兩髀跨鞍馬非復少壯時它人惟康強自覺筋力衰所苦氣如縷所憂命如絲死生亦大矣而乃常别離人生一月間得笑無六七朝為衆狙喜莫作枯魚泣已矣泉下人優哉冢中骨

律詩七言

傷心（時籍潞公宅）

沙路朱轓想馭軒傷心歲月似星奔平泉有墅空流水緑野無人但繞垣九老畫圖傳盛事四朝書史載殊恩如何圬者持鏝過已向比鄰問子孫

送惠純上人遊閩

蚤聽閩人說土風此身常欲到閩中春溝（一作春甌）水動茶花白夏谷雲生荔子紅襟帶九江（一作樹接楚天）山不斷梯航百粵（一作波連越嶺）海相通北窗夜展圖經看手自題書寄（一作索筆題詩送）遠公

睡起

素幷紋簟徹輕紗睡起冰盤自削瓜風篁微微鬧緑

籜雨槐細細落黃花經營薄産初無意補葺疎籬漸有涯待得高秋尋靖老臨流坐石問丹砂

贈山人沈廣漢

禪房白几静無塵野服黃冠意甚眞避世全生深得策閉門謝客亦高人忍情斷酒非關病隨意收書不計貧近約嵩陽陳叔易趂移舟竈過殘春

次四兄（以道）韻效李義山雪

莫冬一丈長安雪壯士臨風獨慨慷門巷豈無騎馬客江湖猶有捕魚郎夜平蔡賊兵輕敵曉入梁園賦擅場載酒欲尋誰與飲江梅頭白自悲傷

次二十一兄（季此）韻

憶在長安最少年酒酣到處一欣然獵回漢苑秋高夜飲罷秦臺雪作天不擬伊優陪殿下相隨于蔿過樓前如今白髮山城裏宴坐觀空習斷緣

和江子我竹夫人

黃藤白簟倦呼盧高卧南窗示楷模郭芍藥情元最密鄭櫻桃迹近相疎下帷度日甘同夢隱几終年得異書晚向禪房陪杖屨清秋霜霰意何如

答韓君表

百年鄠杜家相近人物凋零我獨驚但見少陵能繼

祖不關小陸可優兄終朝詩賦遒仍鬱老去(老去亦作句老)文章徤更成敢擬濟河輕一戰隱然望已(望已亦作望望)怯長城

次君表韻答葉少蘊甥

老去幽棲誰比數傳君詩一邑人驚敢叨禮亦推甥舅借問年猶媲弟兄今日蓍龜真有望終身木鴈兩無成兄才那可供　去日送飛霞向赤城

和葉甥少蘊內翰重開西湖見寄二首

使君重鑿西湖罷也復封詩寄我來洲上新題花鳥處苑中舊體栢梁臺風煙直覺鍾山近魚鳥渾疑瀾水開揮翰玉堂還有日行春停騎且留杯

一麾偃蹇江湖去五馬侵尋覲闕來就日金坡通漢苑望雲玉澗斷蘇臺自迎檝立看時渡(近聞買妾)手種花行到處開笑語風流韓別駕莫令鸜鵒訴餘杯

和寄葉甥少蘊內翰見招

翰林赫奕今如此莫道人惟舊雨來龐老終身遠州府劉郎何面向春臺(八兄嘗言少蘊亦欲見招)園宜杏子非時結溪闊梅花過日開兩地聲聞無百里相望一覆手中杯

次韻再答少蘊知府甥和四兄以道長句并見寄

錦袍昔是詩成得別墅今非棋賭來山蔚藍光交抱舍水桃花色合圍臺通人竹塢深深入謝客松扉遠遠開定與西湖爭勝負只應惟欠使君杯

塵埃自與青雲斷歲月誰令白髮來數口無歸關外客一春多病望中臺常嗣水上鷗從遠只老籠中鶴任開日日避愁無處脫直須到手不停杯

復和少蘊內翰甥兼謝伯蘊通判兄再贈

西湖波浪還佳色風物悲人老可驚游接竹林公對叔夢迷春色我思兄酒沾鸜鵒杯行盡(前與伯蘊兄詩嘗有鸜鵒杯之識)詩傍蟾蜍研立成壯思不逢韓吏部高名誰伴謝宣城

復用韻

史奏德星今復聚鄉評月旦昔何驚潁川人望須公守荀氏家聲付此兄湖影龜魚同聚散棠陰燕雀半生成若為修褉無絲竹古調新詩唱渭城(少蘊新作木蘭花詩奇絕)

次韻集津兄懷嵩少示王立之

早聞三十六峰前顧寄茅茨一澗邊谷轉馬蹄山繚繞嵓開虎口樹嬋娟陽坡日暖宜瓜地陰嶺天寒熟芋田便好與公相隱去不宜相對尚茫然

次四兄以道韻答許下諸公古詩

群雄將風騷敵若攻守壘公將百萬兵如一劚孟足閒楚或揮金伐虜還取玉使我備偏裨授書防敗辱安敢凱旋歌直可向師哭短兵不須接長城已宍築畏強我但守用奇公自出入壘畏膝行免冠謝頭秃論功轂可册錫命綬當綠顧我老更癡猛虎空手觸

次四兄雪夜韻古詩

夏蟲不知冰越犬不識雪我獨冰雪間肘見冠纓絕青燈挂長檠文字夜涉獵問米米已無問酒酒已竭當時陶淵明同日無此闕置書忽不樂面壁卧嘔噎

蟲犬兩不如悲歌聊一發

雪効柳子厚一作贈一兄上人

月落雞聲寒曉色靜茅屋開門驚不知夜雪壓修竹槎牙生新冰鱗甲刻溪谷皛皛洲渚明冽冽川原肅孤蹲雀不動沈酣客猶宿呼童晨汲歸獨漱寒泉玉

擬一上人懷山之什

中夜雪打窻燈暗火照屋袖手地爐火餅聲起絲竹憶我故山房松風韻崖谷山空牛斗寒寺靜魚鼓肅西寨鹿不歸東嶺鶴獨宿更想醉翁亭兩峰高並玉

四兄諸人皆用屋字詩送一上人余獨留之

狺狺犬護門喔喔雞登屋不疑故人來但謂風動竹孤僧雪中歸白馬度塹谷坐久飯食訖尚說毛髮肅吹燈燃溼薪我起子就宿明日且復留長安米如玉

都下追感往昔因成二首

少年使酒走京華縱步曾遊小小家看舞霓裳羽衣曲聽歌玉樹後庭花門侵楊柳垂珠箔窻對櫻桃卷碧紗坐客半驚隨逝水主人星散落天涯

春風踏月過章華青鳥雙邀阿母家繫馬柳低當户葉迎人桃出隔墻花鬢深釵暖雲侵臉臂薄衫寒玉映紗莫作一生惆悵事鄰州不在海西涯

和人遊李文和園

比李園池推甲第西岡人物復諸生乘鸞此地回鑾嶺走馬何人出大明六月火雲無復暑百年水木有餘清敢陪賓客追前輩知子能詩近得聲

送僧歸建州

清秋頒汝歸時晚不及群公送惠休曲几數行題字別扁舟幾日爲詩留東吴楊柳雲中渚南越梅花雪外洲萬里故鄉聊一到江山風物往來遊

送王郭素樸

龍蟠山色引衡廬霜落江清影碧虛鼓枻厭騎沙苑

爲行厨欲食武昌魚緩歌玉樹飜新曲趣入金鑾續舊書官達故人稀會面君來相見肯如初

范元章惠然相過見問音章公服鍾乳三千兩事因爲長句戲之

君家文物（一作清節）冠先朝破甑生塵久寂寥借有三千兩鍾乳定無八百石胡椒湘妃暗鼓江邊瑟秦女高吹月下簫不待青春行樂了直持玉檢上宸霄

再至徐州示諸弟

去年客徐得范子今年客徐不得人斷無草木與同味宛有魚鳥來相親南尋白門傍山麓西望黃樓行

水濱還家作詩示群從早晚一遊携二陳

留别江子之

盡室飄零去上都試於溱洧卜幽居不從刺史求彭澤敢向君王乞鏡湖平日甚豪今潦到少年最樂晚崎嶇故人鼎貴甘相絶别後君須寄一書

别昭德第愴然傷懷

吾廬去汝到何期四十年間此别離合抱樹元從舊種幾叢菊始自新移老無兄弟飄零日遠有公卿曠絶時努力不辭勤負米欲求三徑可從誰

客有鬻馬不肯借作詩請之

胡兒少欲立奇功貴買西宛玉面驄金躞蹀微鳴躡影錦連乾不動追風庭槐洗立清陰下沙路調行迓照中出郭借人乘豈肯自誇騎入大明宫

别飾道二十弟

飄零南北一衰門知是澶淵五世孫嗟我獨無兄弟在憐君尚有典刑存老身素苦貧常瘦病目仍緣哭轉昏它日汝歸駞駟馬訪吾肯過浣花村

自然詩幷序

七里先生江子我築土三尺名曰自然亭余謂先生不獨有亭亦有自然箕斗自然絲麥凡亭之内服食器用無不自然者先生可謂自足者也雖然無乃多

虚少實乎子我掀髯大笑余欣然賦之

先生手不廢經營白屋憑虚結此亭燕麥兎絲侵客坐南箕北斗挂疎櫺青松夾日交傾蓋翠栢分風倚列屏莫道君家無長物案頭燈火有流螢

郭素有以書局處之者作詩迎之

君王側席訪詞臣萬里江湖賀子眞翰苑向來非此老道山何處得斯人朝回金馬門前曉宴罷銅駞陌上春底事年年最如意春風還試綵衣新

怡怡軒贈王次翁

先生骨老勁如松柴米辛勤只自供每笑燃箕何太
急應憐舂粟不相容雖能有弟同斯樂忍使無兒繼
此蹤已約伯兄同卜築連墻投老願相從次翁不娶
二十一兄季此生女有詩次韻
金盤滿貯華清水看浴蘭芽玉雪容自是延翁懷直
道還為健婦有家風樹從此日栽成後酒到他年釀
熟中剩買嫁資揮百萬不愁婚與貴人逼
律詩五言
積善堂詩并序
皇帝即位之五年改元大觀赦天下詔文武吏親年

九十已上者未應封咸賜封之于時吾任城曾叔祖
母九十一論當如詔而有司以子無見仕者輒抑之
於是叔祖入告于朝既俟命于京師凡若干日
天子聞之詔錫命婦服封壽光縣大君制下姪曾孫
中廬令昫昭德族人詣堂賀叔祖顧而喜曰吾歸築
堂于任城第以奉壽光汝為我名之中廬令讀制因
請名曰積善蓋取制中所謂蘊仁積善以侈上賜也
是年秋堂成延命姪曾孫太史為之記越其日大會
諸族賓客合樂以落之姪孫萃令作慶壽光曲以獻
東州之人相傳為耆老之榮冲之時以事自昭德來

徐徐府通守叔父一日召冲之語且曰吾家由慶國
夫人已來七世矣以夫若子受爵者不可勝數然未
有以耆德自致如壽光者亦一盛事也不可以無詩
吾將賦之汝其同賦冲之謹再拜稽首而言曰惟天
子仁故貴老以勸四海之心惟壽光賢故介此眉壽
以膺封惟叔祖孝故不旬日感動天子屈有司議而
特封之是三者皆宜歌詠其事以示天下後世抑冲
之小子也固願以文列名父兄之末況叔父命哉謹
撰成積善堂詩十五韻上呈
星次朝當赦龍符夜改元忽傳優老詔周及庶臣門

細札頒殊禮陪封錫異恩大酺堪一笑束帛不須論
緬想吾宗盛恭惟母德尊孝忠兼仲子辭翰競諸孫
披誥金鸞潤宮衣翠翟溫萬錢賓客賀五色帝王言
諼草開新夏蟠桃屬舊樽曲迎團扇度舞接綵衣翻
冰下看魚尾霜邊見笋根英聲彤管在繪事畫屏存
有客依同姓逢人問故園淹留驚伏臘俛仰媿晨昏
西望浮雲合巾車擬載奔冲之母永嘉郡君年六十六居昭德

亭成
故里佗年隱新亭此日成江山俱有助草木盡知名
圃菊黄浮酒汀蓴紫泛羹秋風如與便願許從諸生

寄江子我

契濶三秋日情親四海兄只應常折柳何必更班荊
老把詩為活遥將月伴行功名君莫懶吾病負平生

寄王立之

臘雨城南宅衡寒憶屢陪拊憐庭下石問訊竹間梅
諸子膺門立群公跋馬回不知多病後誰與倒樽罍

避暑普淨院

夭矯栢如龍清陰閟一宮庭無御史兩門有大王風
今日名天下群公坐此中阿戎相就語歷歷見元豐

僧舍小山

此老絕蕭洒父參曹洞禪胷中有丘壑左手取山川
樹小風聲細巖深日影圓江湖不歸客相對一茫然
愛此聚沙戲知自法王孫一運郢斤手都無禹鑿痕
藤梢未挂壁荷葉欲生盆笑問山陰道潛通何處村
爛石有佳色禪房疊更幽九疑峰不斷十字水長流
枕簟日逃暑軒窓時卧游吾衰更何往只此對湯休

蔡晉如挽

南部清笳咽東門素旐飛如何一老沒不及二踈歸
宇宙那復見死生從此違吾年未四十已歎故人稀

懷王立之

不到城南父黃梅幾度新忽看人日作淚盡大和春
翰墨猶如在壺觴不復陳常思醉風度花底岸綸巾

寄江子之

平生江季子踈嬾近忘吾不啻三年別如何一字無
燒丹岣嶁令釀酒步兵廚二者將安擇功名莫浪圖

初來東里

乘流從此去河漢失清都送騎沙邊散征帆雨外孤
挾雌栖隴雉生子哺巢烏宇宙將焉往飄飄盡畏途

至東里次前韻

茂陵家四壁不比在成都老矣招魂苦傷哉問影孤

市中寧有虎屋上豈無烏四海皆行路吾何必此途

和四兄以道闕居感歎有作

掩卷怨不樂捫心空浩嘆家聲畏淪墜世態屬艱難
月倒迎門屣風彈挂壁冠蕭然對孤竹一笑共衰殘

復次韻

出門吾所懶無客亦何嘆舉世遽如許孤風良獨難
荒蕪蔣詡徑破敝晏嬰冠興發看山去書籤記讀殘

再至都城

崢嶸花萼西清曉望猶迷御路紅塵合宮槐碧尾齊
夾城知輦過複道覺香低中使傳宣入千門避馬蹄

至日

短晷催長至新晴攺故陰風霜游子鬢節序異鄉心
合坐呼盧轉分曹舉白深百年家魏闕存没一沾襟

感梅憶王立之

王子已仙去梅花空自新江山餘此物海岱失斯人
賔客他鄉老園林幾度春城南載酒地生死一沾巾

送僧

無端伏枕日不見放舟時晚得平安報初成送別詩
山深歸屐急江濶度杯遲定許同香火終參惠遠師

秋雨感事

苦雨荒秋宅寒生木葉悲半垂藤護壁中缺蔓空籬
書校時開帙壺提日繫絲儒冠吾已悞何責五男兒

次二十一兄季此九日韻

清秋九日至晚菊兩三開愁把他鄉酒思登故國臺
賜懷朝士寵詩想從臣才向晚能無淚飄飄鴈影來

問訊次九日韻

問訊西南戍提封莫遠開休傳通蜀道端可棄輪臺
擬上平戎策慙無屬國才何須千里馬遠自渥洼來

夏室

夏室不禦暑竹陰新未交幽花時結子晚燕續開巢
午夢還高枕晨炊出近庖此生吾自了客至莫相嘲

夜坐

入夜暑氣薄輝輝星滿空鈎簾倚新月却扇受微風
痟渴幾時愈浮槎何處通輕生一快意波浪五湖中

滎澤驛阻雪

去年冬不雪今雪太怱怱輕薄愁兼雨欹斜怯受風
鴈依寒浦靜鵶噪暮林空憔悴西征客惟應白髮同

次韻江子我見寄

敢恨新居僻深懷故國尊耕耘得遺物版築尚頹垣
溪隔城南寺崖通市北門它時如訪我但認語音伃

過陳無已墓

以我懷公意知公待我情五年三過客九歳一門生
近訪遺文録重經故里行寄書無鄭尹誰為癸彭城

懷蘇門山

昔在新中日蘇門歳一游石連沙鑿鑿水遶竹悠悠
丘壑從茲得江山及此不吾衰思卜築城闕恨淹留

行武涉田中

慣習兒童喜從容父老懽桔槔看俯仰稼穡愧艱難
荷葉生池岸蒲萄落井幹求田如得此當為駐征鞍

重過鴻儀寺

秋色遽如許寒花柰若何客行傷老大野次記經過
廢圃猶殘菊枯池但折荷吾生與物態天意豈蹉跎

懷濟北弟姪

久客思吾子生涯滯故鄉獨携高士傳觿憶紫香囊
合榻言猶在同堂樂未央翩翩春草夢隨意遶池塘

十六叔父朝散挽 祖禹

慘淡魚山路公歸膺獲麟
車送逾千兩人哀備百身傷心萬里夜揮淚竹林春
翰墨傳名教公深有世風斯文今乃喪吾道亦何窮
埋玉嗟何及揮金樂未終子孫知必盛斷獄有陰功

叔父倅徐州治道士高冲誣鄆之大姓孫守真变事

別飾道二十弟 貴之

少傳三朝老文章壯九州賦詩資政殿賜宇太清樓
拔燭辭軒陛簪花近冕旒慶門吾老矣華國汝能不

別息道二十二弟 兑之

中令有清德風流二百年舉家惟食粥絕口不言錢
里閈容吾老庭闈賴汝賢陶丘過范蠡莫泛五湖船

和虞道二十三弟 豫之

向別已復久此懷誰與明書來慰吾意詩重識君情
放鶴惜未到飛鴻今尚橫何由一隨汝端為薄浮名

決道念八弟得小金印以詩贈之 夬之

季也獲金印籀文秦不如情知非鬼篆恨不識天書
池靜龜遊罷庭閑鵲鬪餘春風還舊物踈俊獨憐渠

贈江子我子之

江郎淮海秀經術古同師溫潤無前輩清新有近詩
一丘須早計五斗莫堅辭獻賦修竿牘知君定不為

梅

素月清溪上臨風不自勝影寒垂積雪枝薄帶春冰
香近行猶遠人來折未曾江山正蕭瑟玉色照松藤

謝富察見過

飯蔬君莫厭瓜菓我時須自可隨豐儉誰能問有無
墮蜂銜博局驚燕避投壺不憚過從遠頻來訪老夫

晝寢

聞說齊州路遥通古睡鄉雲嵓迷傳說風峽宴襄王
日月星辰靜山川草木長不知三代貴何似一張牀

小魏買馬久不至以詩寄之

聞說黃金厩騏驎惜別群猶來果下馬不必五花紋
俊骨愁時晚鄉萁念夕驃老夫慵杖屨待汝入嵩雲

行沙水上

蕭蕭郊原靜牛羊草樹閒石磯寒不掃水闊靜常閑

故里無消息孤城絕往還多愁獨來此猶得見河山

絕句七言

戲留次疑三十二第頌之

白下春泥尚未乾汁流更待小潺湲不知汝定成行不寒食今無數日間

春日

男兒更老氣如虹短鬢何嫌似斷蓬欲問桃花借顏色未甘着笑向春風

陰陰溪曲綠交加小雨飄萍上淺沙鸂鶒不知春去盡爭隨流水趁桃花（一本作春色不堪流水送双浮鳴鳴趁桃花）

和子我晚歸

七里灣頭宿鳥飛六家店上行人稀渡口有船招不得歸來稚子候柴扉

以少炭寄江子之

金籍曾通玉虛殿仙曹擬拜婁徽郎莫嫌薄上溫磨火猶得濃薰篤耨香（溫磨火事見李義山詩）

戲成

長夏軒窗倚碧岑人間塵土莫相侵榴花不得春風力顏色何如桃杏深

和顏伯武丈山寺

松門石磴隱山家鐘鼓蕭然一院花齋罷老僧來施食堦前馴雀趁飢鴉

王郭素許紙不至戲簡促之

摩娑垢面戲陶泓拂拭蒼髯笑管城已與陳玄俱絕倒從君更召褚先生

送韓溫父

東風未曉放船行叫唱陽關出渭城老去與人渾惜別不知何處可忘情

過鴻儀寺

折葦枯荷倒浦風黑雲垂雨挂長虹山僧生養池魚看不許遊人學釣翁

暮春

濺濺流水曲穿沙林葉深深不過鴉自恨春來渾不識慇懃着地拾殘花（一作溪流淺淺曲穿沙）

樂府

病來飲不敵群豪笑岸紗巾卸錦袍一坐空煩春筝手玉盃乳酪貯櫻桃

自摘荼蘼滿架空擬將豪氣敵春風欲知盞面玻瓈潤看照紅顏在酒中

朱少章賜麥為雨所漂

看書不覺雨如澠雞子驚呼妻怒嗔豈意持竿護雞
者飜同挾策牧羊人
和二十二弟
靜處偷看肘後書幽棲古有此人無綠蓑青蒻非吾
事白浪狂風滿太湖
襟抱恢疎老更寬笑談終夕盡君懽主人更有桃花
面病眼其如隔霧看
秋夜情
獨眠百感秋夜情孤城急雨中聞更明朝覽鏡視鬢（一作鬚）
髮不知白從何處生

道中
北風吹雨不能晴羸病人騎瘦馬行鬢髮向來渾白
盡半緣憂患半多情
和四兄清泉香餅子
清絕端因栢子香風流特可付文房如何石火須臾
頃得盡人間一日長
題超化寺壁
曲池風定碧瀾平小白魚如鏡裏行水竹再來應識
我壁間不用更題名
玉宇黃庭經

寶氣宵纏北斗間仙書自把下天壇誤緣不是凡心
起月户雲牕讀字難
送人游江南
湧金門外斷紅塵夜錦城邊着白蘋不到西湖看山
色定應未可作詩人
過王立之故居
酴醾架倒花仍發（一作花無主）薜荔墻摧石亦移（一作客有誰）
此地與君凡幾醉年年同賦蠟梅詩
夜行
老去功名意轉疎獨騎瘦馬取長途孤村到曉猶燈

火知有人家夜讀書
和新鄉二十一兄華嚴水亭
近市危樓逼野寺隔溪高柳接京華蕩舟不怕風波
急看盡芙蓉十里花
池水冷冷淥未深叢篁低草背庭陰晚來欲別龜魚
去更向軒西獨瞰臨
嗜酒不知淹歲月好閑乆欲棄簪纓暫游蓮社同陶
令終向瓜田學邵平
渚蒲淅淅風猶急岸柳纖纖雨尚餘棲鷺宿鷗渾去
盡沂溪還有兩三魚

荷盖點溪三數葉藤梢逓樹幾千層投閑更與高人
約重抱琴來聽廣陵

春晚圃田道中

度柳穿橋聽午雞一溝春水國門西行人不用傷新
別看取塵間萬馬蹄

酒酣馳馬笑彎弓便擬長驅向虜中但恐老儒無骨
相不堪劍履畫南宮

君王重老降褒書特賜宣陽宅一區聞說會稽人不
識鑑湖還肯借 無

和王立之蠟梅

茅簷竹塢兩幽奇岸 尋花醉亦知崖蜜已成蜂去
晝夜寒惟有露房垂

老去攀翻與益奇招携風月作新知但令春釀常如
此百罰深盃亦倒垂

次韻江子我蠟梅

步屧穿花醉曉風翻枝摘葉興何窮他年上苑求佳
種越白江紅掃地空

江城仍似錦城無半額輕黃笑越姝我亦少花如杜
老舍南爲乞兩三株 此花吳蜀所無

讀陳平傳

劉郎白首尚多疑百戰功臣迹轉危致使文成謝封
邑未如還薦魏無知

謾興

符郎傳檄度江南謝老風流倚翠嵐但自圍棋君莫
問顧輸別墅乞羊曇

贈江端本子我

彈免雞豚今日債斷除妻子宿生緣豈登便是人天
供努力東皐自種田

過陳無已墓

鎖門脫落封將盡題壁汚漫字不分我亦嘗參諸弟
子往來徒步拜公墳

和虞道二十三弟

千載風流賀秘書也知今有此人無吾家父子眞相
似不愧朝廷乞鑑湖

立春

巧勝金花眞樂事堆盤細菜亦宜人自慚白髮嘲吾
老不上譙門看打春

和集津兄謝王立之紅絲花

故園桃李秋揺落掃地無花可惱公近說城南王子
妓亦持紅紼剩西風

暮春書事

少年猶在老書生酒後思家夜起程自佩弓刀防不測獨隨騾馱雨中行

又次韻謝王立之惠紅絲花

老來嗜酒無賓主我醉應眠不遣卿如許此花同九日為君採擷笑淵明（九日採菊花未免俗尔）

絕句五言

與秦少章題漢江遠帆

楚山全控蜀漢水半呑吳老眼知佳處曾看八境圖

江山起暮色草木歛餘昏誰感離騷賦冊青弔屈原

雲埋鳳林寺浪打鹿門山今日江風惡郎船勸不還

江濶鴈不到山深猿自迷傳聞杜陵老只在瀼東西

石似浣沙石江如濯錦江征帆向何處雲霧晦蓬窓

龍興道中

澗道垂黃花山城擁紅葉人爭小舟渡馬就平沙涉

次韻四兄蘆橋柳橋

公如柳柳州柳橋如柳浪惱殺涉溱人望望不可上

碧蘆自愁絕黃蘆正枯折宵征鴈影孤墮此橋下月

次韻陳叔易恬蘆橋柳橋

落日河梁上遲留客去時近隣無遠送莫挽最長枝

橋濶狹如馬蘆高低似人白蘋洲上客枉恨洞庭春

次韻朱少章蘆橋柳橋

蘆橋復柳橋蘆枯柳可愛不厭春與秋主人客有待

洞庭生白波隴首起黃雲漁舟霧裏見笛月中聞

謝任伯乂無書常子然寄茶謝之因簡任伯

諫議茶猶送郎官迹已踈斜封三道印不奉一行書

具茨晁先生詩集終

慶元己未校官黃　汝嘉　刊

嘉靖甲寅玄孫　璪　東吳重刊

附一：輯補《全宋詩》失收晁沖之詩作

西軒

簡編遮眼送餘生，老境人情此從江户初寫本，室町寫本作「生」一羽輕。獨喜西軒千个竹，最先群物報秋聲。出《續新編分類諸家詩集・居室類》。卞東波《域外漢籍中所見宋代江西詩派新資料及其價值》（載《海南大學學報》人文社會科學版，二〇一四年第四期）輯補。

附二：薈集辨證《全宋詩》暨諸家研究《全宋詩》關於晁沖之詩作之誤

《全宋詩》重出晁沖之詩爲他人詩七首

李朝軍《宋代晁氏文人作品混淆辨正》（載《南昌大學學報》人文社會科學版，二〇〇六年第四期）考證五題六首：①《全宋詩》册二一卷一二二一頁一三八七六録晁沖之《謝沈次律水枕》，注「《兩宋名賢小集》卷六七作晁説之詩，見本書卷一二一二」，同册卷一二一二頁一三八二三晁説之名下此詩題注「當爲晁沖之詩，見《晁具茨先生詩集》卷六」。②《全宋詩》卷一二二一頁一三八七六録晁沖之《次韻王立之雪中以酒見餉》，注「《兩宋名賢小集》卷六七作晁説之詩」，卷一二一二頁一三八二三晁説之此詩題注「一作晁沖之詩，見《晁具茨先生詩集》卷六」。③《全宋詩》卷一二二三頁一三八八〇録晁沖之《决道念八弟得小金印以詩贈之夬之》，注「此詩又作晁説之詩，題作《二十二弟獲金印》，見《嵩山文集》卷八」，册二一卷一二一一頁一三七八六晁説之名下作《二十二弟獲金印》，注「又作晁沖之詩」。④《全宋詩》卷一二二四頁一三八八六録晁沖之《次二十一兄季此九日韻》，又見卷一二一二頁一三八二四晁説之名下。⑤《全宋詩》卷一三二〇頁一三九〇一録晁沖之《和新鄉二十一兄華嚴水亭五首》之四、之五，又見卷一二一二頁一三八二三晁説之名下，作《和新鄉二十一弟華嚴水亭二首》，二首分別與晁沖之《和新鄉二十一兄華嚴水亭五首》第四、五首内容相同。以上五題六首實俱晁沖之作，惟詩題中「八弟」、「二十一兄」、「二十二弟」頗有乖舛之處，蓋晁氏兄弟詩作多有混淆所致。

陳小輝《〈全宋詩〉之晁補之、晁説之、晁沖之詩重出考辨》（載《西南石油大學學報》社會科學版，二〇一七年第五期）考證一首：《全宋詩》卷一二二四頁一三八八五録晁沖之《送王敦素樸》，又見録於册三七卷二〇七一頁二三三五五鄧深名下，作《送王敦素》，實晁沖之作。

《全宋詩》重出晁沖之詩歸屬存疑三首

李朝軍《宋代晁氏文人作品混淆辨正》（載《南昌大學學報》人文社會科學版，二〇〇六年第四期）考證二首：《全宋詩》卷一二二〇頁一三八七五《覽古》、卷一二二六頁一三八八九《懷濟北弟姪》二首晁沖之詩，分別又見卷一二一二頁一三八二三、頁一三八二四晁説之名下，此二首究爲誰作，存疑。

陳小輝《〈全宋詩〉之晁補之、晁説之、晁沖之詩重出考辨》（載《西南石油大學學報》社會科學版，二〇一七年第五期）考證一首：《全宋詩》卷一二二三頁一三八七九録晁沖之《戲成》一首，又見卷一二〇九頁一三七二二晁説之名下，作《覽冀亭榴花》，内容幾同，究爲誰作，存疑。

《全宋詩》重出他人詩爲晁沖之詩二首

李朝軍《宋代晁氏文人作品混淆辨正》考證一首：《全宋詩》卷一二三〇頁一三九〇三録晁沖之《積善堂詩》（晁沖之另有《積善堂詩並序》，見卷一二二五頁一三八八七），又見録於卷一二〇八頁一三七一五晁説之名下，作《積善堂》，實晁説之作。

陳小輝《〈全宋詩〉之晁補之、晁説之、晁沖之詩重出考辨》（載《西南石油大學學報》社會科學版，二〇一七年第五期）考證一首：《全宋詩》卷一二三〇頁一三九〇四録晁沖之《道中》，又見録於册三一卷一七五一頁一九五四七陳與義名下，實陳與義作。

《全宋詩》誤補晁沖之詩句爲佚句一條

《全宋詩訂補》考證：《全宋詩》卷一二三〇頁一三九〇四據釋紹嵩《亞愚江浙紀行集句詩》卷七輯補晁沖之佚句「扁舟幾日爲詩留」，實卷一二二九頁一三九〇〇晁沖之《送僧歸建州》中句。

《全宋詩》誤補他人詩句爲晁沖之佚句一條

《全宋詩訂補》（陳新、張如安、葉石健、吴宗海等補正，大象出版社，二〇〇五年）考證：《全宋詩》卷一二三〇頁一三九〇四據任淵《後山詩注》卷四引《寄晁載之兄弟》注引輯補晁沖之「叔子擬度驊騮前」句，實陳師道《寄晁載之兄弟》中句，見册一九卷一一一五頁一二六五九。參陳師道。

一七、江端本

江端本，字子之，開封陳留（今屬開封市祥符區）人。家世文學，早負俊名，不事科舉，與兄長優遊鄉里。徽宗即位，以父蔭薦授河南府助教。宣和二年（一一二〇）通判温州，歷官正郎。高宗紹興元年（一一三一），以不赴光州知州任，被劾避事停官，主管臨安洞霄宫。與晁沖之、李錞、吕本中等交善唱酬，尤與晁沖之莫逆。著有《陳留集》一卷。

《直齋書録解題》卷二〇録江端本《陳留集》一卷，乃入《江西詩派》者，佚。其集無傳，《全宋詩》册二五卷一四七八頁一六八八六至一六八八七録其詩五首。

一八、楊符

楊符，字信祖。工詩，與饒節、王直方、潘大臨交善唱酬。著有《楊信祖集》一卷。楊符里貫、行履不詳，汪藻《贈左大中大夫致仕陳君墓誌銘》（《浮溪集》卷二七）記姑蘇陳彦恭（一〇五八—一一二九）的大女婿爲北海簿楊符，或即一人。《全宋詩》録楊符，又録楊信祖，小傳謂「與方元修、王直方同時」，殆誤以爲楊符與楊信祖爲二人。

《直齋書録解題》卷二〇録楊符《楊信祖集》一卷，乃《江西詩派》本，佚。其集無傳本。《全宋詩》册七二卷三七七五頁四五五四八録楊符殘句一條，册二六卷一四九〇頁一七〇四〇録楊信祖殘句「共約城南方」一條。

附：輯補《全宋詩》失收楊符詩作

無題

置居城西陰，斸翠行短垣。藝木老風雨，委懷謝卑喧。情隨雲岫遠，色與松菊温。所託雖云幽，亦足當華軒。門外車馬塵，蹴踏白日昏。誰能赤吾族，且以朱其門。尚捐千金軀，肯顧五畝園。所以向荊柴，殷勤理墻藩。我初念此老，君已行其言。俗士苦難了，相與聊心存。

無題

春風距曉催林莽，裂石如雷土如雨。長年飛舸白浪中，慣見羊猨當虎怒。吾衰去國今幾時，絶險未省風濤危。獨倚柂樓聊一嘯，借問如許將何之？以上二首，出《永樂大典》卷八九九引《楊信祖集》。

行村

青秧斬斬水沄沄，午雨才收夕照曛。坐看一川翻翠浪，預知千畝割黃雲。出《永樂大典》卷三五八一引《楊信祖集》。以上三首，凌郁之《〈全宋詩〉「江西詩派」辨訂五則》（載《古籍研究》，二〇〇五年卷上）輯補。

一九、謝薖

謝薖（一〇七四—一一一六），字幼槃，號竹友，江西臨川人。省闈報罷，乃棄舉業，以琴弈詩酒自娱，布衣以終。工詩文，與從兄逸齊名，同學於吕希哲，時稱二謝。與謝逸、饒節、汪革、李彭、洪朋兄弟、王直方、潘大臨、吕本中交善唱酬。著有《竹友集》（又名《謝幼槃文集》）十卷，内有詩七卷。又有《竹友詞》一卷，原本佚，今傳後人輯佚之本。《四庫全書總目》卷一五五謂「本中稱薖詩似謝元暉，不免譽之太過。劉克莊《詩話》則謂薖視逸差苦思，而合元暉者亦少。王士禎《居易録》又謂薖在江西派中，亦清逸可喜，然涪翁沈雄剛健之氣，去之尚遠，所評隲俱爲不誣」。

《直齋書録解題》卷一七録謝薖《竹友集》十卷，乃其詩文集；卷二〇又録其《竹友集》七卷，乃其詩集，爲入《江西詩派》者。今《江西詩派》本無傳，但有清鈔《兩宋名賢小集》本、《宋百家詩存》一卷本等傳世。其詩文集尚存宋紹興二十一年（一一五一）原刻《謝幼槃文集》十卷本，從此本出者有明萬曆謝肇淛鈔本、清鈔本、《四庫全書》本、《小萬卷樓叢書》本、《續古逸叢書》本等等。《全宋詩》册二四卷一三七二頁一五七六二至卷一三七八頁一五八八一三以《續古逸叢書》影宋本爲底本，校以文淵閣《四庫全書》本、《小萬卷樓叢書》本，新輯集外詩五首附卷末。民國二十四年（一九三五），上海商務印書館據宋紹興二十一年（一一五一）撫州州學刻《謝幼槃文集》十卷本影印，收入《續古逸叢書》，兹據此本卷一至卷七詩集部分影印。

謝幼槃文集七卷

民國二十四年（一九三五）上海商務印書館影宋紹興二十一年（一一五一）撫州州學刻本（續古逸叢書本）

原版框高十九點一釐米，寬十三點一釐米

宋本謝幼槃文集

續古逸叢書之四十二

上海涵芬樓景印吳縣潘氏滂憙齋藏宋刊本

涵芬樓續古逸叢書原以精白宣紙黑白影印。本書採用現代技術重新處理，以模擬古本原貌。

謝康樂詩規摹宏遠為一時之冠而玄暉詩清新獨出又自有過人者後之善言詩者於二公蓋未敢有所優劣也本中竊以為無逸詩似康樂幼槃詩似玄暉此平昔之論也紹興三年秋自嶺外北還過臨川去幼槃之沒十八年矣始盡得幼槃書於其子長訥所伏讀累日益知前語之不謬雖然幼槃不與其兄無逸修身厲行在崇寧大觀間不為世俗所豪駿汙染固後進之師也其文字之好蓋餘事爾後之學者尊其行并學其文可也學其文不究其行則非二子立言之本志九月二十日呂本中書

臨川謝逸字無逸其文章學業爲搢紳推重以其所居溪堂稱之曰溪堂先生弟邁幼槃以字行兄弟以詩鳴江西有文集合三十卷邦之學士欲刋之以貽永久積數十年而未能也粤紹興辛未趙公朝議來守是邦朞年政成民服其教慨然思以儒雅飾吏事命勒其書於學宮以稱邦人之美意昌言以鋟槧董茲職於是捜訪闕遺以相參訂晚得溪堂善本於前學正易蕆又得幼槃善本

於其子敏行蕆知溪堂出處甚詳敏行逮事其父詩律有典刑其編次是正可無恨矣刀筆方興士大夫翕然稱賛工未訖功而四方願致其集者日至以是知二公之名重當時欲見其書者惟恐後也聞之鄉老無逸之交遊無非天下名士其後幼槃聲聞寖廣與之並驅而爭先既没之後爲之傳序爲之哀詞祭文者甚衆今未暇博詢而徧録也特取舍人呂公之所書摹其真蹟于後庶幾因呂公之文而不失二公文行之實云

壬申冬十一月辛卯朔建康苗昌言謹題

右從事郎軍事推官宋砥

右文林郎軍事判官陸旻

左迪功郎差充州學教授苗昌言

右中散大夫通判軍州主管學事嚴仲遠

右朝議大夫知撫州軍州主管學事兼管内勸農營田使趙士鵬

謝幼槃文集目録

第一卷

古詩

第二卷

第三卷

第四卷

第五卷

律詩

第六卷

有懷如壁道人二首
寄王立之二首
贈别董彦速四首
次韻無逸兄見寄
次汪伯更寄無逸兄韻
送酥魚醬菜与何之忱三首
立夏日四首
寄劉世基
招李商老兄弟
次劉世基韻

用前韻和彦速
夏日書事
寄李商老
寄呂居仁

第七卷

玉茗花二首
漫成
飲酒示座客
和季智伯不見舊題二首
悼亡

呈無逸
示弟
寄桃隣居士
寄無逸
伯時陽關圖二首
秋興
聽曹道士彈琴二首
寒食出郊
寄洪鴻父
懷潘子真

食菜
暮春二首
黃梅花二首
梅花四首
送都仲猷
寄題高善時醉月堂
與江君佐遊五福寺觀竹
吳彩鸞寫真
鼠鬚筆
山間四首

謝幼槃文集目録卷終

謝幼槃文集卷第一

古詩

賦陳盧中振芳堂

青腰按節臨天闕幻成圭璧驚人寰一朝忽起枯槁想墮作人間冰雪顏國香端擬避清絶鳳車安得窺幽閑雪中長疑肌起粟挽住直恐乘風還風流別乘似何遜哦詩興健排江山華堂燒燈呼客醉況引玉頰依琱欄廣平題賦工婉媚杜陵索句愁飛翻小人徑欲悟香寂何當步遶橫斜間

雙蓮閣

水芝凝露披芳塘淺粧穠畫爭煌煌其間艷異不世出連芳並蔕知何祥有如一產兩殊色盈盈植立漢昭陽九圍沉水不須沐風梳露洗皆生香公如瑤林映紅粉粲然一笑傾澄觴故開華閣掛銀牓大篇金薤垂琳琅吾聞草木正瑞世羡莆扇暑芝生房須煩丹青顧陸手貌取絶艷歸明光

三益齋

元龍湖海豪蓋代聲籍籍只今觀耳孫才皆萬

夫敵牧兮美無度伯也古遺直當年種王翁十
襲褁雙璧期公垂天雲佐郡試戢翼尚開柴桑
徑引領望三益嘗聞築燕臺千里走樂劇而骨
揖千金既乘盡虎跡公乃真好事屣履見逢腋
定知子輿輩一笑皆莫逆

顏魯公祠堂

上皇御宇無長策牧羊奴子孤恩澤銀菟分印
屬兒曹二十餘州齊陷賊常山死守平原拒公
家兄弟聲名白平原白首立班行忠義凛凛真
嚴霜歷事四朝唯一節當年舌舐中丞血豈知

丞相面如藍貌雖夷易心巉巖老臣何罪死虎
口到今誰爲袪其銜臨風志士長悲吒矧瞻遺
像嚴祠下未能立草迎送詞一奠椒漿淚盈把

十八學士寫真圖

虬鬚少年龍鳳姿手提一劒平九維瀛洲學士
十八輩如雕虎嘯清風隨到今風姿傳粉繪皎
如琪木參瓊枝秦王功高蓋天下脫略細故容
小疵數公不語意有在欽宗流輩曾何知儻收
王魏文學館事如辰嬴當早諫美哉正觀猶有
憾洗蘇衆像一長歎

靜寄齋觀文忠公墨蹟

董何呼我顛倒裳杖藜階西過王郎郎君好事
初舉觴平頭奴子舁兩囊開視文書浩搶攘其
間糠粃煩播颺忽驚墨妙筵有光問誰所書曰
歐陽而我盥手方取將覽之三過神色揚反嗟
從來見未嘗字體遒媚筆意剛公爲文章軋子
長立朝義氣凛秋霜惜如春蚓縈行行亦當珍
之十襲藏況工字畫乃如此銀鈎金繩粲繭紙
公嘗臨池墨池水尚言如舡逆風使後來誰評
新麗體出公一頭子蘇子

與諸友汲同樂泉烹黃蘗新芽

尋山擬三飡放箸欣一飽汲泉泣銅瓶落磑碎
鷹爪長爲山中遊頗與世路拗矧此好古僧茗
椀得摟攬風生覺泠泠袪滯亦稍稍夜深可無
睡澄潭數參昴

讀呂居仁詩

吾宗宣城守詩壓顏鮑輩其間警拔句江練與
霞綺居仁相家子斂退若寒士學道期日損哦
詩亦能事自言得活法尚恐宣城未今晨開草
堂書帙亂無次探囊得君詩疾讀過三四淺詩

如寥甜中邊本無二好詩初無奇把玩乆彌麗
有如菴摩勒苦盡得甘味徐侯南州傑論文極
根柢讀君詩卷終日此有餘地期君髙無上二
謝以平視要當掣鯨魚豈但看翡翠

王坦夫靜寄齋

狙猴在深山騰趠不少停大龜藏神屋縮首都
無營冥觀靜躁異洞見萬物情吾聞子王子總
角遊帝城歸來鬢猶緑閉關慕淵明曲肱北窻
下風聲肅泠泠夢覺忽驚起猶疑車轂鳴齋居
屛萬慮乃以靜名是中得其趣君門可長扃

儻知定能應子冠猶可纓鏡以靜故明水以靜
故平兹言置座右可配崔瑗銘

示何之忱

往年别君去上馬愁凛冽今年見君面揮汗騺
執熱吾曹雪點鬢忽忽值晚節去何會心侶乃
作如許别昨朝聞扣門梳鬂不暇結開門問無
恙欲語聲屢咽君家嬌小女可念真玊雪朝嬉
繞君傍忽作泡幻滅念我溪堂老誰能續此絶
嗟哉澗溪毛瑣細不容擷相逢顏未開苦語心
已折吾人要解事覩世一蟻垤共將煩惱縁一

付廣長舌君歸數過我不厭酒屢設人生浪自
苦豈不愧前哲

哭董彥孚

川流日夜去逝者乃如此平時所知人強半今
爲鬼頃者哭予兄淚積垢未洗寧知少日間俄
又哭董子憶昨招君談時惟六月朏君方以病
告一卧不復起啓手無别言慟哭長已矣初君
在童丱蜚敏無與比讀書五行下大父嘗竊喜
謂當寄門戶竟以韋布死死生事亦大誰能獨
免耳頹霑甘露味儻悟無生理

歲將除因誦前賢槃字韻詩慨然有
感次其韻請彥光同賦盖子與彥光
皆年三十九矣

春糧適百里九十居其半駸駸入老境競起末
路歎在世無他能聊以滑稽玩所嗟金石交契
闊或星散詩憶西堂語酒賴南鄰伴共爲終年
醉莫歌何時旦文書謾遮眼插架徒盈桉四愁
不堪擬九歌僅能亂發春只數日故態期頮盥
寧知性本慵剟復肉亦緩人猶樂新故事止仍
舊貫酸寒孟生窮歛退韓子懦惜哉連城珍不

變三日炭王人可求見何暇定舍館退藏亟聞
道飲水知冷暖更當崇明德不愧三英粲
復用前韻示内
嘗聞藁砧詞破鏡喻月半爲期望夫還顧影與
婦歎乃知同室勴一笑日可玩所悲孩抱中聚
沫何易散嘹然唯一雛單棲苦無伴撫枕中夜
吁不寐常達旦蔾羹且一杯日舉天隨桉還勝
在版屋紙使心曲亂小邊雖槁項聊可奉櫛盥
每觀績麻手捷急真不緩娉婷或偕禍今古同
一貫頗知食薇清凜凜可立懦仍甘作詩窮烏

銀以喻炭行看春日暄婦事勤繭館所求亦不
奢勿遣兒號暖布衾幸無恙不換角枕粲
送董彥速遊仙巖
吾聞天竺峰聳若在天上峰前溪萬仞激石吼
寒浪堂中老比丘碧眼照林莽倘徉君屢遊高
趣我思往此行何所求豈欲除二障聞呼試回
頭未可踏折杖茅簷燕寂地山氣日夜爽不斬
凌霄藤君歸藤自長
寄題雲卧庵
閑居不事事枕簟信所便卧形先卧心心静形

晏然復壁非不完加以甃石堅其如方寸亂一
夕嘗屢遷榮寵萃一門寧免百慮煎雖有水精
屏何由但安眠章華踏謡娘連臂在榻前何如
山中人編茅卧山巔白雲宿簷間對境心自捐
我亦遺垢氛曲肱寄林泉兹庵儻壽我一睡要
經年
初夏觀園中草木
翠葉蕃夏初清陰勝花時閑關軌長埽步欐園
屢窺青溪中蒲移植井之湄下有九節根服
食可不迷往時手種桃只今與簷齊枝間有美

實少日將成蹊採菊香滿襜擷薺甘若飴蘀龍
露新綠椅梧長孫枝觀身要若蕉衛足當如葵
節怜孤筠直惡戒蔓草滋天津白玉郎看花鷦
洛師吾人守環堵草木相娛嬉逍遥各自適慎
勿相唐嗤
次董彥速示輪老韻三首
法涌僧中鸞孤絶翔千仞似聞天竺老續此燈
無盡君遊千峰上邂逅一笑哂當知絶諸惡如
草已芟藴
君如千里駒但欲見鞭影既明才越都未暮已

燕境適楚或北轅空歎道里永是中皆坦途幽
夙試深省
黃花散若金翠竹森如束此還有妙義機發同
箭速可怜鈍根士每嗟力不足須知日月疾僅
得羊胛熟

食藕

人憐淤泥上出此萬朶蓮須知淤泥中有藕大
於椽本清凝冰雪末艷方嬋娟玲瓏衆竅通蚴
蟉（上声）數節連甘寒固不數却暑最所便彝奴來
城市負籠置我前開緘尚帶泥未嚼先垂涎霍
霍磨霜刀霤霤挹淵泉切玉墮冷冽已覺沉痾
痊芰實鬭角紫鴻頭剥珠圓秋盤薦此果頓使
二物捐念此涅不緇餘品莫爭妍而能豁憂思
令我心歡然奇功更耐老合作飛行仙

翠雲道中觀獲

代田誰爲西漢議耐旱幸有占城禾揮鐮正見
八月獲拾穗遥怜一老歌爲言使君驅五馬北
陌東阡餉耕者汝曹力穡更當勤慎勿懵游辜
使君

喜劉世基至作詩留之

君家飛猿西我寄躍馬北躍馬望飛猿渺若千
山隔十載一會面一年三寄書書中無剩語只
有問何如去年秋風初君馬秣雲卧（庵名）鶴立望
君來回鞭不我過今年薰風後取道淩雲（山名）來
解鞍愒我廬握手慰我懷胷中所藴藏言下皆
傾倒挽留莫忩忩索去還草草堂有鶴髮母室
有蓬首妻屋前虎豹怒屋後鴟鴞啼遠遊縱未
歸旅寓安得久三年勞夢魂一日接盃酒君歸
太早計此樂未易辭人事雖好乖興盡當語離
壯時須摩厲老矣但跛挈荃蘭本同芳霜雪有
一節君哦飛猿句（飛猿嶺即謝康樂詩所謂猿嶠也）我和躍馬
詩（躍馬泉荆公嘗賦詩）他時兩相寄抑亦慰相思

中秋示座客

去年中秋時我病起復仆苦遭水帝子百計推
不去牀前客問病草草壺觴具酬獻呼稚子應
荅煩老嫗今年幸強健佳節欣會遇况有座上
客蕭散如鷗鷺尊前清興發豈數飛蚊聚南山
又朝隮晚雨細如霧難追阿連謔徒詠希佚賦
陰晴天下同吾事亦何預不須淵有珠遑恤食
無兎人無百中秋對月復幾度幸逢方外交姑

樂酒中趣君看清夜徂草上已多露

謝幼槃文集卷第一

謝幼槃文集卷第二

古詩

雨後秋山

宿雲散曽陰秀色還疊嶂如將螺子緑畫作長蛾様光浮竹木杪影落簷楹上何人妙槃礴淡墨寫屏障五弦豈須撫衆響亦清亮我病不出遊素壁倚藤杖舉觴酹群峰歲晚一相訪

種松

清晨課僕奴遠舍誅蒿蓬身非郭槖駝學作種樹翁胡不種杞柳但種青青松念汝受命獨勁

氣凌三冬明年見汝生何年矯蒼龍種德亦吾願穆如松上風安知百載後無人思角弓変陰行可賴不必荒茅中唯當護以棘養視如嬰童此法豈浪傳聞諸王局公

同董彥光陳妙音遊安樂寺分韻二首

着鞭蒼崖陰下馬古寺門老僧乞食去獨瞻無上尊相將二玉人槃礴共一罇境靜悟塵垢林香識蘭蓀何年鉢羅老同訪花柳村（是日勝遊有懷優鉢羅居士）烏能貫珠歌花能折腰舞老人如帝江識此真律呂擊節復長謡急觴猶揷羽春風已趣

裝行樂更幾許吾人但取醉何必浪自苦

聞彦光田舍遇火幾焚其廪

睡龍未覺山澤枯其誰濡幕待不虞炎官弭節飛廉怒小屋旋徹大屋塗爨仮飛空百鳥噪煇赫照樹騰猿呼綠林灰燼一瞬耳況乃田父蝸牛廬天公似惜詩人癯約束風伯爲回車百神救廪烏工往不待綆缶澆焚如尚令太瘦逢飯顆幸未飢死同侏儒怪奇敢追陸渾韻吊賀不必叅元書作詩嘲誚供一笑逢人舉似應盧胡

許巨源送笋

君家遶屋青琅玕驚雷裂地千兵攢入山長鑱不汝赦日獲玉版登君盤有餘鼠壤幸分似怜我羮稀筯易寬厨人取給晝餔膳頻使齒頰生甘寒韭葅蓮苗豈復數㒓美似覺無蘿蘿嘗聞幽士愛風竹忍嘬其子吾何觀頤君養成四時葉他時犯雪同君看

灌園

春初韭爭妍秋末菘更好嗟我喜蔬食如人嗜羊棗何嘗厭滋味政自樂枯槁念彼蝡蠢虫性命欲自保變相蘿蝌異將糖嬿蠻躁故於園日

涉蒔此可食草迩來秋雨餘三畝淨如埽畦丁猶浸灌小甕亦自抱問許機事忘何如漢陰老

題顧凱之醉道士圖

虎頭癡絕自不癡丹青妙處手得之石嵓戲畫幻輿了酒狂更貌黃冠師一人坐睡真被酒二人杯杓不停手一人回面愁不醻二人直視開口笑上有醉墨書者誰翰林手題獨酌詩題詩真識醉時味畫圖如寫詩中意珍藏不換一斛珠李詩顧筆今世無

題文與可畫竹

我昔居西園手植竹數箇凜然如德友節行不敢破朝吟玩霜枝夜聞蕭瑟清風吹一日忽不見似覺塵土汚人衣褐來翠雲麓日唯見山不見竹雖云山氣日夕佳尚恐無竹令人俗昨得與可畫自埽塵壁掛門開風動之如枉故人駕對山看畫信不惡何人更覓揚州鶴

寄孫子稷

我家大馮君清詩跨陰何尤工婕好怨不愧青草歌後生遊其門王石例琢磨是中知味少莫辨白黑鵝獨聞孫子鏘然應鸞鳶和君嘗喜其

似謂可同曰科翎池佳山水清漣映嵯峨孫子
居山間新詩日吟哦探囊肯投我百篇未爲多
論文定何時一醉金叵羅更當期皓首共理釣
魚蓑

登同樂亭飲泉

何人愛斯泉結御名泉上屋空亭何所有冷氣宜
三伏泠泠石甃淨須眉真可燭欲飲無鐏罍挹
彼纔盈掬何時近亭居更種亭畔菊日飲潭中
甘蔗用稽死録

吴民載弃意堂

此身聚沫無堅強斧工伐性藥腐腸寸田蕪穢
尺宅荒王石落落不滿房黃婆居中補四方焦
勞亦坐意所藏土如墝瘠草不芳令人槁項馘
亦黃世人紛紛各膏肓我以妙語名斯堂期君
得意觀濠梁從渠婪酣很如羊君自放意無何
鄉一洗痼疾生天光漆園發藥君得嘗

次董彥光乞米韻

董侯朝飢雷殷腹咄嗟無人羞豆粥杜陵太瘦
緣作詩玉川辛勤坐憎俗細君截髮恐未暇有
弟能令餉君粟不妨更就乞檳榔他日金梓供

一斛

分韻招無逸兄得益字

長懷烏衣遊親姓何戚戚吾曹乃其後何不追
往迹向來鴻鴈影曠若參辰隔沉思不可見竚
立乂凄惻去年霜霰中送别衢路側今年冬風
至猶未見顔色念我如楚囚欲往終未得儻能
爲我來不遠道里百要觀衡茅下有此座上客
新釀秋已熟老菊寒尚折弥年心怫鬱可以一
笑釋仍當戒後乗聯翩載三益

翠雲分韻得禪字

杖屨信所適溪流忽濺濺如行武陵村偶入桃
花源劃然見華屋佛界開青蓮悠悠伊蒲饌一
餉腹果然同遊得吾黨曠達真能賢董何韻俱
勝欲拍諸阮肩兩王亦豪舉一擲常萬錢周郎秀
眉宇要是佳少年衆中兀老子少味亦寡言困
眠借僧榻自嘲邊腹便平時所懷人磊落星辰
懸會合不易得茲遊豈非天重來恐寡伴獨訪
祖師禪

次劉世基韻

兒時窺豹見一斑晚學一拔千金彈齋房芝草

不並秀且飡秋菊紉春蘭無心時共白雲出忘機日對沙鷗閑窮人與世各異調敢望一唱仍三歎昨來卜居向嵒邑玉川破屋纔數間朝看爽氣出遠岫夜聽遶舍鳴清湍幾回欲棹酒舩去賀老不見空稽山劉郎好事肯過我入門矯矯真翔鸞平生飲客愁腐死望君復來酒令旨君如止酒要談道同酌寒泉淨無滓哦詩雖復落君後強學猶將効矉里懸知吾廬不落莫有客同盤飯葵藿已呼摻手縫錦囊更遣長鬚具芒屩相攜踏遍翠雲峰得助溪山應有作

王摩詰四時山水圖

欲知摩詰詩中畫桃紅柳緑皆摹寫更含宿雨帶春煙一段風光生筆下欲觀摩詰畫中詩小幅短短作四時山平水遠含變態是中有句無人知此公槃礴萬物表胷中烱烱秋空曉戲摩淡墨汙綃素世上丹青擅場少何人乞與輞川圖裝成小軸四時俱壁間仍題六字句人言雙絶古今無

同陳盧中洪駒父登擬峴臺觀水漲

雨聲何浪浪溪流勢洶洶莽蒼兩涘間不辦馬

牛風翻疑坤軸裂渺與天河通林杪露寸碧濁浪奔蛟龍櫓摇扁舟下袖手閑篙工踈煙媚晚霽飛雲帶歸鴻境物復可寫妙手無僧崇登茲百尺臺令人豁奇胷鑮開河南守坐有西山洪遊目託遠懷平水念禹功覩河不治行他日望兩公吾儕何所樂白着卧舩蓬

送邑尉朱登仕告老歸華亭用玉扃

老僊寄王慶源韻

君不能黄冠還鄉乞鑑湖又不能拏舟送米煩胡奴（亦作又不能強顧題尺依哥奴）白頭真負平生志妙年毫端敵萬夫向來惡少虎負嵎職當疾走編其鬚袴韡不是老者事腰間羽箭吾初無揮盃勸影古寺底日有野老爭攜壺頗遭官長勸歸歟婦能右擯兒左扶但令妻病足鹿脯何憂兒寒止尉穤蓴絲作羹鹽末下鱸鱠切玉秋不癯華亭自昔詫鶴唳蕙帳後夜聞猿呼不羡人間治容子團團十五正當壚

晏如堂詩 并序

季智伯渠州使君大夫公之長子也早以學問稱其家兒不幸壯歲失明不克世其禄洽聞強

記於書無所不通尤愛陶淵明詩嘗使細君誦之至會意處擊節不能已舊以女家人木蘭隨其後木蘭既辭去常扶杖獨行消搖自適客至必具酒與之商論古今飲酣興健仰天而歌顧未嘗以貧病攖其胷中也盧山李商老命其所居之堂曰晏如且作銘号智伯晏如先生可謂名稱其實矣智伯求余詩爲賦雜言一篇

西都執戟郎田少家無儲雖云貧賤不戚戚著書防患何多虞柴桑避俗翁寢迹安吾盧如何尚作貧士詠更賦揵調長嗟吁乃知兩賢萬目憂世患不如先生無目自晏如朝哦詩千首暮對酒一壺木蘭能歌作行雨但聞龐婆時誦園田居閑携笻竹自索塗醉或起舞嗔人扶幅巾深衣端可畫每嘆伯時何在無人圖往日山陽徐仲車不聞世事唯耽書使君早與合堂坐誇今彈古定自娛徐能開口論事以難客君當書空作字以曉徐吾知二人可同傳不知細書太史今誰歟

題呂隆禮詩後

岐山鳳多雛鳴必中律呂乃知忠厚家要作讜

退語申公三世後有子筆甚武四公如日月映照萬萬古此郎膽如斗一筆要連拄不知秦陳輩渠欲置何許他年品斯人戰國一豪舉

次洪駒父游明水韻

適也學耐辱况負三宜休頗有幼輿風自許壑與丘仙境想方丈山形懷不周如何在眼山未暇着屐游蓊鬱明水峰爽氣常不收遜公釋門老苦節無匹儔食訖自灌畦挈水端若抽到今巾屨在迹勝境亦幽聞評左轄賢當從古人求從政獨何有未説賜與由勸耕遍阡陌民謳殖田疇幽尋到山寺弭節聊滯留衆賓各文采粲粲五䌽斡賦詩雜流麗如柳春映溝何必打兩槳歌舞催莫愁聞風我滋悅尋勝行且謀朝遊可暮返豈曰山川悠

詠二疎

辯如懸河陸大夫不畏嫚罵談詩書歸來分橐養群雛隨從歌舞樂有餘兩疎高蹈要褰驅長揖儲君歸里閭頗爲羽翼還商於豈願飛刀鎗生魚揮金延客以自娛子孫勤力舊田盧同時異代多不如高明長遭鬼瞰撇平明爭入七香

車華屋擬用黃金塗壯心雖在迫桑榆長歌擊
碎玉唾壺官成名立盍歸歟江湖之上可胥疏
君不見渠家父子並轡出東都于今粉繪寫爲
圖

集菴摩勒園會者十人以他年五君
詠山王一時數爲韻得時字

生涯水中萍飃蕩信所之十年餬其口不食故
園葵思歸同越鳥長是巢南枝孫竈郭北隅小
屋如雞栖園開十肘地草木方華滋紅榴媚夕
陽初篁摇輕飃招我賞心舊於焉持酒卮合離

如日月果有弦望時詩壇失老將一鼓氣已衰
賴我如虎賁典刑猶在茲相歡且盡醉莫詠驪
駒詩

謝幼槃文集卷第二

謝幼槃文集卷第三

古詩

李成德作二筆几以其一見遺云得
様於郄子中家并示長句輙次其韻
奉酬

琴不安絃製奇古可怜不入文房譜鼠須龍尾
玉蟾蜍與汝俱成會心侶誰能好事爲品題端
效廣微亡輙補譎仙傳様桂林家以暗投人吾
竊取我書太俗如墨豬下懃羅趙何足數蒙公
厚貺試臨池一字不成如畫虎欲報初無青玉

案哦詩況乏驚人語淨鋪滑薄待君來慎莫躇
躕畏今雨

李成德復用前韻見貽亦次韻奉和

蔡家筆法擅今古楷字尤誇荔枝譜後來誰筆
最通神要與渠伊爲伴侶只今書學貴瘦硬弟
子闕負誰可補君持此几要投人字畫不工郁
得取小人俗書如俗馬骨少肉多今不數當君
此贈恐不堪大似無功饗鹽虎新詩繼作苦難
和只賞君房妙言語嗟予老矣亦嬾書留與兒
曹寫時雨

次韻鄒子中所藏筆几

聞君文史三冬足家居未奏三千牘明窻棐几靜無塵筆硯清幽真不俗小琴承臂筆縱橫章草真行隨所欲家藏弊帚將何用時人尚作千金畜此雖奇物君不惜似把隋珠當魚目小童傳觀許見貽與君杯酒初相屬吾詩戲作異香山唐衢雖見何由哭見公真玩爲公賦銅鉢聲終字盈幅

朱端甫以畫牛一紙遺李成德成德以示予爲賦長韻

畫牛蹄角四十八褚生塵昏僅可閱頭頭露地各逍遥不愁牽車喘見月舐筆和墨誰氏子定自道人非畫史把鼻牽回得真牧信手摹成妙如此朱公自是老斲輪不惜是牛持贈君顧君成誦石鞏語更將此畫同參取

次韻李成德謝人惠墨牛

君不見八百里誇王氏駮常敕家童瑩蹄角綺襦紈袴競奢豪卧席不安愁禍作何如傳寶墨牛圖不飾青黃如素樸向來奇畫購千金宜在蘭臺天祿閣兩牛方鬬未雌雄或奔而從或小

却其餘三四亦殊絶或如虎卧鶴俛啄滕王蛺蝶東丹馬嘉陵山水青田鶴如將優劣比人村長文何必慙文若人言愛畫亦一癖被野牛羊何用貌是家持論果非耶煩君試爲評其略

午日

今晨定何祥桃柳各映戶粉團蒿氣薰鵝鴨椒葉覆朝飡隨土風盃酒晚來具絲絲纏糉筒畫楫誇競渡楚人哀怨情正以屈子故當年葬魚腹蓋坐入宮妬榮華一時好放逐千載慕得失吾不知持盃自欣豫

成德不面逾月僕以病暑未能出謁輒和所寄藁字韻詩奉寄兼簡子中

門前蓬藋無人埽客去墻陰熟莧老我家城北君城南相憶何其掛懷抱不聞叔寶方外談澄也何因令絶倒知君不作避暑飲閉門亦深荒徑草鈎章棘句日吟哦玉軸牙籤時探討迩來聞草鹿脯帖盛湘十日盡蘋藻摻摻丸藥恐不免俗客縱譏何足道恨我猶嫌褦襶朝不敢熱行唯夢到君收奇功翰墨林筆陣可掃龍駒島願言不學司馬公萬事逢人盡稱好我詩燕石

初不如浪欲珎爲夜光寳殘暑促裝行造請曉
來凉氣迎秋早定邀鄰舍廣文公同聽誦詩傾
腹稾

碧筩

君不見韓潮州銀作飲醆誇工倕鐫花鏤葉太
瑣碎何言豪士亦尒爲又不見六一翁嘗吟鸚
䳒紅螺詩華堂一醻豈不樂清歌勸酒須蛾眉
吾儕山人寧有此競折圓荷爲飲器細傾初作
露珠圓滿引忽驚雲液碎鼻中寂寂聞妙香舌
本徐徐識真味採蓮當殽花當妓豈有登臨百

金費安得城西十頃塘水光容裔暑風凉時引
碧筩如象鼻仍看翠盖立霓裳

感白鬚

吾年昔始冠已有一鬚白作賦數百言嘲罵等
戲劇只今尋舊作一字不復憶恍然如夢寐了
不見往迹但有鬢間絲冉冉如堪織南方地卑
濕壯歲多差色行年四十二鬚鬢郝容惜洗蘇
將拔白諱差嗟何益一染復星星此語記阿客
人生光景促倏申如敲石詩成亦寱語感嘆初
無得後應不識今今已不識昔

秋日登鳴玉亭

山路秋陽何赫赫山亭淒冷多秋色豈唯醒耳
玉淙琤照眼光寒如練白舊聞瀑布垂雲間怳
疑銀河墮天闕西望香爐不得往箇中元有小
廬山

次董彥孚韻兼簡之南

大門江南英詩名重當時兒時得其槀同輩爭
誦之不及拜諸門常恨生苦遲只今諸孫子籍
甚皆能詩大篇每投我孰非黃絹辭我詩不成
句落筆爲衆嗤如人食土炭嗜好終不移君何

獨賞味與衆直異馳相望巷南北不啻今我思
歌聲亦若哭此意誰當知阿大一門傑相爲壓
外期風流竹林會應許仲容隨

次韻之南讀彥光詩有作

君家父子俱能詩天遣淑鳥鳴春時文窮抵掌
定不免齊竽不學君何疑平生説詩咏三尺只
今蹇吃成期期願君高處古無上抑以自譫無
邪思

有懷覺範上人

道人心與貌俱古哦詩不復郊等伍清疑仙掌

露華墜新似秋空王鈎吐要將餘事付風騷已
悟玄機窺佛祖沕潭差子乳於菟果在叢林嘯
風雨何當埽室祇樹園夜看金盆聽軟語我雖
不是龐德公懶駕柴車入城府公如歸結白蓮
社留我山邊一壥許

次韻彥光臑起病目

蝶夢游揚卧碧紗知君不賞玉釵斜夢回起坐
有佳思亂觸牙籤書五車黑蠅着眼君勿嗟學
道乃得青蓮華商略此言當過我樵青竹裹爲
煎茶

喜汪叔野見過

大汪權奇汗血駒小汪連翩鸑鷟雛垂頭未遇
伯樂顧覽輝將下朝陽梧豈知青衫埋朽壤更
令斑鬚困泥塗喜君翩翩過我廬握手借問今
何如苦云難遂白駁志竭來鄹作青衿徒急呼
歡伯置座側解顏談笑聊相娛語及阿兄平日
事往往屑涕長欷歔怪君長不滿六尺高談似
是膽滿軀且置是事飲此酺逢人但作聳聶嚅
苦留君住騎勿驅明朝酒盡爲君酤更闌月落
起浩歎四面宿鳥鳴相呼

追和柳子厚二詩

讀書

吾生後淵明頗亦念黃虞要知千載外所學非
殊塗兀坐對聖賢撫卷一長吁彼智自明哲惟
狂益昏逾一源同濫觴派别乃差殊我觀載籍
中世事何所無癡人不識古謂與古人俱相望
何遥遥清都視積蘇咄此不可獻諷誦聊相愉
嗟哉子柳子文章盖群儒速進自貽戚南冠成
縶拘天孫不與巧溪神亦爲愚讀書雖滿腹何
曾救飢劬乃知伾文輩要路難齊驅

飲酒

世故不料理萬事付一罇呼賓陳肴蔌乃尔不
憚煩秩筵初嚴冷稍稍笑語喧有如鄒子律能
回寒谷温朱顏挽不住雪鬚日夜繁人生行樂
耳惲也亦至言哀哉獨醒人顦顇捨蘭蓀寧知
阿堵中端有妙理存

寄題朱氏小隱園

吾聞滑稽兒避世向金馬刈草吉雲鄉探鳳芳
城野斯人玩世耳豈必蒿廬下墻東本儈牛君
平盖卜者朝市亦堪隱山林實蕭洒君居占深

源境物篆可寫差櫓上干雲孫桐已拱把雨窓
脩竹響風磴寒泉瀉此翁少年日射巧如注瓦
百金裝寶刀千金買流赭晚歌紫芝曲情性妙
陶冶蒲屨縠皮巾何取綬若若嗟予亦曠蕩與
世自磊苴方期訪桃源更欲結蓮社

次韻董之南見贈

章甫不入越夏蟲多拘時生無適俗韻舉世誰
知之鍾嶸不並世無人識丘遲雖有落花句知
爲何等詩如逢賀賔客方嘆烏栖辭我初出險
語俗子爭唐蚩俛眉欲從事復恐遭文移亦知

適㶚車安可從北馳董家名父子平生所懷思
雖云識面晚相聞已相知君詩有古意且結皓
首期端能啖杞菊時復過天隨

陳循中求高麗墨詩爲賦長句

茬松收煙琢玄玉可試兆州鴨頭緑來從萬里
古樂浪傳到麻源第三谷要湏岱郡鹿角膠擣
成方解土炭朝請君摩研寫新作一弄潺湲吊
康樂

竹友軒

畏夏苦炎熱開軒除鬱烝簷前鳥雀喧朝旭上

朱甍席間裁函丈詩書浩縱横槃礴環堵間幽
獨懷友生古人在黄卷千載使我傾出門窺物
變草木各鮮榮青青墻東竹見汝忽眼明愛玩
不能忘移根傍軒楹俯仰與竹俱定交見深情
不是無朋友此君冰玉清風吹萬籟響寒梢韻
竽笙我獨哦其間詩作秋虫鳴琅玕亦有實期
汝向秋成鳳皇何時來翩翩翔我庭

貫時軒

舊時王子猷愛竹僅成癖斯人向千載論世心
莫逆吾軒謚竹友寓意比三益俗士舊雨來今

雨定掃迹城北有陳侯眉宇初未識似聞臭味
同烱烱見胷臆頠言登子軒哦句呼阿客看君
陰森下玉潤映連璧（陳公美作軒無逸名之曰貫軒）龍吟秋夜永
卧聽風摵摵或當命柴車獨詠此君惻興盡悠
然反誰能㛮君席

讀莊子内篇

經春十日雨却掃門無車伏枕夢鳴轂淙琤行
溜渠端坐發深省妙香浮素裾盥濯披陳編諷
誦臨前除陳編爲何誰漆園傲吏書奇辭通詼
詭空語極虛無得意榮辱境脱身憂患餘胷中

灌頂句身上如意珠逍遥有妙㦲領略歸一途
塵影閲千世風波連九區投足寄其間鼎鼎一
何愚儻同蓬蒿鷃勿笑溟海魚

謝幻槃文集卷第三

謝幻槃文集卷第四

古詩

陶淵明寫眞圖

淵明歸去潯陽曲杖藜蒲鞵巾一幅陰陰老樹
囀黃鸎艷艷東籬粲霜菊世紛無盡過眼空生
事不豐隨意足廊廟之姿老蓬蓽環堵蕭條僅
容膝大兒頑頓懶詩書小兒嬌癡愛梨栗老
妻日暮荷鋤歸欣然一笑共蝸室哦詩未遣
愁肝腎醉裏呼兒供紙筆時時得句輒寫之五
言平淡用一律田家酒熟夜打門頭上自有漉
酒巾老農時問桑麻長提壺挈榼來相親一尊
徑醉北窻卧蕭然自謂羲皇人此公聞道窮亦
樂容皃不枯似丹渥儒林紛紛隨溷濁山林
高義久寂寞假令九原今可作舉公籃輿也
不惡

斸苓軒

萬鍾辭屠羊五鼎貪主父是間多毒腊可茹亦
可吐緬懷陶隱居朝服挂神武餌苓期却老曠
蕩適林莽我家城西偏有地一廛許開軒俯長
松倒影蔭庭廡嵌空宿龍虵晻曖藏霧雨流肪

入地脉凝結歲月古長鑱白木柄生事聊付波
想彼塵外人遲暮肯同袌但當稍兎絲敢望擗
麟脯

約諸人遊羅坊觀

陽夏吾臯祖人物傾九州閑携東山妓文靖極
風流屐齒步飛磴快哉康樂遊耳孫牛馬走闤
隤亡匹儔但有愛山趣尚能繼前脩頗厭城市
塵拘縶如楚囚褐來龍泉上杖屨隨沙鷗幽尋
風露靜江月動金虬青山帶長江佳氣日夕浮
旁有列仙家丹闕連飛樓琴書靜無譁竹樹傾

更幽約我雲霞交茲遊及清秋朱絃蕩塵襟芳
樽寫牢愁道士如弥明長頸高結喉初無石鼎
句崄怪壓劉侯從渠倚壁睡吾屬且冥搜

無逸病目以詩戲問

六根無牢強萬事有成敗丹白豈不佳能令眼
根壞溪堂老居士學道入三昧空花結空果過
眼了無礙偶然幻翳侵惱此清淨界道人不易
得定爲天所愛恐君墮塵劫豫出小懲戒病眸
點空青勿作兒女態爲君禱于天君病立當瘥
未忘覘詩書不敢窺粉黛

題戴崧石鼎聯句圖

衡山道士熊豹姿夜過劉生逢説詩止于座隅
初莫識口不能言心自知坐中清逸校書郎新
有詩聲誰過之豈知老子殊不淺可但逐鬼囚
蛟螭須臾指鼎出佳句脱略九韻生新奇二生
得句不敢吐鳴聲強作秋虫悲㦗如窘兎避鷹
隼懍如敗將收旌旗借問舐筆摹者誰定是槃
礴真畫師退之斯文有妙處丹青寫盡初無遺
彌明學道如不死應在衡山深處栖端能過我
挑詩敵與君周旋吾敢辭

讀葛洪傳

葛洪鍊丹砂却老得遐壽鶴駕安在哉巖穴遺
井舊勞生亦何爲荏苒度昏晝煌煌崑丘芝未
暇擷三秀寄謝浮丘翁何由挹其袖

讀三都賦

漢遭陽九運無復見中興不聞黄屋處郊野蔽
旗旌三人已成虎況阻三國兵揚塵日月暗喋
血郊原腥作都雖云美其如九鼎輕十年翰墨
手摸寫費丹青人與骨俱朽山川空炳靈吾懷
鮑明遠寂寞賦蕪城

田父招飲不赴

萬錢供食如嚼蠟百壺載酒如飲水要知自古窮達人肮略世味皆如此經旬不逢南鄰伴曲肱聊寄北窻底田父剥啄扣我門頗應昨夜燈花喜慇懃攬衣謝父老陶令愛酒今朝止伏雌可殺葵可羹他日薄飯招鄰里吾君勤儉似文帝勿爲酒醪傷穀米

喜雨（是日聞改元）

涉冬無一雨玄冥沮驕陽上田塵沙飛下田蒲稗荒鋤犂不入土龍具掛壁墻村居巷無井抱甕汲長江汲多恐流絶無以飲牛羊昨宵天意動浮雲靆月光洒然潤物功洗蘇及枯楊先帝劒弓冷小臣涕淚滂屬聞建中號謳歌騰路傍雨從膏澤霈風與和氣翔山林獨何幸預喜霑稻粱尚能賦時雨激烈歌阜康

余賦野香亭前木犀花二小詩盛稱此花之妙而江迪彝賦梅花詩以及之往返唱和十數篇二花優劣未決故復長韻示之

君不見杜陵布衾冷如鐵朝來米盡炊煙絶偶

然乘興江上行無柰被花惱不徹城南陋巷有江侯讀書蒲團生蟣虱吟成少陵七字詩酷愛梅花似冰雪竹友道人端可嗤頷鬚如棘手如龜從來口業洗未盡醉吐狂辭歌木犀賞花自是少年事出口未覺吾儕癡我今束縛喙三尺勿與世俗爭妍媸空花遍世不礙眼淡如雲水老禪師

寄題王立之賦歸堂

小官五斗米達官五鼎食均有懷祿心細大各封殖疾驅挽不還此輩車轂擊王侯生綺紈雅意在山澤頗賦歸去來作堂慰休息似聞一鐏酒醉眼分青白何時上君堂酌酒話疇昔和君五字句想望柴桑陌

亦愛軒

漆園游濠梁得意儵魚樂淵明愛吾廬感彼衆鳥託兩賢俱達道妙處要商略夫子誰與歸潛也如可作柴桑久無人茲道竟寥落頗能誦其詩尚友亦不惡世路多艱險君軒可槃礴但恐君出遊蕭朱綬若若

求定齋

吾觀大梁城九衢塵暗天甕觸日交爭蔓蚿互
相憐此心如慈幡裊裊風中懸王子閉門卧守
心長縛禪能定乃能應如鏡別醜妍吾豈匏瓜
哉孔子有至言君看日月行亦若磨蟻旋涪翁
已發藥此句不用傳（黃魯直爲君此齋并道其名齋之意）

寄饒次守

我初丱角時聞有饒進父（次守舊字進父）破衣下里舍
應書不得舉要是磊落人白眼看法度吹笙彈
箜篌餘事能律呂市人惡少年往往爭笑侮掉
頭出里門徒步大梁去蒯緱謁王公弊貂走風
雨十年不還鄉無人問死所客從北方來喜氣
滿眉宇探懷出君詩字字粲璣珇筆蹤入顏揚
句法窺李杜奇偉可畏人我輩誰比數借問從
誰遊一一英俊侶我家阿夷兄詩有春草句說
君不離口恨我識君暮帝城十二衢素衣染黃
土食貧出無車羈旅亦良苦東書早歸來隻雞
祭墳墓況聞霍將軍尚有陳氏母銅山鬱嵯峨
其下原膴膴我思結茅舍帶經學農圃他日如
買鄰定可連墻住頗聞君卜昏我亦未有婦要
如子柳子各娶老農女東市買杯杓西市買筐

筥南市買綆缶北市買甑釜生理能稍稍來往
辨雞黍兩家如有子男女互嫁娶從來不識面
便作平生語但緣臭味同請君莫訝許

讀潘邠老廬山紀行詩

杜陵骨已朽潘子今似之歘觀廬山作乃類北
征詩是家好男子扎翰非凡兒阿耶有新句把
筆如畫錐此詩落吾手三復喜可知有才如長
卿武帝恩同時不令歌天馬亦合賦靈芝胡爲
鬢已凋但作愁苦辭錦囊勿妄發恐爲俗子嗤

汲古齋

人言曲誤周郎顧豈謂周郎真好古長歌短調
各風流說盡心招及眉語頗聞汲古用脩綆乃
知餘事工律呂君軀三尺膽如斗欲窺唐虞探
鄒魯頃來長安闊畫眉時人半額相媚嫵天姿
潔白惡丹鉛獨有溪傍浣沙女要知學者用心
處不追時好乃如許君家有井千尺深容我時
攀轆轤否

寄李商老

所思定何方渺然羌山麓別來經一年不寄書
一幅憶在元真館與君同飲缸論文久未去夜

雪打寒窻明朝款君門箯輿踏殘雪尊前聽君
談意氣排凛冽雪中兩相過把酒俱留連豈同
剡溪去興盡回酒船今年走東吴無復相邂逅
邅回行路難歸已三月後逢君所知人頗嘗問
君安猶聞卧苫塊毁棘今欒欒君家所嬌兒聞
已去懷抱昔我嘗見之瑶環實娟好我歸卧衡
門愁苦亦如君淋雨子桑病敝冠原憲貧此懷
其誰語思君何能已寄聲勞苦君兼問兩季子

謝幼槃文集卷第四

謝幼槃文集卷第五

律詩

集菴摩勒園觀李伯時畫陽關圖以
不能捨餘習偶被世人知爲韻得人
字賦六言

摩詰句中有眼龍眠筆下通神佳篇與畫張本
短紙爲詩寫真渭城偶落吾手小圖傳觀衆賓
坐上晏如居士暗中摸索離人

次韻董彥速送珍上座還漳江

阿師身小膽能大文字曾追權可遵（珍云嘗從權可二詩僧也）
尋山紅葉半旬雨過我黄花三徑秋隨處龎公
雖有偶他年支遁恐難酬經行若箇門風是聞
説漳江似趙州

招李成德

妙年英偉定梗柟老大如樗百不堪黍飯莫孤
元伯約山夫豈有德公談甚無多筭愧三北詩
要重論窺二南只恐尋芳嗟較晚夜來風蘂落
毵毵

採金櫻子

三月花如薝蔔香霜中採實似金黄煎成風味

亦不淺潤色猶煩顧建康
讀何易于傳
吏皆愁死自焚詔農正勤耕身挽船墨綬紛紛
滿天下不知誰拍此渠肩
讀嚴子陵祠堂記
羊裘不見釣臺傾山到臺邊分外青大上故人
新黼黻身前萬事一笭箵章侯筆法逼秦相范
子文章原易經圖畫名臣久磨滅此碑千古粲
繁星

觀漁二首
腹腴端可飽新歡柳貫霜鱗照眼寒莫惜寶刀
煩玉腕要看飛雪下金盤
活我波間雙鯉魚待傳千里故人書嫦娥莫道
留君掃怕捲珠簾揔不如
潘邠老嘗作詩云滿城風雨近重陽
邠老亡後無逸兄用此句足成四篇
今兹重陽只數日風雨不止淒然增
懷作二絶句念泉下二人不再作不
覺流涕覆面也
地下修文兩玉人清詩傳世墨猶新却因風雨

重陽近獨立蒼茫淚一巾
阿兄温潤玉介導我友淡薄朱絲絃只疑蟬蜕
遊人世醉挿茱萸若箇邊
隱居
清時甘小隱卜築在山阿家有傳蠶室機如凌
行婆閑看斬猫話羞作扣牛歌不出又三月柴
門生薜蘿
秋日登擬峴臺二首
步上溪邊百尺臺斬新秋色正傷懷千屏翳繞
碧雲合一字欹傾鴻鴈來

徘徊欣與賞心同讀遍碑詞字字工共歎黃壚
封白璧一時悲淚灑秋風重修臺記亡兄所作
秋暑
秋暑不可柰秋風殊未來何時踈畫扇無處覓
凉臺誰謂月離畢空驚山殷雷愁聞老農語南
畝半黃埃
寄汪信民二首
泮水傳經老蓬山佐著才官游思引去禄養可
歸來要路眼誰白浮雲心自灰少年馬何馹君
馬獨虺隤

繫纜符離日君行殊未歸寄書問亳社有夢過江西不見揮犀柄頻驚響馬蹄勞勤且雞黍爹謝德公妻

喜董彥速自仙崑歸

鉢囊高掛同僧夏遠寄崑閒一把茅地僻狙猴長作伴食貧蔬筍不充庖瘦藤拄下萬峰頂野鶴來歸千歲巢點撿篋中詩幾首蒼頭時遣為君抄

莫莫堂新竹

僻寂漏茅屋蕭梢新竹枝徑迷人不到蔭密鳥還知綠色忩忩換薰風細細吹即看柯葉老不受歲寒欺

夏夜對月

掃月追涼清夜分是閒風露別乾坤山林畏佳地多籟雲漢昭回天不言平野極瞻南紀闊稀星遥拱北辰尊時平萬里無兵革靜愛雞鳴犬吠村

煎罌粟湯二首

萬粒匀圓剖罌子作湯和蜜味尤宜中年強飯却丹石安用咄嗟成淖糜

松黃滓椀色烝栗初味餘甘如苦茶粉粟為湯兩奇絕甚甘純白勝醍醐

問劉世基疾

君如寒涕懶瓚師如何久苦造化兒清漳嬰疾古所歎淋雨衆飯今其誰探囊苦乏萬金藥歷眼疇為三世醫他年上跡恐不免細君莫念眠牛衣

蔡師直畫山水研屏二首

畫翁元勝斵輪扁喻子丹青如有神平遠還堪助詩思故疑摩詰是前身

淡墨江山作小屏碧紗煙裹護寒泓蟾蜍寫盡看倒影身在山陰佳處行

觀碁

客懇茂林晚風生涼簟秋從横飛碎玉勝敗決中流北叟暫亡馬西風還覆舟誰能闗許事寓目且忘憂

喜晴

十日江村煙雨濛曉來初快日升東挼莜蕉葉展新綠縱(上聲)叓(音𩈋)榴花開晚紅得句又從山色裹發機渾在鳥聲中披衣出户眄四野好在良

苗懷晚風

和季智伯病中書事四首

多病過嗟蒲栁弱故交聞似曙星踈逢人休問金篦術殺箇宜希石室書

訓釋雖工非世好風流未減已形枯固知商也真無罪豈謂穹穹不可呼

應知露肘貧堪忍只有哦詩興未踈莫遣木蘭當户織須煩阿買八分書

老去頓纔詩筆退愁生唯怕酒腸枯尊前學得新翻曲早晚揮盃幸見呼

春寒

冉冉雲生嶺翻翻雨決渠畏寒成墐户惡濕問生魚始愜春衫薄俄纔團扇踈天怜憔悴骨莫遣峭風梳

送和香與彥速二首

侯菝新補蔚宗傳藿燥詹粘疑可憎試炷博山元不俗小奩分供在家僧

窻間一炷結趺坐萬象森前應眼明不印香嚴薰未歇何妨人誚太僧生

暮春久雨

季月何多雨經旬不見山雲師工蔽塞羲御久間關水已澤中滿寒應天際還壞墻憂盜入只益鬢毛斑

晚春書事二首

春來畏病不飲酒孤負山南山北花有客款門鸎剥啄無人追韻得車斜獨酬砌下二三子豈憶城南韋杜家不畏詩窮嫌水厄時時搜句羨新芽

未曾留客十觴醉已是飛花三月時忽悟病來真老矣儻逢聖處亦中之眼前用意半乾沒世上忘形皆白凝誰似陶翁有名酒呼兒覓紙又題詩

和陳虛中與呂少逸唱酬口號

霏霏玉唾勝三語瀲瀲金荷傾十分簷外催詩疑有雨林間張幄豈須裙臨溪尚憶童時釣問俗仍寬柱後文珍重兩公新句麗落花依草競紛紛

螢火

日出知何許宵行有底忙自疑緣寸草不敢近扶桑瑣碎豈堪數神奇安得長微風迹未掃更待九秋霜

七夕書事

燒燭留今夕嘶盃憶故年風前失二士句裏問

三玄隨分瓜蔬設占星古老傳不須文乞巧只有直如弦

朱濠州挽詞二首

俊軼金閨彥風流粉署郎憂民形玉色治郡輟鷄行籍甚聞前席居然嘆掩芷何人殺青簡惠政在濠梁

公才真霹靂令德故從容未錫九環帶俄傾千丈松清香銷燕寢遺扎陋登封身後纍纍印紆青已二龍

哭無逸兄三首

又客思鄉社長歌去國門還家未偃息樹旐忽飛翻苦淚不勝滴悲懷誰與論平生急難處愁絕望鴒原

文章不用世歲忽值龍虵遷使賢人殞長興志士嗟有兒纔句讀無地可桑麻賴有輿元尹能賙孟氏家

溪堂載酒地無復故人車敗壁龍衣委荒畦馬齒跡凄涼閒闗賦淪落廣微書但有清風在時時爲掃除

題于逢辰畫

踏遍江南岸歸來試解衣誰言物外賞不與筆端違石帶蒼苔瘦風凋折葦稀令人清興發欲問釣魚磯

戲詠石榴晚開二首

靡靡江離只喚愁眼前何物可忘憂楝花淨盡綠陰滿纔見一枝安石榴

無復幽姿淡淡粧烟脂深染薄羅裳芙蓉影裏避三舍石竹叢中許擅場

端午即事

夘飲緣佳節昌陽薦一卮兒諳射圃事妻誦賜衣詩懶檢三閭傳爭纏五采絲平生幾端午隨分作兒嬉

書李元亮真牧堂賦後

揮翰眼中元亮牧牛何處癯仙公擇于今不泯當（去聲）家諸子俱賢

題陳陽樹石二首

寒藤冐數百尺枯木大七八圍挽取到公奇石俱還數幅寒溪

解寫枯松潤石陳陽筆意名家弟子蔡規今老古人王宰何加

哭汪信民二首

竟欲游梁苑聊甘食楚萍談經謝紈袴植鬏愬槐庭看鏡鬢毛改橫空煙霧冥誰評貞曜謚更謁退之銘

徐穉生何陋袁宏輩豈如誰知一斛水中有百金魚肘見貧非病疽成憤不攄銘旌返南國寥落正愁予

杞菊

雨洗幽叢清客襟厨人採掇獨何心根苗扶老或名杖蓓蕾舒黃無數金

絡緯

聒人長向井邊啼在宇丁寧戒授衣織素盡輸官事了秋來工女正投機

倦夜

山月斜臨帳山風細拂裳蕭蕭碧煙靜烱烱白間凉境寂萬緣息心灰千慮忘無端催曙鳥底事厭宵長

喜董之南歸

乾鵲飛翻噪晚林阿南歸騎果駸駸青衫黃綬霑新命白石清泉是素心金鏁多情洗雙鬢舊

巾從此避華簪來年往獻東巡頌今日聊爲梁父吟

懷祥首座

師在美廬西復東無心還似鳥飛空月鈎雲幕今何處禪板蒲團只眼中未悟竹間鳴瓦礫擬隨童子問鈴風前身儻是胡居士打破虛空對沼公

謝幼槃文集卷第五

謝幼槃文集卷第六

律詩

寄李商老兼簡文若季弓

有客春來傳尺書書詞字字敵瓊琚經時伏枕沉綿甚異縣論交消息踈物外高情想三鳳眼中何物當雙魚遥知小弟凄涼意騎省歸來正望廬

晝卧二首

書魔纔挽睡魔摧鼻息俄驚吼怒雷夢到逍遥大庭館不堪簷外鳥雛回

剥剥啄啄無俗客清清泠泠多好風一枕李無憂樂累可須遊宦大槐宫

青精飯三首

霍山王鄧兩真隱駕鶴乘雲飛九天當時服餌定何物同飯青精三十年

從來見說青精飯晚遇真人隱訣中長恨聞名不相識郍知俚俗號烏桐

南人雖號烏桐飯過熟翻成作淖糜太極真人方未試茅山道士寄何遲

送酒與晏如居士二首

南人釀酒詫深紅注瓦真成琥珀濃與藥相投莫宜此急分多病晏如翁

此翁曾把春償酒醉插姚黄更乞花多病只今猶解飲細傾聊爲遣生涯

示李商老兄弟

月夜宜披宫錦袍定知公輩豈蓬蒿文如脩水波瀾闊人與廬山意氣高伯氏最於三虎怒九兒何翅九牛毛相逢徑欲倒家釀莫厭尊前持蟹螯

夏日遊南湖

麴塵裙與草爭緑象鼻筩輕瓊作盃可惜小舟横兩槳無人催唤莫愁來

詠金來禽

枝上離離金彈丸宜隨玉食薦金盤從來物以遠爲貴酷愛閩溪荔子丹

書懷

頼有書遮眼初無客就談身閑唯取醉鬓短僅勝簪學僻今何用囊空寶不貪老師行駐錫準擬問前三

次李商老端字韻

智中磊磊夜光寒霹靂驚飛在舌端夢去幽尋遶山麓詩來喜色上門闌四時更運不停軌萬物並流皆疾湍兩鬢凋零壯心在忍窮懷抱若爲寬

招汪叔野

夜語僧窻雪載途別來夏木又扶疎兩牛鳴處地非遠萬竹陰邊吾所廬兒能竊聽從忘箪子盍徐行可當車莫訝南隣狂處士摻撾傾坐一軒渠

投贈通守陳虛中

前驅負弩旆旌忙凜凜寒風挾曉霜人道姦藏有三穴公知民病極千瘡搖毫端是霹靂手抵几還驚梟鷙行莫向琳宮坐閑冷太阿何事匣中藏

晚晴步塘上

漫踏斜陽堤上行偶逢白叟問年登去年禾乾龜兆拆今年雨多禾耳生

鳴鳩

雲陰解盡却殘暉屋上鳴鳩喚婦歸不見池塘煙雨裏鴛鴦相並濕紅衣

聞呂居仁病未差覓使寄問

消渴文園苦病多蕭條子美卧江沱士窮不遇古如此天寶欲爲人謂何忠義名家本申許文章秀氣望岷峨期君錬玉煑白石色比嬰童何啻過

種竹

闢地種脩竹得方緣秘經成陰向北宇倒影落中庭直取内含素豈唯枝闘青龍鍾玉川子猶擬抱添丁

次韻季智伯寄茶報酒三解

歡伯風流可解憂疑君此外更無求揀芽投我真拋却不是能詩薛許州

二生相逢妾換馬我今真成酒易茶腐腸銷膏亦可戒與子服霧飡朝霞

君如張籍學古淡麗處往往凌陰何長句短章時寄我爲君翻入竹枝歌

懷鍾陵舊遊

五年三度過鍾陵馬上春風醉夢醒南浦江波迷眼綠東湖煙柳半天青從來地域數卑薄惟底山川終炳靈又見徐家有高士他年重作聘

君亭

湯泉泉在法水寺後

亂泉如沸出灣環餘煥猶霑野寺閒但與山僧洗塵垢還勝漲膩在驪山

食蟹四首

端爲懷黄取醢烹豈緣多足恣旁横爇臍未用集鼠輩推髓方嫌太瘦生

分付厨人苦見嫌十臍元有九臍尖要知其中未必有輸與蛤蜊如蜜甜

論功直與酒盃同何事生憎在水中不使落湯

頰下箸終令骨醉耐春風

有國嘗憂以味亡須知有毒味中藏誰能不累口腹事莫趂秋風嚙稻芒

以牛膽漬槐子送董之南二首

雪霜無賴點君鬚五十龍鍾成老翁急分槐實要腦滿佇見頭青雙頰紅

解牛得膽大如斗投以元槐功更加來歲青袍映緑鬟不妨看盡九衢花

送王坦夫由淮南入京

王郎乘興上扁舟數遣書來寫我憂奏牘三千待金馬卷簾十里夢揚州桃花水漲理歸檝蓮葉盃香銷客愁白鬟倚門長望子細君應賦大刀頭

遊安樂寺陳妙音載酒

遶郭尋春未見花不知春在梵王家林閒新翠張裍幄席上殘紅當臉霞興逸持盃睨雲漢飲酣揮翰走龍虵主人不是陳驚座投轄歸時日巳斜

聞無逸兄下第歸

豐林分首各銷魂兄弟傷離况玉昆初謂過都

留虎脊文令點額向龍門往聞淮北雪花大歸值江南梅雨昏欲寄短書無別語年來花柳自村村

李簿家有侍兒妙麗善歌舞諸人惜其死爲賦詩予亦賦二首

草頭朝泣露溥溥樵歌暮歸丘壟寒當時座上客半醉琵琶不許近簾彈

郎子風流栖枳鸞枳上單栖泣夜闌窻前邂逅一笑粲夢中猶作在時看

久旱喜雨

誰言旱魃虐致奪雨師權漭漫谿流漲瀾翻屋霤懸占年豐穲稏快意滌袢延跡懶知何幸茅齋穩晝眠

植菊

憔悴靈均老蕭條子美醒飡英謀自絜摘蘂恨猶青事往成今古人亡尚典刑鄙夫今白鬓賴汝制頹齡

有懷如壁道人二首

道人詩思瀉江湍乞食侯門鋏屢彈蒲褐卧雲何處去不應投老累儒冠

每憶詩人賈閬仙投冠去學祖師禪塵埃不染心如鏡妙句何妨與世傳

寄王立之二首

坎壈脩門裏蕭條處士廬憎人玉川子憤世竹林書家有來禽帖門無載酒車諸公生死隔不是故人踈

舌本初傳強仍聞右臂枯經春一旬卧見客二兒扶吾道何寥闃夫君合洗蘇世無湔浣手藥味且時須

贈别董彦速四首

人間底處異蘧廬莫莫堂中豈定居我尚滯留君去速荒園三畝夢歸歟

多謝清風日掃庭與君同種菊青青開花爛熳君何在莫忘蕭條我獨醒

欣同衆鳥託吾廬投杖行當歎索居不是酸寒孟東野吾言能聽果誰歟

機事都捐憶大庭茅簷相對眼俱青期君别後文章健往吊沅湘屈子醒

次韻無逸兄見寄

憔悴誰能賦大招會將菌桂雜申椒巷南鄰里頻相過(往來諸友皆居吾廬之南)水北山人詎可邀(溪堂正在城北近與諸人賦詩欲招無逸)細酌敢謀長袖舞苦吟空詠寸岑遙耕耘賴有陶潛婦不羨孫郎對大橋

次汪信民寄無逸韻

詩翁索莫閑門居珍重山陽信不踈但報七言當玉案何須千里駕柴車樂天官滿應歸早揚子家貧只晏如他日往來隨二老共甘盂飯與盤蔬

送酥魚頭醬菜與何之忱三首

和蜜煎膏學雍酥兒誇甘味比醍醐老夫舌本

不知味強解嘲爲羊酪奴

放浪三江又五湖頭顱見醢亦何辜世無剛者不用覆往侑一觴隨蜜酥

甕底寒蔬冬作菹春來把酒必時須庾郎鮭菜二十七還得何郎下箸無

立夏日作四絶

雨脚連雲苦未收曉鶯池面日光流田家甑裹封蛛網即漸歌謡麥有秋

小簟含風六尺牀竹奴從此合專房吾身瓠落都無用占得山間一味涼

熨得絺衣一番新幅巾輕軟最宜人花時氣暖長愁夏竹裹風微又勝春

學作蒲葵扇未工手揮聊有古人風君王別用機中練定被南來長養功

寄劉世基用世基寄之恱韻

斲堊誰能鼻不傷虎賁何取似中郎吾人身健間何闊昨日書來喜欲狂華屋不存長念昔（用文靖事）金虵雖在莫干梁（用劉氏事）幾時燒燭留君語更向東窻置一牀

招李商老兄弟時聞權守陳公留之未聽其來

十年不見令兄弟眉宇長懷元紫芝栩栩夢䰟成獨往翩翩書札慰相思求舡貸馬事應速酌醴焚魚吾豈辭政恐孟公投轄飲惜君高論解人頤

次劉世基韻

孔世已傳三十八諸孫猶自見長身試將後謝追前謝豈料今人愧古人華子岡頭千疊秀劉郎詩律一朝新吾家碧澗紅泉句聊欲煩君作後塵

用前韻和董彦速

得句可傳千古意搜奇政苦百年身河梁贈別初無對錦里吟春復有人我已汗顏驚手縮君猶瓊樹賞朝新從今習氣須磨盡二字唯當悟客塵

夏日書事二首

蒼虬蟠礎濕生雲翠荇搖風水有紋涼卧北窻呼不省虫飛遶鬢夢中聞

雲峰矗立駐金鵶夢斷槐宮影未斜屏翳御風遊不返南山空轉向香車

余嘗會李商老於海昏識呂居仁於
符離今已五六年矣偶見二公唱和
詩各次其韻一首

憶昔逢君夜雪中高談未了酒尊空清漣綠篠
令輸我白璧黃金政負公渭水流清終異濁池
花變碧舊曾紅欲評此意君何在長是著茫立
晚風

右寄商老

維舟濁汴偶相逢彈鋏歸來四壁空耕道十年
甞九潦謀身一國自三公似聞諷諭能知白豈
伍興
但詩詞要比紅中國凜然生氣在故知郎子有
家風

右寄居仁

謝幼槃文集卷第六

謝幼槃文集卷第七

律詩

玉茗花二首

佳園昨夜變春容清曉驚開玉一叢素質定欺
雲液白淺粧羞退鶴翎紅似聞金谷初無種欲
畫鵝溪恐未工底事餘花避三舍孤高元有史
君風（謂魯公也）

騷人浪說麻源谷本在風流刺史家直與瑤林
共高徹可須梅影鬬橫斜芳尊莫待紅粧賞幽
艷長令烈士嗟憑仗邊鸞折枝手應宜展障玉
鵶叉

謾成

年來任運學騰騰愛酒還同醉李僧痛飲亡何
緣客至時穿不借遶村行簷間燕雀新聲好門
外池塘春水生曉起坐窻無一事捲書南望見
高稜

飲酒示坐客

身前不客作蟲臂身後何須留豹皮劬勞毋氏
生育我造化小兒經紀之牙籌在手彼爲得塊
石支頭吾所師偶逢名酒輙徑醉兒童拍手去

公癡

和季智伯金石臺不見舊題之作

瘞鶴書蹤逸少齊華陽長使後人迷姓名不得芙蓉手何用全牛捧硯題

復憶高人張季鷹每將杯酒勝榮名登臨叔手緣何事堙滅無聞一愴情

悼亡三首

舊聞林下趣既見即心降月冷同秋夢燈寒對夜窗孰知身是幻深念涕如江仰嘆朝飛雉微禽亦有雙

三公吾豈敢曾爲忍飢寒擬聽笭箵雨潛悲苜蓿盤煙雲昏壁月霜露殞香蘭佇立東風泣忘情良獨難

去作三泉隅來歸二載餘臨風還念汝傷女更憐渠顛頷衣圍減漂零鬢髮疎吾今多病久誰付茂陵書

呈無逸兄

漢儒章句文勝質曾國衣冠實愧名但遺詩書長在眼可令聲利苦關情咄嗟茗飲有時辦夢想溪堂何日成舟泊寒沙卧明月此期終欲與

君盟

示舍弟

蕭然環堵獨何有自謂過人唯一丘野性定爲滄海客妙齡須與道山遊江寒沙靜鵜鴣晚雲闊天低鴻鴈秋休歎烏衣成往事一尊相對且忘憂

寄桃鄰居士

桃鄰野客無消息寄食招提豈定居儻有龐公知德操何須程鄭識相如食魚他日勞彈鋏秖猗今人剩得車流落生涯俱寂寞因風時遣一

行書

寄無逸四首

三足祥烏曾集冠平生菽水奉親歡從今五鼎應無補不可奈何君自寬

聞說潘郎窘食貧何年會面慰艱勤北風如有齊安便爲報相思頻夢君

故園風物長如舊松栢參天六月凉岑寂北窗風雨夜獨吟詩句遶胡牀

浩蕩漳江瀉碧漪西山清絶助新詩好因歸鴈傳佳句要見羊何共和之

觀李伯時陽關圖二首

坐對丹青傷別離淚和朝雨想頻揮道邊垂柳年年在看盡行人長不歸

春草春波傷底事青青柳色最銷魂龍眠自有離家恨貌得陽關煙雨昏

秋興

雨闇千山暮風驚一葉秋朱顏傷露槿青眼賴沙鷗畏酒游揚夢因詩點染愁有懷誰與語多病獨登樓

聽曹道士彈琴二首

淡泊絲弦誰與聽試開塵匣寫幽情琴中自有無窮怨彈出騷離意外聲

小窗疏箔列仙家彈盡遺音晚景斜賀老當年定場屋虛將妙曲付琵琶

寒食出郊

水晴鷗弄影沙軟馬驚塵密竹斜侵徑幽花亂逼人深行聽格磔倦憩倚輪囷往事悲青塚年年芳草新

寄洪鴻父

兒時訪道漳江上燕雀群中見阿鴻南浦飛雲看盡棟北窗欹枕颯清風讀書長憶登山勝作尉聊甘食薺窮想見詠懷非一首鈎章棘句定能工

有懷潘子眞

冲和庵裏潘居士旅食京城久不還玉唾銀鈎長在眼瑶林琪樹未承顏大門曾是鄭嚴輩吾子却居夷惠間想見紅塵車馬底夢魂隨鴈過西山

食菜

道人眞是伊蒲塞頓頓園蔬入饌來紫芥寒菹参薤韭黄橙苦酒伴鹽梅蒸豚不羡貯人乳飯豆亦能羹芋魁但恐酪奴不解事攪令捫腹轉春雷

暮春二首

淄渠鳴玉雨成霖春草池塘數尺深後院落花人不到無聊獨下海棠陰

晚雨墻東暗綠槐清陰庭院鏁莓苔委堦紅藥將春去貼水青荷與夏來

春日黄梅花二首

臘梅初與雪爭妍素艷寒香亦可憐政使北風

吹得盡一枝金蓓始嫣然
傍人如笑不勝妍曾是尋芳向臘前縱使遊蜂
能拂掠含酸結子爲誰圓
梅花四首
姑射神遊閬九關水晶宮殿不勝寒下窺人世
生塵想故作梅花與俗看
清曉微開淺淺黃蕭疎無柰北風涼幽姿不許
人窺見故向寒林度暗香
薔薇露染玉肌香疎影寒光照野塘長使詩人
動幽興不妨桃李鬬春粧

冷香零亂點寒莎眼底愁生萬種多收拾餘芳
無處惜只傳佳句似陰何
送都仲獻
酒曹懷璧暫投閑俄許朱轓未賜環殿閣涼生
應在眼宮門騶唱合趍班鳳皇觀德翔千仞虎
豹窺人礙九關只恐蒼生傾望久未容投紱老
家山
寄題長沙高善時醉月堂
亂山岑秀繞湘壝君築茅堂底處村蠻國戈矛
眞夢幻醉鄉風露别乾坤平生不負南樓興何

日能同北海尊聊欲揮毫書楚些憑君招取獨
醒魂
與江君佐遊五福寺觀竹二首
老子平生與竹群清風洒濯勝三熏江郎定自
興不淺共打僧門尋此君
小池環插碧琅玕氣韻蕭蕭梢六月寒一夜清霜
群木落獨留孤節與君看
吴彩鸞寫眞
天上鳳皇難獨宿人間翡翠本雙棲丹青不與
文蕭共誰遣雄東迷雀西

戲詠鼠鬚筆
編須捋取蝟毛磔栽管縛成雞距長誰言鼠輩
不足齒也復論功翰墨場
山間四首
籬落秋花未得霜嫣然一笑媚秋陽可人風味
撩詩興不記姚家宮様黃
野老緣岡拾墮樵溪童收網度横橋高懷盡在
行歌裏豈信人間有市朝
未羨顔生樂一簞一箇平縣罄若爲歡有田如使
楊雄足亦學前賢在澗槃

舉按齊眉老孟光隱居無計可須忙殘年但使
糟牀注欲付生涯與醉鄉

移松二首

古貌蒼髯十八公巍巍獨出衆材中朝來挽致
茅堂下爲我商量送好風
河出崑崙派九州屹然砥柱立中流蒼松若比
丘山重豈但回頭費萬牛

次韻吳氏載告別覓酒二首

君詩起予者百遍爲君開世俗唯何甚予心不
可諧獨思南去㸃衆欲北之回何處可休影期
君歸去來
齊下老從事相逢青眼開有朋方悃款得汝更
詼諧老興此非淺後車君與回嘉蔬實空缾併
遣木奴來

偶書二首

大儒讀書如布穀小儒據几如王孫道人竟日
無一事臥看前江煙雨昏
平生蹇吃不解語終日坐窻從客嘲他年誤使
登要路定被人譏無口匏

題陳先生華山高臥圖

落葉開花秋復春睡中榮悴豈關身那知五起
雞三唱亦有寒窻不寐人

和董彥光立春日二首

梅蕊飛翻柳色新雪泥乾盡已成塵愁看節物
獨驚眼醉吐詩詞君可人藜杖應門原憲病鸘
裘貰酒茂陵貧朝來似有飛揚意可但無情草
木春
交情自昔白頭新富貴移人或望塵顧我喜求
方外士得君端是眼中人謫仙詩富舊無敵東
野囊空今不貧已遣摻摻縫古錦共搜佳句賞
新春

彥光示詩有釋氏之語復次韻

歷眼浮榮逐日新誰知澄寂本非塵吾曹例作
區中士此味全輸世外人空裏華生均是病衣
中寶在卻憂貧是間枯淡君姑置且辦芳尊醉
早春

何之忱用前韻示詩復次韻

揚子牢愁更美新賈生悲鵩在承塵忘懷久已
栽萱草行樂尤欣見玉人邂逅題詩聊可意平
生嗜酒豈憂貧明年剩作顛茫計劇飲狂歌莫

負春

從陳妙音覓酒二首

雪窻癡坐撥寒灰萬斛清愁埽不開排遣此懷將底物憑君催送麹生來

長恐閨人抱頸羞何當更脫鷫鸘裘試煩郎子傾家釀不用平原老督郵

次韻董彦孚獨卧逸堂之句

遠舍檀欒五月凉歲寒高節亦難忘期君鴻鵠應高舉顧我蚍蜉豈自量索價舊曾睎少室荷鋤猶可繼柴桑虛堂若許連牀卧待看風吹細

細香

送黄楷與彦孚二首

殘臈才經一番霜青青三寸作金黄故園兄弟懐思我特地分甘到草堂

手折奇葩遺細君更思持送逸堂人甘寒定可錦繡口看吐新詩泣鬼神

過金山下作

揚子江中風浪生小舟如葉任欹傾槳摇齊指金山寺霧暗初疑鐵甕城絶頂迥分雙塔秀層樓危立一僧清他年來訪結庵地吾與此江春

水盟

獨登有美堂

龜趺雙跱日星懸讀罷憑欄心浩然繚繞峰巒浮野色參差樓閣起晴烟湖光淨照山間寺江浪遥連海外天安得翰林風月手一時摹寫入詩篇

雨中漫成四首

東風渾作勒花寒寂寞林塘不受看玉版鶴翎俱未識梨梢空有淚闌干

向老逢春懶問花惡風吹雨故斜斜一城桃李

應飄盡不到城南韋杜家

一樹山礬宫様黄曉風微送雨中香鼻端空寂誰知許莫恠雄蜂取次狂

纔見花飛掃不開只今青子落莓苔當時一笑冰雪面曾動揚州詩興來

送王山人

秋風蕭瑟賦歸歟此去懸知食有魚我亦羨君無奪牂長沙終負過秦書

謝幼槃文集卷第七

附：薈集辨證《全宋詩》暨諸家研究

《全宋詩》關於謝薖詩作之誤

《全宋詩》重出謝薖詩爲他人詩四首

陳新等《全宋詩訂補》考證一首：《全宋詩》卷一三七六頁一五七八九録謝薖《採金櫻子》，又見册七二卷三七五三頁四五二五四據《全芳備祖》後集卷三一輯補姚西巖《金櫻子》，實謝薖作。

陳小輝《〈全宋詩〉晏殊、謝薖、謝逸、李彭詩重出考辨》（載《山東理工大學學報》社會科學版，二〇一七年第二期）考證三首：①《全宋詩》册二二卷一三〇四頁一四八二四録謝逸《三益齋詩》，又見卷一三七二頁一五七六三謝薖《三益齋》，僅幾字異，此詩載宋刻《竹友集》，當爲謝薖作，參謝逸。②《全宋詩》卷一三七四頁一五七八一録謝薖《竹友軒》，又見册三五卷一九六六頁二二〇一三陳棣《題竹友軒》，僅幾字異，宋刻《竹友集》卷三録謝薖此詩，而陳棣詩乃清四庫館臣據《永樂大典》輯爲《蒙隱集》二卷，此詩載《蒙隱集》卷一，從版本學角度看，此詩當爲謝薖詩。③册七二卷三七六四頁四五三九五據《詩淵》册一頁一五二輯補謝安國《次韻智伯寄茶報酒三斗》，又見卷一三七七頁一五七九九謝薖《次韻季智伯寄茶報酒三解》之一，僅幾字異，宋刻謝薖《竹友集》卷六已録，當爲謝薖詩。

《全宋詩》重出他人詩爲謝薖詩一首

陳小輝《〈全宋詩〉晏殊、謝薖、謝逸、李彭詩重出考辨》考證：《全宋詩》册二二卷一三〇七頁一四八五〇録謝逸《春詞》，其三又見卷一三七八頁一五八一三録謝薖《春閨》，僅幾字異，實謝逸作，詳謝逸。

《全宋詩》誤補他人詩句爲謝薖詩一條

陳小輝《〈全宋詩〉晏殊、謝薖、謝逸、李彭詩重出考辨》考證：《全宋詩》卷一三七八頁一五八一三輯補謝薖《洗墨池》，實謝逸《右軍墨池》詩句，詳謝逸。

誤補《全宋詩》未收謝薖詩一首

楊玉鋒《二〇〇五年以來〈全宋詩〉輯佚成果文獻綜述》（載《華北電力大學學報》社會科學版，二〇一七年第六期）考證：左國春、堯娜《以〈弘治撫州府志〉補遺〈全宋詩〉》（載《現代語文》，二〇一五年第三十一期）據弘治《撫州府志》卷四輯補謝薖《鳴玉泉》。楊玉鋒指其誤補，殆並非佚詩，已見卷一三七七頁一五七七八謝薖《秋日登鳴玉亭》。

二〇、夏倪

夏倪（？—一一二七），原名侔。字均父，江西德安人。家世官宦，饒財好學，嘗寓居蘄春、襄陽（皆屬湖北）。歷府曹，宣和元年（一一一九）左遷祁陽監酒，終官九江知州。工詩，從姻親黃庭堅交遊唱和，又與饒節、王直方、林子仁、吕本中、曾紘、釋覺範交善唱酬，本中稱之「文詞富贍，儕輩少及」。著有《遠遊堂集》二卷。《全宋詩》於夏倪行實至簡，未録生卒年。考吴曾《能改齋漫録》卷一〇《江西宗派》稱夏倪「既没六年，當紹興癸丑二月一日，其子見居仁嶺南，出均父所爲詩，屬居仁序之」。則可推夏倪卒於靖康二年（一一二七）。吕本中（居仁）《夏均父詩集序》曰：「吾友夏均父，蘄人也。」《全宋詩》小傳亦稱夏倪蘄州（今湖北蘄春）人，又謂夏倪爲夏竦孫，《中國詞學大辭典》等皆同。《蘄春歷代詩萃》（蘄春縣縣志編纂委員會辦公室編，湖北人民出版社，二〇一九年）亦謂蘄州城人，並稱夏倪祖父竦通判蘄州（按：誤，應是知黃州）時，留一支脈居蘄州。然《全宋詩》册三卷一五五頁一七六三夏竦（九八五—一〇五一）小傳記夏竦爲江州德安（今江西九江德安）人，祖孫籍貫不一，甚不相宜。夏竦，《宋史》本傳稱其與其子安期均爲江州德安人，康熙《德安縣志》卷六《辟薦》作德安新興上鄉人，其爲德安人無疑。《宋才子傳箋證·北宋後期卷》（傅璇琮、張劍主編，遼海出版社，二〇一一年）曰：「倪理應爲德安人。然自宋以來，俱作蘄人。……倪曾祖承皓，祖竦，父則無考，疑即安期。」又，宋釋覺範《予頃還自海外夏均父以襄陽别業見要使居之後六年均父謫祁陽酒官余自長沙往謝之夜語感而作》（《石門文字禪》卷五）詩題示夏倪在襄陽有别業，《蘄春歷代詩萃》所謂夏竦知黃州時留一支脈居蘄州可能有誤，或夏倪徙居蘄州。又，袁燮《秘閣修撰黃公行狀》（《絜齋集》卷一四）記黃庭堅從侄霦娶夏倪女兒爲妻，則夏倪與黃庭堅爲姻家。

《直齋書録解題》卷二〇録夏倪《遠遊堂集》二卷，乃入《江西詩派》者，佚。今存《兩宋名賢小集》卷六八所載《五桃軒詩集》一卷五首。《全宋詩》册二二卷一三一八頁一四九六六至一四九七〇據《五桃軒詩集》輯録五首，末附輯佚詩十四首、殘句二十條。今據國家圖書館藏文津閣《四庫全書·兩宋名賢小集》本影印。

五桃軒詩集一卷

舊題陳思編

文津閣四庫全書兩宋名賢小集本

原版框高二十二點三釐米，寬十五點三釐米

中國國家圖書館藏

兩宋名賢小集卷六十八

宋 陳思 編
元 陳世隆 補

五桃軒詩集

夏侻字均父蘄州人英公之孫宣和中自府曹左官祈陽監酒有遠遊堂集

題宗室永年畫犬圖

公子朝回玉宸裏戲弄丹青歌扇底興來貌寫到濃絮

拳尾如搖欲投背豐顱闊腋偉骨相縱逸未饒盧鵲駛庭除夜開春尚寒屈蔵短喙眠朝曦其一猧猧口若吠欲前却立客在門俗言犬馬最難畫衆所共識誰面謾非如鬼物隱幽耿反覆醜好懸毫端紛紛衆史坐嘆息筆仗突兀不可扳乃知心匠本神授以心運手不作難我家敗屋依破垣偷兒踏瓦驚夜眠四壁雖如長卿第舊物猶存子敬氊就君乞取挂墻壁端能警我窺窬客

跋聚蟻圖

紛然蠡臂蟻爭環付與高人一解顏不待南柯婚宦畢始知身寄大槐間

和王子飛題李伯時畫列子御風圖

道師形氣合于無八極超搖得自如知我御風風御我長袪獵獵自乘虛

次韻題歸去來圖

堦亭午景覔槐陰空齋初罷戲五禽沔州太守致音問

啟讀乃有歸來吟先生抱道肯乞憐凛凛有面方如田何能為此五斗粟折腰鄉里小兒前顧視銅章等涕吐賦歸唾詞如涌泉龍眠居士歎豪逸想像明窗戲拈筆翁忽英姿來筆下如恐起起將羽化吁嗟能事詎可疇一見公詩如見畫惜哉道遠莫可致強欲賡酬抽鄙思韻絕難追神易倦使我空然汗顏面他日從公會借觀錦囊捧出春筍寒

次韻漢陽蔡守題陽關圖

君不見季子敝盡黑貂裘一生車轍環九州使之負郭有二頃未必肯相六國侯此郎亦復何為者浪自出入不肯休東風夾道羅供帳倚馬欲行那得上綠尊翠勺浩縱横四坐哀歌互酬倡陰雲漠漠天四垂行子多著短後衣金羈滴瀝鳴翠弭負觽蹶倒從盧兒漁舟微茫出浦溆遠山無數迎修眉傾曦馱醉出關去縱有離愁渠得知長安春色濃如酒乃向斯時别親友可憐兒女浪若辛奔走功名逮華首濁醪百榼胸崔嵬暮色慘慘羈鴻哀羊腸鳥道天尺五爾獨胡為來此哉水有蛟龍獰口哯陸有兕虎潛巖隈嗟爾遊子不顧返富貴有時終自來

兩宋名賢小集卷六十八

附一：輯補《全宋詩》失收夏倪詩作

栽竹

淇園苗裔獨修修，草木中爲第一流。會見他時撼風雨，伴君蕭瑟賦悲秋。出《續新編分類諸家詩集·草木類》。

次韻趙守中春日

翠袖分鑣日欲斜，兩行腰皷貼金花。路人指點公歸處，十朵姚黄壓帽紗。出《續新編分類諸家詩集·遊覽類》。此據室町寫本録。江户初寫本「韻」作「員」，「鑣」作「鏕」，「歸」作「皈」，「壓」作「厭」。

次韻九兄舟中

身從烟際牽漁父，耳到城邊悲暮笳。可是一舟無著處，夜深風雨倚蒹葭。

次韻九兄舟中

仰看斗柄辨東西，深下牂牁宿釣磯。多謝秋風一千里，爲吹歸夢到蘭溪。以上二首，出《續新編分類諸家詩集·雜賦類》。

以上四首，卞東波《域外漢籍中所見宋代江西詩派新資料及其價值》（載《海南大學學報》人文社會科學版，二〇一四年第四期）輯補。

詩

欒城去聲色，老坡但稱快。嗚呼二法門，近古絶倫輩。出《困學紀聞》卷一八。《全宋詩輯補》輯補。

句

堂堂文莊公，事業何峥嶸。出劉克莊《江西詩派小序》。韓立平《〈全宋詩〉補遺八十則》（載《中國韻文學刊》，二〇一〇年第三期）輯補。

附二：薈集辨證《全宋詩》暨諸家研究《全宋詩》關於夏倪詩作之誤

《全宋詩》誤補他人詩句爲夏倪佚句一條

朱騰雲《〈全宋詩〉誤收唐詩考辨》（載《河南大學學報》社會科學版，二〇一二年第二期）考證：《全宋詩》册二二卷一三一八頁一四九六九録夏倪「天寒霜雪繁，游子有所之」句，出呂本中《紫微詩話》，然《紫微詩話》謂「夏均父倪文詞富贍，儕輩少及。嘗以『天寒霜雪繁，游子有所之』爲韻，作十詩留别饒德操，不愧前人作也」，顯然「天寒霜雪繁，游子有所之」爲前人作，實杜甫《赤谷》首二句，見《九家集注杜詩》卷六、《唐詩品彙》卷七、《全唐詩録》卷二五等。

二一、林敏功

林敏功（一〇四〇—一一二五），字子仁，號蒙山、松坡，湖北蘄春人。年十六，以《春秋》預鄉薦，下第歸，杜門不出二十年。徽宗初詔徵不赴，政和七年（一一一七）賜號高隱處士，視朝散大夫，旌表門閭，與弟敏修隱居終老，世號二林。博通五經，尤長於詩。黄庭堅贊其詩。與夏倪、饒節、潘大臨、謝逸、李彭等交善唱酬。著有詩文百卷千餘篇，號《蒙山集》（又名《松坡集》），又有《高隱集》七卷、《東坡詩注》一卷。關於林敏功生卒年，《全宋詩》小傳等多未記録，張梁森《蘄春古今文史資源概述》（《蘄春文史資料》第七輯，一九九九年）稱「生於宋仁宗康定元年（一〇四〇），卒於宋徽宗宣和七年（一一二五）」，史智鵬《從〈江西詩社宗派圖〉説起》（載《黄州史話》，即《黄岡文史資料》第七輯，二〇〇四年）同，兹無他據，姑從之。又，《全宋詩》小傳等多稱哲宗元符末，詔徵林敏功不赴，伍曉蔓《江西宗派研究》（巴蜀書社，二〇〇五年）考證繫年哲宗元符末有誤，應是徽宗初，殆蔡卞於元符三年五月因任伯羽、陳瓘等彈劾免職，以祕書少監分司池州（治今安徽貴池），建中靖國元年十一月，召知樞密院事。故蔡卞被詔訪林敏功事應繫之建中、崇寧年間，而非元符末。張梁森《蘄春古今文史資源概述》又稱《宋史·藝文志》著録林敏功還著有《杭州圖考》一卷、《東坡詩注》一卷等，然檢《宋史·藝文志》並未見載，惟《東坡詩注》，伍曉蔓《江西宗派研究》考之有編年蘇詩注本，已佚，今《集注分類蘇東坡先生詩》中存其注六百餘則。

《後村集》卷二四《江西詩派小序·二林》謂曾端伯作《高隱小傳》稱敏功有詩文百二十卷，今所存十無一二，《宋史·藝文志》録「《林敏功集》十卷」，或即其詩文《蒙山集》之餘。《直齋書録解題》卷二〇録其《高隱集》七卷，乃入《江西詩派》者。其集成卷者已無傳本，《全宋詩》册一八卷一〇七四頁一二二二六至頁一二二二九據諸書輯録詩八首、殘句五條。

附：輯補《全宋詩》失收林敏功詩作

送梅花贈蒲元禮

官梅雖近有誰知，渠共詩人似有期。記得去年携酒處，竹間初折半斜枝。

探梅

庾嶺經由（此據江户初寫本，室町寫本作甸）九月時，南人已説探梅遲。江淮地冷（室町寫本作寒）君休笑，歲歲清香雪壓枝。以上二首，出《續新編分類諸家詩集·草木類》。卞東波《域外漢籍中所見宋代江西詩派新資料及其價值》（載《海南大學學報》人文社會科學版，二〇一四年第四期）輯補。

絶句

柳綿輕薄事狂遊，長被東風舞未休。秋桂邃然居月府，出問何地不香浮。出《藏一話腴》卷下。《全宋詩訂補》輯補。

二二、潘大觀

潘大觀，字仲達，湖北黄岡人，布衣。與兄大臨皆有詩名，號爲二潘。與蘇軾、黄庭堅、張耒交遊唱和，又與李彭等交善唱酬。

今所見《直齋書録解題》等宋以來史志書目、載籍俱未見録有潘大觀詩集或詩作，故《全宋詩》暨後之著述亦未見録其詩作。

一二三、何顗

何顗，字人表，一字次仲，號迂叟，以行十三而又稱何十三。黄州（今湖北黄岡）人。從黄庭堅、陳師道學，能詩。與洪芻兄弟、李彭等交善唱和。《全宋詩》未録其人。史志與學界因吕本中《江西詩社宗派圖》原本不存，故對何顗其人一直不甚了了，甚至莫衷一是。以現有史料和研究來看，何顗，或作何覬、何顒、何頡之。現存最早記録《江西詩社宗派圖》内容的是紹興十八年胡仔所著《苕溪漁隱叢話》，其前集卷四八作「何覬」，宋人魏慶之《詩人玉屑》卷一八、宋佚名《氏族大全》卷七、《萬姓統譜》卷三四等亦作「何覬」；宋人祝穆《古今事文類聚别集》卷一〇、宋佚名《氏族大全》卷二、宋人李劉《四六標准》卷一二、明人彭大翼《山堂肆考》卷一二七、清人王士禎《居易録》卷一七等作「何顗」；宋人劉克莊《江西詩派總序》（《後村集》卷二四）作「何人表顒」，即「何顒」，元人馬端臨《文獻通考》卷二四九引《江西詩派總序》亦作「何人表顒」。然今人謝思煒《吕本中與〈江西宗派圖〉》（載《文學遺産》，一九八五年第三期）推測何覬或何顒皆何頡之誤，入吕本中《江西宗派圖》之何即何頡，與何顒爲兄弟。周裕鍇《何頡考》（載《九江師專學報》哲學社會科學版，一九九一年第四期）進一步論述《江西宗派圖》之何必定是何頡（並考何頡生於熙寧六年，一〇七三），而不是何覬、何顗、何顒。謝、周文推論顯得過於牽强。伍曉蔓《北宋末山谷後學重整合與〈江西宗派圖〉》（載《文學遺産》，二〇〇五年第四期）則又據成書於南宋的《分門集注杜工部詩》卷首「姓氏」著録「何氏覬（人表）」，《集注分類東坡先生詩》卷首「姓氏」亦著録「何氏覬，字人表」（皆見《四部叢刊初編》本），認爲所謂「何覬」、「何顒」，所指爲同一人，即黄州詩人何頡的弟弟「小何」字「人表」者。黄庭堅《寄何人表》，李彭《何生用韻寄復答之兼示小何》、《戲何人表》等詩，就是與他的唱酬。又據祝尚書提示，「顒」字有「大」、「嚴肅端正」、「景仰」義，與「人表」義合，符合古人依名命字的習慣；又何頡之名「頡」，舊名「頏」，與「顒」字同從「頁」，「覬」字卻從「見」。「小何」既字「人表」，又爲何頡之弟，當名「顒」而非「覬」。此論更加貼近事實。惟伍文不及「何顗」之説，「顗」有「安静」、「莊重恭謹」之義，與「人表」亦近，而黄庭堅《謝何十三送蟹》（《四部叢刊》影印宋乾道刻《豫章黄先生文集》卷八）詩題注何十三名「顗」，殆即黄州二何之小何，即何頡之弟。《全宋詩》册二〇卷一一九三頁一三四九六據宋人吴曾《能改齋漫録》卷六録何頡之《和韓子蒼游赤壁》，然所引《能改齋漫録》明示韓駒「作詩示何次仲迂叟，次仲和答」，而《全宋詩》何頡之小傳並無「次仲」、「迂叟」之説，顯係誤録。檢《能改齋漫録》卷六《赤壁棲鶻》，但云「何次仲迂叟」作，並非何頡之作。惟周裕鍇《何頡考》稱引宋人張邦基《墨莊漫録》

卷九作「何頡斯舉」作，謂「證之以曾慥《百家詩選》何頡號樗叟，樗和迂音近，疑迂叟爲樗叟之誤，何次仲即何頡」。此説過於牽强，殆「樗」和「迂」聲母不同，字次仲説明排行不居長，且與「頡」義可以對應。又，《苕溪漁隱叢話》後集卷二八據《復齋漫録》亦作「何次仲」作，清人潘永因《宋稗類鈔》卷二〇同；清人厲鶚《宋詩紀事》卷四二則作「何迂叟」，謂「迂叟，字次仲，黄州人」。宋人黄䔒《山谷年譜》卷二九於此詩云：「按蜀本《詩集》注云：『何十三當是何頡之斯舉，或其弟兄。頡之，蓋黄州人。』《集》中又有三詩見於《修水集》者，亦附見，其一《又借答送蟹韻並戲小何》云云，其二《代二螯解嘲》云云，其三《又借前韻見意》云云。今《豫章集》皆不載，今併附見。何十三名覬。」可見何覬、何顒、何頡及疑似何頡之説，宋時已有。然則所謂江西詩派中「何覬」、「何頡」、「何顒」殆即一人，且以「何頡」更近事實，但絶非「何頡之」。

今所見《直齋書録解題》等宋以來史志書目、載籍俱未見録有何頡詩集或詩作，故《全宋詩》暨後之著述亦未見其詩作。

附一：輯補《全宋詩》失收何顗詩作

和韓子蒼登赤壁磯

兒時宗伯寄吾州，諷誦高文至白頭。二賦人間真吐鳳，五年溪上不驚鷗，蟹嘗見水人猶怒，鶻有危巢孰敢留。珍重使君尋故迹，西風悵望古城樓。《能改齋漫録》卷六：「東坡謫居於黃五年。赤壁有巨鶻，棲於喬木之上，後賦所謂『攀棲鶻之危巢，俯馮夷之幽宮』是也。韓子蒼靖康初，守黃州，三月而罷。因游赤壁，而鶻巢已亡，作詩示何次仲迂叟……次仲和答云云。」編者據補。《全宋詩》册二〇卷一一九三頁一三四九六據《能改齋漫録》卷六作何頡之撰。誤。辨證見本編小傳及附二。《苕溪漁隱叢話》後集卷二八據《復齋漫録》亦作何次仲作，惟詩句中「溪上」作「江上」，「嘗見」作「當見」。又詩題，《全宋詩》擬作《和韓子蒼游赤壁》，韓駒詩見録於《陵陽集》卷三，題作《登赤壁磯》，《全宋詩》册二五卷一四四一頁一六六二二已收録。今據韓駒詩題重擬此詩題。

附二：薈集辨證《全宋詩》暨諸家研究《全宋詩》關於何顗詩作之誤

《全宋詩》誤何顗詩爲他人詩一首

編者考證：《全宋詩》册二〇卷一一九三頁一三四九六據《能改齋漫録》卷六録何頡之《和韓子蒼游赤壁》。誤。《能改齋漫録》卷六：「東坡謫居於黃五年。赤壁有巨鶻，棲於喬木之上，後賦所謂『攀棲鶻之危巢，俯馮夷之幽宮』是也。韓子蒼靖康初，守黃州，三月而罷。因游赤壁，而鶻巢已亡，作詩示何次仲迂叟……次仲和答云云。」知此爲何次仲詩。張邦基《墨莊漫録》卷九作「何頡斯舉」作，詩句略同，亦誤。較張著早之胡仔《漁隱叢話》後集卷二八據《復齋漫録》亦作「何次仲」撰，《宋詩紀事》卷四二、潘永因《宋稗類鈔》卷二〇皆同。

二四、王直方

王直方（一〇六九—一一〇九），字立之，號歸叟，河南密縣人。家世簪纓，娶宗室女，以假承奉郎監懷州酒税，尋易冀州糴官，累月投劾歸。居汴梁别墅十五年，晝夜讀書，手自傳録；好賓客，喜從蘇軾、黄庭堅遊，與陳師道、洪朋、饒節、謝逸、謝薖、潘大臨等諸賢士交善，往復唱酬。平生慕義樂善，視朋友疾病死喪，力竭勢窮而無厭倦意；病中取平生所得書籍、圖畫、古器，散之四方朋友無遺。著有《歸叟集》一卷。又有《歸叟詩話》（又名《王直方詩話》、《蘭臺詩話》、《詩文發源》）六卷，傳本爲一卷本；民國間，郭紹虞輯得三百零六條，編入《宋詩話輯佚》卷上；今人羅根澤並得四百四十五條，除去重複，餘二百八十二條，仍編爲六卷（據《中國文學批評史》，羅根澤著，商務印書館，二〇一七年）。

《直齋書録解題》卷二〇録直方《歸叟集》一卷，乃《江西詩派》本，佚。《全宋詩》册二二卷一三一五頁一四九三九至一四九四〇輯録其詩五首、殘句一條。

二五、釋善權

釋善權，字巽中。俗姓高，洪州靖安縣（今屬江西宜春市）人。以骨骼清癯，人稱瘦權。家世詩禮，少出家，師從邑内寶峰寺應乾禪師，爲南嶽下十四世、黄龍慧南三傳弟子。雲遊京師、吴中等地。乾道間，住持靖安雙林寺，常住廬山佛寺，惠洪稱其「以高才卓識振於叢林，一時賢士大夫加手足之敬」。落魄嗜酒，工詩，與饒節、釋惠洪、謝逸等交善唱酬。著有《真隱集》三卷。惠洪稱其詩「下筆豪特之氣凌跨前輩，有坡、谷之淵源。……句法如徐季海之字，字外出骨，骨中藏稜」。

《直齋書録解題》卷二〇録善權《真隱集》三卷，乃《江西詩派》本，佚。《全宋詩》未收釋善權詩，但於册七二卷三七四〇頁四五一〇九録「權巽」《石門山》、《寄靖安令》詩二首，無小傳。善權詩無成卷傳世者，今見《增廣聖宋高僧詩選後集》卷下載善權詩十五首，可充一卷，乃據中國國家圖書館藏影鈔宋《增廣聖宋高僧詩選後集》本影印。

善權詩十五首

陳起編

汲古閣影鈔宋增廣聖宋高僧詩選後集本

原版框高十七點九釐米，寬十三點一釐米

中國國家圖書館藏

增廣聖宋高僧詩選後集卷下

善權十五首

寄懷仙上人

幽谷山前看卷衣石頭城下寄禪枝相望幸有一日雅命駕可無千里期鷗鳥不驚機事息鯉魚多故尺書遲何年白髮同丘壑瓦甑時將玉稻炊

陪王性之遊東西林

折簡招呼出暝嵐暫將彌勒不同龕後車載我遊山北前導因君作指南曉徑共飛靈運屐夜牀重對阿戎談宗雷舊社無人嗣謾試聰明一勺甘

洪崖橋

水發香城源渡澗隨曲折奔流兩崖腹洶湧雙石闕怒翻銀河浪冷下太古雪跳波落丹青勢盡聲自歇散漫歸平川與世濯煩熱飛梁瞰虛碧洞視竦毛髮連峯翳層陰老木森羽節洪崖古仙子鍊秀擣殘月丹成已蟬蛻井臼見遺烈我亦辟道山浮盃愛清絕攀松一舒嘯靈風被林樾尚想騎雪精重來歃芳潔

王瞻明蔡東老江全叔訪余圓通精舍且日相與杖屨步層巘臨絕壑藉草掬泉會飲于龍泓之上嬉笑諷詠甲夜忘返此樂不世有也釋氏子善權與焉因成古風以敘一時勝集耳

王郎幹國器學古志孔周新詩亦餘事氣已吞曹劉蔡侯富經術筆力追驊騮飛騰得良御咫尺畧九州江子忠孝裔瞭焉見清脩危言驚四座武庫森戈矛翩翩三公子訪我廬山幽相逢喜折屐共欵澗谷遊是節過梅雨涼風回麥秋千林散霏煙萬壑湧碧流携手臨虎穴褰裳度龍湫藉草翳松竹挹泉洒芳柔試作文字飲咄嗟具盤羞酒酣外天地主客遺獻酬險語正激烈長歌伴牢愁吾徒故不飲絕倒消煩憂落日吼蒼兕明月浸紅榴華燭照歸路殘鍾殷層樓人生行樂耳一醉豈易謀公看功名骨千載聞古丘

山中懷養直因次王性之韻兼簡東溪可師

不見蘇季子長吟碧江曲桂影蘸煙波凉飈度

喬木此郎天與才筆挾風雨速經營萬物表咳
唾落珠玉何爲廊廟姿抱獨向山谷晚雲低蕙
帳初日明雪屋知君有奇尚窮達均一目欲提
折脚鐺共煑東溪蕨

次韻酬初上人

少懷青霞志雅意從祝髮法潜吾所師蓬户等
珠闕蒿萊破三徑興寄餘七發病軀猶寒松凜
凜露踈骨江鷗頗相知容與初不没之子吴國
秀外澤中欲訥揺毫寫風煙敏捷過霜鶻高情
貫溟涬妙理窮法窟報章久不嗣魯鈍庸敢忽

但願針芥投孤圓指心月

送法仁上人

道人山南來訪我山北麓跫然慰幽憂喜氣拂
庭竹逸韻凌層霄雙眸烱明玉妍談起衰懦萬
籟發空谷自言厭行李旅食歲月促久辞恵山
泉夢遶漪瀾曲只今且扁舟思飲毫椀渌别袂
挽莫留歸心暮雲速此生何所似江海兩浮木
縱浪浩渺中邂逅一相觸風波忽漂蕩後會那
可卜新詩儻不遺願寄南飛鵠

山中秋夜懷王性之

風雨一葉秋北窻夜初永候蟲鳴空堦蝙蝠挂
藻井龕燈照癡坐苔壁印孤影試觀鼻端白粗
了虚幻境萬事皆浮休百年政俄頃學詩寒山
子造語少機警故人王文度襟韻獨秀整間棠
吐佳句恵好灼衰冷何當翳華芝飛步樾林嶺
携手剡荆薪歡言饌湯餅長嘯凌紫煙同升妙
峯頂

同王性之遊西林有老衲畜一碧壺制
作甚古把玩久之性之求得欲以相寄
復爲瞻明所奪戲作此

玩物有喪志達人自觀生臭腐與神奇同出而
異名是身等疣贅身外安足營厭看珠玉場竟
作水火爭况此枯塚物視若鴻毛輕山家一題
評取予紛奪傾奇計先趙壁拙謀笑秦城誓將
鐵如意碎與瓦礫并寄聲弄丸子解此兩不情

次韻酬養直

氷雪照人蘇季子幅巾短褐在山林胷中涇渭
自泒别砌下桃李成清陰珠藏老蚌夜光逸豹
隱南山春霧深軒冕儻來初不計要從僧榻坐
觀心

再遊廬山

聞道猶稊米駕言事南求百城走風煙餅錫半九州年華去何極齒髮逝不留是身萍無根雪浪從掀浮得坎忽自止此生亦安休康廬昔所經未暇窮深幽回首食宿地歲星行一周林間訪耆舊太半即古丘五老如故人相逢更綢繆仍要木上座共結無情遊

仁老湖上墨梅

會稽有佳客適軸媚考盤軒裳不能榮老褐圍歲寒婆娑弄泉月松風寄絲彈若人天機深萬

象回筆端湖山入道眼島樹縈微瀾幻出隴首春踈枝綴氷紈初疑暗香度似有危露溥縱觀煙雨姿巳覺齒頰酸迺知淡墨妙不受膠粉殘爲君秉孤芳長年配崇蘭

送墨梅與王性之二首

道人筆下有春色寫出江南雪壓枝千里持來煩驛使暗香不減隴頭時

眼底春光回隴首雪中踈影落平湖政須送與王摩詰對着輞川煙雨圖

送崇上人之湘中

雪照赤藤杖梅飄白氎巾三湘寒浸月七澤渺含春物色騷人思煙波衲子津天南有回鴈帛信莫因循

原書本葉自第四行始爲梵崇詩。

附：輯補《全宋詩》失收釋善權詩作

石門山在靖安縣北

茲山甲天下，葱翠自開闢。石磴緣空青，新營眩金碧。同治《靖安縣志》卷一四於後二句作「石磴空自清，峰巒映金碧」。

寄靖安令

嵯峨幽谷山，寂寞彭澤令。絶境空自奇，高標岌相映。同治《靖安縣志》卷一四於詩題作《繡谷》，前二句作「嵯峨繡谷山，寂寞此中冷」。以上二首，《全宋詩》册七二卷三七四〇頁四五一〇九據《輿地紀勝》卷二六《江南西路·隆興府》録作「權巽」詩，未爲「權巽」立傳。趙一生點校《輿地紀勝》本（浙江古籍出版社，二〇一二年）亦作「權巽」。朱剛、陳珏《宋代禪僧詩輯考》（復旦大學出版社，二〇一二年）引周裕鍇《宋僧惠洪行履著述編年總案》考證：「權巽」爲「權巽中」之訛，二首當歸釋善權。編者按：此説無誤，此二詩見同治《靖安縣志》卷一四，俱作釋善權作。高志忠、張福勳《〈全宋詩〉補闕——補詩人、補詩事、補詩評》（商務印書館，二〇一八年）據舒邦佐《雙峰猥稿》卷九《真隱詩集序》補詩人「權巽中」，殆不知即善權。

寄懷仙上人

幽谷山前看卷衣，石頭城下寄禪枝。相望幸有一日雅，命駕可無千里期。鷗鳥不驚機事息，鯉魚多故尺書遲。何年白髮同丘壑，瓦甑時將玉稻炊。

陪王性之遊東西林

折簡招呼出暝嵐，暫將彌勒不同龕。後車載我遊山北，前導因君作指南。曉徑共飛靈運屐，夜牀重對阿戎談。宗雷舊社無人嗣，謾試聰明一勺甘。

洪崖橋

水發香城源，渡澗隨曲折。奔流兩岸腹，洶湧雙石闕。怒翻銀河浪，冷下太古雪。跳波落丹青，勢盡聲自歇。散漫歸平川，與世濯煩熱。飛梁瞰虚碧，洞視竦毛髮。連峰翳層陰，老木森羽節。洪崖古仙子，鍊秀搗殘月。丹成已蟬蜕，井臼見遺烈。我亦辭道山，浮盃愛清絶。攀松一舒嘯，靈風被林樾。尚想騎雪精，重來飲芳潔。《宋詩紀事》卷九二題作《洪井》，「銀河」作「銀漢」；「井臼」作「藥臼」。《宋代禪僧詩輯考》據周必大《文忠集》卷一六九《泛舟遊山録》録此詩，「銀河」亦作「銀漢」，題《西山題詩》。編者按：周必大並未題詩名，但謂「過洪崖，俯視深潭……土僧善權巽中舊題詩云云」。又，同治《靖安縣志》卷一四録此詩，幾同《宋詩紀事》，惟「香城源」作「香城原」，「丹青」作「丹井」，「被林樾」作「披林樾」。

王瞻明蔡東老江全叔訪余圓通精舍且日相與杖屨步層巘臨絶壑藉草掬泉會飲于龍泓之上嬉笑諷詠甲夜忘返此樂不世有也釋氏子善權與焉因成古風以敘一時勝集耳

王郎幹國器，學古志孔周。新詩亦餘事，氣已吞曹劉。蔡侯富經術，筆力追驊騮。飛騰得良御，咫尺略九州。江子忠孝裔，瞭焉見清修。危言驚四座，武庫森戈矛。翩翩三公子，訪我廬山幽。相逢喜折屐，共款澗谷遊。是節過梅雨，凉風回麥秋。千林散霏煙，萬壑湧碧流。携手臨虎穴，褰裳度龍湫。藉草翳松竹，挹泉洒芳柔。試作文字飲，咄嗟具盤羞。酒酣外天地，主客遺獻酬。險語正激烈，長歌伴牢愁。吾徒故不飲，絶倒消煩憂。落日吼蒼兕，明月浸紅榴。華燭照歸路，殘鍾殷層樓。人生行樂耳，一醉豈易謀。公看功名骨，千載閒汲古閣本作聞古丘。編者按：韓立平《〈全宋詩〉補遺八十則》（載《中國韻文學刊》，二〇一〇年第三期）據《山谷外集詩注》卷一《叔父釣亭》引「君看功名骨，千載同古丘」作《全宋詩》所失收釋善權斷句，然即此詩末句，僅「君」作「公」，「同」作「閒」。

山中懷養直因次王性之韻兼簡東溪可師

不見蘇季子，長吟碧江曲。桂影蘸煙波，凉飆度喬木。此郎天與才，筆挾風雨速。經營萬物表，咳唾落珠玉。何爲廊廟姿，抱獨向山谷。晚雲低蕙帳，初日明雪屋。知君有奇尚，窮達均一目。欲提折腳鐺，共煮東溪蔌。

次韻酬初上人

少懷青霞志，雅意從祝髮。法潛吾所思汲古閣本作師，蓬户等珠闕。蒿萊破三徑，興寄餘七發。病軀猶寒松，凛凛露踈骨。江鷗頗相知，容與初不没。之子吴國秀，外澤中欲訥。摇毫寫風煙，敏捷過霜鶻。高情貫溟涬，妙理窮法窟。報章久不嗣，魯鈍庸敢忽。但願鍼芥投，孤圓指心月。

送法仁上人

道人山南來，訪我山北麓。跫然慰幽憂，喜氣拂庭竹。逸韻凌層霄，雙眸炯明玉。妍談起衰懦，萬籟發空谷。自言厭行李，旅食歲月促。久辭惠山泉，夢遶漪瀾曲。只今且扁舟，思飲毫椀渌。别袂挽莫留，歸心暮雲速。此生何所似，江海兩浮木。縱浪浩渺中，邂逅一相觸。風波忽漂蕩，後會那可卜。新詩儻不遺，願寄南飛鵠。

山中秋夜懷王性之

風雨一葉秋，北窻夜初永。候蟲鳴空堦，蝙蝠挂藻井。龕燈照癡坐，苔壁印孤影。試觀鼻端白，粗了虚幻境。萬事皆浮休，百年政俄頃。學詩寒山子，造語少機警。故人王文度，襟韻獨秀整。間蒙吐佳句，惠好灼衰冷。何當豎華芝，飛步樾林嶺。携手刈荊薪，歡言饌湯餅。長嘯凌紫煙，同升妙峰頂。

《宋詩紀事》卷九二「樾林」作「越林」。編者按：同治《靖安縣志》卷一四録此詩，「空堦」作「空階」。

同王性之遊西林有老衲畜一碧壺制作甚古把玩久之性之求得欲以相寄復爲瞻明所奪戲作此

玩物有喪志，達人自觀生。臭腐與神奇，同出而異名。是身等疣贅，身外安足營。厭看珠玉場，竟作水火争。况此枯塚物，視若鴻毛輕。山家一題評，取予紛奪傾。奇計先趙璧，拙謀笑秦城。誓將鐵如意，碎與瓦礫并。寄聲弄丸子，解此兩不情。《永樂大典》卷二二五六所載同。

次韻酬養直

冰雪照人蘇季子，幅巾短褐在山林。胸中涇渭自派別，砌下桃李成清陰。珠藏老蚌夜光逸，豹隱南山春霧深。軒冕儻來初不計，要從僧榻坐觀心。《宋代禪僧詩輯考》據《錦繡萬花谷》前集卷二三録此詩，題《才德》，闕末二句，句四「砌」作「蹊」。

再遊廬山

聞道猶梯此從汲古閣本，讀畫齋本作梯米，駕言事南求。百城走風煙，缾錫半九州。年華去何極，齒髮誓不留。是身萍無根，雪浪從掀浮。得坎忽自止，此生亦安休。康廬昔所經，未暇窮深幽。回首食宿地，歲星行一周。林間訪耆舊，太半即古丘。五老如故人，相逢更綢繆。仍要木上座，共結無情遊。

仁老湖上墨梅

會稽有佳客，薖軸媚考盤。軒裳不能榮，老褐圍歲寒。婆娑弄泉月，松風寄絲彈。若人天機深，萬象回筆端。湖山入道眼，島樹縈微瀾。幻出隴首春，疎枝綴冰紈。初疑暗香度，似有危露溥。縱觀煙雨姿，已覺齒頰酸。洒知淡墨妙，不受膠粉殘。爲君秉孤芳，長年配崇蘭。宋人孫紹遠《聲畫集》卷五所録同，惟「考盤」作「考槃」。

送墨梅與王性之二首

道人筆下有春色，寫出江南雪壓枝。千里持來煩驛使，暗香不減隴頭時。

眼底春光回隴首，雪中疎影落平湖。政須送與王摩詰，對著輞川煙雨圖。《宋詩紀事》卷九二「對著」作「對看」。

送崇上人之湘中

雪照赤藤杖，梅飄白氎巾。三湘寒浸月，七澤渺含春。物色騷人思，煙波衲子津。天南有同雁，帛信莫因循。以上十五首出《增廣聖宋高僧詩選後集》卷下（清嘉慶顧氏讀畫齋刻《南宋群賢小集》本）。

王性之得李伯時所作歸去來圖并自書淵明詞刻石於琢玉坊爲賦長句

王郎玉女妙天下，眉宇清揚聚風雅。道山延閣歸有時，吐露珠綃已無價。洒翁勳業誰與儔，惠愛宛同陳太丘。胡床夜據興不淺，江波漲月明江樓。鄴侯牙籤三萬軸，玉川五千貯枯腹。掌上雙珠照庭户，人間爽氣侵眉目。愛君羲獻來仍昆，草聖真行事逼真。是家此僻古不少，奇書異畫原通神。龍眠解説無聲句，時向煙雲一傾吐。戲拈禿筆臨冰紈，寫出淵明賦歸去。林端飛鳥倦知還，陌上征夫識前路。因君勒石柴桑里，便覺九原人可起。廬山未是長寂寥，挽著高風自君始。《宋詩紀事》卷九二「玉女」作「言語」。編者按：同治《靖安縣志》卷一四録此詩，與《宋詩紀事》略同，惟「吐露」作「吐霧」，「庭户」作「户庭」，「此僻」作「此癖」，「原通神」作「元通神」。又諸本「陳太丘」皆作「陳太邱」，乃皆爲清雍正以後之本，以奉雍正諭旨避孔丘諱而改。

奉題性之所藏李伯時畫淵明三首

眼看百年夢事，足踏萬里清流。取意裁成句法，何必更下清鷗。

南山崔嵬在眼，古木參差拂雲。不負手中籬菊，白衣送酒相醺。《採菊》。

著鞭已驚南渡，舉扇仍避西風。耿介獨餘此老，隤然醉卧孤篷。《泛舟》。以上四首出宋孫紹遠《聲畫集》卷一。

寄致虚兄

避寇經重險，懷君屢陟岡。空餘接淅飯，無復宿舂糧。衣袂饒霜露，柴荆足虎狼。春來何所恨，棣萼政含芳。出元方回《瀛奎律髓》卷四七。以上二十首，凌郁之《〈全宋詩〉「江西詩派」辨訂五則》（載《古籍研究》，二〇〇五年卷上）輯補。

謝吴令惠越紙

不用微文吊剡藤，紙成功用貴深精。布頭未足全彰美，魚網徒勞獨擅名。贈我喜同青玉案，報公慚乏碧雲情。道山何日鞭歸騎，給札還應付長卿。出高似孫《剡録》卷七，詩署「僧巽中」撰。鄭利鋒《〈全宋詩〉補遺》（載《中國韻文學刊》，二〇一一年第四期）輯補。

次韻此從室町寫本，江户初寫本作員**友人秋雨書懷**

秋來積雨欲生魚，卧看蛛絲罥屋除。窮巷蕭蕭隔深轍，應知不枉故人車。出《續新編分類諸家詩集·雜賦類》，詩署「僧巽中」撰。卞東坡《域外漢籍中所見宋代江西詩派新資料及其價值》（載《海南大學學報》人文社會科學版，二〇一四年第四期）輯補。

酬余荀龍

長歌濯足對東湖，萬卷胸蟠有壯圖。交戰似聞夫子勝，憑虚應笑列仙臞。草中射虎疑山石，江上封君記木奴。寂寞生涯端自守，晴窗紀筆太玄無。出道光《義寧州志》卷三〇上，詩題下有按語：「《詩話拾遺》：荀龍，豫章人，家藏書甚富，好談《易》作詩。與潘邠老、洪駒父諸公相善。善權贈詩，蓋紀其實也。」李成晴《〈全宋詩〉未著録詩作輯佚》（載《嘉興學院學報》，二〇一四年第四期）輯補。編者按：「太玄」，原文爲「太元」，當是避清聖祖玄燁之諱，李成晴改作「玄」。

夏

急雨高槐暮，微風新竹涼。要須攜麈尾，來此據胡牀。稍稍雲生砌，低低月度墻。平生興不淺，衰謝意俱忘。詩又見宋謝維新《古今合璧事類備要》前集卷一三「夏涼」條下。又明李蓘《宋藝圃集》卷二二，詩題作《春》。此據《錦繡萬花谷》前集卷三、《豫章詩話》卷四。

贈劉君實

井以甘自竭，象以齒故殘。斧斤寇山林，畢弋害孔鸞。折軀縮簪紱，與世同憂患。當時寵若驚，智不如愚安。劉子真穎脱，麻衣陋儒冠。平生五車書，僅能濟饑寒。興言屬魚鳥，永結林嶺歡。宅心萬物初，微吟寄毫端。披烟弄明月，攬鬚鏡澄瀾。上無王賦憂，下有澗谷盤。支離耽自沈，志得氣自完。政恐不免耳，事定其蓋棺。清裘君弘《西江詩話》卷五：「劉子虛，字君實，靖安人，以文學孝友稱。宋□□間，隱桃園山，自號支離翁。釋善權賦古風十二韻遺之云云。」同治《靖安縣志》卷一四亦録此詩，題作《贈劉君實》。今以《靖安縣志》詩題爲題，以該《志》所録此詩有脱字，故内容則據《西江詩話》。

暇僧寺

後車攜我過龍門，曉日曈曨掃凍雲。水澗泉源初欲合，沙汀鷗鷺舊同群。奇峰未覺三山遠，午飯相傳一嶺分。石壁題詩驚俊逸，都緣勝却鮑參軍。出同治《靖安縣志》卷一四。以上三首，編者輯補。

句

適越長懷冬筍美，遊吴未數蓴絲滑。出《剡録》卷九「筍竹」條下。

久厭玉山果，初嘗新棐湯。《棐湯》，出《剡録》卷一〇。以上二條署「巽中」或「僧巽中」撰，鄭利鋒《〈全宋詩〉補遺》（載《中國韻文學刊》，二〇一一年第四期）輯補。

殘蟬送客愁。《舟中口號》。

雙鬢易滄浪。《客思》。以上二條，出《亞愚江浙紀行集句詩》卷一。

落葉隨杯渡。《贈別顯上人》。出《亞愚江浙紀行集句詩》卷二。

雲水日相伴。《鳳口寺》。出《亞愚江浙紀行集句詩》卷三。

飯餘鼓腹聊行樂。《和蔣自然》。出《亞愚江浙紀行集句詩》卷四。以上五條，張福清《紹嵩〈江浙紀行集句詩〉對〈全宋詩〉的輯佚價值》（載《韓山師範學院學報》，二〇一三年第一期）輯補。

一雨洗煩暑。《發長沙》。出《亞愚江浙紀行集句詩》卷一。文淵閣四庫本《江湖小集》卷三中「暑」作「熱」。編者輯補。

二六、高荷

高荷，字子勉，號還還先生，荆州江陵（今屬湖北）人，元祐太學生。入陜西轉運使張永錫幕，晚爲童貫客，歷官龍圖閣學士直龍圖閣、知涿州（或謂終官蘭州通判）。詩宗杜甫，崇寧元年（一一〇二）以詩謁黄庭堅，深得指授激賞，稱其詩「以杜子美爲標準，用一事如軍中之令，置一字如關門之鍵」。著有《還還集》二卷。

《名賢氏族言行類稿》卷二〇稱高荷「作詩數千篇」，《直齋書録解題》卷二〇但録其《還還集》二卷，乃《江西詩派》本，佚。《全宋詩》册二一卷一二六四頁一四二四一至頁一四二四四録其詩七首、殘句七條。

附：薈集辨證《全宋詩》暨諸家研究《全宋詩》關於高荷詩作之誤

誤他人詩句爲《全宋詩》失收高荷詩句一條

編者考證：韓立平《〈全宋詩〉補遺八十則》（載《中國韻文學刊》，二〇一〇年第三期）據《藏海詩話》輯補高荷《柳》詩斷句「風驚夜來雨」。誤。考宋人吴可《藏海詩話》：「高荷子勉五言律詩可傳後世，勝如後來諸公。柳詩『風驚夜來雨』，『驚』字甚奇。琴聡云：向詩中嘗用『驚』字，坡舉古人數『驚』字。僕云『東風和冷驚羅幙』。子蒼云：『此「驚」字不甚好，如柳詩「月明摇淺瀨」等語，人豈易到？』」殆誤讀「柳詩」爲「《柳》詩」，「柳詩」實指「柳宗元詩」。「風驚夜來雨」爲柳宗元《雨後曉行獨至愚溪北池》中句，見《柳河東集》卷四三。

二七、吕本中

吕本中（一〇八四—一一四五），初名大中，字居仁，世稱東萊先生，以嘗爲中書舍人，又稱紫微（亦作紫薇）。先世自山東萊州徙居開封縣（今屬河南開封祥符區），再徙壽州下蔡（今安徽鳳臺）縣，復還居開封。家世簪纓，詩禮相傳，幼以蔭授承務郎，歷濟陰主簿、泰州士曹掾等。宣和六年（一一二四），除樞密院編修兼侍講，靖康元年（一一二六）遷職方員外郎。建炎間避兵嶺南。紹興六年（一一三六）召爲起居舍人，賜進士出身；八年擢中書舍人，兼權直學士院，旋以不附秦檜議和而罷，提舉江州太平觀，卒於江西上饒，謚文清，《宋史》有傳。本中通五經，負經世才，尤精《春秋》，擅詩。所著有《春秋集解》三十卷（《文獻通考》卷一八三作十二卷，《宋史》本傳作《春秋解》十卷，《宋史·藝文志》作《春秋解》二卷）、《童蒙訓》三卷（《直齋書録解題》卷九、《文獻通考》卷一九〇作一卷，《欽定天禄琳琅書目》卷七作二卷）、《官箴》一卷、《紫微雜説》一卷（《宋史·藝文志》作《紫微雜記》一卷）、《師友雜誌》一卷、《軒渠録》一卷、《紫微詩話》一卷、《東萊先生詩集》二十卷《外集》三卷、《紫微詞》一卷，俱傳世。又著有《師友淵源録》五卷、《吕居仁奏議》、《吕居仁集》十卷，俱佚。吕本中書，今所傳者「紫微」、「紫薇」並見，異名同實，本書均作「紫微」。

《郡齋讀書志》卷四下録《吕居仁集》十卷，疑爲本中文集，佚。《直齋書録解題》卷二〇、《文獻通考》卷二四五録《東萊集》二十卷《外集》二卷，乃《江西詩派》本，惟《外集》二卷實爲三卷。《宋史·藝文志》別録本中有《江西宗派詩集》一百十五卷。誤，蓋本中少學詩黄庭堅，得句法於黄庭堅、陳師道，於宋紹興三年（一一三三）作《江西詩社宗派圖》，成爲江西詩派倡導者，後人亦將其歸入江西詩派，而《江西宗派詩集》乃後人據其《江西詩社宗派圖》輯録付梓者，並將其詩集納入其中。頗疑《宋史·藝文志》所録吕本中《江西宗派詩集》一百十五卷，即劉克莊據一百三十七卷本重新編選後之書。惟《江西詩社宗派圖》原本已佚，《江西宗派詩集》一百十五卷亦無傳。今存本中詩集最古者當屬宋乾道二年（一一六六）沈度吴郡刻《東萊先生詩集》二十卷，《江西詩派》編者據此本收入《江西詩派》中，復編《外集》三卷附其後。《江西詩派》本尚有宋慶元五年（一一九九）黄汝嘉增刻殘帙《東萊詩集》，存卷一八至卷二〇，《外集》三卷全。

《東萊詩集》二十卷，元、明未見有刻本，明有鈔本，清有鈔本、清鈔《紫微集》本、清咸豐九年（一八五九）吕儁孫刻本、《四庫全書》本、《宋元人詩集》本、《四部叢刊續編》影宋本等；又有《紫微集》一卷本：清鈔本、《兩宋名賢小集》本、《宋百家詩存》本等。《全宋詩》册二八卷一六〇五頁一八〇三二至卷一六二八頁一八二六六録其詩二十四卷，以宋乾道沈度刻《東萊先生詩集》、宋慶元五年黄汝嘉增刻《江西詩派》本之《東萊先生外集》爲底本，校以文淵閣《四庫全書》本《東萊詩集》等；新輯集外詩五首、殘句六條、存目三條及蔣光焴藏鈔本《紫微集》（較底本多出詩六十二首，來歷不明，中有顯非吕作之詩，因無所歸屬，録爲吕本中詩）合編爲第二十四卷。今據日本内閣藏宋乾道二年沈度吴郡刻《東萊先生詩集》二十卷、中國國家圖書館藏宋慶元五年黄汝嘉增刻《江西詩派》本之《東萊詩集外集》三卷影印。

東萊先生詩集二十卷

宋乾道二年（一一六六）沈度吴郡刻本
原版框高十九點六釐米，寬十五點一釐米
日本内閣文庫藏

文集莫盛於唐亦莫盛於
本朝唐則韓退之柳子厚
本朝則歐陽文忠公實爲之冠是數公固出類拔萃
魏魏乎不可尚已編次而行於世退之則李漢子厚
則夢得文忠公則東坡先生或其門人或其故舊又
皆與數公深相知蓋知之不深則歲月先後是非去
取往往顛倒錯亂不可以傳近世張文潛秦少游之
流其遺文例遭此患知與不知之異也
東萊呂公居仁以詩名一世使山谷老人在其推稱
宜不在陳無己下然即世多歷年所而編次者竟無
人焉墨客詞人相視太息曰居仁所謂知我者希則
我者貴歟
儀真沈公宗師名卿之子少卓犖有奇志方黨禁未
解時不顧流俗專與元祐故家厚居仁尤知之往來
酬唱最多
沈公之子公雅以通家子弟從居仁游居仁稱之甚
乾道初元幾就養吳郡時　公雅自尚書郎擢守
是邦暇日裒集居仁詩略無遺者次第歲月爲二十
通鋟板置之郡齋蓋居仁之知　沈氏父子也深故
公雅編次之也備　幾亦受知於居仁者也　公雅用
是屬　幾題其後竊自伏念與居仁皆生於元豐甲
子又相與有連雅相好也紹興辛亥　幾　避地柳州

居仁在桂林是時年皆未五十居仁之詩固已獨步
海內　幾亦妄意學作詩居仁一日寄近詩來幾次
其韻因作書請問句律居仁察我至誠教我甚至且
曰和章固佳本中猶竊以爲少新意又曰詩卷熟讀
治擇工夫已勝而波瀾尚未闊欲波瀾之闊須令規
模宏放以涵養吾氣而後可規模既大波瀾自闊少
加治擇功已倍於古矣幾受而書諸紳今三十有
六年顧視少作多可愧悔既老且病無復新功而居
仁之墓木拱矣觀遺文爲之絶歎因記居仁教我之
言於篇末使後生知前輩相與情實如此且以見幾於
居仁之言雖老不忘也乾道二年四月六日贛州
曾幾題

謁陶朱公廟
睡
夢
讀陶元亮傳
寄壁上人
寄壁公道友
用前韻寄商老
又寄無逸信民
奉荅壁公兼簡諸友
得李去言詩次韻荅之
督山伯蕭遠知詩并示舍弟

用寄壁上人韻寄范元實趙才仲及從叔知止
兼率山伯同賦
夜作呈諸公
第二卷
山陽寶應道中與汪信民兄弟洪玉父杜子師
張益中日夕過從自過高郵不復有此樂
也因作此詩寄懷
春日
知止歗傲軒
暑夕乍涼二絕
寄知止二絕

遊北李園三絕
遊北李園
寄李使去言
贈汪華叔野
新冬
贈謝無逸
贈張若虛
贈信民
符離行
探梅呈汪信民
奉懷張公文潛舍人二首

荅無逸惠書
寄知止才仲
寄張益中
元日示沇宗師四首
梅
苦陰
贈湥上人
正月十二日夜作
咸安公主
明妃
正月十三日河堤上作

昨日晚歸戲成四絕呈子之兼煩轉示進道丈
上元夜招沈宗師不至聞已赴郡會作二絕戲之
浹上座求枯木庵詩戲成兩絕贈之
正月末雪中小酌
次韻張生
追成舊作
乂不得才仲書因成兩絕寄之
晚晴
連日與一上人會話窓庵清座附火乃有山居
氣息因成一詩奉呈
一上人屢言鄖鄂南塔之勝予蓋樂之而未能

往也
夜座有懷
晚春即事
廣陵道中寒食日二絕
就甯子儀求酒
第三卷
廣陵
沈宗師甚喜江梅而微貶酴醾因成一絕
勸張李二君酒
庵居
小園即事

登舟
張禕秀才乞詩
効古樂府三首
讀太眞外傳
簡甯子儀二絕
書寄浹上人
呈愚上人
贈浹上人一上人
雨後月夜懷沈宗師承務
秋夜示李十
中秋日沈宗師約遊城西以雨不果因成四十

字兼寄趙才仲
桃花菊
九日晨起
王氏郊居
對菊
雨後至江上有懷諸子
登南樓
歲晚作
弔古塚
奉送子之還京師
外弟趙才仲數以書來論詩因作此答之

過子之泊船舊亭
望金陵偶成兩絕
烹茶
西樓
寄信上人
秦處度與一上人同宿密庵處度爲一畫斷崖
枯木
寄謝無逸并汪叔野兄弟
月下
劉穆之
戲贈道洨上人

喜章仲孚朝奉見過十韻
觀寧子儀所蓄維摩寒山拾得唐畫歌
寄朱時發
寄潁昌諸叔
謝人送瓊花白沙人謂瓊花爲無雙花戲成兩絕
觀寧子儀朝奉山堂諸石三絕
十一月五日與才仲弟相別于白沙東門之外
悵然久之不能自釋乃知謝安石作惡之
語不爲過也因成八詩奉寄可見別後氣
味亦可并示京洛間親舊也
第四卷

山水圖歌
庚寅年正旦郡中客次作
題李伯時維摩畫像圖
遣懷三首
符離阻雨
伍員祠
東園
寄琦監院
即事戲答季一
湘竹
有懷宿州城北因作詩寄才仲

示沇宗師二首
夜坐戲成兩絕呈迪吉宗師二友
戲成兩絕奉簡章仲孚兼呈宗師
老松
揚州雍熙寺納涼
訪張鑑秀才兄弟
邵伯埭路中
寄周司理
山光寺前泊舟值雨
步月有懷
揚州留一上人

第五卷

濟陰寄故人
晁叔用得古鏡二以遺法一上人澄徹可愛
底水隱然蜃樓突起又作杯渡禪師像
翩翩然衣動正在中流間也一求記於
予因爲作歌
別離行
李念七又不見過二絕
往年與關止叔相別甬上止叔見勉學道甚勤
且曰無爲專事文字間也及今五年矣尚
未有所就因作詩見志且以自警也
六月初三日雨後步系城東

得楊州書
歸計未成作詩寄懷
閱舊詩卷有懷
高郵道中荷花極目平生所未見
高郵遇大熱作
題孫廣伯主簿家壁
贈孫廣伯
與吳迪吉諸人赴晁季一陳塘范園之遊因成
十韻
送晁季一罷官西歸
侯嬴

昭君
戲呈外弟趙才仲
城北別江子之
訪晁季一
吳君求詩因作四韻寄之并簡小吳與寧生
古劍歌
初夏即事
偶作
癸巳自南京過泗上
泗上贈楊吉老二首
題寶應張氏草堂
學仙行

冬日訪朱深明博士二首
第六卷
初別清源姑才仲弟過楚丘作
宿楚丘懷石子植顏平仲趙才仲
發召伯埭二首
余病不能疏食懼有五味口爽之責作詩自戒
南山
與諸弟諸季同登塔山愚壁以事不能來因成
二絕
春日二首

東園

即事

和李二十七食蛙聽蛙二首

題秦慱秀才園亭

別夜

寄題蘇州靈巖

呈甘露印老

壁上人欲行爲雨止戲成一絕用前韻

江口送壁上人二絕

送朱時發

送甯子儀

唐張瑨書記梁時婦人黃鼎因侯景亂没北齊爲小校胡兒所虜生二子後附海舶歸閩鼓角得歸乃如是會稽郡鼎先在梁許嫁張固及歸固適爲剡令求與相見不可乃遣令送之宣城鼎在齊時作秋風曲渡海時又作詩三章瑨書稱其詞淒怨自瑨時已不傳

夜坐呈吳迪吉

與李去言諸人分題得之字

訪秦氏北莊

喜卞仲兄弟至偶成四十字

春日

甲午送甯子儀歸洛

讀舊詩有感

別後寄舍弟三十韻

記夜

夜坐

寄唐充之三十韻

竹西亭

邵伯路中逢御前綱載末利花甚衆舟行甚急不得細觀也又有小盆榴等皆精妙奇逸之觀因成二絕

飲秦少方家

孫量臣約遊乾明借秦少方韻見贈復次韻荅之

春晚郊居

外姊趙夫人智量一作諒以良人没祝髪感歎成詩

代贈

又代贈

臨川王坦夫故從谿堂先生謝無逸學北行過廣陵見余意甚勤其行也作詩送之

登淮南樓

題淮上亭子

夏夜大雨呈若谷叔并晁叔用江子之一上人

贈一上人

久雨路絕賓客稀少聞后土祠瓊花盛開亦未果一往也

同狠山印老早飯建隆遂登平山堂

舟行次靈壁二首

己亥上元數同晁季一叔用清坐不出

寄李商老

晚至城南

第七卷

汴上作

初抵曹南四首

言志

學道

和趙承之

曹州後園夜行

風吹蒲葦叢三首

曹南試院懷向子諲兄弟兼呈張擴

試院中作二首

擬古

正月十五日試院中烹茶因閱漢碑

試院夜坐

清都行

試院中呈王曹惠子澤教授張彥實

寄知止

印纍纍

曹南過五丈河堤入城訪顏岐夷仲清談久之乃歸

雪夜

曹南官舍書事

早出

寄江端本子之晁沖之叔用

兩鶴行

陵城歌曹州城北十里有陵城坡冢纍然即定陶恭王丁傅陵也余往來過之傷嗟再三因為作歌

早至天寧寺即趙州受業院也

曹南寄親舊

大雪不出寄陽翟寧陵

與寧陵叔弟別後有懷兼寄趙才仲二首

大雪不出

自曹南至陽翟追懷江上舊遊呈叔弟

自陽翟至寧陵與虛已叔諸弟別還曹未久知止復來偶成二十八字

試院中作

去冬試院中嘗作詩云衣褦虱可拾鬚垢櫛不

下披衣坐牆角尚有微火跨平生足拘窘
今日幸閑暇新文加點竄欲歇不能罷雖
微塵事妨頗畏俗子罵出門見諸老此語
君可畫今年復入試院職事多窘迫者簿
書滿前如赴蹈湯火也再次前韻
雨後數與李仲輔兄弟往來且約十七日同過
士特因成長韻
首夏二首
第八卷
問晁伯宇疾二首
商村河決
新霜行
將去曹南連得江晁書以歎存歿諸友遂成長韻
精衛詩
寧陵弟相送至南京因成四韻寄季一子之叔用
十二月一日步河堤上
留侯
送韓攄秉則赴隸倅
讀秦碑
次韻答曹州同官兼簡范寥信中
龔彥承觀軒
畫馬圖

堤上
將赴海陵出京沿汴覓舟候送客不至遂行
京師新鄭與諸晁兄弟往還前後數詩
本中將爲海陵之行念當復與子之作別意殊
憒憒偶得兩詩上呈并告送與壯輿叔用也
鴈
赴海陵行次寶應一作過白田
海陵雜興八首
往來送迎城南道中二絕
家叔舍弟與黎介然會于符離因用兩絕奉寄
病中夜聞雪作時堯明有廣陵之行未歸思爲
數語奉寄久之未就他日堯明歸携詩相
過飄然有馭風淩雲之氣因以前詩答之
次韻堯明貢院詩
海陵夜作
第九卷
秋夜行
臘梅
牧牛兒
洞庭
細雨
王陽

題趙丞瑞慧芯圖
即事
寄晁以道
轎上口占二首
次韻遜叔直閣見寄兼請堯明同和
再和兼寄奉符大有叔
雨後至城外
龐公
衛青
雜詩三首
秋日三首

橙二首
寄京師親舊
和成士毅鹿女泉詩
春申君
秋日三首
和成士毅海安道中見寄
送虞謨李然之官京師
海陵病中五首
次韻李叔友賀堯明登第叔友丹陽人也本中
得其人之詳於王堯明恨未之識也堯明
擢第叔友作詩賀之堯明令繼作既喜叔
友能不妄許可又喜吾堯明進退取捨皆中
乎道也三首
次韻堯明見和因及李蕭遠五詩
西歸舟中懷通泰諸君
寄馬巨濟察院時監泰州酒得宮祠歸南京
寄趙十弟
叔度季明學問甚勤而求於余甚重其歸必有
所成也因作兩詩寄之
與李宏子植同過信中飲薛荔亭下夜深乃
散别後奉懷遂成長韻
秋日呈顏夷仲

謝任伯夫人挽詩
贈筆工安伋
寄共城賈秀才
題大名官舍
第十卷
秋日即事四首
閏月九日
惡木
江上二首
寄外弟蔡明善
秋夜

第十一卷

寄趙十一弟

第十二卷

第十三卷

第十四卷

第十五卷

謝宇文漳州送茶
夏日
過劉忠顯公鄉縣作
夏日深居二首
乾元副寺欲還雲門
慶堯侍者以詩相贈偶成絶句謝之
渇雨簡張仲宗二首
謝楊紹祖惠玉友
與李似宗別後奉寄
作雨不成旱暑愈甚未能就道

聞鵲
荔子
乾元眞歇數約他日同庵居
將發福唐 一云別李叔易兼簡士珪
聽雨
末利
聞二弟召對
夜凉早起尋李貽季陸慶長所惠詩有作
聞大倫與三曽二范聚學并寄夏三十一四首
別法一上人
別後寄珪粹中 一作鼓山
哭王元邁

別林氏兄弟
本中欲諉它日復來福唐之東山林少頴請作
詩以記因成兩絶
謝人送陳家紫
閑居感舊偶成十絶乗興有作不復銓次
溫泉 一作福州湯院
將去福州
初秋
奉呈鼓山雲門二老
從叔巽叔覓茶
福建界首寄福州親舊

嚴州九日坐上贈胡明仲常子正
方允迪挽辭二首
程伯禹夫人挽詩二章
送范師厚宣諭四川
贈了老
第十六卷
送楊晨當時赴夔漕
送徐林稚山赴江西漕
將發金陵奉懷張彥實
初離建康 一云鍾山寄范十四弟諸人
寓會稽禹迹寺

會稽初秋四首
錢遜叔侍郎奉京師舊墳改葬天柱謹成挽
詩一首
重陽日西興寄臨安親舊
范伯言藥隱一云送范彥行歸西山
題趙祖文盤谷圖
送胡明仲知永州
孫肖之短堂
贈孫肖之
朱成伯秀野堂
次秀亭韻二首

甘棠樓
師奴病化
舟行至桐廬
示兒
陳朝奉坐化
嚴州春晚
子將爲三衢之行下塔僧惠道求詩留題因
成絕句遺之
將適三衢而七弟欲往臨安臨行作詩奉送
椿閣
弋陽魏令賞音亭

建安熊述之爲令建德不言而治將適三衢留
詩美之二首
擬古樂府
己未重陽
李琙拙軒
清名御軒
將往城南觀音阻雨未果
余迪漫浪齋
無題四首
邊愁
招范四弟

衢州路中
憶福州舊居菊花
求趙袁之墨
陋巷
示聞生
簡何居厚
謝人送酒
第十七卷
聞蔡九弟十四弟到行在
贈蔡九弟十四弟
病中

第二十卷

東萊先生詩集目録

東萊先生詩集卷第一　　呂本中居仁

暮步至江上

昏事久輸鸚鵡盃春愁如接鳳凰臺樹陰不礙帆影過雨氣卻隨潮信來山似故人堪對飲花如遺恨不重開雪籬風榭年年事辜負風光取次回

題張君墨竹 崇寧五年宿州

張卿畫竹今成癖笑語揮毫不作難欻見高標起蕭瑟坐令炎暑變荒寒筆頭似有千年韻胸次猶須萬斛寬歲晚雪霜君記取此君懷抱要重看

陰

[illegible]風森爽遽如許天氣蕭條殊未佳留遲留陰鎖苔貶眭藏雨鬪蛙蟇碧雲莫合人千里丹鳳愁看天一涯唯有雙叢庭下菊殷勤還作去年花

符離諸賢詩

窮居日荒涼杜門與世絕親故日夜疎詩書固宜缺符離雖陋邦賢士稍羅列德操青雲器議論輩前哲外貌發英華中心瑩冰雪介然特立士勁氣剛於鐵攘臂辨是非孰能逃區別信民粹而和名利誠難悅汩沒稠人中獨抱雲松節偉哉二三子寔乃邦家傑我來從之遊內顧慙疎拙欣然對三益放懷歌數闋已矣不須言渠當為君說

德操充之皆約九月間見過今皆未至扶杖

出門悠然有感

病着文書懶出門偶扶藜杖看行雲屋頭日在轉花影水面風來散縠文不厭莫城千嶂合稍令明月萬家分小庭留得清秋在已見霜紅未見君

游劉氏園 大觀元年宿州

暖日溫風破淺寒短青無數簇幽蘭三年止酒償春意可忍花梢戴面看

上元

步屧荒園日已昏呼兒當逕掃苔痕春愁不作遊人地細雨殘梅過上元

柳

含烟帶雨過平橋嫋嫋千絲復萬條張令當年成底事風流才似女兒腰

喜雨

天乞幽人一夜涼故教微雨送斜陽暝陰籠樹山更好爽氣侵人土自香多病不眠唯藥裹居閑長坐只繩床五年謬作江湖客幾對鱸魚憶故鄉

舍東舊有花數百株自去歲大雨道路阻絕不復可尋感歎成詩

無數新花替舊叢兔葵高卧占春風向來桃李成蹊處今在陂塘渺莽中

送文潛歸因成一絕奉寄

水天空闊片帆開野岸蕭條送騎回重到張公泊船
處小亭春在鎖青苔

謝人送牡丹

晚風初染嫩鵝黃小雨仍添百和香折與病夫元不
稱玉瓶留待冶游郎 元一作渾

宿州初暑

暑氣侵人始欲愁簞瓢窮巷不堪憂亂蟬泊雨林塘
靜密逕吹花草樹幽春盡茆簷深着燕日高田水故
飛鷗莫歎湫隘無餘地待借元龍百尺樓

夏日書事

小行畏蛇蝎端坐困蚊蚋終日方丈間茫然但昏睡
豈惟供病本兼恐添藥費小園新雨餘蔬畦共風味
飽聞膺門柳清陰妙無對便思携杖往行歌[illegible]處
千秋陶淵明此意渠亦會

寄吉州若谷叔

念我江西老斲輪久無謾鼻與揮斤千金莫買蛾眉
笑留寄溪堂病主人 溪堂無逸所居也是時聞無逸窮甚而吉州俸稍增故有此語

寄汪信民 時信民在京師有宗子博士之除

萬里江南雨外船長腰秔米縮頭鯿廣文繫馬無由
去更有何人贈酒錢

同諸子游城東園

昔聞城東園欲往常不欵今來天氣佳茶甌起衰懶
杖藜出門去如膜開病眼木葉犯新霜瓜田帶餘暖
川源疑有無風雲遞舒卷不期魚鳥會偶逐鷗鷺遠
淺水亂菰蒲荒亭半苔蘚青山近在望更悟秋意晚
同行二三子詩語各蕭散不愁罰觥難苦恨白日短
千秋高陽池令人憶山簡

楊道孚墨竹歌

君不見渭川之陰臥龍橫千秋自取者誰文湖州十
年筆意閑黃壤只今妙手唯楊侯楊侯畫竹盡真跡
夠奪造化令人愁滿堂迴頭看下筆摟摟雲煙亂晴
日大叢縱橫高入雲斜風落葉秋紛紛小叢敧傾斜
無力旁水長根走蒼石門前車馬汗成川何得陰風
動高壁楊侯嘻笑辭未工此意不與丹青同粉黛初
無一錢費酒炙能使千家空籬杖遠寄動盈屋我汪
子畫無田窮剡溪寒藤不難致須君放手爲雙叢須
君放手爲雙叢與我俱隱南山中 黛一作繪

謝無逸秦處度諸人皆許省試後見訪冬夜
有懷作此詩寄之

八年去東都觸事無一好沉綿淹歲時憂虞滿懷抱
欲歸故里閭稀復舊耆老悠悠歲欲盡忽忽身向老
小堂佳有餘所恨來不早飢蟲語夜霜疎星亂衰草
支撐壞壁高側轉寒木小詩書久弃置詞林迹如掃
佳人何時來路遠音信少庭蕪冬開花扶杖起千繞

春風回馬首清尊待君倒先期留酒錢仍須具梨棗

歲晚

野竹新開徑踈籬自著行暮寒收雨雪落日散牛羊
生事頽公拙才名謝弈狂藥囊無奈汝春到莫相妨寒一作雲

晚步至江上 大觀二年眞州

浦口生春綠未酣南山初見碧嶃巖風聲入樹翻歸
鳥月影浮江倒客帆破甑不堪充酒券短蓑眞欲撥
朝衫徘徠泥雨城南路可見輕鷗定不凡

訪晁進道歸

樹陰殘雪半成泥尚想狂花一尺圍小雨似酥黃草

盡澄江如練白鷗飛未辭酒炙爲公費政恐覩知見
面稀南市津頭行艓子無人識我醉中歸

怨歌行

借君手中板爲君歌一辭辭中宛轉君不曉爲君說
盡長相思輕霜夜度吳城暖楓葉蘆花秋意晚萬里
春隨驛使歸十年夢逐佳人遠當時笑語似見劇象
牀玉手無消息古岸風江千里船咫尺春愁那得憐
君不見信陵門下客侯嬴不用今須白

雪盡 大觀二年宿州

雪盡寒仍在園荒春欲歸晴空落鴈小古木聚鵶稀
肺病猶堪酒囊空合典衣碧雲愁不見千里故山薇

三月一日泊舟宿州城外因縱步至城北遂
過天慶觀道士留飲乃歸

氷霜連暮春旣雨寒愈重扁舟纜荒亭淺水咽微凍
今晨稍和柔始覺芳意動經旬厭拘束樂事須一縱
籃輿無俗情騶夷當賓從千花犯濃雲紅紫相餞送
未知滕薛長乃若鄒魯鬨娉婷北門柳別淚作凄痛
陵陂少荒蕪亦未妨耕種道人喜我來清談破昏夢
彈琴不須絃風林助吟諷嫩玉擣香秔浮蛆撥春甕
嘉蔬剪朝露奇果市新貢西鄰亦可人明窻碾雙鳳
人生一飽適此外更何用七年城北交事與朱阮共
長詩不成篇臨行當三弄瓊瑤報木桃爲子末後供

宿青陽驛

燈火客帆盡人煙村市幽晚風號古木高岸東黃流
物色淮山近春光霧雨愁棲遲舊游地來豁十年憂

游南山歸簡張嘉父博士

吾生復何往樂身亦怱怱寶塔千帆外春城萬壑中
亂花緣側逕晚照落斜空坐想西倉老掀髯一笑同逕一作岸

書懷

柱腹文書未補飢積瑕潛塊不堪悲兒曹怪我踈愚
甚不見田光盛壯時

客居書懷奉寄介然若谷才仲兼簡信民

客愁如長河浩蕩去不息未來已相關千里在咫尺抱疾寄他鄉終年守岑寂中虛耗神志內熱損筋力長虞二豎嬰復有寒餒迫怪渠甑上塵愧尔囊中帛平生所讀書已如不相識坐貽鄉黨笑敢辭塵埃沒舊游今幾時轉眄忽陳迹死者不復見墓草春已碧生者天一涯未免陳蔡厄見曹乳臭在瞑目紛黑白雖無未見書頗多雌黃筆出言輒周孔而不辨菽麥啾啾要酬和內顧頗牽率坐令懷抱惡更覺天宇窄忽忽十年事俯仰同戲劇從來肺腑親翻手胡與越獨餘二三子肝膽猶鐵石尚怪東郭貧亦討懷祖黠西軒來何時簞瓢共飢渴念君不能已一飯再三歎誰能明予心皎皎霜夜月

小園

小園常在眼春事已天涯雨暗堤前路苔深林外家曲池通小徑密樹隱殘花長愧隣翁酒囊空尚可賒

謁雍道士 雍有古畫甚衆盡爲郡掾取去雍游貴人門甚熟

紛紛乾沒混泥沙暫遺塵言掛齒牙妙畫已歸三語掾 妙畫一作妙手 壯游空記五侯家古壇背日藏芳草小樹留春放晚花能共山翁同活計隔沐分聽一池蛙 坐貽一作坐怜暫遺一作不遺

春日即事二首

隱几虛堂俗客稀片心眞與道相宜風搖柳帶千絲

亂雨勸花心十日期瘦病才蘇休強酒良辰雖好少題詩賈生詞賦常流落歸去來兮在幾時

病起多情白日遲強來庭下採花期雪消池館初春後人倚欄干欲暮時亂蝶狂蜂俱有意兔葵燕麥自無知池邊垂柳腰支活折盡長條爲寄誰

寄前鎮西楊法曹

楊子文章老更新狂吟寡和過陽春雙聲疊韻俱難敵指物程形似有神畫馬已無韓幹肉草書眞得伯英筋可憐一首閑居賦解道連蜷能幾人

飲酒

人生一百歲能幾何顧我把酒胡不歌窮通大抵夢南柯我復夢中多蹉跎自古英雄亦何有往事紛紛不如酒嗟予眞得酒中趣幾度尊前揖星斗病起槐陰鸎已老今日相逢還草草忽忽數日是行人且向尊前一傾倒人生樂事亦難并明月清風況都好

讀史

陳壽謂諸葛將略非所長私恨寫青史千古何茫茫謗議終自破公論不可當是非儻可定青蠅果何傷

戲呈七十七叔

大阮愛我詩謂我能詩矣我詩來無極愛之終不已吾非聖者也但智慮多耳賜始可言詩吾智由商起

偶作

去年芳草又萋萋，休歎王孫猶未歸。更見春深送春鴈，三三兩兩傍雲飛。

謁陶朱公廟

悠悠千載五湖心，古廟無人鎖綠陰。爲問功成肥遯後，不知何術累千金。

睡

終日題詩詩不成，融融午睡夢頻驚。覺來心緒都無事，牆外啼鶯一兩聲。

夢

夢入長安道，萋萋盡春草。覺來春已去，一片池塘好。

讀陶元亮傳

我笑陶彭澤，解言歸去來。醉眠猶遣客，却使世人猜。我愛陶彭澤，不求絃上聲。琴中如有趣，曾遣幾人聽。

寄壁上人

出門厭交情，袖手看世故。紛紛駒過隙，忽忽豹隱霧。生平喜退縮，未到心已悟。尚餘好事人，相就討新句。雖非琢肝腎，終自費調護。君看雪霜根，豈受桃李妬。胥疏老支離，骯髒舊賓傅。何繇兩行纏，遠泛一大瓠。從君乞妙語，一洗詩酒汚。

寄壁公道友

符離城裏相逢處，酒肉如山放手空。已見神通過鶖子，未應鮮徤勝龐公。且尋扇子舊頭角，一任杏花能白紅。破箬笠前江萬里，無人曾識此家風。

用前韻寄商老

先生昔據道玄峰，咳唾珠玉家爲空。只今江西二三子，可到元和六七公。雙鬢只期它日白，千花猶是去年紅。須君吸盡西江水，不假扶搖萬里風。（道玄一作通玄　扶搖一作鵰搏）

又寄無逸信民

文字撐腸不療窮，詩來想見左書空。雖非問道賭狂屈（壁公數譏二子學道不進），猶勝遺書訪子公。銀杯久拚浮大白，桃花且看舒小紅。記取浮盃無剩語，它年説似馬牛風。

奉答壁公兼簡諸友

江山取别太忽忽，對面難尋一段空。顧我自無黄閣樣，如君合是黑頭公。客塵袞袞催前浪，俗眼紛紛替舊紅。炙日茅簷那接膝，重來肯借一帆風。

得李去言詩次韻答之

歌呼屢回曹相國，牋書或似魏司空。半生懷抱向餘子，千載風流獨此公。未用反身藏白黑，更須着眼辨青紅。無人與助求田費，雅稱謝家林下風。

督山伯蕭遠和詩并示舍弟

愛閑多病老封戎，看子垂天上碧空。懶墮未須攀此老，典刑政尔賴諸公。酒如震澤二一春淥，詩似芙蕖五月紅。坐此逃禪天可恕，不應獨許我乘風。

用寄壁上人韻寄范元實趙才仲及從叔知
止兼率山伯同賦
故人瓶錫各西東吾道從來冀北空病去漸於文字
懶南來猶覺歲時公江回夜雨千巖黑霜着高林萬
葉紅政好還家君未肯莫教慚愧北窻風是時范元寔游蜀未歸知止得官潁州趙才仲在郢久不聞耗三子皆奇士故以北窻風諷之

夜作呈諸公
風江舞暮帆野樹散歸鳥寒燈上壁角踈星綴林杪
歸來靜無事猶坐搜黙藁放筆有新功無人與傾倒
不知新恨多但覺舊愁少石鼎倚殘爐茶煙看清裊
明朝尋酒錢折簡喚諸老野樹一作遠樹

東萊先生詩集卷第一

東萊先生詩集卷第二　呂本中居仁

山陽寶應道中與汪信民兄弟洪玉父杜子
師張益中日夕過從自過高郵不復有此樂
也因作此詩寄懷
日日南風沙打圍掛帆端爲故人回長空渺渺水無
際遠樹冥冥花自開疾病久韋鸚鵡杓江山稍近鳳
凰臺月明雪霽山陰道尚想王郎乘興來李太白有鸚鵡盃鸕鷀杓二物名雖異其用則一也故得借用亦以發諸公一笑

春日
春風未雌雄尊酒自賢聖燕巢樓閣間鶯語花柳靜

知止歗傲軒
貪天九鼎猶不足淵明一軒長有餘人生趣向各天
壤鴟嚇腐鼠猜鵷雛中郎妙處世不識風期自與常
人殊開軒便有千載韻友葛天氏無懷徒坐看松菊
換時節兎葵桃樹紛榮枯五年却走各南北千里懷
想空煩紆雙魚沉浮久不至三徑寂寞今何如文章
潦倒付丘壑疾病蹭蹬思江湖何時共坐北風裏煩
君小摘園中蔬

暑夕乍涼二絶
三旬埃鬱得清風領袖猶飜汗揩紅已是寬清無俗
夢更移涼簟月明中
暮蟬蕭瑟下斜陽已似茅簷氣味長團扇有未須憂棄

置竹奴猶可助清涼

寄知止二絕

少年樂事未全諳疾病侵凌已不堪尚喜步兵頻入夢夢中猶復似曹南

竹林還往風流絕剡縣交游氣味疎今代高人多惜費千金未抵一行書（去秋知止與石子殖皆許見過已而俱不來）

游北李園三絕

雨映煙籠萬竹蟠枯條高下不堪看非干秋後多霜露自是芙蓉不耐寒

去馬來舟絕往還此中情味却相干明年知是明寒食待約花梢月下看

壁間詩字有凝塵庭下梅梢又作春獨有城南汪教授當時同是看花人（壁間有饒德操詩）

游北李園

小徑縱橫出紫苔綠陰高下綴黃梅榴花却是多情思宿留薰風未肯開

寄李恷去言

東南之望廬山英李郎落落奇後生鳳凰麒麟在郊藪芝蘭玉樹生階庭文章初如濫觴水行見萬里通滄溟汪侯愛君筆不停謂君詩似秋風清世間見子甘縮手蘇過趙栴俱抗行少年才氣乃如此後來定是賢公卿伊昔先朝文物盛君家諸父當朝廷外兄復是不世才奇祥異瑞相煇映飄零覆雨十年後昏昏醉夢須君醒我生未壯日向衰疾病侵凌心已灰眼中之人不易見千變百技常追隨詩書深藏半鼠矢筆墨高閣封蛛絲功名已矣付公等田園肯放吾先歸

贈汪莘叔野

汪子官不進四海漫聲名有弟極磊落氣宇和而清三冬文史足十年書劍成出言見環穎府庫森五兵於身則已拙泛如池中萍輕肥置度外辛苦抱遺經乃知佳子弟必由賢父兄念子初來時我方疾病嬰相從四寒暑所歷不可聽昏昏醉夢裏得君時一醒擁爐共殘火軟語當盃鐺君亦不我厭爲我雙眼青勿云軀幹小氣吞橫海鯨懸榻念文舉開逕憶淵明二子風流遠感君兄弟情窮通有時耳此士尔勿輕

新冬

西風吹禾黍落日在陋巷杖藜訪新冬霜樹眇空曠人煙村舍西行旅古原上晚山晴更好秀色常在望居閒得眞趣日欲就疎放豈惟憎俗徒庶自免嘲謗東鄰酒初熟清香亂盎盎徑須騎牆頭挈榼獻窮狀吾生足羇旅父病非少壯銀杯多羽化布帆且無恙雖非陶潛隱不負徐邈暢（多一作驚 且一作保）

贈謝無逸

君不見城南千樹桃君不見澗底百尺松松生偃蹇卧霜雪桃李一笑隨春風百年澗底終自苦桃花猶得暫時紅嗚呼志士每如此衡門高卧不見用心雖無瑕飢欲死

贈張若虛

病憶江湖去書無尺寸功平時寠人子忽是富家翁活計呻吟裏交情夢寐中獨餘張處士相近數過從

贈信民

五年客符離端坐受貧病從來跡出門今乃懶成性官多豪富郎分明與時競取醉不論錢定無塵生甑豈但相娛樂頗復自貧聖汪侯雖官居笑語恬豪橫折腰衆人後瓊林自崢嶸肯後足官府眼前謬恭敬偷閑過草堂遣興眯喉淨雖非醉紅裙清談却差勝秋高數能來勿猒匝泥濘

符離行

符離之民難與居五年坐此如囚拘比屋生涯但剽劫諸生學問只鄉閭南鄰經年不相見北里雖見復麤疏窄衣小帽走塵土也復生貌施襟裾對此自然憂氣滿疾病日益何由除君不見圖經所記又可哀此州自古無賢才

探梅呈汪信民

縞帶銀杯欲着塵小園幽樹已含春風流王謝佳公子臭味曹劉入幕賓細米定無泥土涴暗香猶帶雪霜新剩摩枵腹搜奇句去惱城南得定人（泥土一作塵土）

奉懷張公文潛舍人二首

顏子置身陋巷屈原放跡江湖何似我公歸去馬羸不厭長途

腕中有萬斛力胷次乃千頃陂字畫顏行楊草文章韓筆杜詩

答無逸惠書

三年讀書少餘味燈火可親病為祟謝侯好事憐我窮時遣雙魚問鵲鴒交情乃似親骨肉學行坐越諸公輩胷中萬卷書屈蟠少日力戰登詩壇下帷却掃謝俗子凍吟不管兒號寒只今食粥已數月千慮百憂煩筆端高才本是棟梁器苦語終無儒生酸樂章短句又清絕陶寫萬象嘲江山江南草木不得閑問君何為愁肺肝十年行坐想風采千里覓夢勞追攀我無良田歸不得忍窮氣味君應識囊貯未了歲寒計學道空愧琳與璧交親零落半鬼録白日輕去眞可惜終朝撥火煮蘆菔南山之南待君喫

寄知止才仲

一門叔父到卿好中表弟兄惟尔賢往事關心空自語新詩好句與誰傳溪山已近堪投老文史雖窮莫取憐仲弟墓頭今宿草為渠先賦補亡篇

寄張益中

五年望張子兀坐四壁空今晨千里來如熱濯清風
笑談不改舊憐我衰病攻斯人舊豪氣頗似陳元龍
只今更省事終歲兩頰紅何知珊瑚樹却倚塵埃中
晁侯夙所敬見渠如見公網羅技出脚遠逐冥冥鴻
同會得王郎敲門夜相從殷勤一盃酒目送西歸鴻
人生少如意此樂難再逢君家老季鷹高韻留吳淞
風流遠孫在一櫂何時東不嫌道里遠爲我略從容

元日贈沈宗師四首 大觀三年眞州

東家起傳觴西家起相喚我亦了新詩成此奇一段
念無豪髮益但見日月換出門語沈郎造請吾亦漫

念昔從諸賢闗汪老耆舊是事今則無斯人亦難又
尔來見公子却立兩公後不倦以終之可以爲子壽
沈郎固可人好善乃天性迹隨萬事遠心與一物定
蕭然四立壁筆墨自温清更持孟賁勇少折楚士輕
君無綺紈氣我有冰雪容相期五石瓠共濟萬里風
江山秀句在內子空洞中還身視塵滓當有一日功

梅

南雪看未穩北風吹已殘才堪十年夢不稱一生酸
日月方回首風霜與凭欄遲明出謝客頓覺帽圍寬

苦陰

破臘冬仍在逢正陰更頻寒流未解凍雪意欲妨春

畏病還疎酒逃寒懶見人東郊小桃李還是一番新 選一作別

贈浹上人

一庵便送淵明老四海共傳摩詰詩本自妨人枕邊
夢不能陪汝劒頭炊交遊太半飢寒裏疾病中分少
壯時西寺木魚東寺鼓三年三見浹闍黎

正月十二日夜作

春來消息未眞傳又負蒲團一味禪燈火侵尋作佳
境冰霜偃蹇過新年江聲悞落三更雨野色遥看萬
斛船咫尺風光不相貸忍令好語到愁邊

咸安公主

漢朝公主歌黃鵠秦地佳人唱柳枝想見雲車度沙
漠一盃重酪酹明妃

明妃

秦人彊盛時百戰無逡巡漢氏失中策清邊烽燧頻
丈夫不任事女子去和親君王爲置酒單于來奉珍
朝辭漢宮月暮隨胡地塵鞍馬白沙暮旃裘黃草春
人生在相合不論胡與秦但取眼前好莫言長苦辛
君看輕薄兒何殊胡地人

正月十三日河堤上作

雨着河堤柳着煙小樓燈火又今年東風不與行人
便留滯長亭十里船

昨日晚歸戲成四絶呈子之兼頌轉示進道丈

踈燈欲盡漁商市小雨似開桃李顏一夜簷聲鳴甕盎無人知我坐蒲團

卧疾江邊久未回懶隨兒輩走塵埃天公尚有餘情在肯放梅花自在開（疾一作病）

春愁故故妨人樂舊蘚新苔不暫晴想見江郎閑船卧滿川風雨報天明

晁卿白髮風流在肯伴香車作夜遨借問典衣充戲責何如沽酒喚吾曹

上元夜招沈宗師不至聞已赴郡會作二絶戲之

燈火滿城公不來爲公雕句洗塵埃春愁不到城西寺更約梅花緩緩開

白酒紅燈稱意春知公未免踏黃塵繩床好在休相憶輸與瑯琊浹上人（白酒一作渌酒）

浹上坐求枯木庵詩戲成兩絶贈之

枯木庵中浹道人百年無影卧輪囷未須特地通身去放取枝條自在春

前身石霜後身浹如印印泥風去塵認得當時侍者意無人知是窗庵人（窗庵人一作呂居仁）

正月末雪中小酌

柳着河冰雪着船小桃應誤取春憐床頭有酒須君酌又廢蒲團一夜禪

次韻張生

窗庵居士渠不識齒髮則衰心未然樽下不知公子貴酒中差覺孟生賢已吞舌本三千丈却住人間五百年觸忤風光君莫怪捧頭無地可逃禪

追成舊作

滿江風月一船霜無計留君只自狂燈火隔簾香隔坐無人知是竹枝娘

久不得于仲書因成兩絶寄之

望大趙書如渴驥憶老汪膠無續弦看遍江南與江北小屏微雨是斜川（小屏畫淵明孟夏草木長詩）

病去詩無一點塵亦知摩詰是前身憐君更似西江水合伴倚松庵裏人

晚晴

斜陽入花柳渾欲不勝情春事乃如此病軀安得平尚堪衝宿酒復作快新晴荒簷足烏鳥莫欺晚來聲（安得平一作殊未平）

連日與一上人會話窗庵清坐附火乃有山居氣息因成一詩奉呈

春風吹茆簷落日半花柳餘寒盛氣來佳辰爲誰有公來但黙坐有味皆可口端如列鼎食衣被以醇酒煩言不知要實自費斗藪南泉山下人了不計可否

山柴晚復熠當爲一舉手荒江甚沆寥此味亦長久
不嫌薰病眼重當爲公取

一上人屢言瑯瑘南塔之勝予蓋樂之而未
能往也

二頃良田一畝宫好山當自屬林公須君留我卓錐
地要聽颼飀萬壑風

夜坐有懷

西還豈不好本自乏周旋道有魯一變歲無官九遷
疾風驚半夜惡况極今年咫尺沙頭路猶堪着釣船

晚春即事

春色不自惜曉寒摧折之殘花帶雨去薄酒信風吹

尚有尋行債初無了事癡詩得奇味當使阿戎知

廣陵道中寒食日

風雨屬連春事休碧鱗三尺薦行舟短牆不見桃花
面付與長江自在流

南來消息不眞傳政恐相逢却未然何處青帘是沽
酒粥香餳白是今年

就寗子儀求酒

鼻息咈然君莫驚飢腸渠自作雷鳴須公一勺盖見
酒伴我夜窻聽雨聲

東萊先生詩集卷第二

東萊先生詩集卷第三　　呂本中居仁

廣陵 借韻戲用文潛體

往來六十里各是一江郊柳色圍渦岸春風楊子橋
好山當斷岸野鳥度空巢一任雷塘路暮天風雨號

沈宗師甚喜江梅而微貶酴醾因成一絶

淡綠衣裳玉作粧好風涼月自相當沈郎笑汝多情
在不似江梅滿意香

勸張李二君酒

張侯好詩如好色不敢爲主而爲客李侯好酒如好
詩心雖甚壯無人知兩侯風味俱不惡如芙蓉與木
芍藥午窻留客看筆快晚沈無人猶睡着廣袖漸變

天寶粧大字不作元和脚世人譏笑乃其分政是仍
叔之子弱病夫坐穩無所求荒簷斷雨鳴春鳩爐煙
未盡消百憂恨不綴帶從公游何時清江橫小舟與
公一醉荻花秋却來寗庵參牧牛

庵居

鳥語花香變夕陰稍閑復恐病相尋正應獨有江山
分素自都無廊廟心堂上老親雙白髮門前稚子舊
青衿兒曹不會庵居意古澗寒泉疑至今

小園即事

千花老無蹤衆草來可喜欣然得幽尋我亦病良已
飛飛兩蝴蝶不浯塵土裏禽聲甚可人亦似相汝爾

人生貴愜志不必須甚美三年白沙詩已費千幅紙
問君何所樂亦手費摩洗娫屏看遠山心作千萬里
此豈盡者功實自一念起君當如是觀在此不在彼

登舟

夜雨曉猶滴愁風晴更吹已無行役念寧有別離悲
舟楫三年路江山一月期東庵舊還往不廢百篇詩

張韡秀才乞詩

白蓮庵中張居士夢斷世間風馬牛風塵表物自無
意神仙中人聊與遊（張舊與前輩名士往還甚衆）澄江似趂北城
曉苦雨不放南山秋君當先行我繼往向吳亭東留
小舟

效古樂府三首

君住（住一作家）長江邊妾上長江去長江日夜流相思不相顧
長江日夜流妾心終不改誰謂江頭人相思不相待
東家石榴紅西家石榴紫俱是一種花同生不同死

讀太真外傳

上盡馬嵬路東風吹舊京乾坤已新主草木自秋聲
錦韈千年恨皇輿萬里程寧知挽船士亦有別離情

簡寧子儀二絕

只恐老去被花惱更欲忘憂須酒澆何似山堂病居
士閉門高枕過春朝

新晴欲上南樓月柳可藏鴉水蘸牆無限客愁芳草
裏不知風雨阻斜陽

書寄浹上人

胷中無一毫事筆下有千斛力走遍江南江北山滿
堂禪和不相識

呈愚上人

不能歸續侍中貂遂有聲名伴老饒萬里更行看驛
褭一枝才足賦鶺鴒詩囊磈磊君其漫藥裹侵尋我
亦聊舉目雲天盡新語殷勤收寄一牛腰

贈浹上人一上人

君行南山南我在北山北不聞浴鵠白但見涤絲黑

老境欲垂垂快意須得得孰知百雉堅而有一日克
浹如澗底松縱老終不踣一如雲間鶴不復可羈勒
我如千里風遇此兩鴻鵠明珠脫氛翳曉日破昏塞
宿障不盡除胷次猶筆墨君看說詩口乃是拔山力
冰霜卧偃蹇歲月飽封殖誰能窺藩籬未易得闇閾
政當斂光芒不必須緣飾相從無何鄉敗衲依破祴
更令好事人妙語添一則（政當斂光芒不必須緣飾一作政當磨其鋒共掃煩惱賊）

雨後月夜懷沈宗師承務

雨雲攬江色偃蹇破昏睡千花閉紅紫妙見一室內
披衣行夜永明月在船背微風過蕭瑟古柳立蒼翠
翛然一蒲團竪坐覓詩對我生無南北所到意輒遂

孰知十年游，從此清淨退。頗念城比人，結友老杉檜。
漫隨長鋏歸，甘作短檗棄。出門萬里涂，已駕安得從。
何當持被來，把酒相就醉。閒一作開

秋夜示李十

晴鳩不時鳴，雨鳩不暫歇。相去跬步間，晝見夜齒折。
寒泥擁衰草，秋扇罷殘熱。今晨好風景，稍貸屋頭月。
清光冷相照，玉艷滿金玦。喚客坐前窗，文字相澡雪。
般勤傍詩律，未暇了鮈蘗。瀾翻談經口，邂逅如意鐵。
我歌君輒書，字字有行列。不須陛楹嚴，但要兵衛設。
譬如南山石，琢齒當井潔。眞成一戰霸，未可三鼓竭。
人生各涇渭，世事亦滕薛。高堂食肉人，兩馮方踶齧。
何知縕袍底，猶有不安節。

中秋日沈宗師約遊城西泥雨不果因成四
十字兼寄趙才仲

遂阻城西步，兼懷雲上游。長風掠歸燕，苦雨應鳴鳩。
月向誰邊好，寒催社後秋。傳杯有新韻，能憶老兄不。

桃花菊

嫩粉般勤換淺黃，鬱金叢裏見新粧。已翻百疊紅衣
潤，更沐九回沉水湯。

九日晨起

漸歇歐蚊手，眞成把酒天。長河印曉月，老木聚荒壓。
了了江山夢，區區文字緣。南堦兩三菊，極意作今年。

王氏郊居

江山處處好，落日極登臨。雨續蔬畦潤，風吹柿葉陰。
客船頻上下，水鳥故浮沉。尚有南飛鴈，丁寧可寄音。

對菊

稚子尋花莫漫狂，已知衰疾負重陽。新霜有意留青
蘂，更放殘枝十月黃。

雨後至江上有懷諸子

落日蒲寒雨，長江收夕霏。定知聊復爾，敢望不相違。
野鳥晴相喚，殘螢晚自飛。殷勤兩山口，好爲放朝暉。

登南樓

疾風吹沙不成雨，十日狂陰倒殘暑。江頭樹木半焦
枯，不厭潮頭洗塵土。南樓反照千丈紅，落日却在洪
濤中。舟人漁子莫惆悵，更借朝來東北風。

歲晚作

南山雪雲千尺高，北山晚田無寸毛。富兒巨家飽欲
死，笑我陋巷長蓬蒿。道人坐穩忘作勞，百念解縱如
垂橐。但當折簡喚我曹，並坐擇蝨煩抑搔。筆力可借
秋江濤，莫學人間膏火熬。

弔古塚

荆榛開莽蒼，千歲一孤墳。生則無是叟，死應冥漠君。
略無他日念，唯有不堪聞。想得西陵道，荒臺亦暮雲。

奉送子[illegible]之還京師

日月老投閑文字今削跡便然腰十圍欲吐啄三尺
頗懷平生友相就語肝膈諸江好兄弟夫子眉最白
詞林三二公子實門下客布帆千里來許我間賓席
階庭出蘭樹戶牖照圭璧詩如駕高浪萬頃隨筆力
寧爲首陽餓不作嬖奚獲乃知工語言要是飽糠覈
茫然李杜壇未免陳蔡厄出門觀善陣斂手避勍敵
澄江摇夜霜歲晚見沙石斂頭胃蛛絲即有梁宋役
士生多艱虞道遠自古昔相期逍遥游不計天地窄
名聲了三點談笑供百謫別君爲此言可當續朝策

外弟趙才仲數以書來論詩因作此荅之

君才如長刀大竅當一劃正須龍其鋒却立望容髮
平生江海念不救文字渴茫然攬轡來六驥仰朝秣
病夫百無用念子故踈闊未能即山林頗復便裘褐
前時少年累如燭今見跋胷中塵埃去漸喜詩語活
孰知一杯水已見千里豁初如彈丸轉忽若秋兔脱
旁觀不知妙可愛不可奪君看擲白盧乃是中前筈
不聞鐵甲利反畏彊弩末輿薪遵大路過眼有未察
君能探虎穴不但須可捋（才仲佳士也年十七八時隨其父演在定州子開及晁四諸人比其文柳子厚）

過子之泊船舊亭

江郎泊船處草徑不勝秋客裏終年別春前萬斛愁
山橫采菱口月滿望江樓政可夢春草莫令吟白頭

望金陵偶成兩絶

臺城南望入斜陽尚想能詩玉樹郎乘興風流莫相
笑眼看直北是雷塘
雷塘別有風流坐可作南舟兩日行江水自流春自
好不知芳草爲誰生

烹茶

水光欲盡瑠璃影玉色初浮翡翠斑便覺麴生風味
惡小爐新火對蒲團

西樓

小院無人日自長隔簾時有芰荷香客游未作安居
計更借西樓一夜涼

寄信上人

笑語三年別舟航十里淮新霜變草木好雨過風霾
萬事不如意一生常好乖何因伴明月特地入君懷

秦處度與一上人同宿密庵處度爲一晝斷
崖枯木

小庵無客亦無氈遂有高人借榻眠一夜西風撼枯
柳不知春在石崖邊

寄謝無逸并汪叔野兄弟

老謝風流綠綺琴小汪兄弟亦南金文章已悮半生
事江海略酬他日心好酒不嘗愁偪仄舊書羞尉病
侵尋平生恩義泮宮老斷綆寒泉百尺深（汪信民没方數月）

月下

白鷗笑汝不能飲澄江惱人勤作詩可惜南樓好風月只無春柳對瓊枝（汝一作我）

劉穆之

金柈一斛貯檳榔戲調兒童走欲狂不謂林間有元亮念公時在酒中藏

戲贈道洨上人

忽逢邪溝道人洨如見錫山居士秦問着世緣渾忘却知公不是箇中人

喜章仲孚朝奉見過十韻

苦語不難好蓍爻今則無但能留客坐已勝折腰趨只有連根煮初非滿眼酤苦痕記柱杖雪影傍跏趺語道我恨晚說詩公不迂丁寧入漢魏委曲上唐虞歷歷有全體忽忽或半塗眞當置度外不敢望庭隅日月換新歲江山非故吾他年佳句在與畫密庵圖（山谷論作詩尚當自舜皋陶賡歌及五子之歌以下皆當精考故予論詩必斷自唐虞以下）

觀甯子儀所蓄維摩寒山拾得唐畫歌

君不見寒山子垢面蓬頭何所似戲拈柱杖喚拾公似是同游國清寺又不見維摩老結習已空無可道牀頭誰是散花人墮地紛紛不須掃嗚呼妙處雖在不得言尚有丹青傳百年請公着眼落筆前今我琢句逃幽禪異時淨社看白蓮莫忘只今香火緣

寄朱時發

芠橋脊梁硬如鐵天下柱杖打不折倒騎佛殿出三門南頭學來北頭說昔苗未生今作米更判阿師三尺觜公但吸盡西江水莫怕庭前簸箕尾（簸箕尾事出小釋迦録）

寄潁昌諸叔

身如許縣老聾丞心是江湖版下僧萬事聊憑曲肱夢一尊時近短檠燈舊遊可數終難又惡況雖多不厭曾尚憶少年情話否夜窻相對鬢鬅鬙（心是一作心似）

謝人送瓊花白沙人謂瓊花為無雙花戲成兩絕

疑塵欲滿讀書窻忽有瓊花對小缸更喜風流好名字百金一朵號無雙

斷腸風味久難尋尚有名花寄此心折盡長枝已春晚只宜涼月不宜陰

觀甯子儀朝奉山堂諸石三絕

箇中眞味久難忘但覺人間萬事忙今日為公留不得剩分詩思入山堂

向人懷抱終何有過眼崢嶸得暫醒更喚秦髯與滴被為公題作小南屏

知公心似山堂石慣落人間几案間今日風光已相負看朱成碧未能還

十一月五日與才仲弟相別于白沙東門之

外悵然久之不能自釋乃知謝安石作惡之語不爲過也因成八詩奉寄可見別後氣味亦可并示京洛間親舊也

終年想顔色未有食頃忘君寧不我念苦畏冰雪妨斯文百戰罷闕士如堵牆孰知五湖口一葦可以航君才不長貧太阿之在匣故知讒慝口不受龍象踏此道有從來骯髒端不乏相期斐頭春夜語重一呷盛欲與子談乃復爲此別怱怱得餘歡把酒到耳熱人生不如意肝膽有楚越何知若人胷中有積立鐵伯姑無恙時令我與子友周旋以至今各是遺種叟文字種聲名於身亦何有還書問兩弟是事君識否婦如先姑賢見似乃翁好識君相與心見我亦傾倒頻年作離情悟賞到丘嫂卜鄰洛水陽此語當在早低頭拜東野未厭擿抉窮停奄問縮酒不計牛馬風胷次脫塵滓欲與秋水同斯人未遠遠當在阿堵中往者汪信民愛我不自勝以我如古人得與子並稱若士不復有斯言當伏膺期君極膏沃更作無盡燈鍜以百鍊剛滓以萬里流閉門待彊敵忽見天地秋以石投水中萬歲終不浮堂堂倚松老於今忘百憂

東萊先生詩集卷第三

東萊先生詩集卷第四　　吕本中居仁

山水圖歌

君不見南江老龍夜不眠令我破屋開青天千巖倒壁卷角上一榻却在洪濤前又不見江頭古木一尺圍猿猱接手懸高枝雨中寒蘆披靡去天際風帆先後歸陳生故是可憐人筆雖未到心已親南村北村渴欲死怪此一室無纖塵鄭虔祁嶽不解奇韓幹畫馬空多肥萬里咫尺君得之更看湘江雷雨垂陳生欲畫湖湘圖

庚寅年正旦郡中客次作

曉霜挾霧入寒廳四坐伊優不暫停剩欲逢人房作新歲念無餘瀝到空瓶詠諧與世聊從俗嘯傲它年可乞靈更爲旁人住俄頃坐間愁殺兩螟蛉

題李伯時維摩畫像圖

老松攙天四無壁小菴不勞容一室野竹入戶芭蕉肥下有無言病摩詰文殊妙對亦未真身如浮雲那得親驚倒同行問話人彼上人者何所云龍眠好事筆有神不避世間狐兎群掃渠胷中千斛塵多口阿師聞不聞掃渠一作洗盡

遣懷三首

何山不堪隱何家不可居古來子華門亦着荷蓧夫荒田脫積雨未免供晚租今日視昨日但見有不如

故人勸加飡未親憐嗜書寧知毛錐子不可一日無一作一日不可無

秋風襲殘暑忽過江上林且日扶杖來不見十畝陰蔬畦甚寂寞亦受霜雪侵念此不常好如我宿昔心濤頭落崩岸野鳥助謳吟潛魚着沙底避網冬更沉襲一作鑿

異時忘言人馬驌今宿草生平不如意欲伴寒木槁遂令藜莧腸更盡組繡巧三年對空案誦子詩可飽從來文字工不解顏色好相逢期後身再訪西院老謂信民也

符離阻雨

東風吹船篷未曉天復雨篙師促添纜卧聽泥灘灘不知城北園春事今幾許舊游如宿昔花柳黙可數鄰里先後來頗復相勞苦東家獻牛酒西家饋雞黍感渠長久情愧我無所取汪侯哦詩處積水敗環堵念此不忍行不但出入阻七年此端居畏病如畏虎故人鐃與黎此老可共語

伍員祠

伍員廟前一丈碑上有野鶴雙來棲水雲杳杳凉去遠風雨冥冥秋到遲汀花相趂野花發舊燕不隨新燕歸大夫遺恨竟何許楚越勾吳今是非

東園

垢汗久思出江山秋更新荒田出龜兆老檜落龍鱗風月猶堪夜蒲蓮浪作春籃輿亦乘興實自厭冠巾

寄琦監院

往時濟陽晁公子今日靈巖琦上人千山不礙一月曉北樹忽見南枝春箇中有味渠不識底處無情公得親不知碧眼之面壁何如赬顏西入秦

即事戲答季一

斜陽着髙柳環堵半黄昏小圃三年旱荒池一尺渾粗知詩有味寧使婦無褌不信晁公子猶招楚些寃季一詩云思與諸公論人物試憑清議賦招寃

湘竹

小雨催寒入夕曛湘江風味可憐人班班空淚無時盡裊裊金梢別是春

有懷宿州城北因作詩寄寸仲

宿州古城城北隅雨罷晴開如畫圖雜花亂蕊未須道白杏一枝天下無香風裊裊入短袖明月蕭蕭隨蹇驢二年不復見此樂清江萬頃正愁予

示沈宗師

十日兒號不出房殘梅猶在小瓶香沈郎喚客煮湯餅政恐匆匆未得嘗

九日狂陰一日晴落花飛絮作清明與君攜手南樓去共聽長江月下聲

夜坐戲成兩絶呈迪吉宗師二友

夜窻燈火著新寒喜見蒲團一味閑縱有好詩人不要却須還與檻前山

踈簾欲上梧楸影遠枕微聞盆盎鳴甚欲分身就公宿只愁塵土變江聲

戲成兩絶奉簡章仲孚兼呈宗師

日日勃鳩相應鳴年年春草趁愁生道人不怕冰霜面又作南舟十日行

沈郎愛客如愛酒章子問詩如問禪肯共寒爐撥殘火共搜佳句作新年

老松

奉君以綠綺琴報我以雙南金盃中琥珀不須盡聽妾一聲行路吟君看庭前老松樹上有杳默不斷之清陰牆低未礙髯髮古歲晚不辭霜雪侵東園桃李自妍好與君百生同此心

楊州雍熙寺納涼

高樓有餘涼但見旗脚動鳥語簷角來仰聽風響弄江山舊還往草木老賓從平生一笑適可得萬鈞重翛然六尺床更許佳月共

訪張鑑秀才兄弟

眼看霍霍萬錢食便就匆匆五鼎烹何似張侯五兄弟閑閑相對飽芹羹

邵伯埭路中

行前蒲柳後鷗鳥乃似白沙之舊居忽見雲天有新語不知風雨對殘書往來河樹幾傾蓋上下江船如貫魚更與河山結香火夜窻重枉故人車

寄周司理

日月走劻勷舟楫卧煩暑涼秋在萬里客子安得語周侯磊落人憐我自麩貴膀勸半月留可得一笑許別來今幾日坐此百里阻清風不時來曉月仍半吐卷簾看脩竹忽似對眉宇人生行樂耳舍此皆自苦終期卜隣歸重聽對床雨雖無嗚嗚歌亦有坎坎鼓

山光寺前泊舟值雨

輕雷喚小雨憶在白沙時綠酒留連醉紅燈取次詩好風那復有涼月自相隨獨上山光寺清歌無柳枝

步月有懷

平生最愛花梢月可與青樓一等看病去老來渾忘却曉窻晴日上蒲團

楊州留一上人

白日東風吹客衣小園春在掩芳菲殘花過雨飄零盡好鳥穿林自在飛往事虛成采薇瘦故人頻有食言肥知公未厭西行晚且伴江船緩緩歸

送一上人之京師

東風吹雲十日雨卧聽城頭打衙鼓道人遠自山中

來共坐南窻濯泥土自然高韻到羲皇豈止微言變
齊魯萬牛回首亦震掉一葉横江且掀舞未能入水
取蛟蜃尚欲投戈伐貔虎念公守此非一朝木病磈
瘣無枝條已盡千峯西嶺雪更夢〻月錢塘潮京城
塵沙深一尺是中莫留公履迹權門蹲嗒見女笑我
一思之不能食片帆無事早歸來爲公一洗山中石

擬古

狡兔死三窟老松堅百尋物生各有願共此分寸陰
荒城六月旱長江三日霖稻苗不遂死幸無蟊賊侵
皇天不私覆〻一語鎖百王先王典刑在落落傳至今
願以小人腹而爲君子心
寒雞不能晨苦求自朝夕上爲雲雷蟠不下乃龍蟄宅
坐懷陰外天缺月掛殘魄少來可喜人牖戸陳玉帛
平生千萬言略省二三策牛山所種木日在斤斧厄
念君十年心使我雙鬢白

潘邠老嘗得詩云滿城風雨近重陽文章之妙至此極矣後託謝無逸綴成無逸詩云病思王子同傾酒愁憶潘郎共賦詩蓋爲此語也王子立之也作此詩未數年而立之邠老墓木已拱無逸窮困江南未有定止感歎之餘輒成二絶

漫營新句補殘章寄與烏衣王樹郎他日無人識佳
景滿城風雨近重陽
好詩政似佳風月會賞能知已不凡萬里潘王舊鄉
縣半江斜日落歸帆

寄李商老

竹不可一日無酒不可飲不醉平生嗜酒愛風竹此
意不許凡兒會南來經年飽塵垢袖手甘隨百夫後
文章漫作無功身只了兒曹補窻竇黃沙障日江漫
流青山嗖我十年舊憶昔泊船鸚鵡口把酒遥爲故
人壽只今身在心已老千巖想像靈芝秀君家兄弟
固不凡解攜三友動相就中郎臥病過春晚昔則酒
狂今詩瘦山房夫名不墜地諸老風流未宜棄老檜
參天可乞盟深食鯽羹乃無味如君高韻千載同可
更託身三數公丈夫勁挺要長久百萬叩關一夫守
胷中江海不須道此流何必計升斗眼前勃窣訴
友聽客所爲公絶口

雨中作

咄咄真成夢悠悠復未知寧爲牛背語不作劍頭炊
雨挾秋聲亂江含暝色悲故知無事飲猶勝項來詩

示內

貧賤不可忘富貴安足羨我生未三十種種厭貧賤
宦情肱九折老眼金百鍊稍回功名心來結香火願
平生所知久〻已焚筆硯是中無真實亦在儒術緣

有如退飛鷁更借逆風俀病妻頗賢絕可與共開宴
小女眞吾兒語學春鳥囀初非本來有且作夢中見
居看手捉鼻絕勝扇障面他年從吾名同入隱士傳

寄外弟趙栫村仲

長年更多疾念爾不能忘夢去關山靜書來道里長
形骸且憔悴草木自蒼唐古縣踈還往微官絕歎揚
頗聞能吏事仍不廢文章客舍襄江下人家筑水傍
婁成千里目虛斷九回腸我老知無用身閑欲半藏
預愁章服裏仍怯簿書忙事業煩詩卷生涯在藥囊
得非嵇叔懶寧似次公狂野檜多鱗甲寒松半雪霜
高天一鴈遠小逕百年荒每惜朱絲斷空懷素錦張
舊交渾潦倒此語更微茫欲判五斗米先尋百本桑
殘羹得共啜薄酒要同嘗匣裏出鳴劒眼中除眯糠
未容窺窔奧虛自倚門墻指點飛鴻路何人識故鄉
一本自野檜多鱗甲寒松半雪霜下云直須守歲晚
莫美踏春陽夙受祖師印得遊夫子墻直言無異理
未學故多方必若除煩惑先能起介儓君才可辨此
吾說未應亡匣裏得明鏡眼中除米糠高天一鴈遠
小遲百年荒每惜朱絃斷空懷素錦張馬難逢伯樂
鱗有遇鉏商却倚摩天刃兼除治水航舊交渾潦倒
此語更微茫欲判五斗米先尋百本桑永無南浦送
頻受北風涼想弟眉宇好見兄籌策良殘羹可共
薄酒更同嘗睚勉初無害褰遲却未妨時尋二
三子同看億千場指點征鴻路無人識故鄉

京師贈大有叔

尊酒相逢十載前綠鬟紅顏俱少年尊酒相逢十載
後皮黃肉皺俱白首叔如鴻鵠且高飛姪似鷹鸇更

深走南來行李初一逢長安舊第冰鎖閑門不識
故人面豪氣直欲輕元龍平生爲道不爲食少小所
期皆目擊何時相就過江南同訪曾遊舊泉石

寄蔡伯世趙寸仲

我恨不識鹿門公蔡郎心期千載同不隨吏部曹中
板去赴長蘆寺裏鍾
一坐十月長江濱自君之來心轉親還書起居清源
君人間紛紛何足云
同行者誰平原孫於我不但骨肉親誰言不爲桃花
去只愛江山亦可人
二子逃禪不計年江湖重去水粘天直饒透盡三關
詞到底終成百漏船
木魚光裏兩蒲團意氣與我平生歡盡底告君君不
會空得癡人尋筆端兩蒲團謂愚璧時諸人爭收璧書

寄范子

范郎平生萬人傑只今未免兒號寒三江五湖在胷
次琨玉秋霜看筆端舊疾秖今肝肺熱春風欲開桃
李顏待約南江今夜月與渠萬里報平安

春風

春風隨長江一日行萬里蕭條起岷山欻忽度楊子
江南千酒樓春風樓上頭金樽開翠幄青帘吹客愁
長堤二月暖寒溪千古流紛紛桃李花處處作芳華

不見梁間燕空悲王謝家

聽琴

君不見龍門之下百尺桐漂霰飛雪愁寒空何年班
爾落君手小窻伴坐歌南風恍然如着山巖裏不知身
在塵埃中初聞平野飛鴻鵠欻聽金盤起珠玉遶壇
古樹鬱嵯峨六月吹霜作寒緑折裼黄花不須道別
鶴離鸞尚堪續君不見開元天子醉西都音聲十院
留歡娛當時臨軒奏此曲徑須解穢煩花奴乃知恬
淡世莫識無絃之趣何時無歸家愁厭箏笛耳此聲
一聽還已矣會須流水試鍾期試向爐中覓焦尾

雨後

新花欲盡竹當欄喜見空墻野色團稚子乘陰蒔蘭
菊僕夫留水灌萵蔓茶香於汝初無分酒熟逢人也
強歡惱亂春光君會否小瓶猶占一枝殘

送山伯良佐東歸以務道期息塗爲韻

荆棘生良心米鹽入塵務芬芳老不達豈不以此故
人生錐處囊穎末要立露玉壺近青蠅沒沒自黥污
刳心萬物表却立看脫兎
臨別當一言狠狠念忠告縹囊可取足往結萬古好
默識古則然愚智同一道遠師顏氏子近比伯業操
文章有妙斲期子開突奥
吾詩如清風去留不可期灑然或一來不繫凡子知

兩郎從我遊豈但窺藩籬山房光焰在實藉衆木枝
斯言可三復如我清風詩
昔我同學生文字虎而翼仲弟最多才去以六月息
自吾失若人每語輙氣塞子如求數君（御名）莫怪蠡賊
胷懷但明了几案付塵黒
贈我貂襜褕報以明月珠古來聲名人一一行此塗
漢中屠沽兒適可曹公奴人生嗜好異至有海上夫
孰能識其然飽此萬卷書

河水清贈良佐兼寄商老

河水清江水黄南山北山自相望恨君不止白石房
與誰同遊南郡郎白玉刻佩明月璫如鳳四海求其

凰道里遼遠日月長爽氣自足陵朝陽舉酒送君君
莫忘

同晁季一李天紀過沈宗師北莊因成長韻

三年城南居不識城北土但聞玉雪郎去作猿鶴主
今晨鑒輿來握手相勞苦勝遊有佳士洗耳聽妙語
晴窻背雲蠡落日在環堵晚風生白楊想像原野古
斷崖懸老木小港聚寒雨却觀城市人努力自爨煑
畏途出衽席禍福有未覩杜陵懷壯遊無忌笑豪舉
二者覓真是政恐君未許千秋柴桑翁妙句聊一吐

郵上祈雨

涅龍蜴蜥困追求旱遍淮南二十州寄語天公莫輕

許少留明月作中秋

清風

清風如君子所至有餘情忻然破煩溽百醉時一醒嗟我二三友飄散秋葉零不知城南王何以識我名歘斜左手字勞苦如平生會寫登樓賦一弔漳濵靈

學視

學視覘懸虱病耳聞鬬蟻紛然酬六鑿萬刼費揩洗君看林中蛇妄想從何起忽聞一妙語初無強料理回觀積年疾乃是一念使誰能明此心香山老居士

寄舍弟

殘暑墜空屋舊書穿破帷寸蒙小雨潤遽得好風吹逸少每作惡淵明常病羸他鄉憶吾弟苦語自成詩

斷雲

斷雲西南來好風東北去翩然兩無心空中忽相遇化爲一尺雪照我亭前路昔者甚可憐今來渺無處故人多勸邑留我不少住羇愁動中腸疾病增百慮虛庭着明月皎皎如積素不見乘鸞子空懷舊煙霧

如皋道中

客路三日雨頗知袍袴單長河貫沃野薄酒動新寒秋風藜藿盤衰顔定可笑不必鏡中看

東萊先生詩集卷第四

東萊先生詩集卷第五　　吕本中居仁

初去白沙冉望路中江南諸山慨然有懷

青山如美人濃淡各有態挽之不肯來乃似孤竹隘念無千里風限此一衣帶夏木與藩屏不畏炎日曬三年白沙游藉爾寛眼界脱身塵垢中一笑終不壞別君更舉酒未了清淨債雖無絲竹娛會有詩律快何如少陵翁亦爲杜鵑拜吾詩有餘歎此語君勿怪

赴濟陰留別一公

近別君莫嗟遠別君莫惜往來天壤間誰爲不相識十年幾相別日月虛棄擲見君長江口已作胡眼白別君廣陵城妙語推靈靡今別知幾時復念駒過坐成千里阻當有片言益不勸君愛身不勸君強食勸君以勇決萬事要努力愚夫之所欣智士之所感譬如醉而顛亦有傍震驚聲色糾纏人萬刼困封植本自驕墮生亦以因循得實惟招侮慢豈止礙空寂居然耳目內反務化勍敵誰能深山中弄此無孔笛芳草變蕭艾每爲長太息如公定不然此語當謾憶何妨膏腴地更論去荆棘君看一壺用亦有千金直

五月五日泊舟北神與關聖功唐充之李元輔作別意殊惘然端午日行次洪澤把酒北望已如異世事矣因念屈大夫之死正是此日慨然有感於心輙成長韻奉寄□□民師□

士特來可求和也

爰上蝴蝶飛水邊鸂鶒卧却望山陽城已若一夢過今晨又端午把酒意亦隨風回浪蹙船閒淺沙著柂故人阻情話客子且清坐更念屈大夫是日遇奇禍空餘後世名弟子只增悲寶璐與明月皎皎不受涴固知汨羅沉可到首陽餓還書二三老此語君可和

贈唐充之兼簡益中

三年白沙看江山可當中原故人面今來千里逢故人笑談却作江山見江山故人不相遠平生志願於君滿唐侯獨立一代無張侯與之來集枯老松本自歲寒外良馬不畏長途驅飢年主言室仰橐橐暑路六

月懸冰壺念昔關汪不相貸覩岦好爵如機械上書索去不作難云我未了平生債後生少年延頸觀諸公故人思一快基本未定天奪之賴有君侯數人在龍媒已遠風馭回坐歎四海梁木摧爾來老謝又繼往但覺眼界常塵埃長江無津出光怪迥野入夜開風雷此語不誣君可驗請君更討防身劒

夜雨

夢短添惆悵更深轉寂寥如何今夜雨只是滴芭蕉

出門見明月

出門見明月入門思故人故人如此月一見一回新明月相見多故人相見少問爾何因緣長似此月好故人在何處南北東西路明月在咫尺夜夜庭前樹明月莫虧缺故人莫離别願月如故人故人亦如月

夜夜庭前樹一作宿我庭前樹

往歲在白沙見江上往來祠神者殺猪羊鵝鴨日夕相屬也有感於心後至濟陰因成長韻當託白沙故人投之廟前庶幾神少知自戒乎

今日殺一羊明日殺一猪問神何所樂而必爲此歟羊死噤無聲猪死足號呼傷哉鴨與鵝閉目頸已朱問神此何負神亦何所取吾知斯民愚非是神所許江船一帆風江田一犁雨民或謝神勞尚使相告語但采澗溪毛足以薦筐筥何須污刀几而後羞鼎俎

於物固無怨於神亦無苦更令謳嗚歌時送坎坎鼓

濟陰野次

去年騎馬古城西雨涴鞍韉一尺泥今日重來轉無緒強扶衰疾遶河堤

毛彥謨容膝軒

黃金爲樓玉爲梯畫旗素錦生光輝不如一庵醉而歸倒卧側立無東西君才於用無不宜會稽竹箭梁山犀賈而不售君不疑亦自不以爲珍奇淵明妙處君得之萬古一首歸來辭一庵容膝君所知不用芥子藏須彌望風懔想三歸依眼前有睫見者誰世人紛紛不自治何異羊質蒙皋比見豺而戰忘其皮嚙

頭燕雀莫謾肥汝不仰看鴻鵠飛伯夷去採西山薇
想渠瘦亦不勝衣不羨汝曹腰十圍（一本倒卧側立無東西下云小窻容膝君所知不用芥子藏須彌君才於用無不宜醫無閭之珣玗琪會稽竹箭梁山犀貫而不售君不疑亦自不以爲珍奇淵明妙處君得之萬古一首歸來辭望風懷想三歸依眼前有睫見者誰我生甚窮今則衰何異羊質蒙臯比見豺而戰忘其皮恨不與子歸同時君生於書無不窺文字皆好尤長詩令我琢句相追隨牆頭燕雀莫漫肥汝不仰看鴻鵠飛伯夷去采西山薇想渠瘦亦不勝衣不羨汝曹腰十圍）

濟陰寄故人

柳絮飛時與君別南樓把酒看新月月似當年離別時柳絮隨君何處飛千書百書要相就思君不見令人瘦念君情意只如新顧我形骸已非舊朝來有信渡黃河鴈足繫書多網羅城南城北芳草多明月如此奈愁何

晁叔用得古鏡二以遺澄一上人澄澈可愛底水隱然層樓突起又作杯渡禪師像翩翩然衣動正在中流間也一求記於予因爲作歌

晁郎高居卧冰雪得此懸空兩秋月已將屋角倒魑魅更與人間洗炎熱一月團團如扇面一月菱花光掣電憐君囊中一物無意欲分君託方便菱花入袖世莫識空堂夜留跡雨滴天生寶氣有期會復恐藏去終無益君行萬里尋劍術山精嗅君君莫出寒泉百尺傍枯樹狡兔九月投霜鶻未須潘謂苦賦詩或自蘇公識神物下有禪和不笑人須君一照蛟龍窟

別離行

城頭草木日夜黃九月北風天雨霜月色入戶侵我床美人乃在天一方舊游可樂不可忘恨君不隨鴈南翔恨妾塊守此空房曉風忽來吹夢長夢中與君還故鄉黃金爲屋玉爲堂與君更笑億千場不須合佩雙鴛鴦

李念七久不見過二絕

不隨殘暑退青蠅入眼囂塵漸可憎靜裏工夫君莫厭夜窻重對短檠燈

羅襦襟解燭滅後喝堆喝盧人散時願君莫忘點軒老少小先蒙國士知

往年與關止叔相別甬上止叔見勉學道甚勤且曰無爲專事文字間也及今五年矣尚未有所就因作詩見志且以自警也

老關別我時笑我勤苦甚曰吾與子然同此一味靜收功粥魚底筆墨有譏訶五年念此語但見日月競雖無蛾眉斧亦有宴安鴆斯人今何往想作大樹蔭我走足欲蠒始學兩鳥噤君看齊聲謳何異衆喫臨繁紅成春條本自其天性風雨頃繫（一作摧折）之不有十日盛人生亦何聊共未免此病乃知鑁頭道已勝狗脚朕（洞山會下有僧法空具宿命時有運上座者刻苦練行空以水照之知其前身爲鄉孝靖處也）

時衆中謂通爲钁頭通云

六月初三日雨後步至城東

涼秋生郊原快雨灑庚伏曲肱訪幽睡朝夢不可續
開門招此山爽氣滿崑谷村蹊沒衰草古院蟠翠木
東行得幽亭小徑來已熟下有十里濠暑退萬荷綠
恨無沽酒錢一醉起枵腹人生要快意豈止寄幽獨
若看後池蛙聲韻故不俗怡然供清歡何必絲與竹

得揚州書

書來每恨日月晚書去還憂道里長但得老親常健
好不辭新歲且窮忙文章已受塵埃涴禪觀多爲疾
病妨趂得殘春北歸否近箕臨潁是吾鄉（道里一作道路）

歸計未成作詩寄懷

萬里田園半有無十年歸夢阻江湖文章繆忝聲名
在氣體猶須藥餌扶客路因風起舟楫水田無雨卧
菰蒲青帘白酒斜陽外不與行人滿眼酤

閱舊詩卷有懷

好詩無過亦無功準擬還家贈阿宗會有江山與潤
被且無塵土共從容大江矯矯雲間鶴老謝森森澗
底松回首百年俱一夢暮年文采更誰從（且無一作略無）

高郵道中荷花極目平生所未見

綠淨紅深水不流炎天烈日自然秋只緣傍野父已無
計便與行人亦暗投明月不來江北岸好山應在石
城頭何年得映潘妃步更放君王作意游

高郵遇大熱作

南風極炎暑赤日不可傍扁舟在地底淺水安得強
坐懷長河冰未熱喝飲狀甚憎食案蠅意欲不相讓
旱苗乾欲死蒲藕秋可望平生投筆手中有無盡藏
尒來但深藏穩着犢鼻上有如三年艾更復加百壯
黑雲翻日脚好雨終不放雷聲無事來輷輷車百兩
東街暴泥龍西街設銅像利害有不同未易相得喪
農夫責催租日夕困大杖那知清歌前把酒有餘量

題孫廣伯主簿家壁

占木輪囷老歲寒好花無力便凋殘秋風只在盆池
上但作江湖萬里看

贈孫廣伯

人皆笑君拙我獨喜君直拙則世所無直則未易識
昔者中丞公事主以一德從容進退間多士所取則
朝廷九鼎重冠冕萬夫特塵埃困大路此老難再得
至今門下士必以身許國孰知強弩末而有百鈞力
賢孫後來秀見我好顏色收功卻掃中欲任門內責
空拳入善陣匹馬覓勍敵不嫌不識察但恨無此獲
欲赤莫如丹欲黑莫如墨吾常持此言以辨主與賊
苟無牛羊害則有天地塞君能但拙直亦莫忘黑白

與吳迪吉諸人赴晁季一陳塘范園之游因

成十韻

春風未寂寞頻枉故人車客舍輕寒下村煙宿雨餘曉紅留隱映新緑上扶疎妙墨懸高榜殘章得舊書（即所謂白水滿時雙鷺下）蛟龍忽舒卷草木自清虚渺渺登臨地悠悠水竹居只今那復有本自不關渠塘水空遺廟（塘即陳元龍所開今有元龍廟在此塘上）鼉淙亦故墟（園面有寺名鼉淙唐武宗時所建寺邊有鼉為水害）同行喜佳士所到即吾廬政恐習池飲風流却未如

送晁季一罷官西歸

少年閲人若郵傳漢廷公卿日千變故人一麾便青雲咫尺相逢不相見丈夫驥騄俱出戟黄塵没馬渠未識晁侯文采老不聞兩耳壁塞一日為昏三年剌促簿書裏更覺和氣生春温誰能種蘭生九畹從公不辭墮車蹇冰霜入眼蛟蚋去桃李成蹊草芽遠胷中滄海無水旱眼底浮雲看舒卷頃來江上幾送迎聚蚊成雷公不驚笙竽沸地不知曉公但寒窻延短檠乃知風雨晝窈冥我亦不廢晨雞鳴箕山之下潁水邊脫冠便歸須壯年請公先尋買山錢我亦從今當着鞭

侯嬴

游士縱横飜覆手山東諸侯望關走歷下邯鄲無使來長城易水非燕有大梁賈客舊如雲夷門監者未有聞謾將苦語送公子市井屠酤虚見存後來毫髮爭得喪紛紛小兒跨跌宕不知世有公子牟一生放迹江海上

昭君

凍雲霾空風折木烏孫公主歌黄鵠昭君請自嫁單于當時各倚顔如玉霧鬢雲鬟胡地塵帳中誰是可憐人左抱琵琶右揮手胡地漢宫能幾春嗚呼古來出婦嫁鄉曲何曾肯望秦雲哭

戲呈外弟趙才仲

趙郎風味春月柳可到阮公青眼邊秋水黏天劇空闊曉霜挾月作嬋娟比來好句傳新鴈一夜客愁如少年安得瓊枝更當眼沙頭同理釣魚船

城北别江子之

但覺與君别孰知歸與長亂畦分宿雨老木掛晨（一作新）霜未許緣詩瘦只知如許忙它年風雨夜重約細商量

訪晁季一

近人烏雀昆弟語堆案簿書鳧鶩行是中亦自有佳趣公但徐之渠自忙西風忽來涼月曉楓葉蘆花秋意少勸君多飲莫多談截斷中流公更參

吳君求詩因作四韻寄之并簡小吳與寗生

文字縛人同束濕吳君不言如坐忘知公胷中有餘

地萬頃亦在一葦航寒梢倒掛夜來雨細草已披秋後霜寄語兩吳兼小寧莫因詩律廢相望

古劍歌

寒江九月雷殷空落日倒射千山紅江頭樹木半傾倒衮衮不盡洪濤風風中有物如長戟雷光忽來傾霹靂雨罷晴開不復知乃是潛蛟倚長石蒼皮半卷頰飛動澀蘚中開欲跳擲青熒野火下絶水天矯長煙轉空壁天生神物有時出歲月飄流爲誰得銅花欲盡秋水渾尚有千年妖血痕向來天地亦兒戲俄頃變怪徒紛紜君不見豐城之來亦不久寳氣何爲上牛斗

初夏即事

歌呼連牆亦任渠移門賓從又何如（是日西鄰置酒會客甚盛）晴堦仰日卧紅藥野水趁船跳白魚多病且參箍桶話得閑時近養生書平生不盡幽居興付與長江拯釣車

偶作

鄙夫養病苦不足諸公覓官常有餘自是閑人不更事可隨雲鳥更深居

癸巳自南京過泗上

昔我往矣天欲霜今我來思梅已黄淮山澡雪塵垢面魚稻騷除藜藿腸好風肯伴客帆遠故國不辭歸夢長塔中老人真祖笑我自寂然渠自忙

泗上贈楊吉老二首

杯中蛇去無恙醉裏詩成有神相逢不及世故長年倍覺情親

置王坦之膝上着陳長文車中何似維摩丈室蕭然一榻清風

題寶應張氏草堂

好風殘暑不同途穩看飢蚊自掃除不謂南軒有佳竹捲簾相對一牀書

學仙行

長松拂雲根合地雪壓霜凌不相到下有千歲老伏苓化爲琥珀光自照食之便可登廣寒不但無病長年少浮生溷濁那可言和氣乃爲塵務煎坐看靈藥置泥土五味雜置成葷羶豈不聞齊天子黄金丹成不肯仙且貪人間樂不能從汝飛上天惜哉章郎之妙語一失毫釐千萬年

冬日訪朱深明博士二首

北風迎馬入蒙茸來訪殘爐半日紅敗屋數間書百篋無人知是老龜蒙

見公便是倚松老念我不忘擔板心萬里江山一尊酒主人無古亦無今

東萊先生詩集卷第五

東萊先生詩集卷第六　　呂本中居仁

初別清源姑丈仲弟過楚丘作

前村後村鳩亂鳴梨花點雪柳半青斷雲忽過楚丘縣驟雨已見龍丘亭故人愁緒各南北宿酒別時同醉醒語離情緒乃如此故園可歸公不聽

宿楚丘懷石子植顏平仲趙才仲

暮行楚丘北適與寒雨值旅舍一尺泥又乏芻秣費故人渺天涯客子初夜至披衣附殘火煑茗當晚饋昏昏傍晚枕悄悄入清睡向來談笑聲已若異世事但覺舌本間尚有宿酒味鴻鵠乘秋風意在網羅外強飯無多談此語敢失墜

發召伯埭二首

柳外鵓鳩相應鳴屋頭新月半輪生知公未便為官去且放扁舟自在行

曉日烘窗不得眠夾河高柳亂鳴蟬西風種種入愁思更有長亭十里船

余病不能蔬食懼有五味口爽之責作詩自戒

君不如屈大夫夕餐但秋菊又不如顏平原米盡且食粥雖知舌本欠滋味頗覺和氣實其腹癡人要盈餘椒有八百斛錢有一百屋鼎俎涴腥膻杯盤眩紅綠四方採珍異亦未極所欲寧知下箸處但有一飽足坐償姓命債百死有未贖何如野僧飯晚菜下脫粟撞鐘擊鼓坐高堂童奴啗飯來椎續竹間新筍大如椽樹頭老耳肥於肉亦不見蟹躁擾亦不見牛觳觫石耶愛惜韭萍虀晉侯睥睨熊蹯熟以此相重輕於君未為福

南山

南山佳有餘我病不自得今日飲君家把酒到曛黑秋風浩萬頃涼月掛江色對此不能歡何以消偪塞人生少如意百語輸一默喜逢佳主人略為解羇勒歡然有餘味即此是溫克陽春內空洞隱如一敵國世賢首陽餓我愛鄭朝穆卻懷三年艾未盡一醉力青蠅閧殘暑小雨頻敗北漸須把蟹螯莫計舟推抑

君看兒女笑終勝官事逼殘盃蓋餘瀝名御勿貸雞肋要看知我真不獨觀酒德

與諸弟諸李同登塔山懸壁以事不能來因成二絕

李家漾南江漫流暮阜山前春更愁無人肯會西來意且作小詩盟白鷗

道人不來花滿山蹇驢出沒松聲間待約江頭今夜月與渠他日報平安

春日二首

春日紛紛一段奇無言桃李任春欺要須及熟蘆灣去莫看風吹雨打時

誰將舊日狂蜂蝶誤入春風桃李蹊咫尺風光不相
貸無因乞與上天梯
東園
暫開還落不停枝雨濕東園柳絮飛遥想釣船今夜
月暗隨潮信與春歸
即事
經旬無客事亦少多病閉門身更輕我自不能知許
事暮江斜雨送蛙聲
和李二十七食蛙聽蛙二首
膏香未即輸鮭菜煎和真同食蛤蜊北人驚嘆不下
箸乞與韓公南食詩

莫驚朋類多驚爆曾伴中郎鼓吹來今日屬官本渠
分晚江煙雨閙池臺
題秦惇秀才園亭
秦郎重（太上御名）水邊亭髣髴疎林過雨聲更喚清泉入
屏坐少留他日濯吾纓
別夜
薄酒殘燈欲別情暗螢依草不能明懸知先入他年
話一夜蛙聲連雨聲
寄題蘇州靈巖
水分西子採香徑山是吳王避暑宫可惜同來不同
賞落花飛絮曉濛濛

呈甘露印老
水滿南河月滿牀市樓燈火隔秋江無人可會庵前
事一夜北風吹破窻
壁上人欲行爲雨止戲成一絶用前韻
東風不借南舟便細雨輕寒鎖暮江更想亂山明日
路漫天風雨打船窻
江口送壁上人二絶
小雨浮江霜送秋曉山晴遶讀書樓道人不作當時
面萬里一帆隨白鷗（予夏中數讀書江漢上）
今日鉢囊南去人當時雕句作新春更知自昔相逢
意定是他生骨肉親

送朱時發
眼底家鄉不自歸癡人爭認劫前灰直饒古廟香爐
去也要披毛戴角來
送甯子儀
洪波奔放不停塵萬劫茫茫寄此身畢竟無人會休
去蕭堂枯木不能春
唐張瑄書記梁時婦人黄鼎因侯景亂没北
齊爲小校胡見所虜生二子後附海舶歸聞
鼓角得岸乃知是會稽郡鼎先在梁許嫁張
固及歸固適爲剡令求與相見不可乃遣令
送之宣城鼎在齊時作秋風曲渡海時又作

詩三章瑄書柵其詞凄怨自瑄時已不傳

萬里秋風曲三章渡海詩絶勝漢公主略似蔡文姬故國山河在荒城鼓角悲何如覔張固不用憶胡兒

夜坐呈吳迪吉

伏暑不能旱楚天頻復陰疾雷衝雨斷亂草接江深舊僊可小摘老盆餘數斟明朝有傾倒相待沃愁吟

與李去言諸人分題得之字

人生行樂耳此去復何之酒憶徐公聖月如京兆眉未須誇敏捷或恐勝肥癡不作别離見却憂兒輩知

訪秦氏北莊

午日城西路籃輿欵舊尋稻田肆野水草徑接秋陰飯憶分盤玉書藏遺子金不須千里目枉費百年心

喜才仲兄弟至偶成四十字

落日下喬木好風來暮船徑思投轄飲復作對牀眠寂寂驅愁外紛紛着酒邊□生五經笥不直一囊錢

春日

數畝幽畦滿小園兒童無事亦喇喧水搖日影上簷角風送花香來鼻根病去只留花作伴客來常欠酒應門城南旱麥塵埃裏不借春江一尺渾

甲午送甯子儀歸洛

異時從公游頗恨相得晚同參長蘆禪共聽資福板公今三年病我亦百事懶春風廣陵城笑語有未欵

嵩陽有歸路河水漸清暖豈無一言贈尉此千里遠青松老含抱意不在俗眼豈如山上苗共盡白日短一身隨藥囊萬事付茗盌爐煙梟晴窻自足了遲緩奈何孔文舉苦要坐客滿更知蘇門公遠效嵇中散舟行儻見念此語試三反（相得一作相見　有歸一作盼歸）

讀舊詩有感

但聞微雨響梧桐不悟高樓盡日風團扇向人仍有意短檠於汝漸無功悮游兀者形骸外恐墮淵源雲霧中剩攬飢腸供好句為君常占一生窮

别後寄舍弟三十韻

還家日已短况此獨行情客路三年别秋帆十日程小船携手上斜柳繫篙撑岸失乖龍蟄窻留素月縈重回召伯埭虛住廣陵城破屋仍堅坐殘鶯只強鳴江猶渺莽去草欲蔓延生水縮蛙墓鬬場空霧雨橫土風沾瘧癘民俗混蠻荆豈識排門入兼無倒屣迎好詩思共讀薄酒念同傾枕席煩團扇膏油乏短檠可無道里念或恐夢寬驚惟昔交朋聚相期文字盟筆頭傳活法胷次即圓成孔翎猶宵鍊隋珠有夜明英華仰前輩廓落到諸卿敢計千金重嘗叨一字榮因觀劒器舞復悮擔夫爭物固藏妙理世誰能獨亨乾坤在蒼莽日月付崢嶸凛凛曹劉上容容沈謝并直須用欵欵未可笑平平有弟能知我它年肯過兄

初非強點灼略不費譏評培句筌篌引長歌偪側行
力探加潤澤極取更經營經就波瀾闊勿求益益清
吾衰足歃墟汝大不歆傾莢以東南路而無伊洛聲

記夜

殘暑薰炙人客夢不得長忽蒙千里風尉此六尺牀
高梧舞清影上懸明月光初更枕簟穩未厭塵土忙
中宵有臭蟲其大如蛣蟯排闥觸屏帳怒欲凌空翔
孰視不得名但見兩翼張本草所不載爾雅所未詳
夏蟲盛百族此物尤猖狂東窗不得睡幸無疾病妨
惜哉有知物點汚此微涼人生要史事美惡無不嘗
悉除糞壤念頓悟服食方去爲千丈松凛然衝雪霜

御名勿學瓜瓠置身籬落傍

夜坐

廣陵城中聽夜雨倒牀不眠間更鼓西風萬里卷長
河遍與淮山洗塵土淮南米賤魚亦好敢復摧頹歎
羈旅重簾複幕懶相負細字寒燈且如許漫如爾雅
注蟲魚更就篇章考齊古粗知俛首受寒餓未暇着
意尋豪舉床頭有酒不敢飲況復閨門畫眉嫵故人
此去今幾時亦有文字相撐拄東明縣前濟陽路每
一夢至猶能數少年不憚道里遠平生未省別離苦
只今多病鬚已白尚能呼渠醉而舞田園未還君可
恨歲月漸晚吾何取飫蟲遶壁不自聊尔獨何情促

機杼

寄唐充之二十韻

俗事日相促吾生常作難長河已萬折險路復千盤
坎壈深藏步岑嶔穩轉鞍誰知守樗散略不慎泥蟠
末學多乖謬微軀實控摶小兒成項領列士吐心肝
詩下少文學吳中無伯鸞直須識根柢始是極波瀾
念此欲誰語想公還自寬屢成長劍倚得洗夜蟲酸
解后終年別殷勤一笑歡已除舌本強仍斷鼻端漫
直節群公念高名四海看相期更無事所祝在加餐
曉日留殘雪春雷續淺寒欲行殊未必堅坐只長歎
不厭道里遠敢辭衾裯單却尋三語掾重對兩蒲團

剩欲洗胸次先留倒筆端何須灞陵岸回首望長安

竹西亭

十年走塵土重上竹西亭草木新容態江山舊典刑
狂風掃毒暑落月伴疎星認取揚州路荒城一抹青

邵伯路中逢　御前綱載末利花甚衆舟行
甚急不得細觀也又有小盆榴等皆精妙奇
靡之觀因成二絕

花似細薇香似蘭已宜炎暑又宜寒心知合伴靈和
柳不許行人子細看
玉檜盆榴作隊來異香相趂不相猜從今閑向深宫
裏莫學江湖自在開

飲秦少方家

秦郎家畔一甌茶何處清涼不是家客子三杯玉泉酒主人一曲浪淘沙

孫量臣約遊乾明借秦少方韻見贈復次韻答之

睦州香火趙州茶走遍叢林不着家今日爲公拈出也兩橋人語是高沙（僧問睦州如何是自己州云看香火去僧問趙州州喫云喫茶去）

春晚郊居

柳外樓高綠半遮傷心春色在天涯低迷簾幕家家雨淡蕩園林處處花簷影已飛新社燕水痕初没去年沙地偏長者無車轍掃地從教草徑斜

外姊趙夫人智量（一作諱）以良人没祝髮感歎成詩

故人前去冢纍纍爲恨爲憂未肯歸縱有青山可藏骨却無紅淚與沾衣饒三笑洪參禪誤晁四憐渠祝髮非猶勝同儕二三子枉隨秋草閉斜暉

代贈

十年流落漫西東想見謝家林下風晉邑自思欒孺子魯儒空望叔孫通風花已分飄藩外玉樹何情著土中縱有春梢堪寓目却無人面與爭紅

又代贈

略無歸夢遶湖湘漫逐微陰出建章月裏寒珠一生

露鏡中衰鬢十年霜逢人莫唱想思調閲世終無却老方想得扁舟北還路斷雲衰草更斜陽（閲世一作處世）

臨川王坦夫故從谿堂先生謝無逸學北行過廣陵見余意甚勤其行也作詩送之

王郎別我春已晚索我題詩敢辭懶讀書萬卷君所聞只要躬行不相反聖人遺言凜可畏小事未免書之簡衣冠瞻視有法則何獨文章要編刻譬如逆風曳長艦竭力正在千夫挽君行念此須飽參即是谿堂句中眼（無逸嘗有送吳君詩云問我句中眼）

登淮南樓

樓上西風日脚斜樓前廣道更人家高林稍稍變黃葉細草重重冒白花薄酒尚堪澆舌本故人何事走（一作各）天涯蓬籠只繫南亭下乞與寒江整釣車

題淮上亭子

亭下長淮百尺深亭前雙樹老侵尋暮雲秋鴈且南北斷壠荒園無古今露草欲隨霜草盡歸檣時度去檣陰秋風未滿鱸魚興更有江湖萬里心

夏夜大雨呈若谷叔并晁叔用江子之一上人

中庭電光垂四壁雨脚溜初如單車馳忽若萬馬驟並牆不相語燈影照圭竇斷思共按樂日月不得又叔能糠覈肥姪且藜藿瘦買田嵩潁間欲往今已後旦夕呼是工把酒且相就更須一老人不語居坐右

贈一上人

細褥紗幮卧軟綾豈知秋色到襄陵飢烏乍定門門樹寶塔新晴夜夜燈晚菜聊充肉一臠殘杯才當飯三升平生積懶成憍墮慚愧空房獨坐僧

乂雨路絶賓客稀少聞后土祠瓊花盛開亦未果一往也

卧聞更鼓濕不鳴曉窻但有摧簷聲雲横不放山入坐風怒欲倒江衝城東家酒熟花爛漫折簡喚客留娉婷街頭泥潦一尺許意雖欲往無由行儒生活計亦不惡蒲團堅坐到日落映窻香穗觸凝塵過眼文書開病膜明朝新晴有佳處穩看小檻翻紅藥無雙亭下一枝春玉潔霜清未寥廓閒門懶出君莫笑看汝多愁吾獨樂故人無事儻能來爲君試舉舒州杓

同張山印老早飯建隆遂登平山堂

塵埃障西風草木被朝日籃輿郭北門未厭來往疾僮奴懶不進頗復費呵叱道人先我行宴坐已一室殷勤勸客住午飯當促膝爐煙窻紙明鳥語樹葉密却上平山堂晚景更蕭瑟澄江渺天際妙句不容乞平生泉石念固自有遺失何能從兒曹十事九不實兹游豈不快此老固坦率尚從文殊師一往問摩詰

舟行次靈壁三首

往來湖海一扁舟汴水多情日自流已去淮山三百里主人無念客無憂

小市荒橋貫濁河故人雖在懶誰何只因遠地經過少更覺新年坐卧多

己亥上元數同晁季一叔用清坐不出

北風凜凜吹月高萬木夜作窮猿號卧聽車馬赴塵土愛此一室明秋毫小爐著火晚收焰短檠照坐寒無膏主人忘言客亦懶更煩赤脚送茗盌子雲事業本清淨維摩方丈常蕭散出游苦畏今日鬧歸坐略盡平生歎自知衰病損剛腸只要文書遮病眼公能却掃趣閑暇渠自低頭費牽挽明朝乘興尚能來咫尺吾廬不嫌遠

寄李商老

黄塵車馬流金火戰殘暑西風迎潮來密雲復無雨江淮旱已甚映眼但塵土田疇雜蕪穢草樹翳洲渚緬懷平生歡捐棄各秦楚千言偪窄次到口不能吐君非一臂舊此意復可許青蠅暗藩溷有似嚇腐鼠須君濟川手略爲虹蜺舉念之不能眠清坐聽鳴櫓

晚至城南

來往城南路今年又作冬荒林掛落日古寺疊疎鐘職事日三出交游時一逢可憐河上水唯少莫山重

東萊先生詩集卷第六

東萊先生詩集卷第七　　呂本中居仁

汴上作

不使西風便解維且留殘暑震餘威纍纍野水循河下攝攝榆蟲撲面飛五斗漫隨王績隱一裘聊待晏嬰歸平生事業新詩在送與江南舊釣磯

初抵曹南四首

未辨歸山計（一作卧病初無策）今年學作官簿書妨好夢塵土敗餘歡但有妻孥累初無肺腑寬從來畜鮭菜不上八珍盤

久罷攝生術虛（一作空）藏種樹書病多詩輙廢秋到客仍踈約帶何縣緩穿靴不暇徐猶勝桀高足辛苦曳長裾

并足經庭右褰裳入坐隅頻（一作時）容著帽進雅稱折腰趨燥吻應（一作終）難濕殘杯莫強濡平生駟跋鼈今日更長途

往時汪博士勸我便歸休細雨簷花夜長江楓葉秋欲行殊未必高卧恐無由感歎思亡友端居可泪流（可亦作只）

言志

馮驩客傳舍彈鋏歌不已託身孟嘗君惟有一劒耳何事食無魚何事出無輿先生猶有劒至我劒亦無一來曹南郡優游聊自娛春風吹我衣春寒尚未除

小便胞胳轉晩髮手自梳仰面送歸鴈低頭羨游魚幸有薄薄酒浸漬滿腹書安時待天命吾心亦何如長鋏莫漫彈何必憶吾廬

學道

學道如養氣氣實病自除驗之寒暑中可見實與虛頹然覺志滿乃是氣有餘豈唯煖臍腹便足榮肌膚但能嚴闗鍵百歳終不枯道苟明於心如馬得堅車養以歳月久自然登坦途江河失風浪草莽成膏腴孰視八荒中何物能勝予時來與消息吾自有卷舒死生亦大矣談急吾自徐捷行不爲速曲行不爲迂一漚寓大海此物定有無誰能具此眼況望捋其鬚學有不精盡遂至玉碔砆昔人中道立爲汝指一隅千言不知要徒自費吹噓所以季路勇不如顏氏愚請子罷百慮一念回須臾忽然遇事入此語當不誣

和趙承之

十月九日昏夢集職事向人如東瀛看朱成碧有底忙然箕煑豆相煎急長官抵几入門去小吏垂頭就行立塵埃上下久可厭學問崢嶸老難入平生謬欲師古人遇事始知吾不及正須眼底去涇渭便自胷中無戟級丈夫蓋棺事則已破屋穨牆使誰葺要隨歸鴈刺天飛莫待枯魚過河泣

曹州後園夜行

衣欲生稜夢不成城頭高下打三更月明如畫柳如
畫更向瑶池南岸行

風吹蒲葦叢三首

風吹蒲葦叢中有霜隋意美人天一涯行(客一作)子初夜至
風吹蒲葦叢秋色日向晚美人何時來行子飢未飯
行子惜日月美人輕别離風吹蒲葦叢及時當早歸

曹南試院懷向子諲兄弟兼呈張擴

大向金相玉爲表小向堅車取長道閉門不見今幾
日塵埃滿城何時好病夫坐穩百不聞讀書聒人到
夜分朝來雨過涼氣足思與張侯同叩門

試院中作二首

客夢斷復續角聲寒更長踈籬擁殘月老木犯新霜
閑縶身何恨馳驅汝自忙稍知詩有味復恐道相妨
諸生未下筆客子且安眠老覺文章退官憂簿領纏
短檠仍有味高枕自無緣但願無他苦今年如去年

擬古

西鄰有佳人關戸納明月月照衣上纓同心爲誰結
此結今幾時未解心已折隔林聞擣練起坐更嗚噎
情人在萬里我獨音問缺不聞行路難但見思婦切
年來契闊久烈士或喪節如何空床居初未見短闕
胡馬與越鳥本自無離别草擀新霜白秋送池水竭
君心有斷絶妾恨無盈歇

正月十五日試院中烹茶因閲漢碑

小爐方鼎蛙蚓鳴那知簾外東風驚亂雲初破盤鳳
影缺月半墮春江明已驅簿領出門去更澆肝肺令
愁醒大碑古字久寂寞高堂素壁空峥嵘坐看光焰
掃塵土便覺冰霰臨窻屏文章斷絶生氣在妙句直
欲無蘭亭嶧山野火燒欲盡瘗鶴半在江中陵不如
此書更奇古反覆厭飫無譏評山精地神肯愛護至
令歐虞來乞靈要令石鼓舉吉日不必細字臨黄庭
生平訪古少如意對此自足忘經營世間兒女爭媚
好紙上姓名誰重輕邇來半月得堅坐一室當行千
里程南樓燈火漫明滅北里笙竽頻送迎儒生事業
了不惡故人浮沈吾懶聽更闌更自取書讀喚起奴
僕尋短檠

試院夜坐

急雨翻燈夜不眠小床欹側似乘船平生萬事不如
意病後一身私自憐海中神山渺茫裏方外酒徒憔
悴邊本自無心覓餘地問公何苦愛逃禪

清都行

我昔謁帝白玉墀獨駕翠虬驂赤螭御風而行過日
圍遂登清都游太微廣殿上建明月旗綴以列宿懸
雙蜺帝顧而嘆憐其癡寸田不治來何遲我拜稽首
心自疑世俗過臨臣所知黜慢之故還無期後有美

人雲霧衣玉坐文映生光輝不必翠被綠珠璣祕文玉簡手自持見我而笑揚蛾眉問我此去來何時握手贈我藍田芝汝生甚良學則宜無自輕厭令神馳一來人間今幾時恍如夢覺不可追骨肉腥穢顏忸怩北風吹寒霜露微想視倒景凌空飛卻從帝居尋玉妃爲汝更賦無言詩

試院中呈工曹惠子澤教授張彥實

十日虛房罷送迎不知新鴈已南征忍窮有味知詩進處事無心覺累輕殘葉入簾收薄暑破窻留月漏微明知公坐穩無它念識我階前拄杖聲

寄知止

近有書來欲見尋扁舟南下已春深濁河遠貫長淮水峽岸遙瞻寶塔臨揚子宦游常落拓茂倫心事轉崎嶔雲橫雪擁藍關路總是平生願學心

印纍纍

印纍纍綬若若不如相逢一餉樂谷量牛馬斗量珠不如閉門細讀平生書居閑意氣或有餘利害毫髮過不能以手援其軀風吹月明落我庭樹宿鳥夜驚鳥徐又飛去晝夜有程汝何不往前畏彈射後畏網羅孰視鴻鵠雲霄可摩亦如人生如意少不如意多富貴欲長保執斧不見河印纍纍如此宿鳥飛去何

曹南過五丈河隄入城訪顏岐夷仲清談久之乃歸

春色不自惜落花如許愁晴天一望遠漕水十分流每遶長隄去頻因好句留相隨覓季主不必貸河侯論極文章祕居兼竹石幽和風落香爐晚日泛茶甌壯節知無用諸儒誤見收江山亦在眼歲月忽忘憂南郭今喪我長卿仍倦游詞成長韻律勝與小蠻謳簿領憎頻過塵埃嬾再謀何須五湖口風雨轉船頭

雪夜 政和六年

曹州城南三日雪半夜疾風吹石裂先生睡美喚不聞不信衾裯冷如鐵病妻索火少聲韻稚子哦詩應聲節殘書向人老可愛舊劒空在磨先缺未能去尋梟石伴未用深藏狐兔穴新正已過今幾日歲事嬾復從人說長江略無千里夢故人動有十年別相逢一笑又艱阻所向端坐成癡絕城中諸公不相棄時有妙句扶衰拙頗知晴意在明日泥深不怕車輪折便當脫帽過君家共放南窻看新月一杯凍酒君莫辭預借炎天洗煩熱

曹南官舍書事

去歲頭已白今年眼復昏不憂窮至骨仍有病傷魂酒薄如官冷年豐荷主恩空庭閑草木終未答乾坤

早出

早出公莫厭此心吾已[illegible]嚴風送月落曉氣挾霜回

疾病衝寒怯異遲畏車十纔忽忽節物去衮衮簿書來
破壁詩猶在荒城菊斗摧還家一樽酒思與故人開

寄江端本子之晁沖之叔用

往歲孟秋月我行東出關人煙眇一作蒲歸路風雨轉
河灣別恨交游失心成木石頑有隨妻子嘆無望爲
烏閑囊事空回首徽官眞一作直強顏舊語塵土送頻
辱簿書須日月勤憂患庭闈貫阻艱自忘身窘束時
得淚潸湲疾病衰猶活漂流老未還悞霑文字癖虛
覺鬢毛斑苦語終難好一作就蕪辭漫不删絕一作定知
出意表敢復見顏間二子今懷璧羣公時賜環寄書
歲恨草雕句得無慳晚照雲千疊新涼月半彎相忘

有道術那得厭塵寰聖治先三輔皇威極百蠻物能
闕應瑞民自不藏姦薄技寧堪奏餘光或許攀何須
陽翟望咫尺是箕山一作相期下江海不敢厭荆蠻遠樹出頭角諸峯明髻鬟與辯
肥馬健目就小船跧徒子猶堪拾梅捐或許攀不須陽翟路咫尺是箕山

兩鶴行

西風引湖光上與月色亂化爲兩白鶴飛來洞庭岸
洞庭無網羅兩鶴願爲伴鳴聲旣清好羽翼又璀璨
一鶴飛上天久厭俗眼玩一鶴不能飛摧頹自悲歎
三年望絕壁念汝腸已斷昔旣薄恩情今還恨霄漢
未忍學鷦鷯裁求一枝換

陵城歌曹州城東十里有陵城城冢纍然即

定陶恭王丁傅陵也余往來過之傷嗟再三
因爲作歌

北風吹沙秋草黃漢家故陵當路傍殘基斷壠趁風
雨狹徑小樹行牛羊當時王子朝未央飛燕姊弟承
龍光大策已定回朝陽不知外家諸舅㤃後來變化
尤猖狂佞賢賊莽分行藏豈知漢運中更長濟陽含
中方赤光終亦變化隨飛揚何獨此地令人傷人生
覩此當自顧位高金多終此路君不見五陵佳氣且
如此更復何情說丁傅

早至天寧寺即趙州受業院也

殘月曉未落疎星點寒林嚴車城南路先聞鐘磬音

道人迎我入共步重廊深瀹茗施淨供水味雜海沈
蒲團近宿火不受塵埃侵欲求半日息簿領勤相尋
東堂老禪師枯木尚龍吟一轉庭前栢諸方疑至今
我生晚聞道所向足崎嶔謬傳無字印嘗恐力不任
淮海罷行役吾人多滯淫於焉一枕夢可見平生心

曹南寄親舊

淨名居士默無語翰林子卿虛見尋半世泥塗催老
大中年詩律費光陰江湖每有同歸興酒角初無獨
飽心三尺枯桐取煨燼斷絃遺譜有知音

大雪不出寄陽翟甯陵

簿書終歲忙風雪一日前閉門近殘火稍覺諸事勝

平生汗漫游已貧窶鹿性微官不能歸但見日月競
老人去已遠我行復未定訓言實在耳無因問温凊
歸心止陽翟悲夢識新鄭大女癡無比有語多未聽
小女索乳啼不與窮屋稱想喚添丁來與汝相和應
低回坐見曹氣血安得盛非無車馬心未忍求捷徑
顧自阻飢寒疇能免譏評諸郎何時逢想作玉樹映
文章有活法得與前古並默念智與成猶能愈吾病

與寧陵叔弟别後有懷兼寄趙才仲二首

一别又經月欲來渾未期寧知萬卷讀難療十年飢
長物新添女生涯舊有詩更傷新況味不報老親知
衰弟今何在中郎亦漫游平生足艱阻今日倍遲留

誤辱瓊瑤報兼蒙札翰投南窗五更月常照别離愁

大雪不出

晶晶日欲出飄飄風自横近階三尺雪附火一杯羹
老樹春難到深簷鳥或鳴新春第三日堅坐若為情

自曹南至陽翟追懷江上舊游呈叔弟

醉别白沙江上亭晚蟬高樹各秋聲風乘小艇鳬鷺
進雨歷疎簷環珮鳴家事不隨王事了新愁常接舊
愁生只今疲病嫌鞍馬十日同居眼暫明

自陽翟至寧陵與虚己叔諸弟别還曹未久
知止復來偶成二十八字

緑遍牆頭楊柳枝小亭春盡阻歸期頭昏目暗無情
緒不比少年離别時

試院中作

職事侵人畏作官略偷身去不能還樹移午影重簾
靜門閉春風十日閑尚有文書遮病目却無塵土犯
衰顔故人何處蓬籠底看盡江南江北山

去冬試院中嘗作詩云衣敝蝨可拾髮垢擲
不下披衣坐牆角尚有微火跨平生足拘窘
今日幸閑暇新文加點竄欲歇不能罷雖微
塵事妨頗畏俗子罵出門見諸老此語君可
畫今年復入試院職事多窘迫者簿書滿前
如赴蹈湯火也再次前韻

誰令君作官衮衮簿書下誰令君不學陷穽乃欲跨
緬懷北窗翁漸人蓋多暇田疇望家遠日月已秋罷
尚蒙諸公憐未至官長罵何時歸來圖更作一段畫
乃欲跨一作欲凌跨

雨後數與李仲輔兄弟往來且約十七日同
過士特因成長韻

鄰雞再三鳴不改風雨晦束裝向前塗恐與泥潦會
故人時一來共此一室内微言久已絶苦語或未遂
子生甚奇古却立有餘地舊從伯氏游則已聞令季
斯文儻未遠吾今蓋憔悴相期無何鄉獲保清淨退
收身稠人中着眼世事外山空倚巖石雪立老杉檜

往來相遇難更旨少如意旦日過城南把酒公一醉

首夏二首

生平寡嗜欲頗願得少閑盡讀未見書徧尋雲外山
往來二十年昔者盟未寒妻子見驅迫低頭言作官
朝齏朱墨案暮對藜藿盤豈無一畝宮令汝得少安
向來棲息地苔竹奉餘歡何時二三子共駕牛車還
汝實江海人悞令塵土干舊遊在彷彿欲往當不難
但去眼界窄自然心地寬
空庭下踈篁樂此樹蔭美鳥聲相續來百種皆可喜
日長少文字俗事不到耳開窗略須夜月露欣一洗
頗念閑居樂感歎投筆起吾家老清源家姑先封清源君愛
我入骨髓還家治場圃喚我共料理會同江海去更
欲附船尾平生跨欵段不敢廢鞭箠誰云馬中龍一
日有萬里卜鄰吾所知江晁老兄弟入一作深

東萊先生詩集卷第八　　呂本中居仁

問晁伯宇疾二首

晁子卧京城歲月晚不用偷身出塵土閉戶忍疾痛
客來不與語有口吾懶動今年又請老氣力當少縱
生平厭筆墨棄去不復弄頗念白頭親甘旨須子奉
呻吟在衽席妙語時一諷誰令稻粱謀未答泉石夢
鄙夫託末契義實憂患共天定或勝人寡固不敵衆
請公但縮手保此清淨供因書報安否兼與問群從
取驥伏鹽車更欲縶其足於物未有害罰汝則已酷
晁子江海士老去自窘束平生詩卷書豈止十年讀
隨身幾籍篋一一手自録初無解衣贈未免操戈逐
仲也抱瑚璉幼亦好奇服西堂老弘微與子同軌躅
過門有江謝共語喧破屋棄官吾已懶覆種子未熟
逢人強應接遇事多詬辱何時把鋤頭得止季路宿

商村河決

今年河口決商村遠望飛濤疋馬奔曲港定無蛟鼉
擯下田甘受雨浥渾衣裳蟣蝨藏針縫頭面塵沙露
爪痕猶恐因循葬魚腹故人無地與招寃

新霜行

新霜下幽蘭昔在顧眄間時過理當爾敢復致一言
物生無榮賤悉是君所見相值有相違誰能滿吾願
田園棄荒蕪官居走郵傳誤學文字盟秣馬當百戰

一飯或未飽逢人足嫌怨窮於投林猿窘若巢幕燕忍學少年子羽翼偷綢練百萬買纏頭千金奉娛宴願爲匣中玉不作秋後扇丈夫重許與正爾未爲倦絕糧有不死酒肉虛健羨古人馬伏波吾猶識君面

將去曹南連得江晁書因歎存歿諸友遂成長韻

西風脫殘暑我病不自聊吏舍少還往亦復長蓬蒿欣然脫帽去念此非一朝陽翟未遽往寧陵虛見招初無食息地未免柴水勞故人數通書尚有江與晁窮涂感節義俗耳受風騷向來相知人昔盛今寂寥落日送汪謝荒山留老饒關侯最傑立亦以膏自燒後生有向子更盡見女嬌出門天奪之不令上雲霄坐看朋友淚未滅春秋癡怪我任羸疾慣蒙風雨搖日月費奔走文章勤琢雕會須領妻子更欲投吾曹耆舊喚歸隱諸公憐久要（劉丈器之及顏平仲向伯恭韓秉則諸人皆相約爲一州之隱以便往還講習之益）出同赴雞黍歸但守簞瓢相將訪雲山所至雜漁樵還當古渡口卧聽西江潮

精衛詩

西山有鳥其狀如烏名曰精衛其名自呼精衛堙海不堙不止問誰之報云帝之子帝子女娃往遊不還精衛求之不敢有安海流不改汝堙不遷嗟哉精衛志則可憐我昔讀書惟聖之求竭力從之以春及秋老人宴居審吾之學惟時友朋日就雕琢聖言甚微吾意則近近以識微退或有進三年于曹惟罪之恐人雖甚厭子亦不勇舒舒其雲沄沄其水子不與歸而日有以豕羊在牢芻秣之繼寧忘及之抑又誰怨予學日遠子道日疎有愧精衛其誰與居精衛之飛不必戾天予之不如寧有智焉惟作與否愚智之擇小人作詩惟一勸百

寧陵弟相送至南京因成四韻寄季一子之叔用

白髮無端巧上頭鏡中顏狀不能羞要尋楊子一廛地未用劉公百尺樓野竹連陰護苔蘚暮雲生雨續黃流秋風有信鱸魚在更約江晁共小舟

十一月一日步河堤上

簿書紛纏人欲出不自許老吏環我前更作附耳語脫身上河堤頗似書伏鼠河堤平如掌下有千歲土夕陽斂殘照草木過寒雨遊魚著鉤餌舟子快新煮煑魚得敖飯尚嘆行役苦江湖平生心歲月可逆數故人書斷絕吾事有去取歸來討清尊妙句還一吐

留侯

留侯下邳時豪氣或未除晚節欲輕舉效在黃石書其書本無言一嘆三嗚呼彼公實天人識此鵷鳳雛良田有蕪穢令子痛自鉏萬事不得已一身常晏如

袖手默無語，四方瞻步趨不知隆準公果能知子無小兒苟或輩下及崔浩徒謂能明子心此語亦已誣不能處其知正足殺其軀所恨生已晚聖門無坦塗學不盡其才未免風俗驅詩書在煨燼子何不回車試問禮之本更觀心地初莊生言欲當則緣於不得已不得已之類聖人之道留侯蓋庶幾於此韓非曰非知之難處知為難矣此留侯與荀彧輩所以分也使其親受業於聖人蓋未可量故妄作此詩論其大槩實平昔所粗曉也

送韓撝秉則赴隸倅

公如玉壺冰見即離煩熱況當清秋懸更貯霜月中邊本無垢何處覓焚爇盛以百鍊銅此亦不得折初蒙一日款遽有千里別扁舟轉青齊歲事當雨雪

遠行不贏糧已悟服食訣古來饕餮徒頗謂一世傑唾壺彼何知便為如意缺觀其所用心舉不異鼠竊首陽獨往人渠自餓薇蕨舉頭公一笑百慮無以絕江源初濫觴末乃流不竭傷哉韝上鷹一飽便飛掣

讀秦碑

秦人跨九州欲以傳萬世立石名山旁往往章一作示得意至今見遺刻字體甚雄異壯哉蒼彝文未改回屈勢風雨所侵蝕中有千丈氣嶷如虬龍蟠深若鐵石利餘威到山鬼謹守致失墜漢魏能書人亦豈可睥睨未能識藩籬何止趂姿媚初無一日雅但有三舍避文章又奇古遷雄蓋苗裔觀其所稱一作著述肯

為尊者諱巧言未大失末乃為俗累嗚呼結繩前此又誰與記君臣俱無為垂拱天下治春秋紀日月大易垂彖繫嬴氏厭休息動以衡石計斯翁變古文程邈分篆隸自此更滋蔓日以趨簡易馳驅千百年漫有紙墨費誰能罷煩文盡掃著天外此書雖見存或以少為貴持此槁木枝我亦無甚愧

次韻答曹州同官兼簡范寥信中

好詩有味終難捨俗事無功莫羨渠破曆屢翻深甕酒短檠時檢舊窗書何年雞黍先投社是處田園可結廬更請二公搜好句一身苛癢要爬梳

龔彥承觀軒

愛山不能歸常恐山怪責終歲在行役感動頭已白高秋強僮僕路過龔掾宅蒙君開南軒除我眼界窄白波遶青嶂彷彿見顔色江上飛來峰卻立對君側蕭蕭蒲葦叢不受塵土隔知君有奇趣笑我常偪仄人生無窮已得一乃願百床頭貯美酒窗下著好客請公但默然歲晚當有獲

畫馬圖

平沙遠草春未生萬馬夜起爭悲鳴秋雲欲墜一作墮都護壘急雪暗下屯田營胡人卻走畏深入漢家飛將已雲集此時一馬直一作費萬錢隴右河湟更供給邊塵淨盡今百年萬馬潦倒西風前天生駿骨例羈

阻是處雕鞍蒙愛憐君家九幅開新帳欲見驊褭華堂上長鞭不用羈絡遠霧縠雲羅倚惆悵高旌嫋嫋霜露微苜蓿得雨連山肥同時戰士今不歸曹霸弟子能神奇毫端妙處君得之駑駘往來空爾爲

堤上

落花吹盡不堪憂只見河堤水漫流晚日強穿城北市春風猶駐驛南樓妻孥轉覺爲身累歲月終難忘汝留萬里長江一尊酒故人何處倚扁舟

將赴海陵出京沿汴覓舟候送客不至遂行

子行殊未來我馬已再秣略投故人飯苦厭從者聒長河見舟楫尚恐塵事奪風翻蟬急噪雨漱岸欲晚

南山已在眼想望淮水闊別離古所重況在交友末翩然欲行際所寄一短褐路長書來稀何以慰飢渴

四月二十二日出城至子我家候子之民師不至因簡南文壯輿夷行伯野季一由中諸公

京師新鄭與諸晁兄弟往還前後數詩

夜雨不嫌久凛然天欲秋客燈吹復滅細雨落還休未許金甖並虛爲郭杜遊江湖少歸夢知爲故人留

我髮白已短公愁安得長牆根春薺老瓶水臘梅香侍立無天女相隨有漫郎平生湖海興今夜宿連牀

髮短各已白眼昏誰復明殘春斷花柳晚日閉柴荊潦倒書常廢驅馳夢或驚尚於團聚樂雖老未忘情

令弟窮顏蠋書生老仲舒相招得共處何往更安居

歲月塵埃外桑麻雨露餘送行無別物地上一編書苦語相留極虛床會宿頻山東今出相海內不無人婦女能尊客兒童不厭貧長途有如遇今日倍情親

本中將爲海陵之行念當復與子之作別意殊憤憤偶得兩詩上呈并告送與壯輿叔用也

斯人如玉雪可愛不可忘助以濯滄海亦復閟餘光今茲困塵土更伴衆翼翔時來喚我語共此一榻涼風雨下頰舌冰霜清肺腸我老漸窘束公才方頡頏春秋有體製子蓋能文章要當篡微言不以近故妨纍然東園花不登葵藿場

老僕倦日長羸馬困道遠東行數日間尚欲一再款

我能喻子意子亦識我嬾追懷十年遊僅得一笑莞時能煮湯餅更復下茗盌晁郎本京邑劉子蓋楚産江山兩秀異與子日在眼南風動歸興感慨毛髮短相尋儻有日歲月亦未晚

鴈

鴈從何方來云自燕趙北今當何所往暖日近暘谷寒雲墮江漢未見所棲宿朝憂稻粱少莫畏罝網逐惜哉遂往頻愈覺歲月促悔不近藩籬隨群伴雞鶩羽幹何必好志願亦易足物生有高下終恐厭摧伏公看滄海頭萬里飛鴻鵠

赴海陵行次寶應一作過白田

半升濁酒試尊羮賤買魚鰕已厭耳淺水依蒲有船
過淡煙籠月更人行交遊潦倒腸先斷疾病侵陵涕
自横北望中原一（一作幾）千里故人誰復喚歸耕

海陵雜興八首

四海今誰託飄然未有歸先生作詩瘦稚子食言肥
未忍窮將死甘隨鷁退飛故人取堅坐不爲賦無衣
相見各已老壯懷如昔然蛟龍夜攺穴風雨暗移船
把酒猶堪醉逢人嬾問禪還家有餘地留我買山錢
諸老今無恙秋來數寄聲尚能無事飲猶勝不平鳴
行李虚長鋏生涯共短檠江湖日在眼恐負白鷗鳴
荒城足風雨今日更新冬草木山嵐暗人家水影重

漫看文字過時有簿書逢目極横塘路西樓聞暮鍾
曾子不復見斯人絶可憐夢回千嶂裏氣奪萬夫前
異日文章社平生香火緣高樓更南望霜露（一作路）倚
江天（時曾元似新物故）
萬事不如意自然添白鬚極知少餘韻何敢厭窮途
土俗尊魚婢生涯欠木奴東行見李白誰爲致區區
空山鶴夜鳴海風令人驚對月且愁思看書終眼明
斗酒不爲薄客帆那計程猶憐它夜雨曾作打窻聲
輕帆載曉月和夢到（一作別）楊州木落山光寺江横北
固樓漫拋三徑隱虚冇十年遊尚勝劉師命才因越
女留

往來送迎城南道中二絶

破裘重補却勝寒暗減頭圍覺帽寛數頃桑麻遶城
路每隨妓吏去迎官
海氣如煙跨市樓北風連夜舞（一作雨）梧楸平生事業
難牽強坐守寒燈聽聒囚

家叔舍弟與黎介然會于符離因用兩絶奉寄

漫約同歸久未償只今留滞各它鄉春風有信勤歸
鴈夜雨何時復對床
老覺爲官百不宜故人雖在鬢如絲遥知再踏同遊
地更想汪饒曳杖時（余昔與介然德操信民同寓符離）

病中夜聞雪作時堯明有廣陵之行未歸思
爲數語長寄久之未就它日堯明歸攜詩相
過飄然有馭風凌雲之氣因以前詩答之

公方它山行我此一室病擁爐聽夜雪若與風勢競
蕭條中疑休狼籍久未定平明望屋瓦入我眼界静
所恨子猷遠無復肯乗興想當巖壑間玉立與輝映
時來有傑句遂入風雅正寒威固深避草木自温清
公家鶴鹭翁韻與羲皇並流風及遠孫筆力如此勁
彫績或過眼惟我乃弗稱新春上河堤梅柳當歷聘
過從不厭數荒疇取微徑

次韻堯明貢院詩

忍窮不能歸強飯亦良計東風頻報春草木可次第

厭為龍頭縮寧作龜尾曳從來翰墨場(一作文字課)即(一作乃)有聞見滯譬如已耕(一作耨)田更欲深種蓺武蒙鹵莽報未肯(一作忍)即弃置不聞太倉粟亦(一作肯)校豪髮細王卿固倦遊穢濁有(一作乃)蟬蛻聲名動時人(一作流)我實託末契涅塗倒屣齒塵埃浣(一作滿)衣袂要為無用用乃作不事事下馬(一作重尋)舊戰場午日在庭(一作戺)砌向來槁木枝忽有紅綠綴來非偶然往去(一作出)亦無所詣聚蚊著甌中得(一作忍)聽此鶴唳窓前(一作前詩)有餘馥勝韻入松桂扁舟下淮南閭里思少憩孰觀昔所歷請與居士戲江湖要同歸不假木蘭枻(一作萬變才一戲滄浪要同歸足鼇宅日挂)

海陵夜作

夜長夜長天復霜海陵城中今夜長夜長夜長冬向曉(一作向曉一作天)寒堦無人看月滿(一作中今夜短一作海陵城)路長(一作遥)家遠來信稀水闊山深歸夢短(一作斷)堂上書生頭已白胡方健見十年客想渠當此夜長時撫劍雖長酒極窄明妃愛惜漢宮衣烏孫公主終不歸戚姬去視鴻鵠舉更為君王作楚舞當此夜長誰說迎北月遲(一作如)今夜明夜長夜短公莫厭寒即重裘熟夜長夜短公莫憂多憂多厭公白頭

東萊先生詩集卷第八

東萊先生詩集卷第九　呂本中居仁

秋夜行

八月九月啼寒螿十月北風天雨霜客遊無聊思故鄉書來不來空斷腸鴻飛何為滿夕陽舉頭攬取明月光置我堂上六尺牀滿酌玉杯碧淋浪喚取姮娥來共嘗人間歡樂壽命長不須辛苦老桂傍

臘梅

學得漢宮粧偷傳半額黃不將供俗鼻愈更覺清香

牧牛兒

牧牛兒放牛莫放澗水西澗水流急牛苦飢放牛只放青草畔牛肉得草兒亦嬾兒嬾隨牛莫著鞭幾年力作無荒田雨調風順租稅了兒但放牛相對眠

洞庭

嘗聞洞庭湖秋至清皎潔往來八百里長風駕明月中有仙人居容顏若冰雪我願從之游問渠傳寶訣脫冠着霞佩長與塵世別

細雨

細雨不成雪北風來解紛冥冥小江樹漠漠暮空雲誰惜江東弟今修地下文西齊千萬里遺恨不堪聞

王陽

王陽作黃金才了車馬費苦身邀聲名未免遺俗累何如陶淵明蕭散塵世外公田二頃餘覓酒償一醉

高風久寂寞斯文若旒贅白眼看世人此意渠不會

題趙丞瑞蕙苾圖

甘泉殿中芝九莖不與百草同條生當時祥瑞已稠疊蕙苾亦未來爭衡漢皇不容矍鑠翁此物乃與明珠同爾來萬物更變化蕙苾寧甘死荒野故遣根苗霜雪白炯若微月來清夜趙郎好事古亦無俯拾旁觀盡圖畫畫師不辭粉繪費邂時亦得千金價君不見古來異瑞與奇祥何曾不致南宮下

即事

清陰庭中槐綠潤牆外草職事若見妨令人惡懷抱朋從多飄從今我獨枯槁高床書數秩時節豈不好

不能遂爾去但覺歸思浩人情便久習世態嫌衰老閉門了殘詩昔者跡已掃何時北窗風清尊爲君倒

寄晁以道

朝辭陘山清莫涉潁水綠往來百里間得此意已足吾人少如願夫子更絶俗閉門觀易象未用傷局促使我三日留共此一室獨皎如嶺頭月凜若霜後竹欲爲斯文壽以作學者福洛陽佳少年撫事多慟哭此其於聖學何異狗尾續寧知草玄翁萬事不掛目深湛而雅澹亦不在反覆吾祖早聞道晚與夫子熟相期千載外未得一世伏深山窟鼪鼯晚日度鴻鵠誰能從公游歲月如轉燭

轎上口占二首

城北城南柳絮飛街東街西鵓鴣啼海陵三月與春別一夜雨成三尺泥

風雨屬連春事休十日九日轉城頭雖無俗物敗人意可使澄江消客愁

次韻遜叔直閣見寄兼請堯明同和

紛紛塵土計秋豪忽送長江八月濤陶令且爲州祭酒鄧公才可掾功曹但看秋到猶絺綌卽是花時合縕袍待得公歸吾已老滿田荼蓼與誰薅（薅字同豪韻收）

再和兼寄奉符大有叔

並氣侵凌不復豪往來欹倒似乘濤寧知嬾過嵇中散亦有詩如謝法曹舊著稾只堪供醬瓿故人想憎有綈袍兗州賓主同風味惡句煩公更一薅

雨後至城外

日日思歸未就歸只今行露已沾衣江村過雨蓬麻亂野水連天鸛鶴飛塵務却嫌經意少故人新更得書稀鹿門縱隱猶多事莫向人前說是非

龐公

臥龍雛鳳不曾開舉世皆危子獨安應念橋公無特操晚將情話向曹瞞

衛青

將軍相繼出天山漢主吞胡意未闌本自無心校賞

客故人猶有一任安

雜詩三首

烹葵去王畿剝棗在海角歲序忽已周月亦頻告朔向來手中扇今此已倦捉尚嫌簿領繁不厭朋友數塵埃向奔走文字費彫琢途人有前知子乃獨未覺出門見大路夫子焉不學

結髮在簡編俗事方剌促往來三十年未見可棲宿微官不能去尚恐遭逼逐歸棲則左念所望一枝足頻蒙故人悞豈有鄰可卜出門雖無車徑自騎黃鵠重尋置錐地青燈一盂粥

飢蚊青而化怒目虬兩鬚黃昏與我遇且復少踟躕肌膚恣啖齧熟視不可毆中宵盛徒黨意氣若有餘傷哉陷穽虎有時被囚拘求食至搖尾曾此蚊不如雲龍困螻蟻此語不可誣

秋日三首

諸卿談笑賞先登我欲從之病不能門閉日長公事少衹（一作卻）疑身是住庵僧

塵滿文書燈暗檠荒城相望夥殘更莫言愁能無住處睡正熟時聞雨聲

往來奔走（一作馳驟）看渠怔疾病低回却未妨喚客不須嫌酒惡隔牆時喜送橙香

橙二首

酒風吹雁欲斜行小檻寒花却未香將謂諸公頻載酒枉留橙菊十分黃

不辭玉露著新行漫作人間徹骨香知道輸棊償舊約故留殘菊一時黃

寄京師親舊

屋頭橙實如李梅庭下葵花深覆盃豆田失雨不稱意野菊出苗虛見猜故人相望一尊酒問我此住何時回江山空自汚敲扑筆硯況復坐塵埃交情自昔少同調人事只今多好乖欲隨明月覓公處限以白浪搖長淮舟楫誤逢蛟鼉橫歲月苦遭霜露催側身西望莫回首堂上書生心已灰

和成士殼鹿女泉詩

成子東游十日程驢裘顛倒帽欹傾新詩頓數神仙事病耳忽聞京洛聲去住閑（一作同）經幾塵剎往來（一作還）相望一牛鳴再尋六月山前路分我寒泉數勺清

春申君

少年談笑解秦兵便欲連從却未成莫謂江東可長保莫年無意引朱英

秋日三首

罷馬厭鞭策征（一作飢）鴻思稻粱終年在泥土永路困風霜（御名）勿鞍韉愛直須矰繳防吾衰亦（一作則）已甚念爾不能忘

交游太半死吾亦老相侵古木十圍大寒泉百尺深
恨猶能切骨愁或至傷心寄語南飛鴈君無笑苦吟
獄掾酸寒極官曹冗長催眞同鶴久住不學鴈輕回
婦女能相笑兒童忍見猜猶怜舊耆老時有一書來
和成士轂海安道中見寄
成侯老更嬾處世一虛舟暫脫塵埃夢還尋江海秋
從來仙聖宅不數鳳麟洲有意相隨否因公更一游
送虞澹季然之官京師
車如鷄栖馬如狗勸公莫笑循墻走車如流水馬如
龍不如還家行御風以尻爲輪神爲馬世人計出車
馬下出門險阻道里遠只今誰是能行者海陵享劇

倖則薄得公相從亦不惡小吏相欺官長怒我曰作
煩公笑樂庾公故是豐年玉道兒更自見不足斷崖
獨立老松栢青天何處飛鴻鵠汴堤六月塵自障請
公登高更南望馬煩車怠早歸來且從夫子濠梁上
獨立一作百丈 何處一作萬里
海陵病中 一作寄劉器之丈五首
病知前路資粮少老覺平生事業非無數青山隔滄
海 江一作 與誰同往却同歸
先生高卧了殘冬我亦年來不諱窮夜半打窻人不
會滿天風雨角聲中
客游歷歷都如夢身事悠悠略似僧只麽隨緣作官

去不知從古更誰曾
往來車馬鬧泥塗一室蕭然百事無語默二途俱不
涉 一作本自無言亦無黙 不勞辛苦對文殊
久 飽一作 請罷卧嬾呼醫剩讀文書不療飢數有故人
來問疾更煩耆舊與傳詩
次韻李叔友賀堯明登弟叔友丹陽人也本
中得其人之詳於王堯明恨未之識也堯明
擢弟叔友作詩賀之堯明令繼作既喜叔友
能不妄許可又嘉堯明進退取捨皆中乎道
也三首
柴桑無復陶元亮谷口虛傳鄭子眞二子風流知有

在且留餘味及吾人
澄江雖近不容親亦是人間可喜人枯木巖前有岐
路一杯濁酒自成春
二子深居筆吐虹從來氣節萬夫雄欲知聖主求賢
意不爲相如詞賦工
次韻堯明見和因及李蕭遠五詩
小閤才堪置一牀病軀雖在鬢蒼浪隨身行李無長
劒猶勝堆錢與窟郎
交游潦倒漫虛名俟結屯生文字盟踏盡塵埃公莫
厭不應因酒愛江清
故人飄散各窮途諸老交情郤未疎賴有清詩在書

案時時飜讀伴更初
萬里星河指顧間此中何自著江山精金百鍊終無
用寸與佳人照指鐶
阮公游宦喜東平賀監從來憶四明但得從容飽鱸
鱠不須辛苦辨肴鯖

西歸舟中懷通泰諸君

一雙一隻路旁堠乍有乍無天際星亂葉入船侵破
衲疾風吹水擁枯萍山林何謝難乃駕詩語曹劉可
乞靈酒盌茶甌俱不飫爲公醉倒爲公醒

寄馬巨濟察院時監泰州酒得宮祠歸南京

新春欵南園積雨寒不歇趁望海陵城幸未還往鈌
聞公得安還未放車軌折尾端倒江海留次湛明月
東風片帆來乃復爲此別田園到荒蕪歲事有曲折
不見南山松高卧擁霜雪鬚髯凜可畏此豈念容悅
願公考其然一向鼻頭說

寄趙十弟

十年流落各西東再見初非舊阿蒙晉邑自思爲孺
子魯儒空望叔孫通宦情潦倒三荒徑世味衰頹一
禿翁石室度筌詩吾豈敢且看鮮健勝龐公

叔度季明學問甚勤而求於余甚重其將必
有所成也因作兩詩寄之

兩章後來秀頭角固嶄然但語強弩末不辛駑馬先

寓言有十九曲禮至三千所要在守節未言能與權（世之學者忘近而趨遠忽近而升高虛詞大言行不適實雖始就學則先言言不必信行不必果達節行權由仁義行而不知言必信行必果守節共學行仁義之爲先務也故修其身荒唐繆悠之說施之於事則顛倒悖亂而卒無所正也）
念我少年日結交皆老蒼曹南見顔石用上拜饒汪（顔平仲石子植汪信民饒德操）敢幸江海浸得霑藜藿腸諸郎但勉
力餘事及文章

與李宏子植同過信中飲薜荔亭下夜分乃
散別後奉懷遂成長韻

殘花無言卧風雨小亭寂寞延初暑范侯置酒呼我
來共坐堦前洗塵土坐間有李與韓文字崢嶸各
奇古起卧逡巡失杯杓笑語讕翻雜歌舞滿城車馬
鬧侵淫誰解牆陰看樽俎薜荔扶疎出林葉老氣橫
空君一吐人生此會不可常昔者各在天一方簿書
相急如探湯好風吹我來君旁鶯啼燕乳各自忙明
日酒醒空斷腸

秋日呈顔夷仲

老去身已衰事過意愈嬾斯人未寂寞吾此歸亦晩
疎籬帶落葉秋色忽已滿南窗可炙背喚婦同茗盌
舊讀無新功亦復費編纂凝塵亂朱墨妙句折編簡
往者荷蓧翁實具世外眼不能與之游只有與盡返
曹南二三老處昔荷推挽平生萬卷書未盡一日欵

微詞絶端兆旨怪識者罕願聞片言佳庶几收褊短

謝任伯夫人挽詩

幽蘭在深山無人終自芳豈伊桃李顏取媚少年腸
高氏有潜德奕世被輝光自其父祖來低首不肯昂
夫人生既賢豈止秀閨房出身事夫子和鳴更鏘鏘
笙鏞列兩序圭幣羅中堂云何去日遠遂棄陵風翔
伋也奉慈訓將見父必昌瞻彼汝南路松栢泣新霜
淒然馬鬣封千歲終不亡

贈筆工安伋

昔人三年學屠龍技成不試身已窮安生不願洴澼
封嗜好乃與屠龍同使世礪磨其鋒側出逆曳求
新功伋也中立無適從隨磨欲用吾能供歙溪子石
南山松四方萬里時一逢病夫乍閑百念空敗毫破
管塵埃蒙明窻淨几聊從容恨無列宿羅心胸使汝
得見文章公展卷略書吾已慵

寄共城賈秀才

萬里歸來四壁空舊游渾在默然中明年我欲江南
去何處留詩可寄公

題大名官舍

宿昔尚殘暑晚風吹欲無不知留此住更白幾莖鬚

東萊先生詩集卷第九

東萊先生詩集卷第十　　呂本中居仁

秋日即事四首

瓦爐香燼欲凝塵小檻黃花更一新絡緯戒寒鳩喚
雨（一作喚婦）世間那有自由人
鬢髮蒼然雪欲垂問君何苦讀書爲旁人不會（一作悟）
回頭意猶記田光盛壯時
簿書塵土亂蒙茸無復江船萬里風臥聽秋聲滿簷
溜不知牆下有梧桐
何處螳螂欲捕蟬主人初未覺鳴弦稍知東里能堪
事一任神龍鬭洧淵

閏月九日　政和戊戌

疎林渺渺下新霜留得黃花小檻香莫道窮秋少風
味一時頓有兩重陽

惡木

惡木不忍伐留我窻戶前人皆笑我拙我獨爲汝賢
共生天地間誰不願長年如何枝葉内便縱斤斧穿
人或甚於斯同被恩愛纏燕昭與漢武所享固已偏
樂極未肯休更欲求神仙孰能以此心擴爲無盡泉
大哉周文王尚結枯骨緣傷生有禁止亦具月令篇
好木雖云好不須公愛憐惡木雖云惡莫自生鐫究
歲晏霜雪稠夏深雷雨顛扶疎有震落與公常晏然

江上二首

南山稍踈闊病眼不能明月挾清霜下風隨細浪行
未蒙青鳥信虛負白鷗盟不見臺城路年年春草生
甚欲從此去作頌渠未休風期竹萬箇活業橘千頭
漢水覓二老青門尋故侯情知作寒士不解殺袁劉

寄外弟蔡明善

相見還須未白頭只今君是富春秋鶯花與夢飛騰
去甲子如川日夜流白酒可澆千卷讀青山欲喚十
年愁無因早辦歸耕計更就深公買沃洲

秋夜

鳴鳩喚雨入西樓草樹蟲聲旋作秋明月自如常夜
好晚山仍發去年愁久抛詩酒尋思去勝與兒童作
隊遊辜負禪心多少事石城看渡木蘭舟

蛇

山雲摟起風旋磨百毒乘陰出相賀中庭夜夜蛇作
堆草堂病夫愁欲破時須兵子設符呪更遣貍奴旁
坐卧雖非當道白帝子恐是多年老書佐蛟龍變化
未可量草莽連崗足蛹播農夫催租正苦辛莫向零
陵作奇貨

謝新酒螃蟹

提壺滿送小槽春尖團未霜亦可人略借畢郎左右
手爲公一洗庾公塵

寄諸子

南國旱愈甚西郊雨復休蠅蛆作殘暑蛙黽鬭清秋
草暗黃沙盡風吹白日愁秖應有相憶時倚仲宣樓

湘水

湘水一番竹下有千畝陰寧知竹上淚是妾一生心

頃與知止相別於曹州西門外蓋今十四年
矣聞嘗自澶淵過此感歎

昔別是茲土今游還偶然似聞嘗少憩猶自未眞傳
所過有陳迹相逢多少年長途守病馬何敢更爭先

雙廟

唐四葉孫德下衰久厭坐穩思奔馳外由驕胡内艷
妻楊李氣燄相奪移太宗之業甚整齊亦曹忽來撞
睹之旁人爲之掩弟長逃之甚安渠不疑賊風忽來
吹白陂羿輿走避彎弓追倒立却視千熊羆猛將不
解河北圍睢陽失守東南危城中月餘析骨炊兩公
奮鵰死不回鼎鑊在前惟恐遲蜀中消息未可期此
輩未易折箠笞念公不量勢力微本自不辱國士知
大廈又非一木支何必感槩如此爲往時開元全盛
時公胡不念鱸魚歸亦不往吊湘江纍死後聲名何
足奇商山老人吾所歸

歸自成園

新春今幾時忽有簷外衆痂眼久不明念此歲月頗
橋南數畝園風雨與關鎖主人嬾敲門荆棘生道左

還家續殘章妙句仍帖妥雖無鑪鍾工亦有盤礴羸歸帆渺江湖宿疾眩風火扶犂伴老農此語當自我君看鄉閭關則有閉戶可御名無學春蠶作繭自纏裹

與諸舍弟游董村

來往無十里頗能妨晝眠踈籬董村水遠樹洛城煙酒薄詩牽強身閑病接連荒田點殘雪知在甬山前

見信民舊書有感

蝸涎狼籍閣殘書彷彿黃公舊酒壚試問東山謝安石不知能似此人無

同叔用宿子之家

老足交親薄江晁爾獨賢文章未遽絕歲月或堪憐薄酒寧非道寒灰却會禪猶須五湖口風雨夜同船

隄上

落花吹盡不堪憂只見河隄水慢流晚日強穿城北市春風猶駐驛南樓妻孥轉覺爲身累歲月終難望汝留萬里長江一尊酒故人何處倚扁舟

游西池歸

偶爲池上游入郭天尚早香塵入晚霧柳色映馳道我馬亦未疲歸路貪月好還舍了無事百念紛未掃近店酒可沽重當爲君討

出順天門歸陽翟二首

遲明出都城夾路多多柳色行人半歌哭莽不見阡陌

西池已春晚我復道里迫枯田甚渴雨久作龜兆拆屢遭人馬飢更悟坡壠隔微官戀升斗恐負朋友責初無秦楚遇亦有陳蔡厄沉憂能傷人今汝頭已白淵明在柴桑意亦憚遠役豈無好事人助子了耕植還家賦歸來頗自悔平昔向時經由地風雨晦行迹欣然倚南窻謂此可容膝孰知劉檀輩生有五鼎食流風未遽遠此士真有力傷哉謝太傅辛苦至折屐

新鄭路中

柳絮飛時與君別南樓把酒看新月月似當年離別時柳絮隨君何處飛落花寂寂長安路陌上十人九人去準擬歸鴻寄得書回頭已失秦州樹丈夫薄情多可念爾獨何心守貧賤勸君以金屈卮贈君以長短歌城南城北春草多明月如此奈愁何

離新鄭

荒村更柳色節物近清明去國三年恨還家一日程故人投曉別羸馬傍山行何事逢寒食春來苦要餳

宿潁昌范氏水閣

溪流淺無聲月色初到竹主人中夜歸客子睡已熟向來湖海興歲事方窘束云何蟋蟀歌更自傷局促相尋覓舊約見子故未足翛然解衣卧高枕被數幅賢哉五年別有此一室獨我須日已白子鬢良未禿尚懷平生歡歌呼聲徹屋何須豕腹脹更伴狗尾續

明朝尋故人戲語公一讀

聞南寇巳平歎使之甚作詩五十韻

日月開南極山河拱上都聖朝頻決勝賊黨莫狂圖驛道傳烽燧官軍下舳艫弄兵心巳壯渫血氣猶麤臘月杭州破驩聲歙縣屠迹雖連勁越勢欲動全吳劒戟排空上芻糧夾路輸予方在裹杖意不保頭顱豈謂除關傳都非驗漢符坐看前乘沒誰救左輪朱守將仍安枕鄉豪肯棄軀百川歸巨浸一命仰洪鑪撫事思同輩低頭失壯夫風雷蟄龍卧名字列仙臞遇寇來淮口迎家傍海隅未隨霜雪死甘伴甲裳趨每有妻孥問寧知道里虞荒城補涅土旱水著菰蒲交友多流寓人煙乍有無相逢可慟哭掩淚只長吁羽檄邀鋒（一作風）數江船取路迂艱難脫紛擾潤澤到焦枯婁辱分金送兼容折簡呼同羣見鷙鳶猛獸伏於菟往往投僧飯時時就客廚苦留春駘蕩勸對色敷腴不有溝中斷其如屋上烏身猶訪安佚意獨離囚拘行李催歸疾生涯與舊殊裹糧違戰地舉足值窮途悞猒韓城僻虛隨潁水紆舊書猶醬瓿破屋但繩樞蔣詡空三徑楊雄更一區生平從學圃老復猒爲儒愛草騎驢穩看雲借杖扶幾年洪坎廩盡室付崎嶇觸熱醫頻喚傾囊酒漫酤素冠窮傴仄白髮鬼耶欹側轉轗縶足往還狼跋胡衆憐東郭困自學北山愚取別方搖扇成詩欲斷壺跡籬倒禾黍驟雨落楸梧苦語終難好清談却未須家猶近墳墓晚或望桑榆今日祆氛滌新秋暑氣蘇如聞舊巢覆盡伏逆臣誅遺卒寬平賈令民內半租文章元典則刑賞舊規摹桀惡先函首渠魁巳獻俘書來問安否尚足尉馳驅

還韓城三首

乍喜全家脫虛疑疋（一作萬）馬奔乾坤德甚大盜賊爾猶存稻壠秋仍旱溪流晚自渾素冠兼白髮愁絕更誰論（白髮一作皓首）

老有幽禪着窮知俗事疎漸諳深屋病無復故人書日月馳驅後江山疾病餘新凉有佳句端爲述離居（日月一作歲月）

讀易初無說言詩既有功客游千里異心事一尊同藥裹難休老經函可御窮江淮足知遇耆舊憶徐公

秋日至孟明莊

野色幽花靜有餘好山雖近不同途荒村被雨涅三日草具留僧飯一盂斷壠入秋頻放水老農垂手怕催租平生粗識田園興更復何門可曳裾

韓城紀事五首

老恥爲儒不學禪還家常欠買山錢成州太守憐衰病時有書來說太玄（趙以道守成州）

糠豆猶慳不到盤小兒寒至尚衣單雖無事業傳惇
史或有聲名託稗官
穩看飛蟲着網黏爐香欲盡不須添未嫌充項如壺
赤何處香醪似蜜甜
病來每有爲僧興老去初無涉世心它日三江五湖
口斷雲寒水有知音
老不謀身望子公少年豪氣想元龍倚松菴下香嚴
路今日書來第一封

陽翟冬夜 一作冬日書懷

便往一作死吾何敢長閑一作同歸力未能寒爐夜篝火急
雪暗翻燈喚客初無酒敲門尚有僧不嫌空四壁一作
猶餘四壁立相對倚枯藤

孟明田舍

未嫌衰病出無驢尚喜冬來食有魚往事高低半枕
夢故人南北數行書茆茨獨倚風霜下粳稻微收鴈
鶩餘欲識淵明只公是爾來吾亦愛吾廬

雪後

謾遣兒童掃雪開却穿籬落看春回溪山冷淡涅三
尺故舊飄零酒一杯近買芒鞵供踏雨更收藜杖輿
尋梅玉川老去生涯在時有鄰僧送米來

宿田舍

飢腸不貯酒澆粟自生膚旅枕三年夢荒村一事無
不愁風折木時有火添爐尚想崔夫子冬來體更一作
簞瓢臞却未腴 崔德符居郟城

除日

我食已併日子來能隔年溪山出城路風雪探梅天
納息初聞妙繙經舊有緣相陪得清坐不敢歎無氈

將遊嵩少題石淙

石淙在嵩山之東三十里下臨絕壑有流
水焉奔騰縱放適與石會蛟龍之所畏避
風雨之所出入駭目奇異之觀少有能過
此者矣作石淙詩

南山吐雲柳絮飛北山之外煙草微南山北山日在
眼問公此去何時歸石淙山水更奇絕水怒決石山
崩摧長空無聲曉色靜忽聽萬壑懸驚雷珊瑚鈌折
玉破碎月落倒卷從天回中流險絕不須道笑侮灩
澦憐離堆平一作半生好事心突兀時於圖畫見彷彿
褰衣度水公莫一作勿畏何須苦避蛟龍窟明朝更作
嵩少遊五更絕頂看日出

登太室絕頂

生平仰嵩丘今日上絕頂蒼天不能高星斗闕光景
風雲乍起伏雷雨半蘇醒下看飛鳥背錯亂松栢影
神龍亦深遁偃蹇卧半嶺舊聞飛石鬪不受懸瀑梗
大河東北流渺渺黃數頃五更看日出平地湧金餅

誰能啜其華夜氣初未冷諸峯環而立一一皆秀整
中居此丈夫衆象不得騁巍然萬物表獨闞百代永
同來有奇士可得一笑領不用貯微言區區弔箕潁

與崔德符田元邈別後奉寄

處僻猶多事陪公得暫閑直緣怕酒去不爲憶家還
苦語知無策微官直強顔高城更南望林斷有青山

出遊

日日春濃病不知偶游僧寺送春歸長年誤跨將軍
馬漸老空悲游子衣山路有泥知雨過村場無酒驗
人稀今秋定作江東計趁得鱸魚八月肥

董村歸路馬上口占 暫歸陽翟

水聲高下竹回環薄酒無功不耐寒白塔忽從林外
出青山常在馬頭看

嘲柱杖

王郎贈我桄榔杖三歲庵中伴我閑只爲嬾行常靠
壁不能隨我過嵩山 靠壁一作倚壁

朮煎

斸苗取靈根斸石不到土道人掃落葉閑戶手自煑
晴煙溜窻几初夜過風雨老盆酌天醴春甕發膏乳
檐囊到城市餽我一勺許中年血氣敗今我飲此酳
色如異飴重味有荷心苦京城舊交游雜肴醢亂鼎俎
誰能供此飲遠視鴻鵠舉一洗肝肺塵但嚥公勿吐

有客

燥硯渴水不濡筆濁酒欠錢長一作常卧瓶此中定一作故
自有佳處紙帳蒲團增眼明故人江南江北岸千一作百
書不如一見面人生歡會不可常畫梁已送西一作雙
飛燕

李丈若季敵訪余高安留連累日臨行贈之

十年奔走風塵中學殖不進身愈窮夢斷江南不得
往坐歎歲月如驚鴻君家政當匡廬路時有僧行附
書去每念君家草堂好便欲移家就君住當時氣象
已參差今日情懷況遲暮斯文未喪欲誰託交游十
人九不樂百川東下障狂瀾伯兄嶷然如斷山蒼蒼

在上久無意空使妙句留人間兩季只今名籍籍北
方人士所未識未歇中原胡馬塵且喜沙頭風浪息
高安相遇一長吟盛夏苦雨成滛霖顧我無能甘畎
畝如君豈合在山林豫章老矣棟梁在莫厭它時斤
斧尋

木芙蓉

小池南畔木芙蓉雨後霜前著意紅猶勝無言舊桃
李一生開落任東風

東萊先生詩集卷第十

東萊先生詩集卷第十一　呂本中居仁

食筍

窮鄉未寂寥五月富筍蕨近山新得雨此物晚亦發
初看數寸出意有千尺拔長條不成鞭乃以美見伐
錦綳罷駢頭玉指已不韈坐令藜藿口如受滫瀡滑
連年江海病未免魚蟹罰甘津到齒頰恐此或未察
居閑快一飽我已久斷殺更莫厭比鄰時時聽戛戛

白鬚

不作韓城住虛爲河朔行白鬚須鑷更出[illegible]爲阿誰生

宿劉固寺佛殿下即劉伶墳也

劉伶墳上土佛殿古崔嵬坐久野僧出天寒[illegible]鴈來
千年醉裏魄一乖死前灰未盡先生意空[illegible]數字回

懷衛道中寄京師諸友三首

客舍冷如冰客夢甘若飴初無遠行念況有徂年悲
平生好交遊太半走路歧不如亭前月所到長相隨
何時脫身去共採西山芝有兒當似公尚能傳我詩

直莫如丙王清莫如兩方孫謝豈不美久滯尚書郎
黎子老歸國只今鬚鬢蒼君邵子住山雲欲出未肯忙
高子出林壑坐看天際翔

人誰不小康李趙常窘束窮閻覓溫火老未飽饘粥
官長未遽數此事已絕俗爲人死不厭自奉一米足

河堤

平田接長河眼界起突兀今日並堤行麥壠青已出
[illegible]行不知晚但感此節物新霜被西山又厭塵上沒
坐懷故人面於此見髣髴

寄濬州張掞

張卿留客酒如澠我欲從之病不能憶過公家更東
望斷崖高樹雪層層

田家樂

東家西家蠶上蔟南村北村麥白熟小兒腰鐮日早
歸大兒去就田間宿斗酒相邀不爲薄鄰翁相對且
斟酌聖主當陽億萬年年年歲歲田家樂

梅

獨自不爭春都無一點塵忍將冰雪面所至媚游人

寄崔德符

江城昔還往耆舊各能文暫別猶相憶雖忙亦見存
好詩能愈疾濁酒不勝渾它日經行地相尋夜叩門

還家

解鞍歇馬倦西游過眼文書且罷休薄酒向人殊有
味長年於世已無求常情未語溝中木俗眼能驚海
上鷗何處雲山不堪隱更誰辛苦訪菟裘

即事

晚菘早韭老不厭夜興晨兒多見疎地僻難尋野僧
飯路長時枉故人車青山出沒塵埃裏白髮栽培疾

病餘更有腐儒窮事業夜窻殘燭一編書

讀易

春温瘡疥繁衣敝蟣蝨細頹然坐南軒讀易初有味
初看象數殊忽此爻彖異紛紛者衆説行各半途滯
大言累千百雜解記一二坐令天人分復以小大計
或強出枝葉或自起疏贅孰能言語表能使意獨至
空中本無華眼病因有翳沈思忽有得是則入精義
吾生晚聞道歲月今少憇遺經日在眼似足了一世
臨流濯垢衣尚勿惜餘棄

復往大名三首

復往眞無策兹行亦漫游塵埃走劇暑風雨占新秋

便欲還家去其誰爲汝謀尚憐蘇季子虛敝黒貂裘
我老不自得每爲飢所敺漫拋青蒻笠空負白髭鬚
見賊猶堪鬭逢人莫問途寰區足秀句山澤有臞儒
地濕頻經水田荒亦未收斷雲催雨過漲水没橋流
半世想高卧十年悲遠游藜羹不用糝尚足誑飢喉

開德道中

五更發荒村小憩草市北披衣度積水月落天正黒
豆苗半委地野父厭匍匐我馬則已飢泥土汚羈勒
翻思在家時一飯亦假貸小兒不解事笑語頗自得
一官走道路此責久未塞速行勿遲留有手須擊賊

陽翟道中

不爲傷離别其如漸老何秪應從此去轉覺白鬚多

長葛道中遇周原仲

羸馬衝寒驕不駛積雪殘冰雜泥滓長葛縣中日落
時舉頭忽見周夫子下馬相看兩驚怪各喜南歸此
身在僧房夜語久不眠更摩枵腹償詩債子行四方
尚謀食我亦年來倦行役櫪下驊騮世得知海底珊
瑚人未識長安公卿富貴客誰能日在子思側洛陽
年少未宜輕看子重陳治安策

簡叔易益謙兄弟

秋來歸興復何如李范聲名更羨渠它日買田吾有
策兩家兄弟要隣居

贈益謙兄弟

范郎走微官清固不絶俗家常四壁立腹有萬卷讀
爾來所爲文深若泉萬斛紆餘風過水宛轉蟲注木
諸弟況可人不但好眉目丹穴固出鳳藍田自宜玉
行扛九鼎重頓使一世伏聖朝急用士如子尚窮獨
乃知德在躬不必富潤屋我病拙文詞筆鈍如髮秃
時逢子兄弟未語心已足長空絶纖埃何處著鳧鶩
朝來秋氣清佇看飛鴻鵠

題蘆鴈扇

鴈下秋已晚江天風雨微寧爲聚沙立不作傍雲飛

遊西宫有感

種種不如意悠悠無復聽漫尋村路好似得片時醒
永隱城坳白山來樹杪青晚田收稏穲殘日度笭箵
興入山陰道詩如歷下亭荒原子胥廟千載想儀刑

送一書記杲公作天寧化士

田家得米輸官倉一粒不得囊中藏天寧化士去如
雨此亦未易能低昂因官乞取民始病況復妄邀檀
越敬縱令不得半錢歸堂中聖僧應自知

京城圍閉之初天氣晴和軍士乘城不以爲
難也因成四韻

賊馬侵城急官軍報捷頻民心皆欲鬬天意已如春
魏闕方佳氣王畿且戰塵不妨來往路經月絕行人

守城士

北風且莫雪一雪三日寒不念守城士歲晚衣裳單
衣單未爲苦隔壕聞戰鼓殺賊須長槍防城要強弩
砲來大如席城頭且撐拄豈不知愛身一作君傾心報
明主報主此其時一死吾亦宜未敢望爵賞且一作幸
令無事歸寄語守城士此言君所知

聞軍士求戰甚力作詩勉之

今春賊來時軍士怖而走今冬賊來時決拾一作射揎
兩肘憤然思出鬬不但要死守仰懷吾君仁愈覺戎
虜醜欲以占天心於焉卜長久暫勞何足道富貴要
力取行看斬賊頭金印大如斗

丁未二月上旬四首

丞相憂宗及編氓恐禍延乾坤正翻覆河洛倍腥羶
報主悲無術傷時秖自憐遥知漢社稷別有中興年
厄運雖云極群公莫自疑民心空有望天道本無知
野帳留黃屋青城插皂旗燕雲舊耆老寧識漢官儀
羽檄從天下于今久未回如何半年內不見一人來
周室仍遭變宣王且遇災猶存九廟在咫尺得祈哀
主辱臣當死時危命亦輕誰吞豫讓炭肯結仲由纓
灑血瞻行殿傷心望虜營尚留儀衛否早晚復神京

兵亂寓小巷中作

城北殺人聲徹天城南放火夜燒船江湖夢斷不得
往問君此住何因一作寅緣竄身窮巷米如玉翁尋溼
薪熅爨粥明日開門雪到簷隔牆更聽鄰家哭

圍城中故人多避寇在鄰巷者雪晴往訪問
之坐語既久意亦暫適也

雪泥春既融曉日初破霧出門尋故人來往不數步
共談江南勝閉眼想去路松風被茅屋稻壠立白鷺
行看賊圍解春水即可渡先當上鍾山次弟入廬阜
生平泉石念久受塵土汚況今九死餘轉覺處事悞
預懷巖壑裏所至陪杖屨可行君莫辭行李我已具

城中紀事

生平足艱虞可嘆不可言兩遭重城閉再因群盜奔

今茲所值遇我豈不與開脫身倘見女恐辜明主恩
徬徨不忍去敢計生理衦昨者城破日賊燒東郭門
中夜半天赤所憂驚至尊是時雪政作疾風飄大雲
十室九經盜巨家多見焚至今馳道中但行胡馬群
翠華久不返魏闕連妖氛都人向天泣欲語聲復吞
我病未即死爾來春既分剥牀供晨炊兩眼煙已昏
豈無好少年可與共殊勳志士或不恥有身期報君
塞水須塞源伐木須伐根子莫笑短拙剕蠻生伍貟

讀易

江北江南公不歸人言公懶笑公癡閉門端坐讀周
易直過新春圍閉時

無題

胡虜安知鼎重輕禍胎元是漢公卿襄陽耆舊唯龐
老受禪碑中無姓名 禍胎一作指蹤

懷京師

北風作霜秋巳寒長江浪生船去難客愁不斷若江
水朝思莫思在長安長安外城高十丈此地豈容胡
馬傍親見去年城破時至今鐵馬黃河上小臣位下
才則拙有謀未獻空惆悵漢家宗廟有神靈但語胡
兒莫狂蕩

讀司馬公集解太玄

京城半年圍道路三月病輕舟過江來所向復未定

客房夜涼冷氣體亦粗勝月窗穿罅白風入桐葉勁
挑燈讀太玄愛此頃刻晷物數極三甲此理本天命
首贊則分行故未及世應古曆漢則亡易實更三聖
哀哉揚子雲上與數子競雖云耗心力固自有捷徑
後來司馬公獨歛衆説盛錙銖判訛謬一宗蒙是正
讀玄則知易此實公所證如何少年子便欲獻譏評
我老未知學讀此知不稱掩卷坐搔首一洗肝肺淨
明朝尋故人此語殊未竟

黃池西阻風

烏雲斷日日不出驟雨飄風吼三日扁舟寸步不得
行坐歎輕鷗如箭疾我行去家秋復冬故園回思春

夢中客愁茫茫若江水生計渺渺隨征鴻三年京城
共憔悴一杯此地難從容長溪卷浪雪花碎遠山橫
空眉黛濃故人別我上江去亦有書來喚同住破屋
數間君有餘太倉五升吾巳具嚴霜未放鷹隼擊盤
渦恐致蛟龍怒片帆欲掛任篙師君但徐行莫深懼

景德北窗

雲横樹陰濃雨漲溪水白故人喚我出已度蒸暑厄
北窗非不佳尚苦眼界窄小樓隱牀後自與塵霧隔
更憐昭亭山相向有佳色君能具鷄黍略不厭須索
我能知子窮子亦能愛客人生要如是一舉乃諷百
我病思遠引未塞交友責便當紹諸公歸耕作長策

囊無一錢爲歲晚會有獲

昭亭廣教寺

故人喚我去（一作出）又雨值新晴草暗颭風出山深鸜鵒鳴齋厨半盂粥草具一杯羹尚肯頻來否門前春筍生

昨日之熱一首贈趙彦強

昨日之熱未爲熱涼風頗隨團扇發今日之熱不可言西山火炎塵障天高樓堅坐若燔炙常恐秋到無寅緣與君相從今幾日欲度一日如長年憶昔京城值秋雨人家邂逅得細語不愁歸舍少薪米且喜尊前好賓主去年君自雲中歸隔巷尋君相勞苦是時強虜（一作賊）在城下耳猶厭聽賊營鼓豈知喪亂到江南同向宣城過殘暑晚來一雨天遂涼便思約君來對牀牀前適有新酒熟君醉可舞吾能狂醉中談天亦未妨田船吳中君勿忙

又贈

日日佳疊嶂君能同此游黑雲才映日白雨忽穿樓盜賊何時定溪山且自幽炎蒸不須厭俄頃是新秋

題涇縣水西

江東住已厭又却（一作復）過江西急雨投涇縣窮秋渡賞溪稻田猶少水山路已多泥珍重高僧意求詩索自題

宿秋霜閣後方丈

秋霜閣後山屈蟠（一作盤）行人衝泥脚未乾正是水西佳絶處不辭風雨夜深寒

水西與李彦恢相從余將取旌德趨徽州彦恢先歸旌德相候彭元任亦自太平縣來相送過于三溪驛遂同過旌德道中呈二子三首

水西投宿近秋霜起聽晨鍾厭（一作促）東裝尚惜故人輕作別亂山深處過重陽

村場路僻多無酒野菊寒深亦未花底事中原歸不得又扶衰病過天涯

白頭嬾入少年場二老追隨却味長須喜尊前聽清話夜窻相對一爐香

休寧縣與汪致道諸公別後晚宿黟縣界魚亭驛二首

竹密如雲不見天好山無數簇溪田秖應黟縣溪山勝盡在魚亭驛舍前

故人相繼別休寧山路籃輿睡復醒所恨溪山正佳處不能同我到魚亭

寄宣城故舊

宣城經歲無它事尚喜交游不棄遺疊嶂樓頭納涼處宛陵堂下探梅時君今尚要一囊粟我去亦無三徑資歸卧雲山更深處因書煩趣故人知

祈門道中四首

去程歸鴈兩悠悠行到荒山儘上頭試問中原何處
是只言東北是宣州

風落千山雨夜鳴時因歸夢識宣城欲知溪路行多
少已過徽州第五程

宣城人物未全衰四士風流世不一作未知别後略無
佳語寄道中寸有數篇詩

詹郎逸氣今誰似李令清言又不聞獨立共傳摩詰
後隱居還見伯仁孫

桂林别珂首坐二首

故人相望馬〻風世事波濤淴漾中灘水東邊兩年
住往還寸有一珂公

北歸我已辦行纏又約相從却未然何處雲山堪著
子亂松回首嶺南天

荅趙祖文陳夢授

嶺海長深入江湖成遠遊猶懷不活怖少爲故人留
苦乏瓊琚報虛蒙札翰投因來問消息不必計沉浮

寄趙十一弟

親朋雖近懶追尋湖嶺歸來病至今寄語洪州趙從
事忍令無酒過冬、深

東萊先生詩集卷第十一

東萊先生詩集卷第十二　　呂本中居仁

浮梁道中見小松數寸者極多然皆與蓬蒿
雜出不能即長也余傷之作詩寄范四弟

青松數寸根意出千丈外如何蓬蒿底此志久未遂
朝爲牛羊踐莫受塵土翳雖云歲寒姿當此亦憔悴
今年雖小出尚與凡草類會須扶其根與作梁棟計
大厦千萬間匠石所睥睨世或未盡知御名勿傷汝志

自祈門至進賢路中懷舊二絶

雨歇路踰滑山空鳥不飛却思無事日騎馬踏泥歸
汴水夾榆柳今留胡馬蹤如何進賢路只是見青松

離洪州渡西江至翠微寺紫清宫

平明渡西江〻山正崔嵬中流欲浪作細雨隨風回
促櫂赴前浦頗爲風雨催寒、沙引細路人家山半隈
密雲蔭脩竹久旱無莓苔晚入翠微寺諸峯環抱來
其西洪崖居百代所仰懷何年蛟龍怒更擊深山開
縣瀑瀉洪井噴噫藏風雷客行少休息暫此得徘徊
城中二三老咫尺不得陪豈無陵風翰邀致山中臺
澗水清且寒可以當餘杯獨來不敢久恐爲神物猜

宿翠微寺

西山今夜雨不爲故人留泥滑淹行李風聲欲送一作送晚
秋中原且多事吾黨敢無憂明日經由地江南更
幾州

古殿突兀風有聲粥魚欲打鷄三鳴披衣起坐問行李僕夫屢報天陰晴昨日路長頻雨阻今日東風得無苦杉松連山寒欲動橘柚隔籬香半吐却憶京城無事時人家打酒夜深歸醉裏不知妻子罵醒後肯顧兒啼飢如今流落長江上所至盜賊猶旌旗已憐異縣風俗僻況復中原消息稀

送宋仲安往虔州

已流之水不可以復回已往之日不可以復來唯有野外籬邊之黃菊年年歲歲見花開君如此菊不我厭處處相逢同酒杯三年喪亂那可說君頭已白我齒缺高才抑塞久未用坐守松檜凌霜雪君今又作章貢游我猶少忍住筠州波濤不憂遭鬼瞰端坐或恐貽一作爲神羞求田問舍古所歎敢有遠去惟身謀爲約嶺南三數子明年乘興欲一作却東流

與仲安别後奉寄

出門送君時一步再徘徊雖云非遠别念與始謀乖欲求連牆居故作千里來君今不我待欲跨洪溝回我獨滯一方後會良未諧冬初風浪息蛟龍深蟄雷其如中原盜所至尚揚埃子行莫夷猶恐致狼虎猜胡人更遠適畏死投煙霾皇天久助順似不及吾儕獨以智力免寧有此理哉因書寄苦語亦以謝不才

新春好天色指望妖氛開即當候歸艎取酒尋罇罍欣然得一笑便足禳千災豫章百里遠可以慰客懷須君起我病同上徐孺臺

題筠州僧房

客來無語坐禪房共賞西窻一榻涼山路雨餘新筍出江城春晚雜花香廚煙已逐鍾聲遠樹色初隨塔影長敢道閑居便安穩今年更欲下湖湘

離筠州

舊日閑居日無悰已倦游如今避地走不復爲山留淮甸初經夏江西復度秋今朝小亭望東北是筠州

題圜悟與惇兄法語

杲公昔踏胡塵城中草木凍不春胡兒却立不敢問其誰從之惇上人袖手歸來雨無語如今且向江南住雲居老人費精神送向高安灘頭去

建城道中

建城南路入泉州怪石縱横水亂流盡日衣冠在圖畫百年心跡付林丘中原未作重歸計胡馬能令此地憂浪跡江湖亦吾分運籌帷幄有留侯

行至醴陵寄故人

淺溪沙磧寒月白樹影踈我行天一角所至尚躊躇偶逢勝絶地不異嵩潁居臨流遂忘歸默坐數游魚寧知胡騎鬧江縣已丘墟故人亦未來一旬三寄書

不必問淺深但當膏子車新霜隨北風慘慘度重湖相尋近五嶺（御名）勿厭長途

將至南嶽先寄演公禪師善公華嚴

胡馬揚塵烽燧作我行乃在天一角江西跰足過湖南本赴郴陽故人約中途群盜又蜂起所至往往爲囊橐遲回改路心自笑隱忍畏事人所薄不因此去渡湘水更欲何時到南嶽山中況有二老人萬里同來且安樂遥瞻見我應大笑白鬚黑面都如昨平生故舊幾人在不早從公老丘壑自經喪亂可過從每一思之懷抱惡請公更說因地初一解人間因慧縛

避寇南行

何處田園不是家儘扶衰病過天涯山村酒熟人人醉客路春濃處處花敢道嶺南無賊馬側聞江左尚胡沙囊空甑倒君休笑亦有新詩伴齒牙

貞女峽

欲上貞女峽江險未敢行豈是畏江險愧此貞女名時經喪亂後世不聞堅貞烈士久喪節丈夫多敗盟寧聞閨房秀感義不偷生窮荒禮法在尚此留佳聲時事有通塞江流無濁清欲行勿憚險爲君先濯纓

山水圖

君家茅屋低蓬蒿客來頗厭蛙蚓號何得有此山突兀氣壓太華陵嵩高坐[illegible]遠澗受懸瀑似聽跬步鳴

[illegible]槎牙老樹半枯死上倚絕壁緣飛猱我行日畏盜賊逼敢厭瘴癘同腥臊偶逢坐隱懶歸去豁達眼界無纖毫嶺南山水固多異恨無中州清淑氣對君圖障心怳然便如（似一作）太華嵩高前君但對此能高眼當有好句令君傳

連州陽山歸路三絕

蒼黃避地出連州邃谷深巖懶轉頭歸路始知山水好少留村驛當閑游

稍離煙瘴近湘潭疾病衰頹已不堪兒女不知來避地強言風物勝江南

嶺外從來不識春青梅年後已嘗新深山忽有殘花在知與清明節比人

陽山道中遇大風雨暴寒有感

嶺南二月春已盡百花委棄隨風吹山前山後綠陰滿已過中原初夏時不知何氣忽乖沴（戾一作）風雨夜作雷乘之鞭笞宇宙蔽日月萬象倒錯藏光輝巖傾澗絕水府現捕搏虎豹擒蛟螭百圍老樹不須說忽凍欲壓摧其枝崢嶸屋瓦走飛雹如戰初合麾旌旗我行避地更值此閉目但聽兒啼飢僕夫噤死者數輩牛馬懼不存毛皮長途三日斷還往況有鳥雀凌雲飛只今胡塵暗江路盜賊往往[illegible]餘威良民雖在困[illegible]乘四海萬里皆瘡痍天公忍不一顧此反更震

動蝸荒蟲此方亦是神所主我欲告訴心先疑明朝
風定寒亦解收召魂魄尋歸期潤 自可薦筐筥試
出哲語令神知

答朱成伯見贈四首

三年轉東南足跡不得息新霜未壓瘴已畏賊馬逼(一作遁)蒼黃度嶺去山路楓葉赤慨然念平生謬自有
欣戚交游半鬼錄在者費相憶朱卿早聞道一見如
舊識新詩入要妙如射已破的我行囊貯空所至但
四壁豈如投異縣忽枉和氏璧斯文得未喪豈不繫
人力出門仰高山此道如矢直

我適蒼梧野君來洞庭岸相逢迫(一作逼)盜賊一笑未
得款欣然望眉宇於我意自兩天寒道路長歲晚日
晷短僧房肯再來晴窗自妍暖

入林恐不遠入山恐不深城市有深遠不必在山林
隋珠不自寶豈在須淵沈斷絃得遺譜千載有知音

昔在中朝時每從賢俊游酒酣握手歎預懷今日憂
兩經嶺嶠春三度江湖秋朱卿抱奇節好語忽見收
我無濟世策君有活國謀相尋不相笑夜光猶暗投
道喪師友絕寧有民不偷風波極浩渺欲濟能無舟

連州行衙水閣望溪西諸山

嶠南氣常昏終日如霧隔我來已經時初不辨山色
紛紛翳犯眼默默悴動魄今晨忽晴快如語見肝膈
羣峯插天青野水恣意白深窺木杪靜細數鳥道窄
天心豈無意直欲慰北客才經盜賊(一作殘)擾更脫瘴癘厄
湖湘雖未定勢已初夏迫頗聞胡虜遠不復更追索
我歸當何時俗事束千百便擬衡山前今年飽新麥
憂慮則未已四海方倔仄群公獻納際或肯任此責
先當肅區夏次用及蠻貊豈容胡虜暴歲必有大獲
天雖未悔禍世豈無良策生(一作主)人苟未盡狐兔當
有宅

贈歐陽處士

愛君年少便知足今君雖老更(一作轉)無欲閉門不出
動經時保此無窮清淨福黃冠弟子雜僧徒共守荒
郊數椽屋門前山水各有態君但疎籬對脩竹直如
李路恥有聞清似之推不言祿坐看世事雲變化一
任見曹手翻覆 上皇龍飛三十春臨軒亦嘗思異
人詔書屢下廣搜索當時幾人能識眞君聲名動
天子高臥不起空逡巡謾收符籙養丹火一旦四海
生風塵我來見君斛嶺下識君無營眞靜者愁歎憂
我莫遽行尚肯相從結茅舍時當喪亂足淹留豺狼
恣橫空山夜它年有意過匡廬(一作廬山)更許淵明入蓮社

嶺外懷宣城舊游

中原未敢說歸期却憶宣城近別離疊嶂雨來如畫
裏敬亭秋入勝花時每憎 多病苦變風光屢

有詩今日衰禿那可説歸鬢□□揔成絲

余避地踰嶺寄書宜章□賊去則盡失之

感歎有作

賊馬蹤横未説歸草間梁上借餘威布帆此去應無恙銀盌從來亦解飛世事只堪開口笑主人空有食言肥自慙學道工夫少坐覺文書到眼稀

過嶺將至江華先寄朱成伯二首

自怪忽忽來往忙又携兒女過湖湘敢言此地能安穩且道新年離瘴鄉

嶺下微陰已自寒早行山路覺衣單故人見我應驚笑疾病衰頽怯據鞍

端午日北還至斛嶺寄連州諸公

嶺上逢端午隨家更北征隔村聞賊鬭通夕畏此行厭病初辭瘴衝泥却勝晴猶憐昌歜酒不與故人傾

山居素飯

豆苗可瀹瓠可羹僧廚早飯蒸香粳道人得此清淨供下箸已勝肥羊烹平生爲腹不爲目偶逢一飽心自足晚菘早韭舊所知五鼎百牢未爲福

寺居夜起

山深夜無人竹密風露集長空新過雨尚覺星斗溼避地走天涯如何免拘縶朝憂□□盡暮恐賊報急荒城兵火後行逕復未葺古寺半頹垣梟鳴鬼亦泣

感事念平生彷徨近階立

寺居即事三首

瘴癘過庚伏庶幾其少瘳甘心忍殘暑指日是清秋

汴水他年別郴江此日留如何理歸夢只見嶺南州

因循過嶺表忽復到湖南氣力渾非舊情懷老不堪

無錢供痛飲因病廢清談尚有尋書僻窮搜未免貪

中原是何處敢道幾時回一夏無書讀經時畏賊來

老松猶偃蹇病鶴久摧頽莫怪論兵少吾今心已灰

贈夏庭別兄弟

彼沙簡金勤乃見讀書何止須百遍我君心期已不凡況有長兵可鏖戰一寒溼薪熏病目君但讀書聲徹屋僧房夜永燈火足更肯携衾被來同宿

墨梅

嶺南十月春漸回妍暖先到前村梅問君何處識此妙一枝冷豔隨霜開長江凛凛欲崩岸乃與好事移牆隈初疑滲漉入瘴霧更恐寂寞埋煙煤微風不動暗香遠淡月入戶空徘徊坐看粉黛化擅惡豈但桃李成輿臺我行萬里厭窮獨疾病未已心先灰對此不覺三歎息恐是輞川□南來異鄉久處少意緒破□相對無根荄古來寒士每如此一世埋沒隨蒿萊□□□□不燿肯與世俗相追□□輪囷離奇（一作淺洛）多見用嫌□青黄未爲一□吮墨去顏色況

此葉據涵芬樓藏舊鈔本補

自不必須穿裁歲窮路遠莫惆悵此去保無蜂蝶猜

賀州聞席大光陳去非諸公將至作詩迎之
一有次韻字

五年避地走窮荒嶺海江湖半是鄉歡喜聞君俱趣召衰頹如我合深藏曉寒已靜千山瘴宿霧先吞萬瓦霜日日江頭望行李幾回驅馬度浮梁

送周靈運入閩浙

青松著塵市不辭塵土侵忍恥半桃李不言歸故林交游在賤貧始見平生心周侯客異縣屢蒙金玉音殷勤不我厭自昔以至今使其少富貴未必能相尋豈謂子誠然此風今則深子欲轉嶺海歲暮足愁陰

路經盜賊窟往往未就擒加鞭策駑馬欲行無滯淫故人散天涯所在亦崎嶔相尋倘見及道我病難任

次韻錢遜叔見寄

異時文物漢庭臣公是中朝第一人忍使閑行犯山瘴不令疾去掃胡塵情懷縱老原非病時運方隆只暫屯顧我衰頹已無用尚煩新語訪沉淪

贈宗真上人

到處相逢是偶然淛江湖嶺屢經年贈君頌子君休咲我已新來不問禪

東萊先生詩集卷第十二

此葉原書闕，《四部叢刊續編》以涵芬樓藏舊鈔本補，本書據以影印。

東萊先生詩集卷第十三　呂本中居仁

全州與解子中向伯恭相會

五年流落判西東尚喜交游一再逢但得低頭拜東野不妨下卧見元龍中原極目山千疊往事傷心酒一鍾如我支離久無用敢因窮約廢過從一作費相從

初至桂州二首

連年走遐方所至若郵傳未論道艱阻先問米貴賤賊勢來未已行役我已倦解鞍憩空館敢數此異縣清泉上短綆一洗塵垢面瘡痍非不深美醞亦可戀

胡沙久衝突賊馬亦馳騖我行不得息終歲在道路敢言更事多尚恐與時忤低頭訪蘇谿何處可放步

江流下滄海日慘蛟鼉怒出門尋故人屋雨已斷渡

桂林辭石拜見仲古龍圖吉父學士別後得兩詩書懷奉寄

所至艱危裏如何更別離只看山似戟已合鬢如絲湯熨徒增病文章不療飢端居渴餘論苦語自成詩

折老久高卧曾卿仍倦游同爲萬里走肯避數年留賊熾江湖晚嵐煙嶺嶠秋相逢得安穩乘興莫東流

比聞二公皆欲爲廣東之行

次韻吉父見寄新句

詞源久矣多岐路句法相傳共一家良賈深藏宜有待大圭可寶在無瑕長江渺渺看秋注孤霧悠悠伴

落霞盛欲寄書商榷此嶺南不見鴈行斜

桂州水西

隆隆而雷風乘之斷霓落日江東西江頭古寺頗岑
寂僧簷正與南山齊我來端坐已寒暑終日看山默
無語盜賊連村那敢問藜莧充腸未爲苦旱禾已旱
心所知正待前山（一作山前）一犂雨

斷橋（三月中作）

橋斷客逾少春深花已休閉門尤省事於世轉無求
來往只諸老相期非壯游欲知身所繫同寓豈言家州
（時獨范叔陽李平叔彥明欽相過從也）

贈嶺東陳秀才

風吹賀江浪如雪浮梁左右行人絶病夫坐穩懶出
行破屋只愁吹瓦裂東縣陳卿忽叩門笑語驩然相
暖熱怪我長貧走道路所至不安寧有說鄭州賊報
又警急欲乏扁舟窮百粵如君長材亦未用獨守區
區負奇節未能俯首効兒輩肯便出門探虎穴馬羣
時致千里足烈士寧無一時傑我復何人敢言事一
世摧頹甘短拙幸君無事時一過喜聽高談徤其決
瘴癘參差畏久留歲月崢嶸惜輕别

衡州逢解子中别後奉寄

我來筠水陽君亦發章貢相逢瀟湘門及此兵未動
臥聞羽書馳起已行者衆匆匆不及款尚辱苦語送

慨然念平生相從已如夢交游半生死所至多鍏縫
我衰學不入（一作及）君亦老未用孰知一世中有此九
鼎重子賤則君子閔子言必中師門未遠絶斯文實
天奉别離又幾日坐想發孤諷衡州逼南嶽湘水寒
不凍頗傳江西擾盜賊已放縱往從田蘇游此樂不
得共

范縣丞惠雙鷄

羸病不能除肉味每逢齋鉢愧餘生雙鷄未可爲公
饍留與山僧報五更

王撫幹失去毛裘

王郎隨身一駝裘偷兒遽作壑失舟春初未免霜露
迫（一作逼）歲晚可無遷徙憂客房夜坐薪當燭不怕近
江風裂屋馮平編戶更艱難君行莫忘民號寒

四十二弟將還賓州相過夜話

兵戈久未歇所至轉搶攘萬里逢吾弟三年走瘴鄉
春風入古寺夜雨暗浮梁尚肯留連否僧廬可對牀

呈折仲古四首

市酒酸甜久絶沽㶚薪熏眼坐僧爐尚憐諸老無機
（一作幾）事不待愁人折簡呼

龍閣老翁流落久如今辛苦去朝天向來嶺海經行
地分付蠻溪著釣船

已無厚禄故人書尚有相尋長者車所至紛然兵火

裏不知從此更何如
疾病侵凌百不能只今全是住庵僧謝安肯爲蒼生
起早與吾君了中興
次韻王撫幹見惠
新春忽忽到庭除短褐經輕一作寒病却蘇漫以詩書
教兒子嬾斲薪水倩童奴天涯每覺人情薄眼界何
知風景殊萬里相逢君莫歎好山無數簇城隅
次韻王漕見贈并寄曾吉父二首
前賢去則遠今代不無人小出巳無敵深藏恐未仁
洒章知思哲一語見情親徑欲忘衰病知公筆有神
曾子住南國端居無所思逃禪不用酒投筆謾成詩

敏捷忘千慮縱橫又一奇於中有佳處莫待折肱醫
次韻折仲古見贈
未有絲毫補縣官幾年流轉但求安江湖自稱嵇康
嬾故舊空嗟范叔寒顧我初無食肉相喜公復著侍
臣冠新詩不忘東山一作平戎志敢作尋常禁近看
再用前韻奉和
自昔支離畏怕一作作官只今猶望一枝安飽知時態
病良巳心喜故人盟未寒所至軍書銷日月幾回戎
馬汚衣冠公歸定有安邊策不學愚夫靜處看
夜坐有感
五更月落雞未鳴小爐殘火猶晶熒道人強起理衰

疾不聞松聲聞雨聲跏趺坐穩百念去豈有宿夢令
神驚平生於世萬事嬾況復今茲飽憂患中原北望
四千里三年不見南飛鴈著身天涯未爲遠所至風
沙莫深歎時寒但可一作趂僧房火日暖可但一作赴鄰
家飯嶺南無瘴便可老江頭有酒猶堪喚惜哉寧子
不自休辛苦飯牛過夜半
送密上人歸江西
輕舟君先行羸馬我繼往湖山巳在望南嶽行可仰
不憂盜賊繁漸喜草木長密也負奇氣少巳離塵網
飽參諸方禪所至被稱賞獨留末後句未肯付吾黨
徑尋卓錐地更足以自養囊空仰頻纏體儉慈甚廣

喜談江西勝妙處猶如一作指掌未見頻嗟咨一作悵然發
遐想
送常子正赴召二首
屬昔一作者居閑久今來促召頻但能消黨論便足掃
胡塵衆水同歸海殊塗必問津如何彼黠虜敢誹湣
世一作無人
疾病老逾劇交親窮轉踈惟公不改舊怪我未安居
日月干戈裏江山瘴癘餘因行見李白亦莫問何如
頌送山上人游南華
二浙三衢未説歸且從嶺路訪曹溪盧公若問南來
事但道江湖盡鼓鼙

山頌送譚師直歸湖南
人事日飜覆昔同今不然於心苟有用與世自無緣
剩結官田社飽參雲蓋禪已勝高鳥盡徒泛五湖船

送能化主還法輪
嶺外三年避賊忙法輪元不下禪牀君歸却說嶺南
事瘴暑作時君自涼

送夏少曾兄弟
處處人家避賊忙數因行李問舟航江横晚照鳧鷗
亂春到空山草木香我未有緣離嶺嶠君今決策下
湖湘宂知此去添貧病不及相從氣味長

本中將爲江浙之行念當與夢貺法之別感歎

傷懷因成長韻奉呈
客行已無聊況此憂慮集頹然念遠役未見勇可習
虛庭覺氣潤遠視螢火濕故人不我厭踏雨相勞揖
朝餐共飢飽夜語同坐立問我去此邦何用如此急
干戈與瘴癘未見可出入何殊知二五而不知有十
俛首謝勤意此非愚所及天涯重離别所至方叢岌
感懷平生舊忍效兒女泣胡沙蔽中原道路滿荆棘
世事古則然臨分莫於邑

贈目者張直夫
因循避世不求名潦倒江湖過一生賈誼定能尋季
主子雲先已識君平獨行市肆口無語嬾踏權門身

自輕看甑生塵只堅坐世間（一作似君）寧有不平鳴

永州西亭
舊聞西亭勝獨盛湖湘間山秀水亦好千里在憑欄
今來乃不然眼境故未寬環城但濁水滿目唯荒山
如何柳司馬肯爲此解顏始知憂患久方覺所遇安
我從避地來山水亦（一作旦）飫觀初不厭嶺嶠況敢（一作復）
嫌荆蠻徘徊念昔人亦作故意看所懃二三子來不
倦躋攀開軒納微涼共享一日閑說詩到雅頌論文
參諧盤快若箭破的圓於珠在盤此樂固可樂此盟
安得寒天暑畏道路時危安（一作多）阻艱相逢得少款
莫問何時還何須待杯酒始盡平生歡

浯溪
五月行人汗如雨意緒昏昏雜塵土浯溪一見中興
碑便有清風灑煩暑中興之業誠艱難敢作漢武周
宣看紛然大曆上元間文恬武嬉主則孱但知追咎
一祿山袖手不作如旁觀天亦未使庸夫干故生李
郭在人間一時節士張許顏其誰不知唐已安道州
落筆風雨寒魯公大書鎮百蠻訶叱水怪擢神姦有
臣若此世所歎而不能使君心還我來轉嶺逾千盤
對此凜然清肺肝想見羣小遭譏彈爾曹何心猶誑
謾至今怒髮常衝冠

送元上人歸禾山

長囂而寂方作而息如射破的初不以力子居深山
又處絕頂避囂不作二事俱屏往來臨川道里且千
一見我喜如舊交然我欲屬子重於發言子請則堅
之子之賢遍尋諸方不主先入唯是之從何拘何執
惟昔善財我曹之師其心廣大誰能間之山高海深
德則不孤不深不高培塿潢汚奚必深山惟靜之守
求寂念息以閱永久

贈一上人

偶從嶺嶠轉江東得向踈山見一公所至（一作疇昔）共游
常草草爾來相遇更匆匆昆郎埋骨虛無裏壁老收
聲（一作身）蒼莽（一作莽蒼）中二十餘年往還事半隨秋鴈落
寒空

贈珪公杲公四首

北歸住江西塵事日窘束兩公時踵門高誼已絕俗
空房擁殘火更許相就宿不嫌寒無氊肯厭飯脫粟
杲公玉壺冰所至自清淨珪公出林鶴肯與雞鶩競
吾窮得兩公頗覺意氣盛未能出艱危猶足起衰病
杲固昔所熟珪亦舊聞名江西一聚首遂覓南去程
掃除文字習追尋香火盟期君向此道隱若一長城
堂頭老居士我識蓋自早聲名從少年閉戶令却掃
公能為少留尚可慰枯槁欲知主人賢但看此二老

次韻錢遜叔瀟江圖後二首

公但一室堅坐我方萬里生還共作十年清夢同尋
五嶺名山

作清江三兩曲勝大廈千萬間若保此中安坐不必
中原遽還

次韻錢遜叔獨鶴圖三首

長頸踈身嬾不前此寧有望更騰騫懿公愛爾非無
意要壓曹人三百軒

粉墨半銷翎翅短正如衰鬓不勝簪可憐少保功名
悞寫此凌雲意不堪

眼明見此出籠鶴似我北歸辭瘴嵐（御名）勿（一作莫）低頭
待收養人間欣戚盡朝三

次韻錢遜叔畫圖

西風著人塵滿襟江山縱近難追尋當年寫此數幅
妙坐使几案頻登臨斷雲驕慘出古寺遠岸杳靄連
荒岑漁舟蕩漾江路晚煙雨濛籠山店陰已知落筆（一作筆下）
氣象古一任世間消息沈最憐霜幹倚長石不
待歲久成枯林知公此中興不淺此畫故能留意深
只今燕坐一室裏尚費從來長短吟詩成掩卷坐秋
晚一唱三歎求遺音

送一上人

我齒久已搖君鬓日向白相逢不相笑共被老境迫
周旋三十年近別多間隔伊昔無事時日夕望顏色

此道要琢磨苦語費思索不能如宿心每負朋友責
別我寧陵縣隨我昭德宅所期無二三可恨已千百
交游太半死況值兵火厄舉首望八荒無乃天地窄
涼風吹秋深江湖動行客誰能於此時（一作除）出語見
肝膈胡塵蔽中原盜賊暗阡陌公其無遽行待我有
良策

錢遜叔諸公賦石鼓文請同作

江頭羽書相續來城中草木凍不開腐儒坐視了無
策但守寒爐吹死灰煩公送我石鼓文令我琢句要
春回簸蕩風雲走（一作寫）蛟鼉百蟲爻蟄聞驚雷錢公
自是刀扛鼎持此浮游轉湖嶺漢碑秦篆已么麽況

復鍾土敢馳騁後來頗供兒女弄神物有知當遠屏
石鼓之文公所知正是周室中興時庶幾我皇亦如
此一掃狂虜隨風（一作灰）飛石鼓之文尚可讀小臣願
繼車攻詩

和邢子堅韻

萬里重歸舊老翁笑談聊復與君同鷦鷯所願一枝
足鼯鼠從來（一作眞成）五技窮短髮自梳渾欲白殘爐因
客尚能紅正須混迹師元亮未忍低頭學敬通

東萊先生詩集卷第十三

東萊先生詩集卷第十四　　呂本中居仁

戲呈東林雲門二老

幾年湖嶺費追尋尚喜歸來聽足音禦虎已知吾有
命問禪方見子無心風塵黯慘病如昨歲月崢嶸窮
至今猶覺相逢有餘恨老盆盛酒不同斟（余常以謂可與共飲者至難得也二公超然之韻可與共飲也而不得共飲爲可痛惜曉此語者許伊具一隻眼）

佛日縱步相尋索歸甚苦戲成絶句

相逢不用苦相催只（一作直）到更深月上回莫怪室空
無侍者夜窻相對有寒梅

東林珪雲門杲將如雪峯因成長韻奉送

東風被澤國君有千里行送君不能遠宿昔春水生

胡馬污中原旁淮多賊城即今江南岸盜賊猶縱橫
頗聞閩粵靜農民方及耕雪峯佳主人況欲屣履迎
兩公與談道正欲平其衡但見演若頭自然心地明
云何未覽鏡便欲其流清君行可語此勿憂兒女驚
鄙夫牙齒缺苦遭塵事嬰七年在犇走一飽費經營
野鶴出籠飛尚須孛翅翎今者與君別故鄉它日情
新詩見萬一庶用託同盟

贈童堯諭蔡楠謝敏行

七年避胡塵無復少年事適從嶺外歸眼病不識字
尚幸戎馬間得見此數士蔡童南城傑所養蓋有自
兩謝名家子學已前作似相逢眼暫明已足慰遲暮

如何捨我去使（一作令）我起千慮江深月微[illegible]此[illegible]
月鶩猶餘大謝留與我相近住風霜眇墟落涅土暗
道路得無經（一作鶩）此別各復走它處期君則甚遠苦
（一作告）語不厭屢微言恐遂絕其誰與（一作知）調護要當
發憤求不欲（一作未可）僥倖遇聖門極坦平渠自有回互
河清儻有期夫死或可俟

和范仲熊舜元游橘園見梅

橘林經（一作因）雨未全衰歸路人家已見梅風物粗知（一作如）
江左勝瘴煙新離嶺南來筆頭有眼方知妙句
裏忘言始絕埃但得一寒無事過與公還往勝銜盃

答錢遜叔（一本有訪戴圖三字）

北風吹霜夜如（一作飛）雪江城草木凍欲（一作未）折病夫
袖手無所爲一坐臨川已三月忽蒙妙句起衰憊頓
覺和氣生毛髮公能忘機我亦倦不待畏殊見摩詰
畫圖是非久未解況保長年不摩滅請公置畫莫多
求要與時人除愛渴

與錢遜叔飲酒分韻得鳥字

客游等浮（一作如藻）萍歲事如過鳥逢公得一笑不厭古
寺悄雨聲喧客耳燭影吹半梟宿酲未及解更覺惡
韻擾時方足艱虞身未識要眇如何一杯酒便出萬
物（一作事）表別公願一言使（一作令）我意易了

贈別范一哥

相送不嫌遠詰朝當語離文詞知子進道路覺吾衰
力疾終無補徐行敢厭遲臨分更回首苦語漫成詩

送謙上人回建州三首

子來不憚千里遠我病可無終歲憂相見忽忽又相
別主人無恨（一作厭）客無求
平生苦節胡元仲老大多才劉致中爲我殷勤問消
息十年堅坐想高風
遙山渡口晚猶寒道路奔波未許閑頗恨獨來不同
賞竹輿穿雨上踈山

與范益謙炳文叔儀步月（一云與諸范步月）

歲月忽已過羇窮非獨今稍瞻分白水月影上清陰

映畝平生事江湖它日心相過無百步猶覺費追尋

陸庭元紹意齋

聖人毋意物我同大賢庶幾其屢空今君胡爲用此
意乃欲酬酢萬化參天工客來無窮君不厭所施不
同皆有驗風寒燥濕互相代一理驅除無頓漸衡門
端（一作宴）坐一事無衆皆劫劫君有餘見賢不避忘其
軀肯與俗子爭錙銖知君此意久已絕爲爾病生吾
有說侍儲百藥待百病任爾紛紛強分別君但守此
心如鐵徧與衆生除衆熱是則名爲無意訣剩放南
山（一作窻）著秋月

病中口占示益謙四弟

病來全少辦工夫樂裏關心計已迂縱使君來亦無

語更無餘法待文殊

竹夫人

與君宿昔尚同床正坐西風一夜涼便學短檠牆角

棄不如團扇篋中藏人情易變乃如此世事多虞只

自傷却笑班姬與陳后一生辛苦望專房

郊居

紛紛俗駕不容攀尚喜郊居絕往還野寺並冬終日

雨客房無事一秋閑平生談說舌猶在病起彫疎鬢

已班始悟莊周太多事處夫才與不才間

送楊蒙秀才往樂平

我有閩粵役君成江浙行窮途一回首歲晚倍傷情

佳氣占行在妖氛是賊營如何抱奇策不一請長纓

寄題暨尚卿雙蓮亭

異畝同穎久未出雙觡共抵復何物今君何以得此

花和氣所致無它術雙蓮共蔕中連理相映同心出

秋水秋水池塘曉自涼雙蓮中含風露香飛燕姊妹

一作弟不相妬並轡逸豔來昭陽自然容質見高韻不

必粉黛呈新粧君家孝友聞近郡一作縣故使奇祥眼

中見一洗東南戰鬭塵小人知之亦革面我來崎嶇

山嶺間忽聞雙蓮能解顏請君更畫作圖看無使惡

木譏雕殘

簡花信中鈐轄三首

交游契分如君少湖嶺溪山似此稀夾路梅花三十

里故人雖病莫先歸

海角相逢又一奇更憐朋舊得追隨滿堂舉酒話疇

昔疑是中原無事時

它日曹南十日雪訪君尋酒不能回梅花此日懷安

路更有清詩入坐來

次韻李仲輔簽判

曉晴破雨却寒天海上風光絕可憐便欲陪公了春

事不須乘醉始逃禪

西施舌

海上凡魚不識名百千生一作性命一杯羹無端更號

西施舌重與兒曹起妄情

和秦楚材直閣韻

胡馬南來議擊毬忽聞羌虜斬揚酋虜中欲謀舉事則先爲擊毬之會漢宣帝時羌虜斬首惡楊王酋非二人首降服一年春事妖氛退萬國歡

聲佳氣浮臺閣如君須強起林泉容我且歸休漢家

基業無窮盡早晚留侯與運籌

和展鉢詩

紛紛未了向來因同在浮漚寓此身顧我久拚菴外

事知公曾是箇中人齋盂已獻五鼎食詩卷初無一

點塵今代王孫能樂此中興祥瑞不緣麟

戴山

危欄不知高下瞰萬里路滄海近咫尺大舶不敢度
風雲遞舒卷川原更回互如何此道場乃倚絕壁住
得非化人居無乃仙聖寓斷崖石倒懸絕壑水暗聚
我行天一涯勝處時一遇衰病一作頹九死餘已乏濟
勝具登臨茲一作游欲忘返尚足慰遲暮山林與膏壤
未到已心悟

王傅巖起樂齋

人生各有樂所樂故不同吹竽與擊缶同在可樂中
孰能識至樂不計窮與通顏子在陋巷肯憂家屢空
朝從聖師游暮歸無近功忽然若有合此樂固無窮

當時二三子因之開蔽蒙君生百世下久已聞其風
端居有遐想客至聊從容四壁倚蓬蒿萬卷蟠心胷
回視世所求失道迷西東此樂既不遠欲往吾其從

寄范四弟十弟一無十弟二字

俗事紛紛如亂麻又扶衰病轉天涯文章老矣思吾
弟頭角嶄然勝外家異味幾回占食指遠書終夕望
燈花何時更住城南寺共聽春池兩部蛙

春日紀事寄內外諸弟三首

水生溪漲欲容舠疾病因循厭作勞莫道深居便無
事午窗奇癢費爬搔
自聞賊報離揚州準擬春來泰出游所恨溪山最佳
處不容老子便歸休
長閑漸化讀書癖遠道聊因避地行安得薄田了饘
粥便相依倚過平生

寄諸弟

九年在奔走一飽費經營此日窮居意它鄉獨往情
相憂只有病所至但論兵尚喜吾諸弟形模遠勝兄

游鳳池

遠近諸山翠作堆鳳池北望更崔嵬青松夾路攙天
去白鳥飜雲傍海來喜有故人同出郭屬因衰病阻
銜盃猶憐不赴對床約獨上籃輿日暮回

題孫子紹所藏王摩詰渡水羅漢

聞渠褰裳欲何往彷徨徙倚滄波上至人入水固不
濡何以有此恐怖狀我知摩詰意未真欲以筆端調
世人此水此渡俱非實摩詰亦未嘗下筆孫郎寶藏
今幾年往來周旋兵火間世人險阻更百難彼渡水
者安如山請君但作如此觀莫更思惟尋筆端

送筍與何晉之

年來念念欲深藏頗覺看書氣味長莫怪囊空無一
物猶能分筍送何郎

次韻李伯紀園亭

昔者翱翔雨露邊已將勳業畫凌煙便尋松菊同元
亮不訪丹砂學稚川可但海山勝綠野頗知風物似

平泉小園只在虛窗外佳處常當几杖前
本無俗事可裝懷樂圃花欄應手栽乘興聊陪野僧
坐賞心時許故人來頓令此地成三絶不爲它鄉賦
七哀鍾鼎山林兩無礙豫章須是棟梁材

送林之奇少穎秀才往　行朝

我爲福唐游破屋占城市城中幾萬戶所識一林子
蕭然衆木中見此眞杞梓未爲棟梁具且映風日美
子之於爲學其志蓋未已上欲窮經書下考百代史
發而爲文詞一一當俊偉夫豈效鄙夫念彼不念此
今來赴行朝學已優則仕窮通決有命所願求諸己
擢賢有明訓不在拾青紫丈夫出事君邪正從此始

鄭昂用岑參太白胡僧歌韻作楞伽室老人
歌寄杲老

楞伽室中絶皂白去天何止三百尺只今更住最高
峯齋無木魚粥無鍾已將虎兕等蠛蠓更許蛙蚓同
蛟龍聞道說禪通一線爲爾不識楞伽面一生強項
吾所知氣壓霜皮四十圍世人未辯此眞儒敢向楞
伽論是非諸公固是舊所適鄭驛從之新有得欲將
此意向楞伽但道鵠烏同一色何止一作未到

贈王周士諸公

空房夜氣清落月傍簷明念我平生友相望隔荒城
數卷未□書破窗猶短檠君亦不奈一作得閑默坐數

□□□絡香火社同尋文字盟王子潮州來一笑冠
歆傾午飯展僧鉢村醪傾客缾相逢但談道絶口不
論兵未免俗眼笑屢遭時輩輕人生各有趣小大俱
有程譬彼澗底松難伴池中萍雲鵬與斥鷃已矣兩
忘情一洗瘴海耳此言君可聽殘更一作長更

贈范信中

異時攜客醉公家蠟燭堆盤酒過花萬里溪山隔春
事十年風景困胡沙鄭莊好客渾如昨何遜能詩老
更佳但得尊前添一笑莫一作勿言漂泊在天涯

會稽石道叟教授南劍兵火搶攘之餘興治
郡學尺椽片瓦皆其所自經營也未朞月而
學成遠近賴之又祠前輩賢者以風勵多士
使游其間者望之而心化由是而入堯舜之
道不難也古之教者蓋多術矣五帝憲三王
有乞言憲賢於乞言也道叟知之矣呂本中
爲作詩叙本末云

聖遠道則微世久學欲絶區區續微言未易勝邪說
石侯東南秀睹此心欲折分教南劍州意在補亡缺
歘令兵火後復見俎豆設廟貌甚尊嚴上下有區別
先生默無語風化動閩粵斯文自明白如仰見日月
坐令穿鑿悮不待湯沃雪不知旁祠誰今代古豪傑
孰能□□之齊共此歲寒節入門日在望未返意已竭

從來正心術不在費頰舌乃知薰陶功自與聞見別
參會回不愚亦豈有優劣此理儻可求萬古同一轍
前輩謂陳了翁也

寄計議弟張彥實錢元成夏庭列

遠書來稍稀叔也經月病微官自拘束歸輿復未定
誰能相勞苦頗亦奉朝請安身子有道可係在不競
寧聞鄭子眞肯待當世聘張錢平生歡未貴渠有命
舊交餘此人豈減昔日盛夏郎來幾時問學當轉勝
高風隕寒梧想助筆鋒勁同歸定何日不必有三徑
相從說平生保此一室靜

寄內一作家弟并示仲輔諸公

淡泊音書絕不聞每逢時序歎離群一秋多病常嫌
客短日無聊只閉門淡學未容窺易象舊書嬾一作聊
復誦玄文莫言耆舊彫零盡海內交游尚數君

簡范信中

詩人例窮君不然畫堂繡戶羅嬋娟當時乘醉出三
峽至今妙句留西川底事新來多退縮梅花滿眼看
未熟便期載酒約來冬似要惡詩相抵觸曉來寒凜
似中原君忍閉門清晝眠我病猶能相追逐知君心
期終不俗但攜二妙喚諸公一醉落花吾亦足

東萊先生詩集卷第十四

東萊先生詩集卷第十五　呂本中居仁

再簡范信中兼呈張仲宗

昨日之游樂不樂主人愛客亦一作客不惡梅花遠近
遍川谷雨練一作凍風揉未全落明日之游復如何城
南城北梅更多對酒我不飲把琖君當歌酒肴雖勤
主人貴且幸吾黨頻相過梅花縱落君莫歎與君同
住海南岸花開花落都幾時君醉我醒人得知相逢
一笑俱有詩如何不飲令君嗤

寄晁恭道鄭德成二濟

二年住閩中不識建溪茶處處得殘杯顧未慁齒牙
飢腸擁滯氣病眼增昏花故人持節來憐我病有加
曾當餉絕品不但分新芽蒼璧月墮曉寶胯金披沙
一洗肝肺淨兀坐如還家陰雨久不解天氣復未佳
特詩寄兩公請爲交舊誇便續北苑譜即日定等差

連得夏三十一叟兄弟范十五仲容趙十七
頴達書相與甚勤作詩寄之

閑居病亦侵世務每絕念猶憐二三子從我久未厭
書來不改昨意苦辭亦贍問我來何時期我早會面
我行但謀食欲去復未便要當相就居同止山水縣
讀我所傳書亦足滿素願開卷忽有得如飲醇酒釅
吾聞古志士學也蓋有漸欲升夫子堂不摘屈宋豔
倒籬望育天豈必在窺覘它時儻從容此語子可驗

送錢子虛撫幹往洪州赴新任二首

君不求時用居然如病夫經過閱歲月相伴走江湖
白玉終無玷寒松保不枯同官多勝士總爲致區區
老矣吾無用歸歟子未宜端能出奇策略爲濟斯時
閫有書遮眼閑須笏拄頤西山有爽氣當報故人知

題晁恭道善境界圖

疇昔相從三十年如今休去不逃禪知君參見法輪
老始悟蒼蒼便是天
境界本來無善惡人間何處有新圖欲知箇裏真消
息臘月寒松永不枯

簡乾元珪老

問訊乾元老江頭幾日回還應艤船待不作御風來
漫有經旬別頻思一笑開庭前荔子熟尚要著詩催

贈楊紹祖

城東往還者相近得楊卿處世如無事爲官不近名
匣藏防身劍案有讀書檠此外唯尊酒時時喚客傾

謝守文漳州送茶

暑氣侵人病逾劇虛堂坐調出入息漳州太守送茶
來王圭小鳳俱無敵太守憐我病無語故遣此茶相
勞苦千金一餅君未許百金一盞如潑乳其它鬬芽
未足數下視紛紛等塵土病夫未飲病先愈坐覺爽
氣生肺腑城中車馬鬧如雨更有樂善如君否

夏日

暑雨遂經月客來因稍踈閉門觀易象反復看何如
妙處元非畫微言不在書故山初未遠舉首是吾廬

過劉忠顯公鄉縣作

疾風知勁草世亂識忠臣自古有此語今代豈無人
劉公生東南節義邁等倫時危出一死以捍胡馬塵
遂令天驕子稍知吾道尊至今生氣在凛凛凌層雲
我行宗安野瞻望彼高墳流澤既未遠有子賢而文
會當廣德業早爲建殊勳此意苟不泯楚人生伍員

夏日深居二首

怱怱車馬去一言還因病深居未得閑更爲故人留一
夏稍移行李過東山
故人多住城東寺還許相過結淨緣海寇求降荔枝
熟是中風月可忘年

乾元副寺欲還雲門

子有四方志雲門尋舊游溪山往時夢江海向來秋
物態隨高下生涯任去留閑將問庵主如此是禪不

慶堯侍者以詩相贈偶成絶句謝之

滿城車馬雜塵埃所至如雲撥不開只有西禪堯侍
者肯衝劇暑送詩來

渴雨簡張仲宗二首

強讀文書不補飢只今一飽尚難期薄雲未肯蘇禾

稼細雨才堪濕荔枝
雨濕平林松桂香斷雲苒苒拂疎篁江山故自可人
意從此歸休策最長
謝楊紹祖惠王友
我來閩中居中熱久斷酒端居苦無事神氣思內守
故人憐我病小缸送王友極知此不凡嶺海見未有
感君意則重納約況自牖欣然洗盞嘗不待捧素手
空盃貯玉色一洗市沽醨坐令百疾去敢復望升斗
從今破酒戒可以入道否
與李似宗別後奉寄
昔者相過少幾時心期雖在事多疑滯留江海君先

病悵望雲山我欲歸老境猶存作詩苦故人多有食
言肥漢陰老父如無事肯復逢人論是非
作雨不成旱暑愈甚未能就道
三日陰風雨不成坐嫌衡暑作宵征敢因貧故累公
子尚欲閑時尋友生兵甲未休心已醉詩書頗廢眼
猶明便須準擬庵居用柱杖繩牀折脚鐺
聞鵲
一夏病如此它鄉閑未回疎簷聞鵲喜知有遠書來
荔子
南征未苦厭關山荔子今年已厭餐時有野僧來獻
供每煩佳士約同攀門前炎暑三伏旱坐上冰霜六

月寒它日一尊須念此中州傳買半梨乾
乾元眞歇數約它日同庵居
與君俱自走天涯何處雲山不是家城市少留具夢
事林泉高臥亦空花久無佳句彫肝腎漫有微言到
齒牙它日一庵如可必願分齋罷半甌茶
將發福唐　一云別李叔易兼簡士珪
盡此一囊粟我行當有期涼風吹天涯增我別後思
結束向行在問子還一作來何時初無濟時一作世策處
事多參差環視中所有無一施可宜形骸久已病敢
徼當世知不蒙朋友責定遭兒輩嗤翔此世外人勸
歸常恐遲相尋有如日請盟吾此詩

聽雨
日數歸期似有期故園無語說相思芭蕉葉上三更
雨正是愁人睡覺時
末利
香如含笑全然勝韻比酴醾更似高所恨海濱出太
遠初無名字入風騷
聞二弟召對
晚來忽雨已如秋竹枕欹眠得自由忽報諸郎俱升
進頗容老子便歸休人傳胡虜三年旱勢合山河一
戰收顧我迂疎最宜病秖應隨處是菟裘
夜涼早起尋李貽李陸慶長所惠詩有作

夜長忘陰晴忽聽簷雨滴空房閉重門涼氣通枕席
欣然欲攬被如覓舊相識那知庚伏内得此睡通夕
起尋兩君詩令我生氣力成蹊長桃李已自除荆棘
遠游得數士舍此百無益挑燈視皮膚不顧蚊齩赤
因之不復寐爲子增歎息

聞大倫與三曾二范聚學并寄夏三十四首

我思臨川居欲往意未慊每懷二三子歲月多荏苒
後生御名所習正是絲在染未須極軒昂且須就收斂
舉動思古人此志豈不遠才雖有高下事亦要強勉
願爲江海深莫作盆盎淺
世人爭錙銖未語色已變居然面頸赤自處亦已賤

品集十五　六

寧知烈士習渠自有志願一介不妄取萬鍾吾亦倦
古人有伯夷名冠太史傳
見人輒有求所以百慮非但能守簞瓢何事不可爲
愚夫飽欲死志士固長飢出門萬里塗其亦御名所之
莫惜一日勤而忘終身憂農夫力耕作其必歲有秋
月前不鹵莽久亦有倍收少年不努力長大復何求

別法一上人

我有江浙役子能乘興來便同湯院浴卻爲故人回
此道恐遂絕後生良可哀試尋鑰匙子一一與重開

別後寄珪粹中一作鼓山

海上相逢兩過秋飄然乘興亦悠悠送行百里還歸
去同是江湖不繫舟

哭王元邁

紛紛舉手爭毫末砥柱當河獨不流一夕便隨波浪
沒天涯黃葉更悲秋

別林氏兄弟

二年住閩嶺所閱足青紫那知萬衆中得此數君子
相從不我厭但覺歲月駛高論脫時俗如風濯煩暑
出處雖未同氣味固相似人生有離合一作低昂所畏爲
物使要當啜英華不必計粗滓它年肯相尋在彼不
在此

品集十七　七

本中欲謀它日復來福唐之東山林少穎請
作詩以記因成兩絕

老大馳驅百不宜敢將筋力蹈危機它年更欲眠雲
住同過東山嘗荔枝
更作東山住尋盟尚有詩看君騰踏去及我未歸時

謝人惠陳家紫

煩君惠我陳家紫萬里漂流合得嘗莫道聞名不相
識舊隨遷實到吾鄉

閑居感舊偶成十絕乘興有作不復詮次

四海交游一信民後來情分更誰親可憐相伴谿堂
老一去塵蒙三十春汪信民謝無逸
一世聲名高與關亦知不合住人間不令整頓乾坤

了虛逐松聲半夜還 高茂華、秀實關沼止叔
壁老投冠去學禪堂堂一一作三鼓陣無前平生老伴
唯均父馬病途窮不著鞭 饒節德操夏倪均父
屛醫卻藥病良已絕學捐書我又休卻到舊時行復
處五湖煙水上漁舟
萬里飄然不繫舟老來專憶舊交游西風日短中原
路虛度江湖數十秋
唐子直心絕可憐夏侯苦節更誰傳諸晁事業風流
在各有殘詩數十篇 唐廣仁充之夏侯髦節夫晁載之伯爲詠之之道貫之季一謂
之季此沖之叔用
平生親愛獨諸晁叔也相親共寂寥半日不來須折
簡暫時相遠定相招 叔用
病夫長病合長飢豈復輕隨世上見雲雨覆飜渠有
分江湖潦倒我無知
曾郎學行冠姻親趙子才能又絕倫仲弟故應同二
妙一時先後委埃塵 曾元似趙才仲及余仲弟也
便欲長休老未能爾來頻愧住庵僧直須棄盡人間
事始見從來一點燈

溫泉 一作福州湯院

海上秋來早晚涼客愁蘇醒似還鄉歸途尚欲撩瘙
疥剩乞溫泉一勺湯

將去福州

委曲隨人久未甘翛然午枕睡方酣功名到此終無
分身世從來百不堪爲己工夫今粗曉住山活計舊
相諳它時不用求三徑投老才須住一庵

初秋

涼風驚木葉意欲作深秋客病渾如昨囊空卻自由
因閑得飲酒端坐勝封侯寄語平生友當能爲我謀

奉呈鼓山雲門二老

汝水相逢今幾年只今同住海南偏月明本自無虧
缺山色何嘗有變遷它日會逢昆弟語一時驚散野
狐禪儻因居士開開口卻作沖和二月天

從叔巽叔覓茶

疾病侵淩轉不堪時思一室奉清談嗣宗已餉兵廚
酒當有新茶惠阿咸

福建界首寄福州親舊

海上秋風吹客衣婁煩親舊送將歸今朝更入江東
路便恐書來即漸稀

嚴州九日坐上贈胡明仲常子正

今年得交舊九日會嚴州城角風雲暮天涯景色秋
功名有長鋏行李付扁舟苦恨三年別聊因一笑留
病添文字懶老恥稻粱謀活國須公等吾生便可休

方允迪挽詞二首

已矣儒林老今爲地下郎空山留几杖遺藁漫文章

徑狹風霜遠溪深草木長傷心釣臺路千載閟幽光

惟君好兄弟少小共聲名豈止千人傑俱爲一代英云何卧丘壑不使至公卿慟哭松風遠悲雲咽莫聲

程伯禹毋夫人挽詩二首

久矣閨門秀端如玉在淵相夫成令德教子作名賢遽逐秋色盡空令莫景遷傷心江左地松栢閟新阡

舊隨賢子後每得熟嚴規未獲升堂拜空成相挽詩爵頻賜湯沐壽不至期頤它日家聲在流傳世未知

送范師厚宣諭四川

老境侵尋久廢詩送君寧復似當時尫隤病馬猶長路偃蹇寒松只舊枝想得山川瞻使節便令父老識家規忠宣公嘗使成都聖朝本意惟寬大網漏吞舟始合宜王導嘗遣八部從事之部顧和在下傳還從事見導人人各言二千石長短和獨無言導問之和曰明公爲政當使網漏吞舟之魚豈可採聽風聞察察爲政導咨嗟其言

贈丁老

前年見公滄海上法會堂堂萬騎將今年見公浙河東猶是當時舊老翁送行更有天童老騏驥齊驅獵霜草野狐射干膽欲破不但獨噴羣馬倒我衰且病百念絕便得從公不爲早忘情遁跡亦未是言與不言俱一掃世人擾擾不歸家公行問渠有何好

東萊先生詩集卷第十五

東萊先生詩集卷第十六　　呂本中居仁

送楊晨當時赴夔漕

楊侯從舊名籍籍吴中一見如舊識憐我衰頹病已侵怪我辛勤百無益今君遽作巴蜀行江頭宿昔春水生路經三峽不艱阻遍與疲氓問疾苦隨身長劒莫輕舞試伐蛟鼉斬豺虎北來人士衆如雨得君此行尉羇旅君但垂情一笑許勝使區區入州府百城困之遂安堵亦勝無事閑坐否

送徐林稚山赴江西漕

總角相從四十年如今衰病已華顛父無耆老可訪事尚喜交游不乏賢未使從容持從槖却令辛苦上江船百城編户皆疲瘵日望公來與息肩

將發金陵奉懷張彦實

老矣君何往翩然我欲歸文章晚未用歲月事多違江接鄱陽路風吹游子衣不應蘧伯玉獨悟昔年非

初離建康一云鍾山寄范十四弟諸人

嘗憶它年出舊京汴隄榆柳與船平寧知此日鍾山路亦是東行第一程

紛紛車馬未言還我獨支離便得閑尚有同門二三子肯同今夜宿鍾山

寓會稽禹迹寺

陰雨靜不出端居還自由客衣從短褐天氣已深秋

所在兵猶鬭中原亂不休廟堂如有意更與萬人謀

會稽初秋四首

今來留滯浙河東想見閩山荔子紅雖有故人家在
彼可無方便託西風

張侯問舍復何時我亦留連去未期便欲爲君草堂
客幾時先寄落成詩

故園回首但斜陽所至奔波避賊忙天下何曾有定
處越南燕北是中央

病來每有居山興老去初無任世心三尺枯桐無舊
譜始知三歎有遺音

錢遜叔侍郎奉京師舊墳改葬天柱謹成挽
詩一首

錢氏覇吳越功德在斯民遜王早退居身退道益尊
至今二百年盛事傳後昆文采震本朝豈惟光一門
後來翰林公又以直聲聞累葉其外家家世悉殊勳
善惡久乃效其報於此分裔孫傑立者迎喪自中原
遂令擾攘後得安久旅魂依依天柱山不必京洛塵
死者如有知當言吾有孫小人託末契所恨老不文
睹此一時盛忍終無一言越水流不竭越山早不崩
孝子亦不匱錫類到仍雲

重陽日西興寄臨安親舊

我來西興口君在龍山旁如何阻一水不共作重陽

別浦潮猶白深秋菊未黃遥知對杯酌不記是它鄉

范伯言藥隱 一云送范彥行歸西山

烈士故徇名中民但榮官寧知陋巷士堅坐有餘歡
出從聖師游歸坐守一簞出門視天壤窳遹心自寬
范侯嬾仕宦決意歸西山西山有藥隱此地可盤桓
誓將從古人上追孔與顏有田可以耕有屋可以安
寧能伴兒曹日夜不得閑我亦倦游者世味更百難
夢寐想君家父子兄弟間便當卜鄰居一生長往還
相依得情話出語清肺肝後生有鄙質更爲斷其漫
君行問安否此盟當未寒

題趙祖文盤谷圖

趙郎落筆寫盤谷正是太平無事時今日太行那有
此滿川樵採盡胡兒

送胡明仲知永州

君行西遊浮沅湘洞庭岳麓天一方嶽前老人望君
久歲晚不嫌歸路長晴天萬里去鴻鵠韞玉未售猶
深藏遠行固是君素願多畜奇謀羞自獻後生紛紛
了目前大策定非凡所見簿書汨沒渠自忙道里崎
嶇吾不倦百川東下倒狂瀾要君嶷然如斷山我老
無用逢多艱敢復著脚塵埃間胷次偪塞良未寬日
夜矯首須君還運斤成風君不難不使世人漫鼻端

孫肖之短堂

孫郎囊空意自滿自謂身長才則短以短名堂堂未
成長短是非俱不管嚴州一見鬢蒼浪贈我新詩如
夜光何時到君短堂上更話如今歸與長

贈孫肖之

子窮非一時所歷固長久自從太平時以至戎馬後
今茲益窮甚所至但縮手遂令甑生塵不止衿見肘
未能脫身去且作避地走金盤貯火齊孰視不一取
溪船下濤江亦未遠南斗固知松栢生必不在培塿
見我嚴州城世事嬾到口念子抱奇才有節空自守
簞瓢在陋巷世亦如此不乖離勿重言寒甚且飲酒

朱成伯秀野堂

客愁固多岐我懷亦蕭散連年尋故人見子二水岸
官居少閑暇歲月忽已換有堂名秀野未入俗眼看
得名自君子可當清淨觀未能藝桃李且自飽藜莧
荒涼城一隅初不越門限脫身少年場念此已熟爛
嗟予老病侵闊世蓋多難相逢默無語自足洗憂患
窮冬足雨雪近市乏薪炭時來上子堂尚得一笑粲

次秀亭韻二首

忽見新亭起廢基暮雲疎雨兩霏霏憑欄一望長空
遠鑿石新開小徑微治世從今可招隱至人何苦更
藏輝傍若不厭賓朋集正爲飄流到眼稀
舟車來往鬧回環今日陪公得暫閑漸喜著身人迹

外勝如隨衆馬蹄間縈紆細數溪頭路蒼翠遥看雨
後山正恐朝廷須舊物不容常此面孱顔

甘棠樓

高樓面面好舉目是溪山急水瀉湍瀨諸峯呈髻鬟
聊爲半日出得伴使君閑作者風流在承平氣象還
身雖住世網心已離塵寰未厭陪游數唯愁覓句慳
高風雖在望逸韻恐難攀咫尺蓬萊路惟公指顧間

師奴病化

伴我閑中氣味長竹輿游歷徧諸方火邊每與人爭
席睡起偏嫌犬近床能與兒童校幾許賢於臧獲便
相忘他生尚欲隨吾在要奉香爐漉水囊
受戒不捕鼠聽經如欲譍誰知兩溪畔今日送亡僧

舟行至桐廬

乘舟待潮發一日到桐廬物色寒初甚溪山畫不如
往來真是夢親舊不須書猶勝鴟夷在時容託後車

示兒

忍窮吾有味雕句汝無功客舍囂塵裏春愁浩蕩中
初無買山費真與住庵同更想顔回宅簞瓢亦屢空

陳朝奉坐化

東風吹雨欲飜盆杏樹前頭柳暗村試問老人何處
去夜來新月又黃昏

嚴州春曉

居間病當嬰出郭春已老微陰淨新綠薄覺原野好
故人各漂散頗恨來不早尚有壁間詩猶堪寫懷抱
是月足陰晦暮春常苦寒閉門猶疾病春物豈相干
堅坐客已少長貧心自安幽蘭有花在尚肯結餘歡
予將爲三衢之行下塔僧惠道求詩留題因
成絶句遺之
欲過城東病不能飛檐高棟想層層半年夢作嚴州
住一首詩留塔下僧
將適三衢而七弟欲往臨安臨行作詩奉送
弟要題詩別人還勸我留如何南去路更送北行舟
處事須遠略擇交當廣求秋風理歸棹爲我上衢州

椿閣
往時椿閣老盛德傳鄉閭至今風流在遺芳殊未疎
有孫仁者靜遠近伏其賢定知建德民祝令如翁年
弋陽魏令賞音亭
高亭已寂寞山水自清音主人去亦久此意誰復尋
夢回還舊觀川上有微吟於焉繼前作因見平生心
建安熊述之爲令建德不言而民治將適三
衢留詩美之二首
熊卿治建德隱几心若水民肥吏乾枯亦不用笞箠
問子何能然此豈力可使建安今多賢於子可見爾
建安固多賢故人劉與胡山川古秀潤珠生崖不枯

我病日已懶觸事見迂疎行當脫身去一廛從子居
、擬古樂府
高堂陳八音同聽不同樂狂飈送鴻鵠萬里翔寥廓
一去三十年事事非前約當時綠綺琴塵埃無處著
時節非不久此意但如昨
己未重陽
病無佳思只深藏漫遶東籬菊未黃最是一年秋好
處可能無酒過重陽
李珹拙軒
念彼巧者勞知此拙者安拙者固無營一生長得閑
子豈眞拙者託此以自字何嘗曳長裾顧肯卑小官

世人極變態飜手覆手間子獨如不聞默坐安如山
九衢走紅塵本自不相干我老始見子古井久不瀾
贈子拙軒詩留子靜處看當蒙一笑許敢言愁肺肝
清御名軒
清御名軒中一事無午窻高枕似吾廬世人稱意何須
道乃祖風流正不踈
將往城南觀音阻雨未果
野寺它年別溪山浪作秋初涼頗宜出小雨故妨游
僧老渾無念田荒近不收猶思五更懺清切勝蠻謳
余迪漫浪齋
顏子在陋巷無一當其心日惟聖之學猶自惜分陰

予生千載後此意尚能尋齋雖名漫浪迹豈計浮沉
文字浩今古不受俗務侵端如貯美酒妙處當自斟
臨卷忽有得如奉君親臨即此是聖域子行無滯淫

無題四首

我病無能到處窮子才安得尚漂蓬如何共飲重陽
酒相對無聊似乃翁

重陽共采東籬菊却似乃翁年少時顧我無能甘老
病相尋唯有向來詩

聞鍾即起待天明客舍無聊坐五更何日長風破巨
浪看渠萬里出門行

平生隨我飯脫粟靜夜不眠尋細書可見烏衣諸子
弟從來志業不如渠

邊愁

胡人吹短笛一半是離聲想得南飛鴈雲間亦厭聽
愁聲晚來急邊塞乍寒時不似江南日愁多只自知

招范四弟

涼風忽滿篷江漢有歸心顧我病如昨憐君窮至今
苦嫌歸夢短不厭酒盃深試問玉川老何時許降臨

衢州路中

今日衢州路師奴不共行阿童渾似汝只是太麤生

憶福州舊居菊花

問訊堦前菊如今屬阿誰秪應風露底猶記摘殘枝

求趙表之墨

超然堂中墨如戟文撐宗門渠有力參得諸方一味
禪以此示人人不識病夫見之喜折屐便欲投詩恐
無益主人不吝是家風會見琅琅送珪璧

陋巷

陋巷客自稀短日寒未到感君時一來得以慰懷抱
論文有根柢落筆清且奧如歌五弦琴促軫有餘操
黃花開正繁薄酒可相勞請君尋此盟妙處同一造

示閶生

形容落魄猶須酒疾病因循久廢詩忽見聞郎七字
句却如汪謝少年時

簡何居厚

我乏濟勝具子懷經世才寒窗得一笑陋巷絕纖埃
白酒難充醉黃花只強開更憐無事日時有好詩來

謝人送酒

它鄉逢故人已覺意氣盛得君雙榼酒起我終日病
清如兩龔潔氣出徐邈聖乃知無功鄉欲往有捷徑
一盃吾已足不必待歷聘扁舟下東陽此計或未定
尚欲尋舊盟短拙恐未稱先生肯降臨時掃一室靜

東萊先生詩集卷第十六

東萊先生詩集卷第十七　　呂本中居仁

聞蔡九弟十四弟到行在

苦懷吾表弟別乆費相思愛客能忘酒長貧不廢詩每蒙高士喜終少貴人知試問遊吳興何如在蜀時

贈蔡九弟十四弟

年來疾病日衰頹忽報山中兩弟來徑欲相從營一醉未須辛苦便輕回

病中

貸米供晨炊尚欠數束薪平生甘此味此去未爲貧新霜已嚴厲況我病經旬但守此心足無爲思古人

病中曾端伯見訪

不見倉曹十五年江城相遇各華顛何時更踐鄰居約判斷諸方五味禪浮生擾擾亂初定乆病昏昏閑始便欲問小童尋大隗勝於猛將晝凌煙

無題

一任衡門可雀羅時容欹枕聽懸河因君小試屠龍手要與午窗降睡魔

送曾吉父

吾道從來到處窮八珍常與一簞同子房故是青雲士圯上乃逢黃石翁聖學有傳爲可喜宦遊少味自無功亦知湖嶺如江浙盡在先生指顧中

次曾吉父蘭溪三絶

夜窗相對不成眠苦爲離愁定不然政以蒼生未蘇息思君日夕望回船

春信先尋嶺上梅兩年零落待君開非關使節須重到自是溪山未遣回

乆覺藏身不猒深舊遊風物要追尋書來肯附銅魚使記我今年病不禁

窮臘有懷

冰霜底窮臘伏枕乆亦倦思公如和風咫尺未得見人生無賢愚各自有志願但得所趣同公固不我賤何須肱九折始見金百鍊平安望中原棲息各異縣尚欲從公遊衰年保窮健

病中聞諸范日赴飲會

諸公相隨日酣飲我病昏昏困衾枕人生苦樂故不同世味再尋如拾瀋良醫更在肱九折曾子從來日三省不離方丈走諸方萬事只如驢覷井

深居

深居如山林初不遠城市塵凝喜事少犬吠知客至生涯付衰疾日力破昏睡欣然一笑足自省甘苦薺收身當在早過是恐少味

慶夫悲閣成

自離閩嶺罷參禪疾病深藏不計年尚得閑人相印可隔門惟有白衣仙

贈人

堅卧因循欲過冬故人無復馬牛風得君好句能忘病笑我長飢不諱窮清夢肯嫌齋舍冷破囊常伴酒盃空新正所願長窮健剩作歌詩準備公

送廣東漕范子儀

我爲三衢居君作番禺行君行我方病歲序仍崢嶸嶺海未寂寞斯民則憔悴得君鎮臨之固可以卒歲嗟君盛德後窮獨與我同比年數見之長在寒苦中番禺盛賓僚莫如元帥賢君行問安否道我如昔然

夜閒諸生讀書因成寄趙十七姪

紛紛藥裹了新年北望蘭溪不數程且喜諸生會勤苦夜窻燈下讀書聲

夜坐

所至留連不計程兩年堅卧歇南征荒城日短溪山靜野寺人稀鸛鶴鳴藥裹向人閑自好文書到眼病猶明較量定力差精進夜夜蒲團坐五更

簡李巽伯

愛酒舊無敵能詩新有聲荒城時過我長句屢尋盟厭病時招客因行不計程秖應有餘暇未肯賦閑情一本後四句云往事十年夢生涯三尺檠却憐陶靖節着意賦閑情

追記昔年正月十日宣城出城至廣教

嘗憶它年在宛陵好山松竹面層層江城氣候猶含

雪草市人家已掛燈每怪愁腸難貯酒時隨杖出尋僧如今轉覺衰頽甚病坐南窻冷欲冰

病中上元

病久仍多事深居未識春愁懃今夜雨且爲阻遊人

三衢上元

俗事紛紛避作煩夢中時歇雨聲喧但看閑客時來去勝說群兒手覆飜事業不同俱可笑形骸如此尚何言他年更有相逢話同是三衢過上元

贈人

剩作閑官不計年得公相近轉翛然飽諳文字能生病始信虛空不注禪水澁船囬休進棹路長馬倦莫加鞭漫成拙句爲公壽要作新正第一篇

官閑贈人

自喜閑官不計貧月叨微禄勝歸田藥囊往往充詩橐米券時時當酒錢恐病作勞吾不歇對人無語子差賢不須更見盧溪老會得安心即是禪

正月十七日

令節今安在晨鍾奉夙興空庭留素月廣殿有殘燈笑語已難記經遊如未曾吾衰得堅卧差勝住房僧

病中得舍弟信

頻通婺女訊兼得會稽書歲月呻吟裏文章困睡餘百年判憔悴萬事付迂踈尚欲身強健相從得定居

疥
瘙痒撓膚無春冬爲害略與惡疾同只有瘡痂不相
負夜闌長滿寢衣中
正月十九日暴熱
一夜飛蚊遶鬢鳴都忘時節是新正秖應朝暮須風
雨便作踈簷瀉竹聲
即事
十年不調張廷尉一字投人山巨源萬事重尋已陳
迹此公相對可忘言故人久已音書絶古寺終嫌帀
井喧更欲移家近深僻漫留書冊教兒孫
送向仲堅往江西
紛紛車馬鬧如雲膏火煎熬豈秖自焚亦有古人來問
疾苦無佳思與論文江湖老矣頻搔首毛髮脩然政
似君它日卜鄰猶有約靜中風景要平分
寄臨川親舊十首意到輙書不復次序
偶從行李轉江湖所至脩然一物無午枕久拚閑事
業夜窻新有靜工夫
少小交游不乏賢二三豪俊聚臨川自從老大飄零
盡獨有殘詩數百篇
屢試吳中千里蓴閩中荔子亦嘗新獨遊每恨無佳
思正好溪山少故人
故人自失嵇中散疾病衰頹轉不堪酒喜閑居有賢

弟且隨長鋏住江南 季平
張卿別後且郊居無復黃公舊酒壚試問今年有閑
暇亦隨書劒入城無 文叔
交游疇昔往臨川博士高風世不傳饒謝得名三十
載當時已道小汪賢 叔野
故人子弟惟汪謝每一思之忘寢興莫道臨川侵寂
寞後來相繼有諸曾
吏部聲名動一時中原人物未全衰低摧不用還歸
去坐守遺經可療飢 子禮
金谿比歲復何如二董風流却未踈聞道移家遠城
市欲携書籍更深居 彥先 彥速
愛賢如渴吳夫子不染世間兒女塵老病不逢終不
悔後生誰復記斯人 吳迪吉
奉懷季平范丈戲成兩絶句錄呈
形骸已病尤宜懶歲月長貧屢有詩猶得深居少塵
事只如同在嶺南時
新年爲況復何如尚有心情打酒無只恐後生行樂
處轉嫌吾輩白髭鬚
病中寄胡原仲劉致中
累月不寄書我病亦在牀仰視出林鶴如覩二子翔
冰壺貯秋月所至有輝光僻郡足風雨深春猶雪霜
閩水遠而清閩山深且長何時一尊酒更復議行藏

老元相過三衢偶成近體詩一首奉呈

紛紛俗事起如毛病起南窻猒作勞正欲往來求飯飽敢將辛苦治名高長閑似稱三冬卧舊學虛蒙一字褒它日相逢有餘地尚容衰晚鬬堅牢

無題

衾裯尚冷知春早意緒無聊覺病深夜半改詩緣底事向來餘習正關心

寄人三首

世久無高識斯人我獨知子行吾羨子雖病敢忘詩

念昔無事日同升夫子堂江湖曉相見猶喜共行藏

世亂趨浮末於時尔獨賢閑遊衆目外却立萬夫前老驥空伏櫪長琴有斷弦傷心共隱地回首更茫然

寄祁居士

聞道祁居士抄書手未停艱難走異縣辛苦抱遺經野寺猶堪隱人言懶復聽十年事夫子今日得儀刑

贈人四首

病欲相尋久未能虎丘山下在家僧諸方本末須渠記拈出叢林舊葛藤

昔年曾侍老姑旁誨我全身只退藏長恐風流便踈遠子猶它日及升堂

跬步無功已猒遲後生誰復肯從師無人識子閑居意手令深藏只自知

三江古路更深居白首窮經一丈夫借問新年入城市亦曾頻到虎丘無

寄朱希真

幕下諸侯老微言衆不聽秖應有餘論時復注前經郡古踈還往官閑任醉醒主人鵝可換更爲寫黄庭

寄向縣丞

念子它時兩頰紅十年犇走變衰翁耐官丞相風流在坐守簞瓢不訴窮

病中

藥裏關心老不宜只今筋力已全衰何由更得身無事却似它時把酒時

山城

山城雨雪繁春氣來不早思君如和風未見意已好時蒙枉車騎笑語得傾倒我能知子賢子亦憐我老舊交半鬼録在者迹已掃慨然念平生令人惡懷抱相從飽喫飯此計或未保東遊有前約預恐別草草豈無一言贈妙句寫黙槀出户仰高山猶堪凴枯槁

病夫

病夫坐穩嬾出門底事逢春作癯瘦故人相尋不憚遠欲以一盃爲我壽鋪張古昔引大義勸使忍窮如忍詬感君意氣但如昨顧我情懷已非舊平生甘作蟻旋磨萬事只如船放溜十年參差故鄉夢一心守

待靈芝之辱身竊比柳下惠宏懸幸逢朱伯厚宅時
城市望雲山歲晚何由數相就

無題

心廣體故胖意肅氣自屏頹然萬物表樂此一室靜
念君久安坐轉覺此味勝踈籬過野馬破牖行日景
但令此意真不必費譏評想當溪山橫更有松竹映
隱几得晝眠此固可補病

偶成兩絶句奉寄文若庭列

強欲馳驅老不宜故人雖在費相思秖應大府多還
往職事雖忙不廢詩
夏乎經時不寄書十年奔走尚窮途不知自到高安
縣亦有心情記我無

寄閩中親舊

濃陰蔽烈日小院有餘涼頓覺枕簟好時聞芰荷香
秋成今可必衰疾未相妨徑欲閩中去尋僧不裹糧

廖用中世綵堂

廖氏居七閩土俗變齊魯子孫仁且壽每繼先父祖
作堂名世綵此意天所予近者得矜式遠者快先覩
今公懷直道邪正有區處還家上此堂父祖當笑許
小人慕清風想像濯煩暑孰知少年場有此毛髮古
何時望世綵得聽公笑語老松卧歲寒亦以蔽風雨
人或不予知亦莫予敢侮

劇暑

劇暑先庚伏經旬在炮燔今夕驟雨過我病亦少安
涼風醒病骨好月上更闌尚恐賊報急凌風無羽翰
閩中故人書日夜望我還無車載家具欲往故不難
所恨去已晚不及荔子丹家家有白酒自足解愁顏

即事

經旬困炮煮今夕有微風市井囂塵外溪山嘯傲中
涼秋亦不遠吾道恐終窮準擬閩中士今年一笑同

秋日

斟酒莫辭酒琖寛酒琖少寛今心安客遊無聊思舊
歡舊歡新愁千萬端如何不飲空長歎歲云秋矣風
落山白露應節衣裳單南遊並海當不難雨雪欲下
何時還

懷秋

秋風日夜至念我少年時新涼喜欲舞至今心未衰
心雖未遽衰老病則已甚頹然坐前堦乃若兩鳥噤
子病少則尔衰羸非獨今徘徊以傍徨何以異夙心
死者各已死空費子百慮在者亦已老契闊少相遇
洗心西方觀子復未肯然胡然競日力今年如去年

贈范十八

君去留不得我窮前未聞如何出籠鶴更送離山雲
歲晚逢同志人稀莫離群肯思臨別語只用十年勤

秋日

少年固長貧長歲復多疾閉門取堅坐到此多事日
不嫌冷如漿所要甘似蜜舊書堆几案老眼厭塗乙
不如壁角坐萬事付以實況今雨澤足已覺憂患失
秋成日在望所至有梨栗賦報雖未裹一飽良可必

讀書

老去有餘業讀書空作勞時聞夜蟲響每伴午雞號
久靜能忘病因行當出遨胡爲良自苦膏火自煎熬

宿昔

宿昔尚煩暑平生悲遠遊長貧不貰酒雖健嬾登樓
晚節勞千慮經年走數州新涼筆事好只是迫防秋

謝人送詩

堅坐少愉樂欲行還滯淫時蒙七字句可慰十年心
歲晚日晷短天寒霜雪侵主人不猒客敢辭酒盃深
辭一作避

水仙 二絕

澧綠衣裳白玉膚近人香欲透衣襦不嫌破屋颼颼
甚肯與寒梅作伴無
破臘迎春開未遲十分香是苦寒時小瓶尚恐無佳
對更乞江梅三四枝

東萊先生詩集卷第十七

東萊先生詩集卷第十八　呂本中居仁

處暑

平時遇處暑庭戶有餘涼一紀走南國炎天非故鄉
寥寥秋尚遠杳杳夜先長尚可留連否年豐秫稻香

教授鄭國材挽詞

松桂在荊棘所趨故不同雖云被剪伐所至仰清風
念子行古道簞瓢生妻空我來則已病不復能從容
平生務躬行聖處久收功堅坐想顏子欲往吾其從
丹旐忽已遠暮靄千山重論文一尊酒堅坐更誰逢

無題二首

柴門羅雀頻頻開喜有新詩到眼來聞道鑿舟城腳
底莫乘溪漲便輕回
入秋多病渾無酒學道無成却讀書莫謂窮居便寂
寞天涼猶枉故人車

潘義榮惠木犀二首

年年無酒對新秋辜負涼天懶出游想得故人憐我
病故分巖桂洗窮愁
掃除炎暑脫氛埃色似菊花香似梅知是西風要清
賞少留陰雨候晴開

次潘都尉富季申冬日探梅韻二首

暑退園林物物新過溪風好月初晨酒壺茶具偏宜
坐細草殘花別是春但得主人公客醉不辭秋冷和

詩頻從來禮節空疎放見我狂歌意自親
開府新從日下歸却尋山水對煙霏剩拔詩律留花
住不使親知到眼稀但見鶗鴂常遠舉應憐蜩鷃只
卑飛此游尚恨還家早未許溪頭送落暉

次韻木犀二首

折送幽花與做秋溪頭風物未重游已憐多病逢三
益更喜成詩擬四愁

洛陽車馬走塵埃一歲顛狂自探梅還識此花風味
否年年秋後兩番開

謝潘義榮送菊二首

經旬霖雨足莓苔忽喜雙盆送菊來已似風霜憔悴
損主人云是待晴開

漸開粉白間微黃肯與新橙一例香送與襄翁元未
稱且留青蘂作重陽

畜犬

主人長年閉柴戶終日閑雖云伴我懶常有跋扈志
端如在籠鶴又若伏櫪驥舉首望道路久欲從此逝
恨無陸探微寫此師子戲如何尚搖尾更作求食計

疥

刺刺癡癡疥欲作今年去年只如昨人生縱病莫病
此此病雖微更作惡寒窻夜長燈燼落敗人禪觀妨
人樂安得壯士挽天河盡洗此瘡開處著

潦倒

潦倒心猶在衰遲分獨深如何一朝淚空費百年心
好月思同步清樽懶獨斟惜哉王子敬誰復歎人琴

贈人

乞年好兄弟見我嶠南時相對能忘病清言可療飢
後生寧復有末俗漫相疑尚想閑居處疎燈守破帷

無題

疾病侵凌我亦衰後生誰復更相知可憐日落長安
路不見驊騮整轡時

寄京口使君

使君鎮京口隱若一長城詩律有同杜溪山聊主盟
囂塵不掛念鷗鳥自忘情曾記貧交否衰頹判此生

再贈

婺女勝京口公來歲已秋閑雲出山寺好月掛星樓
往事付情話故人多倦游十年浪奔走今日為公留

贈友

子來已冬深僅得數夕款寒窻聽談道未厭白日短
從來不飲酒萬事付茗盌別去今幾日荒堦月猶滿

歲暮

歲暮少懽愉況復嬰病苦閉門每厭客幸此連日雨
寒爐火復焰乃若相媚嫵披衣坐壁角妙處時一睹
風聲耿初夜有句或未吐還書問故人可復一笑許

戲成二絶句

老讀文書懶不前亦無餘地可逃禪閉門省事群嚚
遠唯有貍奴附日眠
病犬虺隤唯附日懶猫藏縮尚逃寒寧知兩馬霜風
下更有長途不道難

久病二首

久病畏人事長閑增道心寧貪風日好不避雪霜侵
跼蹐身猶在高低手自斟酒盃休猒滿茗盌向來深
未愈俱生疾空懷宿昔憂時因發孤笑尚足慰窮愁
月落初無念花開不自由如何鴈南鄉不共水東流

偶作二絶

不嫌羸病守繩床世念紛紛久已降一夜月明如白
日驟聞急雨打天窻
膏火從來只自焚何曾野鶴駐鷄群如何死亦無公
論地下猶存衛府勲

謝滕尉送梅

破帷冷落不禁風疾病深藏稱懶慵忽有梅花來陋
巷喜聞春信出初冬未須趂雪爭先睹尚恐衝寒不
滿容會約君家好兄弟他年尊酒更相從

遊山

世味日可猒茲游那得忘稻田疏宿雨木葉犯新霜
潦倒交游在追隨氣味長僧窻有淨供茗盌侑爐香

李永相挽詞三首

舊學邈難繼相期從少年初看驥伏櫪遽作鶴冲天
烈所平生志高名萬代傳如何事未濟此老下黄泉
兄弟俱英妙聲名萃一門論才無不可於道獨爲尊
未定千年策終嫌萬丈渾天乎乃如此不使拯乾坤
事業懷蕭相胷襟識謝安流風有餘烈志士只長歎
淮海他年竭冰霜此夜寒向來交友淚南望不曾乾

以一縑寄范四弟

中原猒胡馬所至是賊窟念君室懸磬何以備倉卒
窮冬霜雪繁欲救乃無術見號君莫猒婢怨君莫恤
平生師顔子於此見髣髴此縑君所知自我機杼出

江梅

江梅消息未眞傳微露芳心几杖前不信冰霜能作
惡要令桃李便爭先斜枝似帶千峯雪冷艶偷回二
月天準擬從君出城去竹輿仍勝百花韉

黄河戲成四韻奉答

鼓山頌法眼語在裏即求出云大家合眼跳
合眼跳黄河未有過得者豈惟不能過身亦須判捨
告君過河妙止要具船筏乘時等風去過此無別法

夜深歸家聞鄰家小兒讀書可喜有作

還家更寒三鼓餘鄰巷小兒猶讀書侯王將相乃無
種紈袴綺襦寧似渠北風颼颼霜被草聽汝讀書聲

轉好莫言翁媪惜膏油有見如此可無憂

梅花

野水依城竹映沙江梅開處又人家天晴徑欲花前
醉只恐衰顏不稱花

無題二首

德盛不狎侮玄談多類俳居然少莊語無乃近齊諧
恨此達者趣猶非壯士懷故當先復禮方得盡梯階
聖學邈難繼斯文當望誰還能養志氣且務攝威儀
曾子但三省子長徒愛奇從來要功處本不在多知

贈李元亮之子季子

往時諸李在江都文采風流一代無每得清詩如鮑
謝已聞前輩許封胡好松久已埋深澗老馬今猶憶
舊途今子相逢初未識尚容衰晚見規摹

二月七日與群從遊陳氏園

平居羸病每相妨今日尋春有底忙何似主人常不
出看人衝雨度浮航
橋北橋南花亂開小園和雨掃莓苔不嫌柱杖衝泥
入更許乘閑着屐來

懷許子禮

寒松歇庭院老馬倦維縶翛然出塵去粗免朝夕急
我友隅湖嶺尚作一日葺平生學道心擇善有固執
豈不在行路自遠霜露濕百川灌河來砥柱乃中立

何時一樽酒更與交舊集

雪

窮巷無人對雪小詩自可逃禪看取一年三白喜歡
共入新年
堅坐正宜養病閑門便當幽尋一夜雪深一尺與誰
取酒同斟

報暉庵

寸草仰生活春暉常照臨不知欲報德何以見此心
江漢有時竭此心無淺深魏氏有令德傳家非獨今
結庵在山阿日瞻松栢林仁風被遠邇猛獸不敢侵
令子守直道意往無崎嶮遂令此鄉人得聞金玉音
我行時停晚回望西山岑延頸長太息聊爲純孝吟

贈莊季裕

老矣莊夫子居閑肯歎貧盛時更讀易憂道不無人
記往詩猶在相逢意倍親尚期香火社文字約遺民

李尚書挽詞

李氏三吳秀尚書一代英立朝惟直道守已但純誠
報國心雖在憂時病已成人推四兄弟氣壓百公卿
未就養生術獨收強諫名傷心舊遊地城郭漫溪聲

李器之履齋

人履履險巇君履履平地平地信可履行穩居亦易
責已不責人爲道不爲利孰視履險者豈不心有愧

君家天台守學固有餘味微言化子姪自足警一世
初無舉足勞寧有半塗滯君能識其然我亦從子逝

野寺

曉窻日未融野寺雨欲作經旬少客到靜坐差可樂
平生遭病擾今更不如昨囊空畏髙醫何以致良藥
所幸秋已至所在身可着洗耳聽涼風不待一葉落

辛酉立春

中原擾擾尚胡塵堅坐江南懶問津漫讀舊詩如昨
夢都疑往事是前身子桑自了經時病原憲長甘一
味貧剩忍雪寒君莫厭土牛花勝已迎春

雪夜

破屋除燈雪自明案頭無用讀書檠老慵已慣跏趺
坐昏夢尤便松竹鳴知有故人來問道久無佳句與
尋盟明年更有閩山興但辦行纏莫計程

謝方倅惠炭

寒壓新春雪不融布衾如鐵坐衰翁煩君又送南山
炭更放殘爐一夜紅

即事四絕

老來於世轉無求事業聲名種種休伴得鄰僧忍飢
慣閑門無飯讀春秋
怱怱和夢別星樓擾擾隨緣住信州尚笑長江少方
便只教溪水暫西流

問柳尋花懶不知登山臨水病難爲日長客去松陰
靜強課兒曹學和詩
經旬却怕酒盃深野寺雖閑病至今莫謂閑居厭醫
藥未妨隨證檢千金

贈人

中表多離隔情親子獨賢心遊衆目外氣出萬夫前
米賤猶堪飽官閑不記年春風上嚴瀨爲我略回船

辛酉之冬周提宫堃惠竹隔

深冬坐窮閻未厭風日惡今晨起濃陰正恐雨雪作
故人憐我寒垂意到丘壑虛堂排竹牖已覺煖勝昨
初無穹室勞漸有閑適樂我生甚易足所至況旅泊

不爲御冬計敢復備隕籜偶蒙仁者念僻處未蕭索
從今作新年對酒且斟酌計一作具

寄張仲宗

聞道張夫子今年已定居偶緣荔子債遂絕故人書
歲月足可惜溪山莫負渠它年得相近不必遠庖厨

周仲固尚論齋

周侯不出何所爲閉門讀書心自知簞瓢陋巷君不
厭讀書萬卷能忘飢上希羲黃下秦漢采取英華幾
脫腕是非榮辱姑置之忽若乘船到彼岸古人之學
有傳授君生寂寞千載後問君何以識古人袖手無
言坐清晝以此讀書爲尚友是事渺茫人信否人信

不信君不問松栢個難生培塿朝來落葉滿荒城青
山照人溪水橫往來車馬作塵土想君深夜讀書聲

吉州段秀才粟庵

大千非有餘一粟豈不足須彌納芥子豈復論盈縮
今君住世網何以得此獨始知陋巷居已悟不遠復
復一作此

自如齋

朝爲事所奪莫爲飢所驅不知六合間何人能自如
求新段夫子屋小心有餘教子有家法逃禪猶作書

醉經堂

紛紛入醉夢一語令渠醒段子閉門居云何猶醉經

其醉蓋非醉初無能解醒問經何所說明善故能誠

題焦寺丞詩冊三絕

一世奔波在別離君家孝友獨天知已令好夢傳消
息更有賓鴻効羽儀

路旁來報定何人物理潛通自有神想得三衢相見
地至今草木亦長春

河朔家人墮渺茫江南風日正舒長已知原上鶺鴒
處更入雲間鴻鴈行

晷物

晷物看日景頃刻未嘗停隨景移晷物目示令心驚
寓此不停景乃復望長生忽忽駒過隙悠悠池泛萍

況茲兵火中而每疾病嬰野寺過毒暑旱氣浮高城
出門君莫厭宿昔已秋聲

次葉守喜雨

群囂寂寞已收聲傾怯秋房獨夜情忽聽僧簷鳴宿
雨定知田舍舞安眠盡消積暑經時旱不厭新涼數
日晴更喜此邦賢太守樂爲詩頌教諸生

無題

學詩漸老轉銷聲末路蒙公此日情尚有文章能起
疾豈惟田里解蚩眠近郊秔稻成秋熟遶郭溪山入
晚晴剩繞長廊和新句不知庭下薄寒生

次韻曾宏甫木犀

風吹旱暑未成秋辜負江村事事幽巖桂敢煩先折
送好詩仍不待邀求自憐疾病常高枕坐想風流擻
此州它日出門尋舊約未嫌踈嬾作人不

贈鄭侍郎二首

便欲深居過一寒破窻重覓舊蒲團莫年生活如何
做了細煩公指示看

幾時不過西禪寺直自初秋到晚秋聞道主人憐我
病天寒酒未送新芻

東萊先生詩集卷第十八

　呂本中居仁

次曾宏甫九日韻

曾園曉色散栖鵶強起新詩整復斜正想故人披宿
霧忽蒙佳句洗昏花舊游往往違心事老病昏昏漫
歲華辜負重陽一尊酒且來占雨又朝霞

九日贈曾宏甫二絕

茶花過雨十分香山後山前已帶霜何事東籬數株
菊已將青蘂趁重陽
漸退中原胡馬塵溪山未猒往來頻雖無名酒酬佳
節尚有新詩答故人

送徐止秀才歸小業

後生少規摹子學有根源紛然衆說中獨識孔氏尊
古人雖不作此理固常存滄海無津涯寧有衆水分
鑑明不受垢垢盡亦無痕子還訪師友當自得其門
躬行見日用餘事不論文

次葉守韻

新正無所爲出戶亦乘興欲尋林泉幽不避風雪迸
搜腸乞佳語分外若贅癭故知藜藿槃不受珍果飣
清詩洗病目鄙陋知不稱披雪見新月乃悟本來性
溪山況蕭灑復有松竹映何須待醇酒然後有酩酊

送曾宏甫知黃州四絕

雨餘天氣欲嘗橙栗可煨炮芋可羹正是一年秋好

處忽令無酒送君行
口脣白醭未嘗開正始餘音挽復回他日鑪香爲誰
起公曾親見了翁來宏甫頃常爲諫議陳公所知
君到江頭不問津雪堂草木幾番新一生未得文章
力要掃中原胡馬塵
騏驥徐行不離群却行江北訪斯文潘何子弟能傳
業當奉遺書與使君

題范才元畫軸後

昔年同過嶺南州曾看湘江萬里流妙手可傳詩外
意亂雲寒木更孤舟

送尹少稷賢良還懷玉山

青松在庭檻乃受衆目憐念彼歲寒姿肯爭桃李妍
不如臥澗壑歲久霜雪前尹侯東州英烱若珠在淵
避地走南荒因循留瘴煙歸來懷玉山草草屋數椽
深居絕萬慮讀書欲忘年偶出到城市頗厭塵囂煎
搜腸出妙語贈我以長篇行潦被注挹朽木煩彫鐫
紛紛車馬間孰能知子賢別歸值短晷肯復更留連
我老百事廢鈍馬難加鞭清霜粲屋瓦白雲常在天
悵望子所居欲去無寅緣

寄題曾黃州重修睡足齋

雲濤際天江北路郡古人稀春復暮平生想像睡足
庵頗見王杜安身處十年兵火庵已壞草莽連崗宂

狐兎使君初來席未暖重就新齋啓窻戶踈踈脩竹
帶泉石歷歷幽花點煙霧竹樓月波不寂寞雪堂東
坡復共住昔者同遭盜賊擾今者定蒙神物護使君
忘言坐搔首抖擻衣襟脫巾屨下簾高枕百吏散一
任江頭風斷渡會思王杜與新詩夢裏相逢得奇句

重陽前一日作

涼風策策傍江城道路猶寬遠去程秋晚情懷常索
漠夜長更漏轉分明未償臍腹三年艾不負膏油二
尺檠明日黃花一尊酒苦思親舊與同傾

春晚

春色忽已晚悠悠留此心深居有閑暇令節廢追尋
更老愁何在長貧病亦侵一盃聊自勸不爲落花斟

寒食二絕

梨花雪白柳深青也似中原舊驛亭猶記往來寒食
下客房無酒卧空鉼
今年春物更怱怱野杏山桃取次紅底事無錢作寒
食可無新語記車公白樂天與河南尹詩云明朝欲出須謀樂不泥車公更泥誰

閑居即事

新舊音書寂不來略無一事可縈懷春風寂寞花侵
路野寺荒涼草上堦剩欲出門留客坐不妨扶杖看
僧齋無人會得龐公意只道淵明是匹儕

偶出訪客

才過清明日更長竹輿頻出度浮梁雨侵田水連溪
白春入山花帶蜜香數有故人相勞苦不嫌俗事且
窮忙今年尚有湖湘興不待秋風便促裝

蔬食三首

殺物以活己肉食固多慙況無一事勤敢於滋味貪
今晨病少間調羹有酸鹹居然飽筍蕨自足慰清饞
磨刀向猪羊渠有千種苦廚人盡心力博汝一笑許
此道在忠恕觀彼更觀汝聖人雖未言寧可自莽鹵
夫子釣不綱於理已不隱浮屠斷食肉此語說始盡
人生慣便習奉法乃不謹要當守淡薄萬事可堅忍

戒殺八首

勸君勿殺犬犬有爲主心爲主反見殺君何無淺深
君貧犬不去君富犬分憂執以付鼎鑊於君心穩不
畜犬被縛時猶爲主人吠吠聲未絕口湯沸毛已退
主人調醯鹽欲以作滋味持此望身安世間寧有是
犬雖有小過未至不得活賣錢與屠宰使得恣臠割
君兒小不安君夜不得眠何獨於此犬如此安忍然
勸君勿殺鷄鷄能伺昏曉聞鷄君即起一一家事了
一朝被烹煑不念前日功主人取暫飽鷄苦固無窮
縱犬使殺鼠鼠窘生百畏其飢使之出此亦有何罪
犬鼠俱勿殺莫計有無功苟以無功死還與殺犬同
願君普斷殺能益君壽數子孫亦長年皆以不殺故

君子遠庖厨非有意於善但能觀自身此理即可見
商臣殺其父身亦亨楚國世民殺其兄亦未妨大福
以此知報應未必在此時此時雖無他終必及君試思
虎狼非不仁天機使之然蛇虺肆百毒此亦受之天
願君勿憎怒憫此心謬用仁氣苟薰蒸終皆變麟鳳

寄祁居之

昔憶均陽祁處士只今全是住庵僧何時更得相從
去細話叢林舊葛藤

送韓念八迪功

君去留不得我行還未忙漂零更遠別衰疾且深藏
野水千山緑荷花一路香猶思往還地相望隔浮航

謙上人清湍亭

道人結庵殊未就先起小亭山左右不將溪水濯塵
埃且以清湍爲客壽雲煙晻靄作春濃草木堅枯辨
秋瘦客來相對兩無語豈有浮辭問時候一生行脚
如夢覺天意似於君獨厚我今留滯未得往想像此
亭如故舊再三伸紙誦清詩已勝開尊飲醇酎上人録寄
彦禮彦冲原仲諸公題詩簞瓢可樂不淡薄蘭菊重生足滋茂他
時有暇更分題此遊未落諸公後

送韓臨亨提舉

君有千里行我獨留此居君行赴何許沅江隔重湖
我留此山中欲去尚躊躇沅江道里僻罷民待君蘇
君亦憐其民涇沫勤呴濡涼風促君旆小雨膏君車
漸去囂塵遠及此夏景初野色望行路東門初首涂
風土日已好誰能懷舊廬舉手謝拘束有若縱壑魚
路逢舊交游相見問何如道我且貧病因風時寄書

和伯少穎迂仲將歸福唐偶成數詩欲奉寄
無便未果也辰叔常季南還因以奉送

紛紛走道途擾擾雜泥滓既爲風俗移又以血氣使
百川灌河來夫豈有涯涘故人林與李始可與語此
方子獨立士德順歳莫亦深居林李從之游欲出更
躊躇紛華晚不顧浮湛同里閭時從陸丈人共此一
篇書諸公皆從陸亦顔游

閩山固多奇閩士亦多傑弱水不勝舟有此積立鐵
胡劉守節意亦豈待言説原仲致中堂堂混衆流此固不
得折
經時望子來慰我終歳病西行道路迂欲見復未定
秋毫論得失此豈不有命嘗聞安身要其本在無競王輔嗣卦解云安身莫若無競修已莫若自保守道則福至求禄則辱來實法言
才叔策名時已自能不動中年謫南荒與世作梁棟
生平所踐履自待九鼎重失固不足言得亦何所用才叔諫議張公也初登科時已無喜色矣

送范才元

胡塵犯中原冠蓋走東南同時辟地人十不存二三

相逢各衰病豈復能清談君今尚行役未暇脫征衫
聲名自宿昔文字性所耽誰能隨少年下筆令人慙
並海雖名邦嗜愛殊酸鹹君但撫罷民未須嚴轡銜
開堂宴賓客清詩消半酣時寄荔子來尚能憐我饞
自餘君不問只向鼻端參

贈魏邦達張彥素

公更深居我更衰山林膏壤偶同時兩年疾病略相
似二老風流應自知苦學養生猶有累不知閑過是
無爲初冬寄遠無他物半夜才成一首詩

送南上人

閑居病益侵俗事初一掃南公犯寒來爲我略傾倒

論詩已得妙不必在窮討我懶百慮廢識寸恨不早
歸途見徐董（明叔彥光）更問此二老所恨聊復翁向者嘗
已槁（彥速）拭目看遺文令人惡懷抱（南上人收二董時與明叔墨妙甚富）

贈曾吉甫

荒城少還往居處喜相近欣然得一笑渠敢有不盡
詞源久欲竭此道或少進作氣在一鼓軍士況未憖
涼風動高梧塵土朝作陣臨溪惜暫別溪淺雨復吝
豈無一言贈以當百鎰贐沉綿我未瘳行李君更（御名）

贈魏邦達張彥素

橘綠冬未黃菊老霜變紫不知風土佳但覺日月駛
閒居得養疾調氣實在此從吟便休去敢復爲物使

誰能明吾心旁邑有君子

次韻汪教授木犀

治藥呼醫懶出門每聞樂事漫消寃秋花帶雨寒由
在老病尋詩目更昏但見晚霞飄雨脚不知山石是
雲根主人有意留嵓桂要使貧交奉一尊

送詹慥秀才

子來今幾時歲月忽已晚今當別我去道里初不遠
家山霜正濃馬草寒更短何以奉親懽一笑和氣滿
邇來游學士已見如孚罕讀書要躬行俗事不猒簡
故鄉多老儒歸日正可款時能寄餘論尚足起我懶
兩州多便人自可數往反

靜軒

紛紛逐人行擾擾與事競不知一世間能得幾人靜
公今默無語種種以靜勝人來漫相接事至聊復應
開軒道院旁足以補我病日高公事散轉與靜相稱
千載師蓋公此理久已證爐煙裊晴窻松聲韻鍾磬
簿書勿勤來公方在禪定

贈吳周保

舊琴無譜亦無絃子獨深求不計年正以安閑有餘
地不因言語悟先天論詩再到新刪後讀易仍窺未
畫前老病相逢聊一笑非關無地可逃禪

伊禱少稷方齋

人圓君於君但方鑿圓枘方君不忮富貴可求君則
忘閉門讀書聲琅琅舊書重疊堆在床點勘同異分
偏傍運精竭思心力強十年足不離僧房荒山野路
秋水長客雖欲來嫌路妨幽蘭無人爲君芳采菊落
英充餱糧客雖不來有餘香

送義先上人歸古田

斷雲無水去無蹤回望闕山指顧中何處尋君悶消
息古田南路已春風

送范十八

范子閑行定不窮袖中詩卷敵清風野僧道士有餘
意同學故人多近功已辦辛勤十年讀時須談笑一
尊同相看又作韶州客却望臨川是夢中

徐師川挽詩三首

江西人物勝初未減前賢公獨爲舉首人誰敢比肩
時雖在廊廟終亦返林泉今日西州路臨風更泫然
異日逢明主端居不復藏一心扶正道極力拯頽綱
已病猶軒豁臨衰更激昂始知操韞處餘事及文章
念昔從耆舊公知我獨深意猶如昨日愛不減南金
撫事思前作於時媿夙心素琴理舊曲無復有知音

即事六言七首

老來與世相忘尚喜攤書滿床憶得少年無事苦心
更學文章
少年於世無求老覺心情自由放倒文章事業追隨
倦鳥虛舟
不入樂天歡會不隨淵明酒徒看取簞瓢陋巷十分
晝夜工夫
百壯支能已疾一盃酒便生春熟睡覺時意思罷勞
歌後精神
游夏一辭不措非關未究源流直自孟軻没後無人
會讀春秋
養生不能延年忘言未是安禪聖學工夫安在重尋
曲禮三千
畢竟學書不成誰道能詩有聲點撿平生交舊幾人
曾是同盟

楊雄

讀易先知未畫前聖人何事絶韋編始知楊子多閑
暇更有工夫草太玄

嚴君平

千秋蜀道一君平氣象從來不近名可惜下簾無一
事專將老子授諸生

賈誼

孔丘墨翟並稱賢始信先生學未專何事退之傳此
謬亦將餘論點遺編

贈二絶

紛紛禮樂付浮埃一取玄虛禍始開但見出言齊老
易始知胡馬不虛來
晉朝朝士安知禮盡出紛紛纂盜餘漫使當時辟世
士放言高論祖浮虛
畜犬雪童黠甚勝人壬戌夏暴死作詩傷之
宅生與我有徵因來見防家最後身共住世間均是
夢未應心境不如人浮雲妻變本無迹乂路多歧莫
問津此後窮愁走南北更誰隨馬踏埃塵
又作二絕
伴我走道途直前無葛藤三年貧病裏幾度送亡僧

荒山古寺欲黃昏梁上諸君欲到門雨濕雪童埋處
土向來精爽更誰論
客至書來總不知都緣邋日吠聲稀蛛絲網遍常行
處猶道奔逃未肯歸
秋日
禦盜犬新死放生羊尚存有書消永日無客到衡門
山色熱猶好溪流雨不渾還須止雜念數息度黃昏
懷雪童
老來於世漫多悲夢幻推移且自知想得開山藏骨
處却如搖尾乞憐時送行識我貧無蓋閑坐思渠悶
有詩從此窮居添寂寞夜長誰復遶簾帷
即事

畏事成隙猷出遨故人不見如曹逃一寒一暑侵衰
老如夢如幻無堅牢客游袞袞漫南北往事悠悠增
鬱陶此去還能安坐否割雞元不用牛刀
念舊
俛首思疇昔常期不負渠事隨新境轉又與舊情踈
少日猶相憶多年遂絕書況於生死隔寧復似平居
和汪教授
羨君須作緣陂竹飯飽哦詩聲徹屋閉門不出動經
旬坐看禪房花柳簇却記冰霜動地時半夜小園風
折木一尊相對任濁清三徑閑行漫松菊長篇短句
動盈軸想像清香有餘馥問君何以得此妙木潤只

緣山有玉我窮猶敢和君詩不留和氣暖臍腹搜尋
險韻少工夫敢與諸公鬪遲速
癸亥歲正月二首
閑居足因循所至漫冬夏今年忽六十稍覺日有暇
孔子固大聖未害六十化同時蘧伯玉亦豈出此下
莊周與惠施初未識此話何因爲此語百世呈縫罅
不如姑置之以俟一戰覇
孔子六十時入耳心則通所造不可知誰能強形容
當世設梯級聊發百世蒙如何陋巷顏年少兩頰紅
出門請從之便欲齊此翁心知路不遠試用一日功
還家對簞瓢此士正不窮

寄蔡伯世李良字

兩君羈旅官西蜀我亦江南住僧屋想像平生肺腑親晴天何處飛黃鵠庾郎故是豐年玉道兒更是見不足藜羹脫粟有餘味富貴薰天果非福死生契闊今誰在往事悠悠陵谷改他年乘興下瞿唐見我衰頹莫驚怪別尋好語和君詩償盡平生難韻債掃除壁土更焚香下酒如今有鮭菜

贈魏承事二絶

雨漲溪渾欲斷橋水鄉風物轉蕭條煩君下筆留春住令我寒窻不寂寥

四十餘年別歷陽舊游如夢費思量眼明見此老居士聽話舊游如到鄉

送魏縣丞之官餘杭

君去我逾靜我病君得知如何便相遠未有再見期溪橋已春晚紅紫久離披初無一尊酒慰君別後思君才則甚長所用無不宜但當斂光芒匣劒深藏之初非擊刺用肯顧庸人嗤平生富事業餘事尤長詩當官儻見念琢句敢嫌遲上以寄難兄下以愈我飢

葉尚書普光明庵

日月豈不明明乃有昏晝四時所出火更自表新舊寧知普光明亘古不傳授獨照萬物表不見所成就遠乃包須彌近不聞圭竇茫茫濁水源我此明亦透尚書所居庵草木甚癯瘦收藏萬丈光斂退著懷袖至寶久不耀却立萬夫後我願從公游昏病方待救先持此微言遠寄爲公壽

焦復州惟正寄鼎復兩州喜雨詩來以近體詩一首寄之

聞道復州賢太守只如前在武陵時相逢未說爲州樂所至先傳喜雨詩行比曾參仍不魯焦君居家以孝友稱政同龔遂更何疑懸知此去長閒暇定是愚民不忍欺

送范十八還江西効白樂天體

與君此別重依然再得相逢又幾年無使人言長似舊況教人道不如前窮通軒輊皆由命貴賤高低摠是天只有脩身全屬我少遲留處便加鞭

晁公詩九經堂

人家有屋但堆錢君家有屋定不然一堂無物四壁立六藝三傳相周旋人言君貧君不顧以此辛勤立門戶聖人遺意要沉思暫脫楚騷辭漢賦他年相見問何如且說九經得力處

送瑞印上人歸福州

不須布襪與行纏參得諸方五味禪散盡白雲見明月虛空只是水中天

東萊先生詩集卷第十九

東萊先生詩集卷第二十

呂本中居仁

尨美軒在玉山縣小葉村喻子才作尉時名之取歐陽文忠公醉翁亭記所謂林壑尨美望之蔚然者後數年舊軒既毀復作寺僧移軒山下汪聖錫要詩叙本末因成數句寄之

茲軒在何許遠在洞巖側洞巖山水勝自與塵土隔天以奉幽人寧肯媚過客尉曹昔吏隱到此若有獲名軒曰尨美盡去眼界窄坐令歐陽公餘意轉明白車馬走道路我久度此厄茫茫六合間於此有安宅軒雖有成壞山本無異色舉頭見林壑不必更遠索

金鷄董需彥光凌岑庵

我爲江南游衰病轉不堪往來信撫間未上凌岑庵凌岑賢主人清峻如山巖避事若荼苦守貧如薺甘平生好交游十不存二三令弟又繼往世不聞清談高風故絶俗想像令人慙浮生有欣戚此味久已諳請君但高枕客來睡方酣茫茫岐路間與渠爲指南乘風本餘事不向鼻端參

盛華彥光丘壑軒

盛侯少時偉儀觀下筆不休人共歎胷中別自有丘壑萬里溪山藏几案往來車馬鬧泥土盛侯何嘗著眼看較量今古弦同異科藪胷襟別眞贋今朝示我故人詩老病窮愁得消散故人相繼在鬼録君雖獨存飽憂患且住溪南數間屋坐穩不憂時節換人言丘壑殊不惡君守一丘只如昨文章老健氣如虹不向山巖何處著

送晁公慶西歸

頃從君家諸父遊談經語道久未休死生契闊風塵起往事追尋三十秋疾病衰頹且深坐喜見後生勤勝我臨行索我送行詩短句長篇無不可少年學問要躬行世人營營匆與爭閉戶忍窮心自樂簞食瓢飲殊不惡紛紛得失誰厚薄得此失彼莫籌度

曾吉父横碧軒

囂塵等山林此理久未盡君今住世網於此已自信僧居隔長溪屋古柱礎潤不知市聲遠但覺山色近開軒有餘地草木當夏閏一身船轉頭萬事燈落燼譬如癢在體搔抑吾已認青山故在眼已絶封閉吝悠然有遐想此語君所印

送邢道州趙邵州歸湖南

相逢不得款奈此離別何長塗已新秋從此風雨多欣然出殘暑如鳥離網羅我獨此淹留衰病日婆娑跂足望二子洞庭秋始波道州通家舊口辯如懸河邵州我表弟玉也保不磨無由得相就相近日經過黃塵飜馬足未暇眄庭柯何時寄書來與我消睡魔天涼不飲酒爲子一高歌

送方豐之秀才歸福唐

我居江東惟信之州子來自南而與我游問其所友一時之秀其兄韞德亦既有就子學旣立子志甚遠何以終之止在不倦貧賤勿猒自然無悶富貴勿羡害德之本彼古之人能聖與仁我胡不能歎其絶塵今子歸矣歳亦有秋何以告子惟聖之求水流有源木生有根惟源與根入德之門求聖根源惟正之守正之不守棄師背友絲毫之偽勿萌於心無有内外亦無淺深由此則聖舍此則病是以君子所守先正于以贈別亦以自警爲別後思且以三省

向敦武挽詞

耐官丞相後世固不無人位下能安命身閑不厭貧還能死異域便足繼前塵此日何山路空悲草木新

向簽判母挽詞

懶作塵寰住虚隨雲雨山人皆欽懿範天不予長年室静如歸隱心安勝學禪傳家有令子尚得慰重泉

贈眼醫張子驥郎中

人生所有疾萬種皆眼病由眼不得明故視有不正指白以爲黒遠邇皆未定如何少翳膜遂失本來性今君有妙手與世脫機穽病雖有多端但以一理勝不須望奇功藥病自相應吾觀世間物唯眼爲至淨不容著纖毫況復計少剩自古大醫王其治有捷徑

不能添汝明但要除此證鏡有塵故昏塵本不在鏡塵去鏡自明豈必與物競皎潔玉壺冰澄澈秋月瑩坦然望長途欲往不待倩其說甚易知在汝聽不聽請君明其然說法我已竟

送晁侍郎知撫州

與君相從四十載老病昏昏君不怪交游太半在鬼録一時輩行惟君在前年簪筆侍明光論議風流傳梗槩邇來同住此荒城笑語瀾翻絶機械薄酒重尋它日盟新詩未了平生債今君奉詔作鄰郡共喜朝廷有除拜定知惠政及斯民一洗從來州郡隘璦頭春色早晚熟遠寄還須例霑丐爲君試草德政碑蕭何自昔文無害

晁留臺劉夫人挽詩三首

自昔聞諸父文章漢兩京（原父侍讀貢父舍人夫人諸父也）風流傳壼範烜赫振家聲睦族今無匹能書舊得名如何江左郡今日望銘旌

故家劉與魏我亦忝姻親（夫人劉姓魏出也）久矣思前作居然愧後塵遺芳接惇史舊德見夫人悵望鵝湖路新年草木春

留臺無恙日樂善出誠心文采不復見聲名空至今半生資内助三歎有遺音撫事思前輩於誰覓斷金

贈鄭侍郎

鄭公一勺酒時與故人傾況茲沖和天草木日向榮
山茶逞獨艷著意呈軒楹坐中四五客還來尋此盟
主人久未厭頻得倒屣迎燒燭夜照花知公有餘情
清歌洗俗耳軟語令心醒豈伊鶴頂丹獨自能傾城
要令同二妙相伴作三英紛紛桃李花開謝略不停
誰知此深院別有高世名我老百事廢對此眼暫明
還家不能寐起坐數殘更明朝有新句更欲煩公聽

送宗紀上人歸福州

道人海上來訪我江外寺春風吹行李飄搖不得住
手中主人書足下千里路臨行請一語懇款過外慕
人生未入道所至皆旅寓急參庭前栢會取末後句
相逢與相別惟此是先務

郡會分韻得蠻字

柳外高樓四面山使君携客共躋攀塵埃不動日方
永桃李無言春自閑未猒簿書時到眼每逢詩酒亦
怡顏夜闌一倍園林勝尚覺清歌欠小蠻

郡會賞牡丹分韻得裳字

敢辭深坐嬾衣裳便欲追陪恐病妨小戶常憂勸酒
滿短才仍怯和詩忙牡丹花在逢寒食群玉山如望
洛陽不是使君尋舊賞更無人會憶姚黃

次蔡楠韻

交舊悠悠西復東建昌南望水連空蔡侯念我有新
句猶似灞橋風雪中

送王提舉赴淮東 七首

君為千里行我此一室住清風隨盡舸已過江北路
君如暑伏冰所至自清靜翛然接新秋已復天地性
隨行萬卷書既足以自娛因知君所樂不在使者車
入門雖多塗其究有安宅君能識其然一語在物格
學道貴積習天地故相似不容有私心毫髮在胷次
海陵我舊游歲月亦已久不知兵火後尚有昔人否
官閑有新作寄我莫憚遠兼書海陵事令我開病眼

送尉用歸開化二首

年來相聚欲無言嬾說諸方五味禪所恨歸程太忽
遽不收吾骨瘴江邊

疾病支離欲著牀爾來殊不負秋陽頭童齒豁西風
裏尚費縈簾一炷香

謝范子儀見寄因次其韻

疾病深藏一事無眼從昏澁廢看書清詩忽覩驚人
句遠道如瞻使者車頗放溪山時入座不妨賔客醉
騎驢傳家事業風流在早晚還朝得盡攄

謝周侍郎送木瓜

染以猩猩血緣以刺繡文天生此碩果似是百果君
杯盤快先覩便足張吾軍雅宜椽燭照正合侑金樽
環橙與大柑其從蓋如雲我病自已衰故人時見存

晨興有奇事此果蒙先分開緘見珍異坐使童僕奔
把玩不去手舉室生清芬所恨茅屋底著此太不倫
瓊琚未足報拙句聊相聞

謝幽巖長老送荔枝二首

年來疾病日衰頹咫尺閩山嬾便回不是幽巖老尊
宿更無人寄荔枝來

荔子蕉乾久未嘗今年霜下始聞香幽巖闊略庵前
事容得先生爲口忙

撫州俞隱居挽詩

臨川俞處士獨擅隱居名嬾倦不復出風流聞後生
自甘長寂寞肯作未鮮明松栢新阡路傷心秋後聲

贈汪信民之子如愚

四海同門一信民近淮來往七經春生平坎廩不如
意死去聲名多悞人漫以文章付兒子略無毫髮仰
交親請君但自傳家學陋巷簞瓢莫道貧

謝曾台州送梅

不辭深坐轉衰頽養病仍無酒一杯尚喜故人相勞
苦臘前先送一枝梅

甕間吏部久不見江東步兵那得知故人憐我太寂
寞一枝梅送兩篇詩

送范子儀將漕湖北五首

君行欲何之乃在湖水北湖水多郡縣使者易爲德
其民淳而古其吏朴以直官閑足賓客歲稔少盜賊
得君清靜化用教不以力但自養根苗勿苦厭蟊螣

許昌無事時地固多英豪況君忠宣子譽望素已高
讀書不出户俛首自作勞脱身走江南始爲時所褒

每念其先人水靜絶波濤時從文字嬉餘事及風騷
忠宣在朝廷每欲消黨與以我廣大心盡使變齊魯
同門有不察平地鬬豺虎君昔住許昌閉口不復出
靜思前人意皆是神所許自守泥塗間肯復計齟齬

令兄守家學自自文正始惟不卑小官至死而後已
其間有富貴乃是偶然爾人欲學古人豈不識此理
柰何厭貧賤乃不退就已君今久蹈之可爲吾黨喜

我嬾百事廢尚叨交舊知時蒙寄書來索我送行詩
我詩老益退久爲人所嗤君獨不見鄙諭相不舉肥
送君湖北去無事隔山陂時應有佳句尚足慰相思

梅花二首

白玉花頭碧玉枝水邊籬下雪晴時暗香別有關情
處却是春風未得知

占得先開不待春風饕雪虐長精神老人不是尋花
看要與尊罍洗世塵

周承務郷求諸已齊

爲腹不爲目貴久不貴速人皆求其餘我獨心易足
人皆重外慕我獨（御名）其獨閉門想顔子默坐相追逐

壽夭有定分簞瓢乃其福修身雖多塗要在不遠復

送程伯禹歸浮梁

不見程公二十年上饒相遇各華顛平生氣節君先立老去安閑我未然即看歸來上廊廟未容休歇住林泉飽山閣上憑欄處合得逍遙第一篇

疾病因循嬾出門茅簷終日坐昏昏雨聲點滴松藏寺人迹稀踈犬吠村時得使君相勞苦勝於書札問寒溫只應此去添憔悴又次先生酒一尊

寄題王珉中玉通判夢山堂

青山甚不遠每因塵事踈百念攪胷次豈知山有無君無適俗韻常似山中居出處本無二夢覺固不殊不知此山堂始徙從何途未嘗走道路亦不用舟車溪流與山色相對若有餘此地甚閑曠契君心地初行雲映遠樹中有此田廬如今遂安處始驗實不虛得非神所相無乃道力扶親朋在左右不待折簡呼徃來一笑樂勝有十輪朱何須從范子辛苦泛五湖亦不學沮溺遠迹斯人徒從容萬事表在我不在渠欣然理前夢已勝在華胥

去冬以紙衾遺劉彥沖劉有詩來謝以二絕句荅之

初無一物獻高人紙被封題意却眞想得蒙頭忘百慮滿山風雪自成春

錦繡堆牀已不宜芬芳淑郁又成凝心知此被無位巧能與山翁換好詩

送曾季直下弟歸臨川

老病侵凌重別離爾來瘦欲不勝衣信州城北荒山寺兩送親知下弟歸曾子不愁歸泥路臨行索我送行詩頭童齒豁衰頹甚不似京城相別時

送趙十一弟之官南安

君爲千里行我有一罇酒把酒持勸君欲以爲君壽南安傍庾嶺瘴癘亦時有德人固天相和氣生戶牖斯民得安樂如我屈伸肘居然變遠俗共感賢太守我病居上饒忽忽歲月久杜門百事廢亦復厭奔走得君暫相從感嘆成皓首頻念河朔時相從誦詩否人生只此是不必更抖擻有便即寄書頻來問衰朽

寄劉彥沖兼寄胡原仲劉致中

故人別去兩經冬今歲書來第幾封正以空踈少製作不因窮約廢過從養生漫說終難效學道無心亦未逢若問眞歸是何處五更常聽寺樓鍾

去歲嘗以紙被竹簡遺劉致中後爲大水所漂致中有詩以二絕句荅之

念君無愛亦無求一室翛然冷欲秋尚恐深居有餘念更將衾簡委洪流

紙被公無笑不才兩公相繼有詩來五更睡足天昏

黒也似他人錦繡堆

吴傅朋游絲書

君不見往時文學顧八分中郎之後典刑存又不見先朝文惠書堆墨大榜濃雲照南北未似只今上饒守靜寫游絲不停手非煙非雲斷復續緩步徐行不拘束斷崖一落千丈滑遠望筆行如一髮鬼神竭力覷不見鐵礪消亡網作線線舞飛揚不自由縱橫自在勝銀鈎知君此意非安排妙處不從筆下來心凝形釋萬事去信手却立無纖埃滿堂面頭莫見猜我自悟此忘胷懷操舟相馬在事外顔氏識此由心齋如君下筆少有意錦繡寧不憐剪裁君惟無心故若此秋毫自可纏風雷鍾王斂手謝不敏長史懷素甦衰頽病夫睹此心目開向來窮愁安在哉

東萊先生詩集卷第二十

東萊詩集外集三卷

宋慶元五年（一一九九）黄汝嘉增刻江西詩派本
原版框高二十點四釐米，寬十四點七釐米
中國國家圖書館藏

東萊先生外集目録

江西詩派

游會勝寺蒙泉　連州游偶湖亭
奉觀超然居士函面亭唱和新句輒成近體詩
二呈　送李博秀才
元日雪中作　送王周士
寄小范　奉贈伯益仲志二弟
送張子直西歸　謝趙士亮送酒
徐傑惠研紙墨三物謹成古體詩一首以謝
燕龍圖畫山水歌　初夏即事
曉出　贈趙九弟
寄李商老

喜宗師諸公數見過以分韻得席字
巫山圖歌　將去濟陰寄呂一雪陵
丙申正月四日大雪簡府中諸公
第三卷
宿石頭多寶寺　董村歸路馬上口占
兵亂後自嬉雜詩　賀州周秀才
寄題莊李裕靜軒　雪中奉簡張子直
絶句　擬古
夜同李十步月至崔成美家
讀東坡詩

讀亡弟由義舊詩有感
與范益謙飲有懷才仲絶句
感懷　贈唐虎
寄酒與楊翟諸弟　別魏先生
晉康逢師厚
初十日王震秀才家探梅
王園觀梅主人置酒莫歸
飯花光店是日立春　清隱及歐園賞梅
次韻酴醿　寒食
宿嵩前　客說嵩頂松實甚佳

送蘇龍圖知明州　塵外亭
題晁以道新居　星月枕屏歌
次韻堯明如皐道中五首　再用前韻寄壁公
別才仲
東萊先生詩集目録終

慶元己未校官黄汝嘉增刊

東萊先生外集卷第一

江西詩派

呂本中居仁

雜行在即事三首

昏旦黃字改重經營謝獨清看人長麈尾懷我短燈檠
舊交分窮達斯文鼎重輕邊聲授明主禮樂謝諸生
漂泊留旁郡煩人久厚顏強求微祿去未得故鄉還
驛騎隨朝發舟師語夜闌到家傳吉夢歸使下燕山
客況多堪笑歸舟靜擁衾輕帷寒窗諳對面却論心
外物家無有閑居念本深妻孥安短褐終不羨多金

廬陵胡邁同煉金液贈師厚直講

掃地搏樹陰扇火煉金液飢烏下朝陽啄枝墜紅實
禿翁不着巾僂背露筋脈挽鈴顧四海老手閑可惜
相勉各衰年省事慎藥石急當固根本迺可傳損益
元氣日備悉麟藥孰爲盜賊誰解竪乾坤相觀淚揮臆

次韻景實椰子詩

舊傳椰實來瓊州珍如拳漿出中流雙帆八槳嚴護
送海若亦恐貽神羞當時荔子寵妃子一日紅塵歸
帝里棄捐碩果之不念正音鏗鏘不入耳勿嗟硯礌
老瓠壺中含瓊漿琅碧琳腹聖門兒取失子羽底事端
可銘播與新詩應欲泄感意更復誇談作真賜閑人

如此慎勿欺我■與君諳世事

閑居

風土猺人任依棲縣令尊撩山春晚苦汲澗雨餘渾
白日供高枕生涯付小園時來携白鏟種藥兩三根

冬日雜詩

白日供多病青山且舊居柴門臨水靜風葉舞霜餘
老練時情熟許蹤墻東端可望炙背飽翻書
春景晴乃暖寒江曉不波雲山明客眼風露淨林柯
紫塞傳烽急潢池帶劍多蒼生好蘇息天意定如何

苦雨

雨添東澗連西澗雲斷前山却後山野水到門人去
盡昏煙迷樹鳥飛還江天日月渾無色客路風埃只
強顏舞石至今隨燕乳衰詩不復哭龍慳

題宮使趙樞密獨往亭

謝公爲時出四海正仰渠雅志在東山本末固不渝
符堅百萬師一掃談笑餘今公抱長策豈止安石徒
平生獨往願結屋山一隅躋扳上脩竹已自勝巾車
舉手謝世人不與汝同途出佐明天子意欲無強胡
行當復中原即日還舊都豈容思昔隱更作深山居
小人病無能慎入承明廬朝夕投劾歸爲公先埽除

中端應詩

避亂久去國遠游將抱孫氛埃到湖嶠愁歎滿乾坤氣力吾先老風流子獨存相逢能少駐重爲倒餘尊

丁酉冬江上警報

京路蕭條信不通胡塵尚欲競南風三年避地身多病萬里携孥囊畫空天際每垂憂國淚日邊誰了濟時功宣王自是中興主會見鑾輿返故宫

高安道中有懷故人李彤

寒起溪邊蘆荻風霜林病葉未全紅鴈隨雲落斜陽外舟傍山行晚照中極目閑愁愁欲絶滿川離恨恨無窮天涯更送親朋去尊酒何時得再同

遊陽山廣慶寺

泝流蕩槳到陽山寺在雲山縹緲間雨洗竹萌穿野岸風吹榕葉落荒灣僧眠白日鍾聲靜花送青春鳥語閑留醉嶺南無所恨不妨蠟屐恣躋攀

自陽山還連州

雨後輕裘寒尚侵杖藜終日共登臨水聲不似風聲急山色何如草色深萬疊殘雲遮晚照千章古木發新陰飄零未忍辭杯酌欲醉醽醁酒滿斟

柳州開元寺夏雨

風雨脩脩似晚秋鴉歸門掩伴僧幽雲深不見千巖秀水漲初聞萬壑留鐘喚夢回空悵望人傳書到竟沉浮面如田字非吾相莫羨班超封列侯

寄雲門山僧宗杲

隨堤河畔別支公目斷霜天數去鴻歲月崢嶸如許久江湖漂泊略相同無窮烟草夕陽外不盡雲山秋色中寄語只今能見憶書來莫遣太匆匆

懷從弟

折柳長亭今幾年一行作吏楚江邊音書頓逐歸鴻斷消息時因過客傳五嶺風温吹瘴雨九疑雲濕卷愁烟每吟春草池塘句尚想詩成夢惠連

郴州謁義帝陵廟

淅淅寒聲未落霜蒲庭殘葉不勝黄墻頭雨帶煙悲冢爐冷風飄塵帶香修墓尚應懷楚德入關猶想快秦王追思往事空垂淚無限傷心對夕陽

桂陽鹿頭山寺次壁間韻

霜風過雨不勝寒木落重重見遠山雲捲沈浮横浦外鳥飛明滅夕陽間頹肩道永方南去跰足何時得北還杖屨登臨共回首自憐五澤入荒蠻

同諸人再登鹿頭山再次前韻

梅消風動勒花寒淡淡煙横天際山顧我未能忘物
外愛君聊爾出雲閒江聲不遂鐘聲出歌林影嘗隨塔
影還異日同歸嵩少路却將詩卷話南鑾

聞岳侯破賀州賊次韓瑞朋韻

旌旗摩日甲生光俘馘黃巾萬衆降方滅賊來須記醜
蠻破胡行且見神狼燕然刻石功昭漢太華題名爵書
後唐從此兒童傳姓字風流何止繼韓康

送王循友往柳州

苦雨淒風未肯晴衝寒行去弄南征煙横遠浦春離
恨雲暗亂山送去程憶昔用來時驚喜夢夜窗空之與對
長檠它年燕語天台路滿望君還遂尋舊盟

永州法華寺西亭

西亭清浮冠南州蠟屐聊爲半日留蒼莽輕烟漲山
麓連卷蝉霓落城頭禽聲高下雲間木帆影參差天
際舟欲去凭欄一回首晚風吹角不勝愁

廬陵舟行

雨過歸雲山更昏時聞雞犬鬧江村風欹船側收帆
幅浪拍堤平没石損憂重積年身益勸功名它日志
空存又看秋色飛紅茶故國歸期未可論

春晚

柳暗鶯啼春正妍斷塍分水灌平田花開花落幾番
雨山淡山明一抹煙突兀初晴雲外寺横斜欲晚渡
頭船天涯因慨滄洲興何用區區苦自怜

宜章元日

東風初解凍桃李已經春避地逢雞日傷時感鴈臣
湖南馳賊騎江外踐胡塵憔悴成無用虛煩淚濕巾

久雨

宿雨何曾歇濃雲未放晴莓苔侵戶長蛙蚓入窻行
鐘送遠山響燈挑殘夜明芭蕉添客恨只伴（缺一字）簷聲

界步河亭

窮山擁翠染人愁亭下寒溪東北流寄語扁舟舟上
客爲傳消息到筠州

涂中久雨乍晴

匝地濃雲散曉風輕霜挾冷下長空攢峯疊嶂來無
盡疑是舟行圖畫中

連州

再到連州却是家逢人不復嘆生涯尊前欲洒思鄉
泪羞見枝頭含笑花

寧遠道中

路轉寒松日欲斜野梅初吐兩三花溪流映石風吹

碧時有鱗鱗雨後砂

春晚

宴坐脩然萬慮忘從它風雨送春忙佛燈初上黃昏後時炷郴州石乳香

湘江斑竹

湘江江上數重山山遠雲深縹緲間帝子不歸腸欲斷竹稍空染淚痕斑

興安靈渠

淡日輕風細雨餘陰陰溪柳映溪蒲清流平岸舟行疾野鳥時聞聲自呼

野岸

淡日輕烟村徑斜長風卷浪欲浮花夜深隔岸漁舟過螢火驚飛亂點沙

春晚即事

淡淡陰雲晝掩門隔溪揚柳暗江村落花狼籍飛紅雨又是潺湲過一春

香山觀壁間詩因次其韻

抗志欲學仙自恨無仙骨去國將六年避地欠三窟禪房翳翠陰竹本可製笏誰持大君前指顧收回鶻

懷古

買臣負薪行且歌其妻羞縮悲蹉跎季子歸佩六相印骨肉歆羨緣金多人生窮達等幻滅貧賤何憂貴何悅爭如飢采首陽薇不慕皐夔希稷契貪功徇名世莫嗤拖金曳紫同兒嬉一朝禍至幾發冢却思衣布丹徒時丹徒風月依然好爾自升沉委荒草草長木拱荒煙寒此恨年年向誰道

近體詩二十韻寄錢秉之

憶昔春將莫分携桂嶺邊落花依斷隴飛絮滿長川風急吹殘雨雲開放曉天山光如欲動草木不勝妍沽酒(缺一字)村市停驂近郭田臨行思款曲巳別更留連

治邑煩游刃編氓荷息肩高才久藏巧篤行衆推賢屢辱銀鉤況頻更玉律遷故鄉迷藪澤回夢眇雲烟漂泊遥相望窮愁秪自憐愛閑身益懶多病氣仍孱故國因人問新年底事傳政應升斗戀聊結簿書緣諸老方推轂乘時好着鞭提撕起憔悴騰踏動蜿蜒袖有平戎策囊無封禪篇功名期萬里富貴屬丁年范蠡中興越田單卒破燕異時歸稛載乞我買鄰錢

東萊先生外集卷第一

東萊先生外集卷第二　江西詩派

吕本中　居仁

絶句

雲海冥冥日向西春風著意力猶微無端一棹歸舟疾驚起鴛鴦相背飛

過盡層城渡石梁亂山千疊轉羊腸草堂居士風流在與種寒香蒲古堂

江城春色漲晴空櫻杏漫山潑眼紅溪轉路迴人不見藍輿十里度松風

送韓存中侍郎赴光州二首

公今冠羣士培塿望嵩高不有千鈞重虛蒙一字褒荒山伏虎兕小徑押狸猱默坐吾已得往尋渠自勞

令弟今先達諸郎復可人一麾公出守三徑我知津香火定年社山河後夜春會須從几杖不必畫麒麟

試院中呈諸同官

老眼文書便一窗短檠風味竹方床洛陽甲子清明近海内交游道里長漸欲着身舡尾上不能尋汝馬蹄旁慢紅天緑無多事紫蝶黄蜂各自忙

試院鎖宿數日未出

一閑幾十日春風能幾時悞尋高士傳虛負老人期酒或知愁處人應笑我癡衰顔已無緒仍對折殘枝

堤上

水上人家各繫舡畫旗何處插鞦韆長堤繚繞人行外古木槎牙鳥宿邊敢為簿書嫌蹭蹬却因升斗致留連何時更鼓江南棹一住越中三十年

阻雨不出

年來塵土住都城尚見東行半月程一夜北風三尺雨卧聞車馬濺泥聲

次潘節夫韻

昔年繞舍培楸梧霜風初勁葉未枯雞肥免賤年穀熟草服黄冠真野夫時時步屧過鄰叟共醉不復煩追呼杯中滿泛注白玉林邊阿堵無青皃擊壤歌正有餘樂豈羨騏驥馳大衢眼眵看朱或成碧心懵讀馬還作烏富如安昌徒自苦上貢必欲求膏腴聲名向晚更寂寞何似楊雄宅一區美官好爵乃土苴人生要在修廉隅

再用前韻寄璧公

直言曾許老盲聾文物當年掃地空縱病且懷脩月手更窮不顧拍張公長年眼作胡僧碧舊賞花今何處紅知有百年餘習在略煩佳句愈頭風

郴州牛脾山謁景星觀觀下有白鹿洞乃蘇
耽飛昇之地
清霜散曉陰輕風吹宿霧橋傾絕人行漁問借舟渡
初驚烏背轉漸入牛脾路長林連雲壑細草縈石
戶洞深鎖靈蹤鹿去騎仙馭殿高鄰天冠廊回覓地履
驟響水湍流飄香花似雨崎嶇到山椒靜曠奪塵慮
四顧但蒼莽俯窺若軒翥竚立鶴不歸寒生日云莫

春日十二韻
看花不忍摘憶在歷陽時夢挾春風走生嫌莫景移
老人扶杖隱諸少倚歌遲懶拙今誰問漂流只自知

父無紅頰映但有白須隨一世半疾病百年常別離
謾成歸隱夢頻有送行詩痛飲心猶在高吟病不宜
未應譏偪仄或恐勝肥癡何日江南去秋帆蕭意吹

京師雨春
驟雨翻簷急殘花落按頻春光一夢過物態逐時
新舊識嵇康懶兼隨原憲貧南鄰鼓喚客知是可憐人

府學治事奉懷張彥實兼寄惠子澤范信中
向君受
疾病衡忙百不宜只今筋力已全衰長廊廣殿風來
遠古柳高槐日上遲彭澤老人新斷酒輞川居士舊

能詩□解疋馬西歸後更憶扁舟肯渡時

寄家叔虛己
莫言離別廢周旋萬里星河共此天山色自然無望
礙月明何處不團圓寒雲淼淼飛鴈野樹蕭蕭餘咽
斷蟬湖海求田終有願篷帆春渚望回舡

止齋
陳郎花重朝朝樹齊主宮中步步蓮莫言河朔便從釜
魯元有琵琶膝上弦

信安生日
和風藹藹動祥煙此日從前鸞下九天已共清秋卻殘

暑更同參栢葉長年瓊枝自出塵寰外寶月常臨兩
露前欲問當年何處頌人間今日地行僊

晉大寧四年王敦自武昌下屯于湖明年六
月敦將舉兵內向明帝微行至于湖陰察其
營壘而去唐溫廷筠作湖陰曲蓋爲此也後
漢王禹偁之孫以爲蕪湖縣吳時此地稱于湖
或稱蕪湖察其營壘當在姑孰之西初無湖陰
又且于湖乃蕪湖也張文潛有于湖曲廣其
意追和篇
琅琊初渡秦淮水外託藩雄抗胡壘白頭欲發問鼎

新十萬鋭師同日起旌旗蔽江㘅舳艫卸帆鈎壍屯于湖雲昏霧慘恣誅殺電激風奔傳指呼謀狂慮逆天奪魄晝夢環營日五色巴滇駿馬去如飛始遣輕兵索行客黄須英特神所憐舍旁老嫗留寳鞭寳鞭玩賊行俄頃野陌塵斷生青煙石城戰士爭憤泣君王試敵曽深入纍纍金印取封侯忍瞰上流借餘力際山纍骨眞可哀向來勝負安在哉至今秋晚漁樵地雨洗漬血空蒼碧苔

題九江王揷劍泉

嬴氏方失鹿羣豪競奔馳較力爭勝負未辨雄與雌

項羽奮其中氣壓諸侯師破關與救趙九江實先之指揮半率土自謂可立治孰知大蛇斷天命潛已移隋何説淮南禍福非面欺間行共歸漢遂合垓下圍海岳既有主智勇安所施不自晦圭角寧能免嫌疑殺身膏草莽爲復歸怨誰揷劍郴岸石泉溢何神奇載籍加隱括昌嘗親到斯惜哉功名愼徒令後世嗤

陽山大雹

建炎庚戌正月尾陽山雨雹大如李疾雷先驅風御隨頃刻雹至遍千里初疑地軸開九淵固陰驚蟄神龍起又恐帝出發震怒下掃炎荒除癘鬼破窻穿牖

缺二字橫觸石摧林勢難比疑是曉色方窺簷慘澹復黑迷巾履披衣欲與還就枕碻磕崩騰喧兩耳吾君聖德過成康胡虜憑陵殊未已中原郡邑半丘墟鐵騎猶思犯南鄙安得天威假廟謨恢復兩河端可俟

謁韓文公廟陽山

雄文崎華嵩高詞燦星斗孝忠古人齊名岀當時若少小懷經綸志氣頗自負束帶入栢臺極力排姦醜讒言如青蠅正立無所苟貶官宰陽山萬里困奔走松竹羅縣齋黄卷不離手地偏雜蠻風吏民歸化誘至今數百年流俗獨淳厚山川發清奇與公俱不朽

我來拜遺像看蔬薦芳酒拂石哦公詩一洗胷中垢

游會勝寺蒙泉

去郡十五里蒲山蔽青松朝來雨初過蕭瑟鳴悲風踏泥轉溪曲路盡山無窮層崖架欄閣宛在雲烟中引水遶砌下漬石常飛濛尋幽到寺背蒼碧摩高空古甃冽寒泉淺沙影重重伏流尚數步暗與溪相通潺湲去何之可折從此東會有到海期豈計朝莫功我行因避賊眺覽聊從容褰回未忍去僧飯催撞鍾

連州游隅湖亭

附溪翳嘉木瀨溪引清流如何幾畝田委曲林泉幽

亂石際高下森列如戈矛青色染黛淺瑛水疑欲浮
危亭跨絶壁廣榭排荒丘我來雨初過遠山雲半收
百花開已盡桑柘鳴晴鳩不知汝頻間還有此景不
躊躇思痛飲沃洗胷中愁明朝儻未去提壺再來游

奉觀超然居士面面亭唱和新句輒成近體
詩上呈

我老日已懶君閑寧廢詩塵埃久無夢苔竹舊相知
早晚春猶在追隨病不宜因觀七字句尚足樂晨飢

送李惇秀才

有口莫飲朝市水有脚莫踏紅塵地市朝之水不可

飲塵埃一浣無由洗十年閱世眞夢寐一日逢君得
歡喜自嫌急雨倒晴雷且願濁河露清泚君行此去
道廬山爲我作詩山兩間寒泉夜聽鳴玦環刻茆後
池種白蓮更約洪謝林汪潘徐李欲去不作難倚松
聞之亦解顔我且往矣君先還

元日雪中作

老病昏昏閒不出山後山前雪三日人家閉戶作新
年一飽經營苦無術朝來附火讀陽秋箋注紛羅添
百憂未減少年窮事業青燈分坐寫蠅頭

送王周士

病欲馳驅轉不宜只今筋力十分衰平生轗軻老更
甚此去艱難心自知苛癢未除妨攝念交游雖近廢
論詩明年更欲尋公去同上衡山過九疑

寄小范

高卧終無策繙書謾作縁相望如一日不見已三年
事少知心遠居門覺地偏明年得安靜爲子下臨川
先生親筆云三年前在紹興作此詩欲奉寄久不果今謾録云

奉贈伯世仲志二弟

我已蹉跎不及閑百年遺範子猶存故知前輩風流
遠世世傳家有外孫

往時天未喪斯文吾祖聲名更絶羣内外諸孫幾人
在不應如我便無聞

送張子直西歸

年來衰病只深藏轉覺閑居氣味長所恨浮生有拘
絆不能相逐上瞿塘
君家兄弟各能文季也風流又絶羣萬里相逢又相
別落花時節却思君
朋從索寞厭分離老去心情秪自知記取上饒相望
處小橋南路往來時
親舊留連莫厭頻並江花蘂已殘春定知數到嘗新

酒未有工夫憶故人

謝趙士原送酒

小雨生涼挽未回只愁殘暑鬬風雷老人端坐氣如縷更進先生酒一盃

早來取酒瓶已空對琖不復能從容出門更值督郵苦住萬猶慴琥珀濃

老來疾病與時添苦怕香醪如蜜甜安得瀉銗清似水主人應未笑無厭

愛君好句能勝酒顧我無心久似灰老病深藏如怯暑未妨初伏送詩來

邦傑惠研紙墨三物謹成古體詩一首上謝

歙溪孕石成縠紋歙山松煤煙入雲敲冰落手卷盈軸頓使几案生清芬魏侯哦詩日更好靜到溪山未枯槁肯分三物到幽人不留自起太玄草

燕龍圖畫山水歌

燕公畫山水名在能品中至今筆墨欲飛動妙處不與丹青同巳陵六月風暴起只尺長江欲千里魚龍變怪鮫鱷怒細草長林恣鞭箠斷雲却掛懸石上急雨正隨荒崖裏想見行人弛檐時亦有野店臨沙觜漁子回頭歎失色霜女無言欣一洗問公何處得此

妙長劒出匣須天倚公不見簿書叢中塵埃多歸思頗遭貧病魔念今新涼江始波如此萬水千山何爲公試作吳興歌更覓神仙張志和

初夏即事

但見溪山如畫裏不知風景是它鄉苦遭毒暑三年早預喜西風一榻涼俗事不須頻到口舊書何苦要撐腸雨聲只在芭蕉上正與愁人作夜長

晚出

小雨收殘暑低雲隱莫雷聊乘野興出復爲故人回早日晚難好秋花愁正開論詩已奇事猶恨不勝杯

贈趙九弟

獨居少還往況此陰雨天疎籬閉岑寂晝永不得眠芳菲隨手盡樂事缺周旋趙郎遠過我千里一蓬舡溫姿破殘夢妙語爭春妍喜逢骨肉親懶迎新少年平生金石交惟爾未改前君看嵇與阮感槩後代傳

寄李商老　一作放歌行

渌漲西河可縱篙春光無信費詩招香煙繚繞重城靜月影欹斜半夜潮好鳥似聞兄弟語垂楊初放女兒腰無人與語當時事興盡江南大小喬

喜宗師諸公數見過分韻得席字

野水春未生積雪晴已消翛然六尺床正可容一席
諸公數往還未厭詩酒防短槃有新功妙語乃破的
鱠槃約纖紅茗盌亂晴碧雖無費百金亦有飲一石
尚念山堂老病鳥藏羽翼生平餘習在種種見排斥
荒城滿泥潦亦可試幽屐明當袖詩往先盡一醉力

巫山圖歌

君不見井家壁上六幅圖淡墨寒煙半江水上有巉
然十二峯突兀當空起幽花嫵媚閉泥土亂石
崢嶸入荆杞巫山縣下水到天神女廟前江接連溪
流去與飛瀑亂屋角却對寒崖懸陽臺昨夢不知處
只今飢鴉迎客舡飢烏受食不肯去舟子欣然得神
護曉鏡新粧纔舊屏亦有餘紅點荒樹病夫坐穩便
幽禪每見此畫心茫然文章事業已罷勸少日氣味
無寅緣楚王不作宋玉死莫雨朝雲千萬年

將去濟陰寄泗上寧陵

淮海三年別家山十日程時思一笑樂轉覺異鄉情
叔父勤相喚諸郎許見迎濁醪行處有所恨不同傾

丙申正月四日大雪簡府中諸公

曹州城南三月雪半夜疾風吹石裂先生睡美喚不
聞不覺衾裯冷如鐵病妻索米少聲韻稚子哦詩應

歌節殘書向人老可愛舊劍雖在磨先鈌未能去尋
泉石伴豈恨深藏狐兎穴新正已過今幾日歲事懶
復從人說長江略無千里夢落人動有十年別相從
一笑又艱阻所向堅坐如癡絶城中諸公不相棄時
有妙句投衰拙頗知晴意在明日泥深不怕車軸折
便當脫帽過君家共挂南西看明月一盃凍酒君勿
辭預借炎天洗煩熱

東萊先生外集卷第二

東萊先生外集卷第三

江西詩派

吕本中　居仁

宿石頭多寶寺

四山環其外一峯屹當中支徑轉屈曲雲峯躡飛鴻
僧居架蒼崖高下潛相通昏鍾罷香火餘音裊寒空
梅開何處花吹香到簾櫳回望雲山城木杪殘陽紅
愁心易生感蒲耳唯松風對酒成浩歌漂零見涂窮

董村歸路馬上口占

水聲高下竹回環薄酒無功不耐寒白塔忽從雲外
出青山常在馬頭看

兵亂後自嬉雜詩

晚逢戎馬際處處聚兵時後死番爲累偷生未有期
積憂全少睡經刧抱長飢欲逐范仔輩同盟起義師近聞河北布衣[redacted]起義
羽檄連朝莫戎旃匝邇遐未教知死所詎敢作生涯
東郭同逃戶西郊類破家萍蓬無定迹要欲過三巴
胡騎猖狂甚連年窺兩京貪饕期竭澤剪戮遂盈城
國論多遺策人情罷請纓有誰似南八血指衆心驚
廬舍經兵火頭顱尚在門風掀灰燼迹月澁劒鋩寃
鼠穴頻遭斷燕巢猶半存看花泪盈眼寧忍復開尊

碣石豺狼種長驅出不虞是誰遺此賊故使亂中都
官府室如罄人家錐也無有司少恩惠何忍復追呼
叛將斬關入通衢列衆兵軍聲逐飛瓦殺氣暗前旌
事定愁方劇身危夢尚驚乾坤空納納何處寄餘生
將士承恩澤臨危勿擇安牛衣寒卧易馬革裹屍難
破虜陳奇計策勳超達官兜鍪未可忽從古出貂冠
夷甫終隳晉羣胡迫帝居王綱板蕩後國勢土崩初
戈戟連梁苑頭顱塞汝渠天心應助順側聽十行書
黃事多反覆蕭蘭不辨眞汝爲誤國賊我作破家人
求飽羹無糝澆愁爵有塵往來梁上燕相顧却情親

兵餘門巷靜親故白頭新常與貧爲侶秖將愁送春
焚車絶此事推宅望何人但得長安信相看眉一伸
國命方屯厄吾曹何所依白駒將老至黃鳥恨春歸
柳巷清陰合花蹊紅藥稀主憂聞未解涕泗望天畿
江城朝夕閉里巷絶人行驕虜未歸塞凶渠猶弄兵
正須烽火息早罷陣雲橫胡孽將銷蘊吾君幸聖明
四郊多屬壘何地可逃生水水但爭渡城城各點兵
牛亡罷春種馬奪盡徒行囊橐經鈔掠寇來渾不驚
蝸舍嗟蕪沒孤城亂定初籬根留弊屨屋角得殘書
雲路慚高鳥淵潛羨巨魚客來闕佳致親爲摘山蔬

一紀幽棲地宛然高樹杯比鄰風雨散垣屋草萊深
池面華光歇井床苔色侵衰年筋力弱閣道罷登臨
一壥江上宅毁撤自羣凶卜築勞心計携鉏失指蹤
鳩啼 字缺三 景花歛帶愁容何日休兵革重來依老農
遭亂心紆鬱郴堪茅舍空百年窘食事一旦墮兵戎
授簡慙詞客據鞍成老翁欲逃無所適朝夕泣途窮
汾陽六甲士率衆出中都欲使親平虜飜成遠避胡
操戈取金幣奪馬載妻孥汝自違天意何緣保汝軀

謂郭 京

春宅屯兵後荒墟非故居陶門柳徑短阮舍竹陰踈

風雨無由障牛羊自入廬朝廷安反側何日降恩書
平世多忘戰今眞得陣梁燕雲擁豺虎陸晉失金湯
漢將爭奔北胡兵尚崛強何當合餘燼戮力共勤王
閭巷經鏖戰空餘池上亭簷楹鏃可拾草木血猶腥
雲漢悲鴻鴈郊原媿鶺鴒白頭兩兄弟各未保殘齡

和仲 氏

嬖孽開邊隙羌胡恃釁端天戈增照耀國步向平安
騎吹春容遠孤烽戰氣殘妖星稍退舍便覺老懷寬
亂後驚身在端如犬喪家沈吟悲世故寂默對春華
堤外鵶藏柳欄中蜂動花今宵眠未穩餘寇尚紛拏

君父圍城內怱逾三月期六龍時航軛百雉日孤危
報國寧無策全軀各有詞掩頭漸低小早晚定班師
亂離仍再歲未敢有吾廬林下休官久草間求活初
迹雖寄戎旅心已混樵漁吉語來何晚將軍■素書
重到江頭宅荒殘足嘆嗟新烏怱棲樹舊犬已辭家
月淡初回夢風輕不落花相親爲部曲弓劒作生涯
偷生戎馬內室宇半摧殘假寐何曾看驚魂尚未安
風前花自妥雨後食猶寒望斷京華信終宵淚不乾
忽復清明過林園綠蔭稠光陰同轂轉身世着舟浮
舊識梁間燕全生水上鷗幸聞諸將輩稍稍近前旒

歲間值狂寇曾此駐戈鋋臺沼餘春草圖書散野煙
懶尋愛酒伴愁起落花邊不忍登江閣心隨北斗懸

賀州周秀才

青松着城市不辭塵土侵忍耻伴桃李肯言歸故林
交游在貧賤始見平生心周侯客異縣婁豪金玉音
殷勤不我厭自昔以至今使其小富貴未必能相尋
豈謂子誠然此風今則深子行轉嶺海歲莫足愁陰
路多盜賊窘往往未能擒加鞭策駑馬欲往無滯淫
故人散天涯所到足崎嶔相逢儻見及道我病難侵

寄題莊季裕靜軒

雲靜天如水風停海不波請觀如是相夫子意如何

雪中奉簡張子直

深居畏雪謾添衣過了梅花病不知同住荒城懶還往一年天氣最寒時

絶句

雨溼平林松桂香斷雲荏苒拂𨂼篁江山故自可人意從此歸休策最長

擬古

寒雞不能晨苦雨自朝夕上爲雲雷巢下乃龍窟宅坐（缺一字）陰外天缺月挂殘魄少來可喜人牖戸陳玉帛平生千萬言略有二三策牛山所種木日在斤斧戹念君十年心使我雙鬢白

夜同李十步月至崔成美家

伏暑不可去客帆秋未回偶携南縣李來訪北橋崔藤枕風前尊俎槃月下杯十年老懷抱故爲故人開

讀東坡詩

命代風騷第一功斯文到底爲誰雄太山北斗攀韓愈琨玉秋霜敵孔融不見陸機歸洛下只聞張翰過江東廣陵雅操無人繼六十餘年一夢中

讀子弟由義舊詩有感

平昔烏衣游盛事寄青吏後生見頭角唯子與夫子（夫子知止也知止由義師友也）柰何阻中涂去我適萬里三年莫春日西郊漫桃李才難聖所歎反是俗眼眯坐看玉壺冰終汚青蠅矢嚙憤已成疾傷讒空忍死雪涕別時言歷歷猶在耳嗚呼骨肉親遺恨有如此吾生復亡聊念爾中夜起讀君離別篇沈吟泪如水

與范益謙飲有懷子仲

范郎醉倒西風前夜思趙子起不眠與渠別來今幾年細數往事如雷顛塵埃剌促今尚賢問我北行詩幾篇殘編斷簡棄不編鶴鳴九皐鳶唳天燕雀欲上無夤縁江湖舊游性所便我先往矣君加鞭更呼趙子來同船

感懷

十年南北長爲客萬里江山半是鄉夢裏題詩隨意了醉中書字不成行燕思公子歸來早草憶王孫恨更長枕上不知多少事覺來依舊熟黃粱

贈唐虎

白酒因循久絶傾小詩聊復贈君行故人若問庵中事但道春來太瘦生

寄酒與陽翟諸弟

奔走黃塵未說歸諸郎堅坐各能詩略無夢去尋消息謾有書來道別離但得阮公連月醉不嫌王湛半生癡遥知共飲北窻下自勝烏衣全盛時

別魏先生

雨漲溪渾欲斷橋水鄉風物更蕭條憑君下筆留春住伴我閑窻不寂寥

四十餘年別歷陽舊游魂夢費思量眼明見此老居士聽話舊游如到鄉

晉康逢師厚

藤江合賀江浮蕩着梧臺我如老餓鵠忍飢啄蠻塵

三更客入戶月黑雨飜盆坐久始驚省兩翁非昔人一別二十年家國忍復論豈知半暗眼再見忠宣孫君負濟世美實識治亂根寧同二三子但粥父祖名心豈燕丘壑要忍終逡巡新年憤忠極決意去脩門龍鬼亦妬賢飜舟使回奔嗚呼天下事敢笑不敢言師尹實令弟高義橫乾坤政坐才卓犖亦使身奇屯人說龔州居勝事專江村未赴結社約長耿懷友心君歸兄弟語況我悵殷勤二子豈隱者中興要甫申勉哉赤松子善事黃中君我欲北渡嶺江西老耕耘子房但強飰勿道綺與園師厚自龔被召至三水泛舟復還并寄師尹

初十日王震秀才家探梅

不問主人聊一來水亭風榭小裴回春風大似私南土未臘江梅半欲開

王園觀梅主人置酒莫歸

臨溪照影若自愛犯雪看花寧怕寒百繞蜂兒緣底事癡心猶作蜜房看

日沒未沒霧縈山古寺松門欲上關尚有香風泛衣袖兒童知我探春還

飯花光店是日立春

綵勝繒幡安在哉客行巾幘只風埃東西水畔凍全

拆南北枝頭春已回故國音書黃耳斷餘生光景白駒催山村誰道全荒陋也有畦蔬入饌來

清隱及歐園賞梅

亭邊竹外影踈踈惱客清香半有無不共東君苦交涉只緣冰雪作肌膚

枯叢凍枿兩交加中有仙人蕚綠華會挽一枝供越使莫令三弄發胡笳

向人一笑真粲者出屋數枝殊瘦生剛腸妙句兩無語始覺諸孫愧廣平

次韻酴醾

絶去人間淺俗香染成天上羽衣黄緑窻擬倩纎纎
手收拾春風入枕囊
擁冉歆垂千萬條始知天女是青腰輕衫曾立花陰
下三日餘香尚不銷

寒食

三年覊旅逢寒食萬里江山隔故園墳墓荒凉誰拜
掃東風吹泪濕黄昏
淮南江北半胡兵想見春風戰血腥無復良辰修祓
禊空將新火發兕零
野哭行歌蒲道邊紙灰飛處落烏鳶墦間祭肉

能多少只恐齊人意缺然
病夫只欲閉柴荆客至從嗔不出迎未恨家貧無曆
日紫桐花發即清明
松鳩雲窻睡足時溪藤閑展試毛錐薄才豈敢追能
事寒食江村合有詩

宿嵩前

火雲如鵬騫欻翩赴山谷獨合片雨歸故喧澗竹
野亭桂空起入夜鳥爭宿我行亦已殆況此弛檐僕
倒床不復呼爛熳聽自足人生浪游世世網未易觸
好學還山雲終焉宿幽獨

客説嵩頂松實甚佳

飄飖山中女緑毛以爲衣但食青松子不死亦不飢
晝想此仙人夜或夢見之客云嵩高頂長松亂紛披
拔地起霜幹盤空欹虬枝惜無長臂人挽此鬚與鬐
但聞雲間子時被天風吹愧我一食身何由揖仙姿
欲學飧松法人間了無師

送蘇龍圖知明州

知君鄉味憶吳酸便逐輕鷗下急湍要使煙雲看佳
思莫驅鼓吹傍湖山
宇宙之間得幾人平生季子最相親一麾出守三千

里去覔風流賀季眞

塵外亭

寧飲山中泉勿食城中米塵埃苦着人何翅虱與蟻
爬搔十指禿敗褐未易洗緬懷佳公子珠璧不受涴
藏身着幽處闔户謝紈綺君看羅曲旃何似容燕几
不辜文字眼未負鐘鼎耳長安游俠窟未晩看參觜
紛紛萬馬蹄門外自千里

題晁以道新居

小阮東來語太誇爲傳新構甲千家氣衝雪野羣山
過光轉雲空一水斜開道洗心求淨觀不妨合掌讀

楞伽箇中富貴還君子莫愛羣奴日兩衙

星月枕屏歌

雪涵踈星月旣望老櫓長松倚千丈田夫漁父不愛惜落向公家枕屏上枕屏映硏連春冰主人中夜卷寒藤詩成不寫坐歎息長松老櫓無顔色海陵掾曹來作歌却憶洞庭秋水多洞庭水多秋亦晚如此枕屏星月何

即事

夭夭桃李花春到已成蹊主人不好事居然作藩籬容華坐消歇芳心端爲誰風雨日裏謝覆水難再期

物有幸不幸難用一理推不見浣溪女嫁與隴頭兒

次韻堯明如皐道中五首

萬頃曾經一葦航舊纓如可濯滄浪簿書冗束塵埃裹猶見當時玉樹郎

王李風華舊得名頗容偏左去求盟從來量里比江河大不取人間盆盎清

不嫌衆裏衣冠古自覺人前禮法疎已似羲之棄官後近逢安石赴京初

醉別江南久未還至今猶夢雨餘山少留白髮三千丈勝取黃金十二環

侯喜學詩新有聲坐中忽遇老彌明故知麥飯與藜羹不識虞卿醒酒鯖

別才仲

憶子丱角時單衣小襦袴見我不能拜笑語多自誤初看讀孝經旋即絶文字先姑謂我言爾曹頗相似悠悠二十年歷歷眼中事江河坐乖隔清缺一字謾佳句堂堂曹定州許爾天下士自爾憂患多頗復慰漂寓故人薄缺一字腸子猶披情素肯次磈礧盡皆是濟世具從來人中英俗子眼中刺子行少邅迴無與此曹遇

再用前韻寄壁公

直言曾許老盲聾文物當年掃地空縱病且懷修月手東窮不顧拍張公長年眼作胡僧碧舊賞花今何處紅知有百年餘習在略煩佳句愈頭風

東萊先生外集卷第三

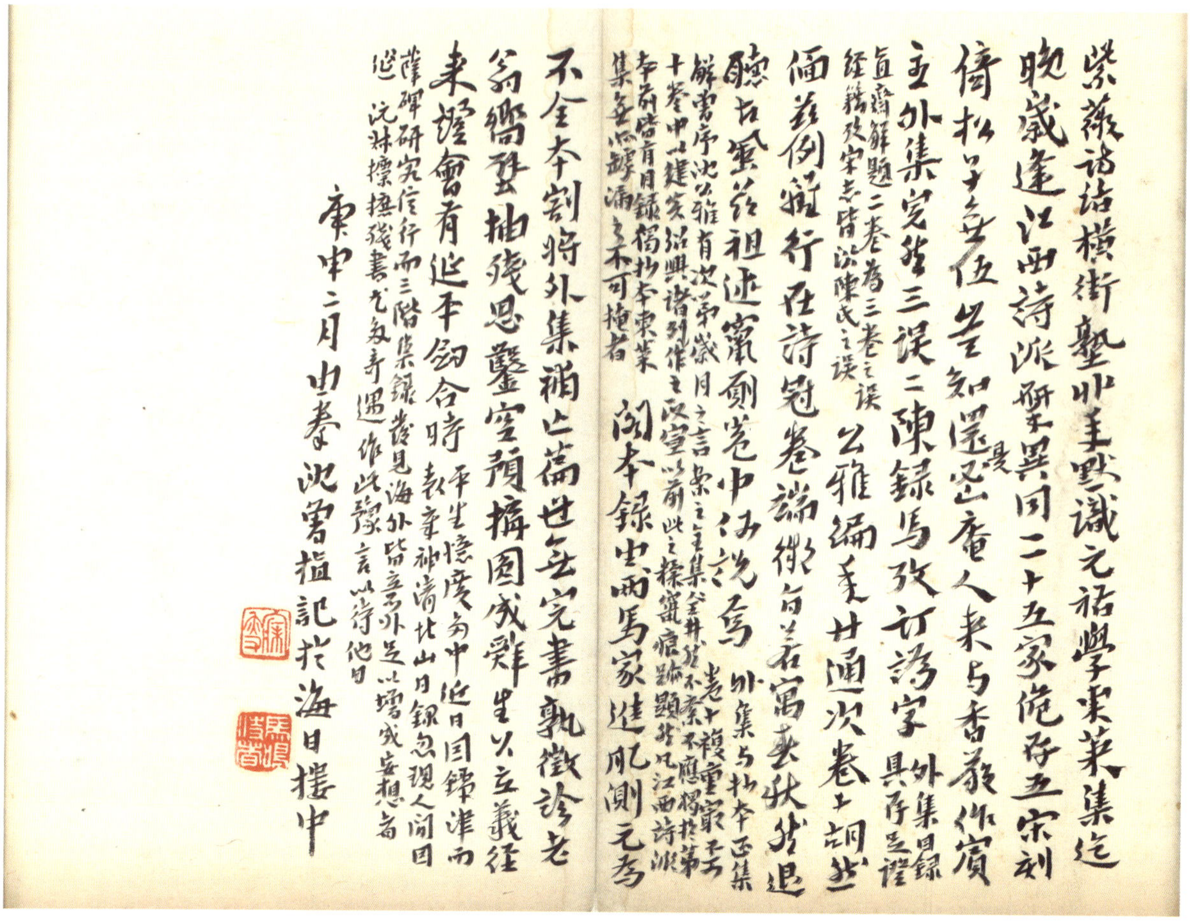

附一：輯補《全宋詩》失收呂本中詩作

試院中作

衣敝蝨可拾，髮垢櫛不下。披衣坐牆角，尚有微火跨。平生足拘窘，今日幸閑暇。新文加點竄，欲歇不能罷。雖微塵事妨，頗畏俗子罵。出門見諸老，此語君可畫。湯華泉《〈全宋詩〉補佚叢劄續編》（載《淮北職業技術學院學報》，二〇〇九年第六期）謂呂本中《東萊先生詩集》卷七「誰令君作官」（見《全宋詩》卷一六一一頁一八一〇〇）詩題上所標「去冬試院中」所作詩，應別出。

句

淒凉單馬經行處，況是此山名獨孤。出《寰宇通志》卷七三、《明一統志》卷二三「獨孤山」條。李林會《〈寰宇通志〉所見〈全宋詩〉佚作考（二）》（載《樂山師範學院學報》，二〇一九年第二期）輯補。

附二：薈集辨證《全宋詩》暨諸家研究

《全宋詩》關於呂本中詩作之誤

《全宋詩》重出呂本中詩爲他人詩五首

王利民《張載詩真僞考辨》（載《中國典籍與文化》，二〇〇六年第三期）考證一首：《全宋詩》卷一六一三頁一八一一一録呂本中《牧牛兒》，又見册九卷五一七頁六二八六據金履祥《濂洛風雅》卷四録於張載名下，李裕民《張載詩文的新發現》（載《晉陽學刊》，一九九四年第三期）以爲是張載佚詩，王利民指其非，實呂本中詩。

連國義《〈全宋詩〉重出詩歌考辨十二則》（載《蘭台史話》，二〇一四年）考證一首：《全宋詩》卷一六一三頁一八一一三載呂本中《再和兼寄奉符大有叔》，又見册三二卷一八一六頁二〇二一二王之道《寄奉符大有叔》，内容相同，實呂本中作。

陳小輝《〈全宋詩〉之呂本中、曾幾、白玉蟾詩重出考辨》（載《河南教育學院學報》哲學社會科學版，二〇一六年第六期）考證三首：①《全宋詩》卷一六〇九頁一八〇七四録呂本中《濟陰寄故人》，又見册九卷五一七頁六二八六據《濂洛風雅》卷四輯補張載《憶别》詩，僅幾字異，李裕民《張載詩文的新發現》（載《晉陽學刊》，一九九四年第三期）以爲是張載佚詩，王利民《張載詩真僞考辨》（載《中國典籍與文化》，二〇〇六年第三期）已指實呂本中作，今考宋曾季貍《艇齋詩話》謂「東萊《濟陰寄故人》『柳絮飛時與君别』有兩本者：東萊少時作，後失其本；在臨川，因與學徒舉此詩，亡之，遂用前四句及結尾兩句補成一篇。已而得舊詩，遂兩存之。『落花寂寂長安路』者是舊詩，『千書百書要相就』者是追作」，呂本中集《新鄭路中》前四句及結尾兩句與《濟陰寄故人》正相同，第五句爲「落花寂寂長安路」，與曾季貍所言完全相合，確呂本中作。②《全宋詩》卷一六一六頁一八一四七録呂本中《墨梅》，又見册四三卷二三三四頁二六八三五據《永樂大典》卷二八一二輯補吴居仁《詠梅》，僅幾字異，實呂本中作。③《全宋詩》卷一六二三頁一八二一四録呂本中《尹穡少稷方齋》，又見册四七卷二五二二頁二九一五三據清顧貞觀《積書巖宋詩删》卷一一輯補呂祖謙《方齋行》，僅幾字異，實呂本中作。

《全宋詩》重出他人詩爲呂本中詩四首

陳小輝《〈全宋詩〉之呂本中、曾幾、白玉蟾詩重出考辨》（載《河南教育學院學報》哲學社會科學版，二〇一六年第六期）考證三首：①《全宋詩》卷一六二六頁一八二三七録呂本中《絶句》，其一「雲海冥冥日向西……」，實陳師道作，詳陳師道。②《全宋詩》卷一六二八頁一八二五六據宋金履祥《濂洛風雅》卷六輯補呂本中《寄傲軒》，又見册二三卷一三六一頁一五五九〇羅從彥《寄傲軒用陳默堂韻》，僅幾字異，實羅從彥作。③《全宋詩》卷一六二八頁一八二五七據蔣光焴藏抄本《紫微集》卷一輯補吕本中《丹桂軒》，稱該詩「來歷不明」，又見册四六卷二五〇五頁二八九七二録羅願《日涉園次韻五首·丹桂軒》，實羅願詩。

《全宋詩訂補》考證一首：《全宋詩》卷一六二八頁一八二五六據劉克莊《後村千家詩》卷一二輯補吕本中《暮雨》，又見册六〇卷三一三八頁三七六一八白玉蟾《安仁縣問宿》，僅幾字異，實白玉蟾詩。

《全宋詩》重出吕本中詩句爲他人詩一條

陳小輝《〈全宋詩〉之吕本中、曾幾、白玉蟾詩重出考辨》考證：《全宋詩》册五〇卷二六五四頁三一〇九四據明聞人詮嘉靖《寳應縣志》卷四輯補吕存中《過寳應湖》，爲卷一六一二頁一八一〇八録吕本中《赴海陵行次寳應》詩前四句，實吕本中作。

《全宋詩》重出他人詩句爲吕本中佚句一條

陳小輝《〈全宋詩〉之吕本中、曾幾、白玉蟾詩重出考辨》考證：《全宋詩》卷一六二八頁一八二六五録吕本中《贈僧》「莫言衲子籃無底，盛得山南骨董歸」斷句，實韓駒《送海常化士》之一後二句，詳韓駒。

《全宋詩》重出吕本中詩句爲佚句一條

陳小輝《〈全宋詩〉之吕本中、曾幾、白玉蟾詩重出考辨》考證：《全宋詩》卷一六二八頁一八二六五據清黃宗羲《宋元學案》卷四三輯補吕本中「老大多材，十年堅坐」斷句，實吕本中《送謙上人回建州三首》之二中詩句中語，見載《全宋詩》卷一六一八頁一八一六〇。

《全宋詩》誤他人詩爲吕本中詩二首

陳小輝《〈全宋詩〉之吕本中、曾幾、白玉蟾詩重出考辨》考證一首：《全宋詩》卷一六二八頁一八二五七據蔣光焴藏抄本《紫微集》卷四輯補吕本中《松》，稱該詩「來歷不明」，此詩實明胡居仁作，僅一字不同，見《胡文敬集》卷三。

《全宋詩訂補》考證一首：《全宋詩》卷一六二八頁一八二五六據劉克莊《後村千家詩》卷一二輯補吕本中《夜雨》，實潘牥（紫岩）詩，蓋「原出處漏署名」。編者按：惟不詳所據，今檢册六二卷三二八九潘牥卷，未見《夜雨》，依《全宋詩訂補》説則可補潘牥此詩。

誤訂《全宋詩》吕本中詩句異文一條

編者考證：《全宋詩訂補》校訂《全宋詩》卷一六一三頁一八一一一所録吕本中《臘梅》「偷傳半額黄」句中「傳」，謂《永樂大典》卷二八一一作「敷」。今覈《永樂大典》原本亦作「傳」。蓋「傳」、「傅」形近，有整理者又以「傅」爲「傅粉」義改竄爲「敷」，以至於此。

二八、曾紘

曾紘，字伯容，號臨漢居士，江西南豐縣曾鞏從侄，父嘗將漕湖南，後家襄陽（今屬湖北）。宋宣和六年（一一二四）特科進士，授官而終身不就，浪跡江湖，與子思賦詩爲樂。博學善屬文，尤工詩，詩學黄庭堅。與夏倪、饒節善，多有唱酬，著有《臨漢居士集》七卷。嘉泰三年（一二〇三），楊萬里應江西漕使雷潨（朝宗）請（當是雷朝宗爲刻而請序）作《江西續派二曾居士詩集序》將其父子歸入江西詩派續派。

《直齋書録解題》卷一五録《（江西詩派）續派》十三卷，殆即《直齋書録解題》卷二〇所謂「楊誠齋序其詩，以附《詩派》之後」者，即所録曾紘《臨漢居士集》七卷、曾思《懷峴居士集》六卷。《江西（詩派）續派》乃楊萬里命名，楊萬里《江西續派二曾居士詩集序》：「今日忽得故人尚書郎、江西漕使雷公朝宗書，寄予以《二曾詩集》二編，屬予序之。欣然盥手，披讀三過。蔚乎若玉井之蓮敷月露之下也，沛乎若雪山之水瀉灩澦而東也，琅乎若岐山之鳳鳴梧竹之風也。望山谷之宫庭，蓋排闥而入，歷階而升者歟？……命之曰《江西續派》而書其右，以補吕居仁之遺云。」雷潨，字朝宗，宋以才能薦官，嘉泰間任江西轉運使。曾紘、曾思父子詩集或即雷潨所編。《宋史·藝文志》録曾紘《江西續宗派詩集》二卷，當是曾紘、曾思父子所作各一卷，但絶非曾紘所編。《宋史·藝文志》又録吕本中《江西宗派詩集》一百十五卷，亦絶非吕本中編，參吕本中。考劉克莊編有《江西詩派》選本，頗疑《宋史·藝文志》所録《江西宗派詩集》一百十五卷爲劉克莊所編，《江西續宗派詩集》二卷亦劉克莊所編，惟劉克莊所編未見片紙，不得其實，俟考。參曾思。曾紘詩集無傳，《全宋詩》未録其詩。

附：輯補《全宋詩》失收曾紘詩作

題蔡昌期梅齋

歲寒心事見吾徒，庭種江梅聊自娱。息國夫人静無語，吴宫西子未施朱。紅酥綴萼承香靨，白玉團枝瑩雪膚。寄謝後來桃李輩，誰能同汝作榮枯？出《永樂大典》卷二五三九。《全宋詩訂補》輯補。

二九、曾思

曾思，字顯道，號懷峴居士，江西南豐人，隨父紘居襄陽。嘗任祁陽知縣，旋棄官，隱居湖南常寧縣三十年，與父賦詩自樂。工詩文，著有《懷峴居士集》六卷。楊萬里將其父子歸入江西詩派續派，詳曾紘。

《直齋書録解題》卷二〇録曾思《懷峴居士集》六卷；《宋史・藝文志》録曾紘《江西續宗派詩集》二卷，當是曾紘、曾思父子所作各一卷，而非曾紘所編。曾思詩集無傳本，《全宋詩》未録其詩，今亦未見其詩文存世。

後記

看到《江西詩派詩集》樣書，心裏既高興，又忐忑。高興的是經過一年多的忙碌，總算可以放鬆了；忐忑的是擔心書稿質量不佳，辜負了師友們的幫助和期待。回首本書從編纂到出版，每一個環節都得到了師友、編輯的鼓勵和幫助，在此謹致以深切的感謝！

二〇二二年末，百花洲文藝出版社陳波社長因我長期從事古籍整理與地方文獻工作，且正在進行江西省社會科學重點基金項目「江西文獻通考」（項目編號：21TQ01）的研究，乃多次與我商量，並邀請我編纂《江西詩派詩集》，以期豐實「江西詩派」的内涵，爲「江西詩派」的研究提供一個完整、準確的模版，亦可作爲「江西文獻通考」研究的成果呈現出來。陳波社長志在弘揚、傳承優秀傳統文化，爲人熱忱而又真誠，實在令人感動。於是將《江西詩派詩集》作爲江西省社會科學重點基金項目「江西文獻通考」的成果而勠力打造。

「江西詩派」是中國文學史上一張重要的文化名片，亦是江西優秀傳統文化中重要的文化名片。但反映「江西詩派」的詩歌總集——《江西詩派》，自宋慶元黄汝嘉增刻以後的八百多年再無續刻，後世雖研究不斷，却無完整的文本。在考慮本書架構的過程中，復旦大學的吴格教授給予了悉心指導。編纂過程中，得到了中國國家圖書館張志清副館長、中國科學院羅琳研究館員的熱忱鼓勵，「江西文獻通考」研究團隊的劉景會、雷夢婷、饒恩惠、漆德文、文興國亦從他們的研究方向給予專業的資料查詢與編纂意見。底本的獲取則得到了國家圖書館、上海圖書館、湖南圖書館、江西省圖書館的大力支持。百花洲文藝出版社將本書作爲該社的重點項目，從社長到編輯室主任，再到編輯、編務，無不認真負責，編輯隊伍的專業、精細令人折服，爲本書質量提供了不可或缺的保障。

感謝各位師友之際，特別希望各位師友和讀者續有教於我！

何振作